Susanne Rößner
Schlittenfahrt ins Glück

PIPER

Zu diesem Buch

Als Laura vor sechs Jahren an den Schliersee zog und in der herrlichen Berglandschaft nicht nur ein neues Zuhause, sondern auch ihre große Liebe fand, schien ihr Glück perfekt. Aber dann starb Anton bei einem tragischen Unfall. Nur mit Hilfe ihrer Freunde schaffte die schwangere Laura es, nach dem schweren Verlust wieder auf die Beine zu kommen. Ihre Tochter Toni ist seitdem ihr größtes Glück, und Laura tut alles, um dem kleinen Mädchen eine gute Mutter zu sein. Erst als sie eine schlimme Diagnose erhält und kurz darauf Florian kennenlernt, merkt sie, wie sehr sie sich nach einer neuen Liebe sehnt. Doch ist sie wirklich bereit, Anton loszulassen und ihr Herz wieder zu öffnen?

Susanne Rößner lebt nach drei Jahren im Ausland (Italien und USA) heute wieder in ihrer Heimatstadt München. Als berufliches Multitalent hat sie sich unter anderem als Werbekauffrau, Assistentin eines Magiers, Geschäftsleitungsassistentin, Key Account Managerin und Tauchlehrerin engagiert.

Susanne Rößner

Schlittenfahrt ins Glück

Roman

PIPER

Mehr über unsere Autoren und Bücher:
www.piper.de

Von Susanne Rößner liegen im Piper Verlag vor:
Nur einen Sommer lang
Für jetzt und immer
Schlittenfahrt ins Glück

MIX
Papier aus verantwortungsvollen Quellen
FSC® C083411

Originalausgabe
ISBN 978-3-492-30554-9
Oktober 2018

Umschlaggestaltung: zero-media.net, München
Umschlagabbildung: FinePic®, München
Satz: Fotosatz Amann, Memmingen
Gesetzt aus der Bembo
Druck und Bindung: CPI books GmbH, Leck
Printed in the EU

Prolog

»Mami?«

»Ja, Mäuschen?« Laura war völlig verzaubert vom Eifer ihrer kleinen Tochter. Sie war, wie so oft, hin und her gerissen, dem Mädchen jeden Wunsch von den Augen abzulesen und doch dafür zu sorgen, dass es nicht über die Stränge schlug. Das war ein immerwährender Kampf, den Laura deswegen mit sich ausfocht, aber immerhin einer, der sich über die Maßen lohnte.

»Können wir Kuchen backen?« Toni strahlte schon jetzt vor Vorfreude. Ihre Mutter war eine leidenschaftliche Bäckerin und verköstigte jeden Wanderer und Mountainbiker, der zufällig oder auch weniger zufällig an ihrer pittoresken kleinen Alm in den bayerischen Voralpen des Weges kam, mit einer Kostprobe ihrer Kreationen. Was im Laufe der Zeit dazu geführt hatte, dass der Backofen fast täglich in Betrieb war und Toni sich zu einer eifrigen kleinen Helferin entwickelt hatte, auch wenn ihre Hauptaufgabe darin zu bestehen schien, den Kuchenteig wieder und wieder zu probieren, um herauszufinden, ob er auch wirklich gut genug gelungen war.

»Klar backen wir einen Kuchen, wenn du das möchtest. Welchen wünschst du dir denn heute?«

»Himbeerkuchen!«

Laura lächelte. »Ich weiß nicht, ob es noch frische Himbeeren gibt«, sagte sie. »Aber wir können schnell in den Ort fahren und nachsehen, was hältst du davon?«

»Ja!« Toni strahlte übers ganze Gesicht.

Drei Stunden später herrschte in der Küche ein einziges Durcheinander. Eifrige Kinderhände hatten im ganzen Raum Mehl verstreut, und die Arbeitsplatte war mit kleinen Teigklumpen überzogen, die es sogar bis an die Wände geschafft hatten. Doch jetzt war der Kuchen im Ofen, und Laura lächelte glücklich, während sie Toni ansah, die, auf einem hohen Hocker sitzend, das Backrohr mit Argusaugen beobachtete.

Als Laura sich bückte, um die Tür unter der Spüle zu öffnen, konnte sie sich gerade noch an der Arbeitsplatte festhalten, so heftig war der Schwindel, der sie plötzlich überkam. Sie schloss die Augen und versuchte, ruhig zu atmen. Nach zehn Minuten war der Anfall vorüber. In letzter Zeit passierte ihr das ziemlich oft, doch bislang hatte sie es als Nachwehen einer fiesen Sommergrippe abgetan, die sie während der brütenden Augusthitze vierzehn Tage lang komplett ausgeknockt hatte. Wobei das auch schon wieder Wochen her war. Falls es nicht bald besser wurde, würde sie nicht umhinkommen, einen Arzt aufzusuchen. Doch wenn sie ehrlich zu sich selbst war, hatte sie eine fürchterliche Angst, dass der Auslöser für diese Schwindelanfälle etwas Ernsthaftes sein könnte.

Allein beim Gedanken, was aus ihrem Töchterchen würde, falls sie eine schlimme Krankheit hatte, wurde ihr schlecht. Doch ihr Verstand sagte ihr auch, dass es reichlich dämlich war, den Arztbesuch auf die lange Bank zu schieben. Gerade bei einer schwerwiegenden Erkrankung war es doch besser, diese frühestmöglich zu behandeln. »Du hast ja recht«, antwortete Laura der Stimme in ihrem Kopf. Und vielleicht war ja auch alles in Ordnung, und sie machte sich umsonst Sorgen. Laura griff nach ihrem Telefon, wählte die Nummer ihres Hausarztes und vereinbarte einen Termin für den nächsten Tag.

Während sie anschließend weiter die Küche putzte, beschloss sie, nachher noch eine Runde im Schliersee zu schwimmen. Vorher würde sie Toni zu ihrer liebsten Freundin bringen, bei der sie heute übernachten durfte und mit der sie morgen früh zusammen zum Kindergarten laufen würde. Sie packte ein paar Badesachen in ihre Sporttasche, steckte ein Handtuch und Flipflops dazu, dann begab sie sich auf die Suche nach ihrer Tochter, die sie wie erwartet bei ihren kleinen Lieblingen im Ziegengehege fand.

Die heftigen Regenfälle der letzten Woche hatten die Wanderwege und Trails der Umgebung in Schlammpisten verwandelt, und obwohl Laura das früher nie für möglich gehalten hätte, fehlte es ihr, sich in der freien Natur zu verausgaben. Seit Franzi ihr das Mountainbiken beigebracht und sie ausgelacht hatte, als sie im Hochsommer zum Schwimmen im Schliersee einen Neoprenanzug brauchte, hatte sich vieles geändert. Die letzten sechs Jahre hatten sie abgehärtet, und aus der verweichlichten Großstadtpflanze war ein robustes Landmädel geworden.

Kapitel 1

Als Florian die Treppen des Sprungturms vor sich sah, schluckte er den Kloß in seinem Hals hinunter. Er war felsenfest entschlossen, über kurz oder lang die diffuse Furcht zu überwinden, die ihn immer wieder wie aus dem Nichts heraus erfasste, seit seine kleine Schwester bei einem Tauchgang in Ägypten verunglückt war. Deshalb kam er mehrmals in der Woche hierher. Früher hatte er das Wasser nicht nur geliebt; er war eine leidenschaftliche Wasserratte gewesen und hatte es in vollen Zügen genossen, von dem kleinen

Turm in den See zu springen. Manchmal war er sogar bis nach München ins Olympiabad gefahren und stand dann mit zitternden Knien auf dem Zehnmeterbrett. Irre hoch war das gewesen, und der Kick war unglaublich, wenn man sich erst einmal überwunden hatte, den entscheidenden Schritt zu tun. Das Adrenalin schoss wie ein Turbo durch seine Blutbahn, und alle Zellen seines Körpers schrien förmlich nach mehr.

Doch dann passierte Charlies Unfall. In der ersten Zeit peinigten ihn jede Nacht Albträume, aus denen er schweißgebadet erwachte. Die Panik, die seine Schwester unter Wasser mit Sicherheit erfasst hatte, musste entsetzlich gewesen sein, und seine Fantasie, die im Schlaf noch lebhafter war als sonst, ließ ihn ihre Todesangst am eigenen Leib spüren. Als die bedrückenden Träume nach vielen Monaten endlich nachließen, musste er feststellen, dass das Ungeheuer sich von seinem Unterbewusstsein in die Realität geschlichen hatte. Seither war ihm selbst das Seeufer unheimlich, und eine veritable Höhenangst hatte sich ebenfalls dazugesellt.

Sein Hausarzt hatte ihm dazu geraten, einen Therapeuten aufzusuchen, nachdem sie das Thema ausführlich miteinander besprochen hatten. Und während der Sitzungen bei dem Spezialisten, den ihm sein Arzt empfohlen hatte, wurde Florian dann auch klar, dass er unter höllischen Schuldgefühlen litt. Er glaubte, seine Schwester im Stich gelassen zu haben, auch wenn er wusste, dass es Unsinn war, sich für etwas die Schuld zu geben, woran er in keiner Weise beteiligt gewesen war. Doch das entsetzliche Gefühl war geblieben.

»Versuchen Sie, sich Ihrer Furcht zu stellen, so lange, bis sie sich abnutzt. So ein Prozess wird wahrscheinlich einige Zeit dauern, aber keine Sorge, eines Tages wird die Angst Stück für Stück kleiner werden«, hatte der Therapeut ihn ermutigt.

Seither kam Florian immer dann ins Schlierseer Strandbad, wenn noch keine Horden von Jugendlichen den Dreimeterturm belagerten. Unter der Woche war es bis zum frühen Nachmittag fast menschenleer, und die wenigen Besucher waren entweder Senioren oder junge Mütter mit Kleinkindern. Touristen verirrten sich hauptsächlich in der Ferienzeit hierher, aber die war glücklicherweise seit ein paar Wochen vorbei.

Von der Ferne betrachtet, wirkte der Sprungturm lächerlich klein. Doch je näher Florian dem Wasser kam, desto größer wurde die Bedrohung, die es auf ihn ausstrahlte.

Dennoch ließ er sich nicht entmutigen; immerhin kam er in kleinen Etappen voran. Gerade heute wäre es ihm eine besondere Genugtuung, endlich den entscheidenden Schritt machen zu können. Eine Zeit lang hatte er eine Frau beobachtet, die ihm auf dem Weg vor den Umkleidekabinen entgegengekommen war. Nicht nur, dass er sie bildhübsch fand, es war auch etwas in ihrem Blick, das ihn besonders ansprach. Erst hätte er nicht sagen können, was es war, doch dann wurde ihm bewusst, dass es der Hauch von Wehmut in ihren Augen war, der sein Innerstes berührte. Eine Traurigkeit, wie er sie selbst nur zu gut kannte. Er atmete tief durch. Ja, heute würde er es schaffen. Er würde den Turm erklimmen, den Kloß in seinem Hals hinunterschlucken, und dann würde er springen. Und zur Belohnung würde er sie fragen, ob er sie auf einen Kaffee einladen durfte.

Einer spontanen Eingebung folgend, hatte Laura ihr Vorhaben, bei den Bootshäusern im Süden in den See zu springen, zugunsten eines Besuchs im Schlierseer Strandbad geändert. Auch wenn es an schönen Sommertagen oft brechend voll war, hatte das Strandbad wirklich alles, was das Herz begehrte. Außerdem war es eine Institution, die fast schon Kultcharakter besaß. Es gab einen beaufsichtigten Nichtschwimmerbereich, mehrere im See verankerte Badeinseln, ein Beachvolleyballfeld, einen Biergarten, eine Loungeinsel, die in den See hineingebaut worden war, und einen riesigen, runden Holzpavillon mit Glasdach, in dem man herrlich sitzen und auf den See und die dahinterliegenden Berge hinausschauen konnte. Um den Strandbadcharakter beizubehalten, musste man sich seine Getränke und das Essen zwar selbst holen, dafür saß man aber an hübsch gedeckten Tischen vor einem traumhaften Panorama. Im letzten Winter war der Pavillon mit bis zum Dach ragenden Glastüren versehen worden, die an warmen Tagen zur Seite geschoben wurden und bei schlechtem Wetter einfach geschlossen werden konnten. Nun konnte man bis in die Abendstunden dort sitzen, ohne dass einem kalt wurde. Dazu war das angebotene Essen nicht nur vielfältig und köstlich, es war auch für jeden Geldbeutel etwas dabei. Wegen Toni hatte Laura zwar nicht allzu oft die Möglichkeit, am Abend herzukommen, aber die lauen Sommernächte, in denen sie hier mit einem Glas Wein in der Hand den Sonnenuntergang am gegenüberliegenden Ufer beobachten konnte, während um sie herum die Glühwürmchen flogen und die Grillen zirpten, waren einfach Balsam für die Seele.

Laura beschloss, erst eine Runde zu schwimmen und es sich dann mit einem Kaffee und einem Stück Kuchen am Ufer gemütlich zu machen. Mit dem großen Zeh prüfte sie die Wassertemperatur, während sie die herrliche Umgebung in sich aufnahm. Obwohl sie sich abgeduscht hatte, kostete es sie eine ziemliche Überwindung, in den kalten See zu steigen. Sie biss die Zähne zusammen und ließ sich vorsichtig in das glasklare Nass gleiten. Nach dem ersten Schockmoment war es einfach herrlich. Sie begann, den Kopf noch über Wasser, zu kraulen. Anfangs hatte sie diesen Schwimmstil gehasst. Sie kam sich so unbeholfen vor wie ein junger Welpe, geradeso, als ob sie dabei keinen Meter vorankäme. Doch jetzt genoss sie es, mit langen Zügen durch den See zu schwimmen, vor sich ein Alpenpanorama, wie es schöner nicht sein konnte. Sie schwamm ein Stück auf die bewaldete Insel Wörth und den Westerberg zu, dann bog sie nach links in Richtung Süden ab und sah Brecherspitz, Bodenschneid, Miesing und Jägerkamp vor sich. Ihre Bewegungen wurden langsamer, dann richtete sie sich im Wasser auf. Nur mit den Beinen tretend, sog sie das Bild in sich auf. Obwohl sie bei schönem Wetter jeden zweiten Tag mit Toni ins Strandbad kam, konnte sie sich nicht an den Bergen sattsehen, die den smaragdgrünen See umgaben. Von imposanten Gipfeln flankiert, hatte dieses kleine Naturwunder dem Menschen nur seine Ostseite zur Bebauung freigegeben, während am Westufer gerade genug Platz für einen Spazierweg blieb. Als sich eine Erinnerung in Lauras Kopf schlich, musste sie lachen. »Ich hasse die Berge«, hatte sie vor einigen Jahren zu ihrer Freundin Gabi gesagt. Heute wusste sie im tiefsten Inneren ihrer Seele, dass sie ihre Heimat waren. Sie waren der Platz, an den sie gehörte, auch wenn sie für das Schlimmste verantwortlich waren, was in Lauras Leben passiert war.

Nach ein paar Minuten spürte sie, wie sie durch das kalte Wasser ganz steif wurde. Sie riss sich vom Anblick ihrer geliebten Berge los, setzte ihre Schwimmbrille wieder auf und fing erneut an zu kraulen. Ihre Züge wurden schneller, als sie merkte, dass ihre Muskeln warm wurden. Nachdem sie einige Male hin- und hergeschwommen war, wechselte sie in die Rückenlage und ließ sich treiben. Sie beobachtete, wie ein Mann mit vorsichtigen Schritten auf den Sprungturm kletterte, und musste lächeln. Ihr hatte es nie etwas ausgemacht, oben zu stehen und hinunterzuspringen. Er jedoch fühlte sich ganz offensichtlich unwohl. In Gedanken spornte sie den Mann an, weiter hinaufzuklettern und seine Angst zu überwinden. Als er endlich oben angekommen war, erkannte sie ihn. Es war der Mann, der ihr schon bei den Umkleiden aufgefallen war. Sie erinnerte sich an seine warmen, freundlichen Augen, als er sie angesehen hatte, und an das verlegene, jungenhafte Lächeln, das er ihr schenkte, als sie seinen Blick erwiderte.

Einen Moment lang war sie in Versuchung, ihm zuzuwinken, doch dann kam sie sich albern vor. Sie kam zurück in Bauchlage und fing wieder an, geschmeidig durchs Wasser zu pflügen.

Ohne Vorwarnung wurde ihr auf einmal erneut schwindlig. Vermutlich hatte die rasche Drehung im Wasser ihr Gleichgewichtsorgan durcheinandergebracht. Hilflos richtete sie sich auf, doch alles um sie herum drehte sich. Sie strampelte hektisch mit den Füßen, dann merkte sie, wie ihr übel wurde. Panisch blickte sie sich um, suchte das Ufer, doch das schien meilenweit entfernt zu sein. Mit den Händen versuchte sie nach etwas zu greifen, das sie über Wasser hielt, doch sie fasste ins Leere. Ein gequälter Schrei drang zwischen ihren Lippen hervor. Das Element, das sie so liebte, war plötzlich zu einer Bedrohung geworden. Hektisch schlug sie um sich, dann wurde ihr schwarz vor Augen.

Florians Knie waren weich wie Gummi, als er endlich die oberste Stufe des Turms erreicht hatte. Mit schweißnassen Händen klammerte er sich an das Geländer, das das Sprungbrett seitlich flankierte. Auch heute würde er es nicht schaffen zu springen. Aber immerhin hatte er es bis ganz nach oben geschafft, und das war mehr, als er in den letzten Tagen hätte behaupten können. Als sein Blick die Wasseroberfläche streifte, breitete sich ein dumpfes Gefühl in ihm aus. Schnell sah er auf und versuchte mit den Augen die Berge zu fixieren, die sich im Süden des Sees malerisch gegen den Himmel erhoben. Das half, und sein Atem wurde wieder etwas ruhiger. Als er erneut nach unten sah, entdeckte er die Frau von vorhin wieder. Sie ließ sich auf dem Rücken treiben und hatte ihren Blick nach oben gerichtet. Fast hatte er den Eindruck, als würde sie ihn beobachten. Doch dann drehte sie sich zurück auf den Bauch und begann mit kräftigen Zügen vorwärtszuschwimmen. Während er ihr nachblickte, vergaß er für einen Augenblick, wo er sich befand, bevor ihn die Angst mit einem Schlag zurück in die Wirklichkeit katapultierte. Seine Hände umklammerten das Metallgeländer, sein Herz raste, und sein Magen krampfte sich zusammen. Er musste zusehen, dass er wieder nach unten kam. Langsam hangelte er sich zurück zu dem Punkt, an dem die Treppe begann. Von dort warf er einen letzten Blick auf den See und war irritiert: Die Frau, die zuvor noch mit anmutigen Bewegungen durchs Wasser geglitten war, schlug jetzt wild um sich. Er erschrak. Hilflos irrte sein Blick zum Ufer, doch der Bademeister war gerade damit beschäftigt, ein Kind zu verarzten, das sich das Knie aufgeschlagen hatte, und auch sonst schien niemand zu bemerken, dass die Frau offenbar in Not war. Sein Gehirn berechnete in Windeseile die Zeit, die er brauchen würde, um die Treppen hinunterzuklettern und den Bademeister zu verständigen. Dann wurde ihm klar, dass es zu lange dauern würde.

Plötzlich stieß sein Körper Adrenalin im Übermaß aus. Allein davon wurde ihm erneut schlecht. Doch nun zögerte er keine Sekunde mehr. Mit unsicheren Schritten lief er über das wippende Brett nach vorne, blendete jeden Gedanken aus, holte einmal tief Luft und ließ sich in die Tiefe fallen.

Als er mit den Füßen voran eintauchte, drückte ihm die

Wucht alle Luft aus der Lunge. Für einen Moment dachte er, er würde ertrinken. Doch dann strampelte er sich nach oben, orientierte sich mit einem kurzen Blick, schwamm mit kraftvollen Zügen zu der Stelle, wo er die Frau zuletzt gesehen hatte, holte erneut tief Luft und tauchte ab. Eine eiserne Faust umklammerte sein Herz, als er sie im Wasser treiben sah. Er packte sie an den Oberarmen und zerrte sie hinauf, dem Licht entgegen, das sich mit schimmernden Strahlen einen Weg durchs Wasser suchte. Sobald er die Wasseroberfläche durchbrochen hatte, schrie er lauthals um Hilfe, und mehrere Personen am Ufer wurden auf ihn aufmerksam. Der Bademeister hechtete in voller Kleidung ins Wasser und schwamm Florian entgegen. Gemeinsam schafften sie es bedeutend schneller, die ohnmächtige Frau ans Ufer zu bringen. Dort angelangt, streckten sich ihnen sechs helfende Hände entgegen. Völlig erschöpft taumelte Florian aus dem Wasser. Wie durch einen Nebel sah er, dass der Bademeister damit begonnen hatte, die Frau wiederzubeleben.

»Brauchen Sie auch einen Arzt?«, fragte der Bademeister eine Viertelstunde später besorgt und drückte Florian einen Kaffee in die Hand. »Der Krankenwagen kommt gleich.«

Immer noch benommen, richtete Florian sich auf. Wieso kümmerte sich der Mann um ihn statt um die Frau? »Was ist mit ihr?«

»Sie ist vor ein paar Minuten zu sich gekommen, ist aber völlig desorientiert. Ich habe auch die Polizei gerufen.«

»Die Polizei? Wieso denn das?«, wollte Florian wissen.

»Vorsichtshalber. Das ist…«

Bevor er seinen Satz zu Ende führen konnte, liefen zwei Sanitäter mit einer Trage, gefolgt von einem Notarzt, durch das Strandbad. Laura, die versucht hatte, sich aufzusetzen, lag mittlerweile wieder flach am Boden. Irgendjemand hatte die

Umsicht bewiesen, ihr ein paar große Handtücher unter die Beine zu schieben und sie hochzulagern. Da sie wieder ansprechbar war, hatte sich die stabile Seitenlage erübrigt.

Laura war das Ganze fürchterlich unangenehm. Am liebsten hätte sie sich angezogen und wäre nach Hause gefahren. Doch dem Gesichtsausdruck des Arztes zufolge war das im Augenblick keine Option, und sie war auch wirklich noch ganz schön zittrig und durcheinander.

»Sie haben sie aus dem Wasser gezogen?« Die beiden Polizisten sahen Florian fragend an.

»Ja.« Florian nickte. »Ich stand auf dem Sprungturm, als ich gesehen habe, wie sie um sich schlug.«

»Dann haben Sie ihr wohl das Leben gerettet«, stellte der Polizist fest. »Kennen Sie die Frau?«

Florian schüttelte den Kopf. »Nein, aber soweit ich es mitbekommen habe, ist sie alleine hier.«

»Mist«, sagte der Polizist zu seiner Kollegin. Der Krankenwagen war so schnell mit seiner Patientin abgefahren, dass sie sie nicht hatten fragen können. »Dann müssen wir warten, bis alle Badegäste weg sind, damit wir den Spind finden und feststellen können, wer sie ist.«

»Ich glaube, ich kann Ihnen helfen.«

Verwundert sah der Polizist Florian an. »Ich dachte, Sie kennen sie nicht?«

Florian verzog den Mund. »Tue ich auch nicht. Ich habe aber gesehen, welchen Schrank sie belegt hat.«

Der Polizist nickte. »Gut. Zeigen Sie ihn mir bitte.«

Fünf Minuten später kam der Bademeister mit einem Generalschlüssel zu ihnen und öffnete den Spind der jungen Frau.

Der Polizist rief seine Kollegin zu sich, die die Personalien der anderen Badegäste aufnahm, die den Vorfall beobachtet hatten. »Besser, du machst das.«

Die junge Beamtin holte eine Handtasche heraus und durchsuchte die Fächer nach einem Portemonnaie. Nach ein paar Sekunden hatte sie gefunden, was sie suchte. Sie öffnete den Reißverschluss und zog einen Ausweis heraus. »Laura Wagner«, las sie vor. »Wohnhaft in Schliersee.«

Erleichtert atmete Florian aus. Nachdem der Polizist ihn weggeschickt hatte, hatte er in der Nähe darauf gewartet, ob er noch etwas über die Frau erfahren würde. Nun wusste er ihren Namen. Immerhin. Und dass sie in Schliersee wohnte. Der Ort war klein genug, sodass er gute Chancen hatte, sie später wiederzufinden. Aber zuerst musste er wissen, ob es ihr gut ging. Er holte seine Sachen, lief zur Umkleide und zog sich an.

Zwanzig Minuten später fuhr er auf den Parkplatz des Krankenhauses Agatharied, in das der Krankenwagen Laura sicher gebracht hatte, da es die einzige Klinik in der Nähe war und nur wenige Kilometer vom Schliersee entfernt lag. Er schickte ein Stoßgebet zum Himmel. Hoffentlich erhielt er eine Auskunft darüber, wie es Laura ging. Auch wenn er vielleicht nichts Genaues erfuhr, er musste es einfach versuchen. Irgendetwas war mit ihm passiert, als er die hübsche Frau mit dem traurigen Ausdruck gesehen hatte. Das scheue Lächeln hatte sein Herz berührt, und die schönen dunklen Augen hatten bis tief in sein Innerstes geblickt. Zumindest war es ihm so vorgekommen.

Er blieb noch eine Weile im Auto sitzen und dachte nach. Schließlich fasste er einen Entschluss, stieg aus und lief mit langen Schritten zum Eingang. An der Rezeption wartete er geduldig, bis die junge Frau hinter der großen Glasscheibe ihm Beachtung schenkte.

»Die Polizei hat mich verständigt, dass meine Freundin

nach einem Badeunfall hierher gebracht wurde. Können Sie mir sagen, in welchem Zimmer sie liegt?«

Einen Augenblick lang dachte er, dass die Frau ihn nicht verstanden hatte, da sie ihn weiterhin wartend ansah. Als er nicht reagierte, schenkte sie ihm ein freundliches Lächeln. »Solange Sie mir den Namen Ihrer Freundin nicht sagen, kann ich Ihnen nicht helfen.«

Florian wurde rot. Wie dumm von ihm. »Entschuldigung. Ich bin etwas durcheinander. Der Name ist Laura Wagner.«

»Einen Augenblick bitte.« Die Frau tippte etwas in ihren Computer und hatte nach weniger als einer Minute das Gesuchte gefunden. »Im Moment ist Ihre Freundin noch in der Notaufnahme«, sagte sie bedauernd. »Sie wird vermutlich noch untersucht. Solange das Ergebnis nicht feststeht, wissen wir auch nicht, auf welche Station sie anschließend kommt.«

Florian überlegte. Es machte keinen Sinn, vor der Unfallstation zu warten, da man dort sicherlich wissen wollen würde, wer er sei und was er von Laura wollte. Wenn er Pech hätte, wäre sogar bereits jemand von ihrer Familie vor Ort, und derjenige würde erst recht Fragen stellen. Es war besser, später zurückzukommen. Dann hätte er vielleicht mehr Glück und würde erfahren, auf welcher Station Laura lag.

❈

Am nächsten Morgen parkte er schon um acht Uhr vor der Klinik. Sein Wunsch, dass heute jemand anderes an der Rezeption sitzen würde, wurde ihm zu seiner Erleichterung erfüllt. Nie im Leben hätte ihm die junge Frau von gestern abgenommen, dass er noch immer nicht wusste, wo seine angebliche Freundin untergebracht war. Jetzt saß ein alter Drachen hinter der Glasscheibe und musterte ihn unwillig.

Florian grüßte freundlich und fragte nach Laura Wagner.

»Station vier, Zimmer zwölf.«

Erleichtert sah Florian sich um, bis er ein Schild entdeckte, das ihm den Weg wies. Nachdem er die halbe Nacht gegrübelt hatte, was er sagen sollte, wenn er Laura wiedersah, war die einzige Möglichkeit, die ihm eingefallen war, sich an die Wahrheit zu halten: Er hatte sie gerettet und wollte wissen, wie es ihr ging, und damit basta.

Bevor er die Treppe nahm, die zu der Station führte, auf der Laura lag, klingelte sein Telefon. Er sah auf das Display und wusste sofort, dass das Gespräch zu wichtig war, um es zu ignorieren. Mist. Er meldete sich, ging mit dem Handy am Ohr in Richtung Cafeteria und setzte sich an einen Tisch, der etwas abseits von den wenigen Patienten stand, die dort ihren Kaffee tranken.

Entnervt hörte er dem Anrufer zu und versuchte ihn schnellstmöglich abzuwimmeln, als Laura, gefolgt von einer Frau, die nur eine Freundin sein konnte, um die Ecke bog. Florians Herz machte einen Satz. Laura schien es wieder besser zu gehen, sonst hätte sie das Zimmer niemals auf eigenen Beinen verlassen dürfen. Trotzdem gefiel ihm nicht, was er sah. Im Gegensatz zum Vortag, als sie ihm im Schwimmbad über den Weg gelaufen war, sah Laura sehr blass aus, und ihr Gesicht war von Sorgen gezeichnet. Schnell senkte er den Blick und wandte sich etwas ab, damit sie ihn nicht erkannte.

»Hier ist es prima«, sagte Laura gequält. »Ich musste einfach aus dem Zimmer raus, sonst wäre mir noch die Decke auf den Kopf gefallen.

»Bist du dir sicher, dass du dich überhaupt von dort entfernen darfst?«, fragte Franzi besorgt.

»Alles ist besser, als untätig im Bett zu liegen. Lass uns den Tisch dort drüben nehmen.«

Das Café war um diese Uhrzeit zwar nur mäßig besucht, aber sie wollte keine Zuhörer bei dem, was sie ihrer Freundin gleich erzählen musste. Der Tisch in der Ecke war der einzige, der so etwas wie Privatsphäre bot, auch wenn am Nebentisch ein Mann saß, der ihr irgendwie bekannt vorkam. Doch da er telefonierte, würde ihn kaum interessieren, was sie mit Franzi zu besprechen hatte.

»Laura, du machst mir Angst. Wenn ich dich so ansehe, weiß ich sofort, dass etwas Schlimmes passiert ist. Und ich bin hin und her gerissen, ob ich überhaupt erfahren möchte, was los ist.«

Laura fasste nach den Händen ihrer Freundin und begann zu weinen. »Ach, Franzi, ich habe solche Angst. Die Ärzte haben festgestellt, dass die Schwindelanfälle durch ein gerissenes Trommelfell kommen. Wahrscheinlich sind das noch die Nachwehen der Ohrenentzündung, die ich infolge der Sommergrippe hatte.«

Franzi atmete erleichtert auf. »Aber das ist doch nicht schlimm. Das heilt bestimmt wieder!«

Laura ließ Franzis Hand los und putzte sich mit einer Serviette die Nase. »Das mit dem Riss ist nicht schlimm, das stimmt. Aber die Ärzte haben auch ein MRT von meinem Kopf gemacht, und dabei kam heraus, dass …«

Franzi wartete darauf, dass Laura weiterredete. Doch es kam nichts. »Laura«, sagte sie schließlich ängstlich. »Bitte sag mir, was los ist.«

Laura wurde noch blasser, als sie sowieso schon war. »Auf den Bildern ist zu sehen, dass ich ein Aneurysma im Kopf habe.«

Minutenlang war es so still, dass man eine Stecknadel hätte fallen hören können. Florian, der gerade seine Tasse zum Mund führen wollte, stellte sie zurück auf den Teller, ohne getrunken zu haben. Dem Anrufer, dessen Stimme noch immer dumpf aus seinem Telefon drang, hörte er schon längst nicht mehr zu. Obwohl es im Raum sicherlich dreiundzwanzig Grad hatte, war ihm plötzlich eiskalt. Nachdem er zuvor ebenfalls erleichtert darüber gewesen war, dass Lauras Anfall im Freibad nur von einer noch nicht verheilten Ohrenentzündung herrührte, hatte er jetzt das Gefühl, man habe ihm gerade einen Schlag in den Magen versetzt. Ein Aneurysma im Kopf? Auch wenn er sich in medizinischen Dingen nicht gut auskannte, so wusste er doch, dass mit der krankhaften Erweiterung einer Arterie nicht zu spaßen war. Am liebsten wäre er zu Laura hinübergelaufen und hätte sie in die Arme genommen.

»Und was heißt das?«, wisperte Franzi. »Muss das operiert werden?«

»Die Ärzte raten dazu«, antwortete Laura. »Sie sagen, es sei eine tickende Zeitbombe.«

»Oh mein Gott.« Franzi schlug die Hände vor den Mund. »Und wenn dabei was schiefgeht?«

»Ich habe keine Ahnung. Ich kann überhaupt nicht mehr klar denken.« Laura begann erneut zu weinen.

»Ach, Schätzchen.« Franzi streckte ihre Arme nach Laura aus und zog sie an sich. »Wir schaffen das. Irgendwie. Ich bin immer für dich da. Und all deine anderen Freunde auch, das weißt du.«

»Ja.« Laura schluchzte. »Aber ich weiß auch, dass so eine Operation fürchterlich in die Hose gehen kann.«

Liebevoll griff Franzi nach Lauras Hand. »Vielleicht solltest du nicht gleich alles so schwarzsehen. Noch hast du dich nicht entschieden, ob du die Operation überhaupt durchführen lassen willst. Oder etwa doch?« Mit einem Anflug von Panik starrte sie Laura an. »Auf alle Fälle solltest du eine zweite Meinung einholen.«

In Lauras Gesicht machte sich ein Ausdruck von Hoffnungslosigkeit breit. »Darüber habe ich auch schon nachgedacht«, sagte sie. »Das Problem ist nur, dass ich überhaupt nicht weiß, an wen ich mich wenden soll.«

»Ich denke, du kannst in jeder anderen Klinik mit dieser Frage vorstellig werden. Oder dir einen Neurologen in der Nähe suchen, der dich ebenfalls beraten kann.«

Laura starrte auf ihre Hände. »Und was dann? Was, wenn sich die zweite Meinung mit der ersten deckt?«

»Haben die Ärzte gesagt, wie dringend die Operation ist?«, wollte Franzi wissen.

»Wenn man ihnen Glauben schenken darf, dann besser gestern als heute.«

»Scheiße.«

»Da sagst du was.« Laura starrte aus dem Fenster. »Bei der OP kann einfach so viel schiefgehen. Ich will nicht darüber nachdenken, wie mein und Tonis Leben aussehen würde, falls es zu Komplikationen kommt…«

Franzi war nicht daran gelegen, ihrer Freundin falsche Hoffnungen zu machen. Trotzdem war sie sich sicher, dass die OP nicht zwangsläufig fehlschlagen müsste. »Womit musst du rechnen, falls du das beschissene Ding nicht wegmachen lässt?«

»Dass das beschissene Ding, wie du es sehr treffend nennst, irgendwann reißt, eine Blutung in meinem Gehirn verursacht und es dann vermutlich gleich ganz vorbei ist.«

»Keine gute Option«, murmelte Franzi düster.

»Ich mag mir gar nicht vorstellen…«, Laura unterbrach sich. »Kannst du mir einen Gefallen tun?«

»Jeden.«

»Ich fühle mich nicht in der Lage, das alles hundertmal zu erzählen. Könntest du Maria und Mick informieren und auch die Feuerwehr anrufen, ihnen alles erzählen und sie für heute Abend zum Skypen zusammentrommeln?« Die Feuerwehr, das waren Lauras älteste Freunde aus Berlin. Laura, Helene, Gabi und Helge waren seit ihrer Kindheit ein eingeschworenes Team, und das hatte sich auch nicht geändert, als Laura vor drei Jahren eine überraschende Erbschaft gemacht hatte und an den Schliersee gezogen war.

»Klar.« Franzi war erleichtert, dass sie etwas für ihre Freundin tun konnte. Auch wenn die fürchterlichen Neuigkeiten für die anderen sicher genauso ein Schock sein würden wie für sie, war Franzi dankbar, darüber reden zu dürfen und nicht alles in sich hineinfressen zu müssen.

»Ich habe mich noch gar nicht bei dir bedankt«, unterbrach Laura Franzis Gedanken.

»Bedankt? Wofür denn?«

»Dafür, dass du dich um Toni kümmerst, bis ich morgen entlassen werde.«

»Jetzt hör aber auf! Das ist ja wohl selbstverständlich!«

»Trotzdem danke.« Laura sah auf die Uhr. »Ich muss wieder hoch. In einer Viertelstunde steht eine weitere Untersuchung an. Drück mir die Daumen.«

»Aber so was von!« Franzi stand auf und nahm Laura fest in die Arme. »Ich drück dich und bin bei dir, was auch immer passiert«, flüsterte sie. »Ganz viel Glück!«

Erschüttert von dem, was er gehört hatte, trank Florian den Rest seines kalten Kaffees aus. Angewidert verzog er den Mund. Als er die Tasse abstellte, merkte er, dass seine Hand zitterte. Er wusste nicht, was er denken sollte. Konnte es sein, dass er Laura gestern vor dem Ertrinken gerettet hatte, nur damit sie jetzt erfahren musste, dass in ihrem Kopf eine Bombe tickte, die jederzeit hochgehen konnte? Er verstand nicht, wieso die Welt manchmal so ungerecht sein musste.

Kapitel 2

Zwei Tage später begleitete Franzi Laura nach München ins Klinikum Harlaching. Zum Glück hatte Laura dort schnell einen Termin bekommen. Da sie eine halbe Stunde zu früh waren, schlug Franzi vor, in der Cafeteria noch etwas trinken zu gehen.

»Lieber nicht.« Laura schüttelte den Kopf. »Ich befürchte, dass ich in den nächsten Wochen genügend Krankenhaus von innen zu sehen bekomme. Lass uns die Zeit lieber für einen kleinen Spaziergang nutzen.«

Das kleine Wäldchen hinter dem Krankenhaus war wie eine Oase, doch Laura hatte keinen Blick für die schönen alten Bäume und das Laub, das unter ihren Füßen raschelte. Der Herbst war gerade dabei, seine Pracht in allen Farben zu entfalten. Es war die Jahreszeit, die Laura nach dem Frühling am liebsten mochte. Zumindest, seitdem sie in Oberbayern lebte. In Berlin waren die Jahreszeiten einfach ineinander übergegangen. Aber in den Bergen des südlichsten deutschen Bundeslandes war der Unterschied zwischen den Jahreszeiten viel deutlicher spürbar. Obwohl sie den Winter früher gehasst hatte, freute sie sich mittlerweile darüber, wenn meterhoch Schnee lag. Es war so wunderschön anzusehen, wenn die Berge und Täler im Winterwunderland versanken. Doch heute konnte auch ihre geliebte Natur Laura nicht von ihren angstvollen Gedanken ablenken.

»Frau Wagner, Frau Hauser. Guten Tag.« Der ernst dreinschauende Arzt streckte ihnen die Hand zur Begrüßung entgegen. »Ich bin Professor Maurer. Bitte kommen Sie herein.«

Laura ließ sich zögernd auf der Stuhlkante nieder. Sie hatte alle Unterlagen dabei, die man ihr in Agatharied ausgehändigt hatte, wusste aber auch, dass sich die Ärzte bereits ausgetauscht hatten.

Eine Weile studierte der Arzt aufmerksam die Aufnahmen, die Laura auf einer DVD mitgebracht hatte. Dann sah er sie besorgt an.

»Ich würde Ihnen gerne erzählen, dass sich meine Kollegen geirrt haben, aber das wäre eine Lüge.« Professor Maurer nahm einen Stift, drehte den Monitor so zu ihr, dass sie das Bild darauf sehen konnte, und deutete auf die Stelle, die ihr bereits hinreichend bekannt war. »Sie müssen sich von dem Gedanken freimachen, dass es bessere oder schlechtere Stellen im Gehirn gibt, an denen ein Aneurysma sitzen kann. Egal, wo es sich befindet, es kann jederzeit reißen, und dann ist die Katastrophe in aller Regel nicht mehr aufzuhalten.« Er nahm seine Brille ab und wischte sich über die Augen. »Das Problem dabei ist, dass Sie nicht schnell genug reagieren können, falls es zu einer Ruptur der Gefäßaussackung kommt. Sie schaffen es weder rechtzeitig ins Krankenhaus, um die Blutung stoppen zu lassen, noch können Sie davon ausgehen, dass in dem Augenblick ein Operationssaal frei und ein Neurochirurg vor Ort ist, selbst wenn Sie direkt vor seiner Tür umkippen. Deswegen schließe ich mich der Meinung meines Kollegen uneingeschränkt an. Man kann im weitesten Sinne sagen, dass Sie Glück hatten, dass das Aneurysma durch einen Zufall überhaupt entdeckt wurde.«

»Und wie hoch ist die Wahrscheinlichkeit, dass das Ding reißt?«, wollte Franzi wissen, da Laura wie gelähmt auf ihrem Stuhl saß.

»Wie Sie sich vorstellen können, gibt es dazu relativ wenig aussagekräftige Erfahrungswerte.« Der Arzt kniff die Augen zusammen. »Es gibt sicherlich Menschen, die mit einem angeborenen Aneurysma bis ins hohe Alter niemals Probleme verspüren, ja, noch nicht mal wissen, was da in ihrem Kopf für eine Gefahr sitzt. Sie müssen aber auch bedenken, dass die meisten Aneurysmen, die man entdeckt, bevor sie reißen, Zufallsbefunde sind wie bei Frau Wagner. Aussackungen, die reißen und damit zum Problemfall werden, waren vorher meist nicht bekannt. Jetzt können Sie sich sicher vorstellen, dass die Dunkelziffer der Betroffenen, die damit leben, es aber nie erfahren werden, enorm hoch ist.«

»Aber das würde doch heißen …«

»Es heißt vor allem, dass man damit rechnen muss, dass eines Tages der Ernstfall eintritt«, sagte der Arzt, der genau wusste, was Franzi durch den Kopf ging. »Die Frage ist, wie man damit umgeht. Oftmals leidet die Lebensqualität betroffener Personen enorm darunter, dass sie sich nicht mehr trauen, Dinge zu unternehmen, die sie zuvor für ihr Leben gern gemacht haben, da sie Angst davor haben, dass jede noch so kleine Anstrengung tödlich sein könnte.«

Laura schloss die Augen und atmete tief durch. »Was würden Sie Ihrer Frau raten, wenn die an meiner Stelle wäre?«

Müde schob der Mediziner die Unterlagen aufeinander. »Nichts anderes als Ihnen. Dass sie die Operation durchführen lassen soll. Aber das ist eine Entscheidung, die Ihnen niemand abnehmen kann. Wie man Ihnen in Agatharied sicherlich bereits gesagt hat, birgt auch die Operation Risiken.«

Laura nickte. »Ich weiß. Und die Gefahr, dass es zu gravierenden Komplikationen kommen kann, ist groß genug, um mir eine Heidenangst zu machen.«

»Es wäre nicht normal, wenn jemand in einer solchen Situation keine Angst hätte, glauben Sie mir.« Professor Maurer zog die DVD aus seinem Rechner, schob sie in die Hülle und gab sie Laura zusammen mit den Papieren zurück. »Wenn Sie möchten, können wir Sie hier noch einmal durchchecken. Allerdings haben die Kollegen in Agatharied bereits alle Untersuchungen durchgeführt, die nötig sind.«

Laura schüttelte den Kopf. »Ich denke nicht, dass das was bringt. Es sei denn, Sie können sich vorstellen, dass Ihre Untersuchungen noch genauere Ergebnisse liefern.«

Bedauernd schüttelte der Arzt den Kopf. »Davon ist nicht auszugehen.«

Laura erhob sich und reichte ihm die Hand. »Danke, dass Sie sich die Zeit genommen haben.«

Bevor sie das Zimmer des Arztes wieder verließen, hatte Franzi noch eine Frage. »Falls Frau Wagner sich zur Operation entschließen sollte, bliebe noch die Frage, wo und vom wem sie sie durchführen lassen soll.«

Professor Maurer warf einen raschen Blick auf die Patientenakte. »Sie leben am Schliersee?«

»Ja.«

»Dann befindet sich vermutlich Ihr gesamter Freundeskreis in der Gegend?«

»Bis auf ein paar Freunde, die in Berlin wohnen.«

»Dann spricht meiner Ansicht nach nichts dagegen, dass Sie den Eingriff in Agatharied vornehmen lassen. Zumindest hätte das den Vorteil, dass Sie täglich Besuch bekommen könnten. Man sollte den Einfluss sozialer Kontakte auf die Genesung keinesfalls unterschätzen.«

»Und wie steht es mit der Qualität der Klinik?«, wollte Franzi noch wissen.

»Agatharied verfügt über eine ausgezeichnete Neurochirurgie«, sagte der Arzt. »Genau wie wir hier in Harlaching. Diese Entscheidung kann Ihnen leider auch niemand abnehmen. Aber ich bin mir sicher, dass Sie hier wie dort gut aufgehoben sein werden, falls Sie sich zu dem Eingriff entscheiden.«

Die nächsten Tage vergingen für Laura wie in einem Nebel. Sie nahm nicht wahr, dass draußen die Sonne schien, und auch nicht, in welch glühenden Farben der Herbst Einzug ins Schlierseer Tal gehalten hatte. Doch sie merkte, dass ihr ganzes Leben nur noch von dem einen Gedanken beherrscht wurde. Deshalb fasste sie einen Entschluss.

»Ich werde mich operieren lassen«, teilte sie ihren Freunden mit. Helene, Gabi und Helge waren erneut über Skype zugeschaltet, Franzi, Mick und Maria hatten es sich zusammen mit Laura in deren großer Küche bequem gemacht, nachdem sie Toni gemeinsam ins Bett gebracht hatten.

»Bist du dir da wirklich sicher?«, fragten die Freunde fast gleichzeitig.

»Nein. Aber ich habe keine ruhige Minute mehr, wenn ich es nicht machen lasse«, sagte Laura bestimmt. »Ich denke an nichts anderes mehr, und auch Toni leidet schon darunter, dass ich mehr mit mir selbst beschäftigt bin als mit ihr.«

»Aber das ist doch ganz normal, dass du wegen dieser Entscheidung am Grübeln bist!«, sagte Gabi.

»Ich weiß«, gab Laura zu. »Aber ich traue mich fast nicht mehr, etwas zu unternehmen. Ich habe ständig Angst, dass das beschissene Ding in meinem Kopf reißen könnte, selbst wenn ich nur meine Tochter hochhebe. Das heißt, ich könnte in Zukunft weder wandern noch mountainbiken gehen, noch den Skikurs weitermachen, den ich im letzten Winter begonnen habe, oder sonst irgendwas unternehmen, das auch nur im Ansatz anstrengend ist. Ich würde permanent wie die sprichwörtliche Kuh auf dem Eis stehen und nur noch wie ein Zombie durch die Gegend wandeln.«

Mick, der neben Laura saß, zog sie zu sich heran und streichelte über ihre Haare. »Ich finde auch, dass du noch etwas abwarten solltest. Das ist eine Entscheidung, die man nicht übers Knie brechen sollte.«

»Gabi und Mick haben recht«, murmelte Maria düster, die eine besonders enge Beziehung zu Laura hatte. Obwohl Laura mit Marias Bruder Anton nicht verheiratet gewesen war, war Laura für sie nicht nur ihre Freundin, sondern spätestens seit Tonis Geburt auch ihre Schwägerin, Ehebund hin oder er. Und seitdem Maria wusste, wie krank Laura war, schien alle Lebenslust von ihr gewichen zu sein. Normalerweise gab es nichts, das ihren schier unbändigen Lebenswillen zu dämpfen vermochte, aber dass Laura urplötzlich vor einer Entscheidung derartiger Tragweite stand, raubte ihr den Schlaf. »Trotzdem …« Sie sammelte sich, bevor sie weiterredete. »Trotzdem klingt das, was Laura beschreibt, nicht nach Lebensqualität.« Sie drehte sich zu Laura und blickte ihr fest in die Augen. »Spür in dich hinein, ob du denkst, dass du es schaffen kannst, deine Lebensfreude auch ohne den Eingriff wiederzufinden. Wenn dieser zombieähnliche Zustand jedoch auch in Zukunft dein Tun und Handeln beherrscht, dann bleibt dir gar nichts anderes übrig, als dich unters Messer zu legen.«

Laura begann zu weinen. »Genau das ist es, was mich so fertigmacht.« Sie schniefte. »Und dazu kommt, dass ich nicht weiß, was mit Toni werden soll, falls mir etwas zustößt.«

Es dauerte ungefähr drei Sekunden, bis die Freunde wie auf ein Stichwort anfingen, wild durcheinanderzureden. »Darüber musst du dir keine Gedanken machen!«, »Wir kümmern uns um sie!«, »Da finden wir ganz sicher eine Lösung!«

Laura hob die Hände. »Stopp! Nicht alle auf einmal.« Sie warf einen unsicheren Blick in die Runde. »Ihr könnt mir glauben, dass ich weiß, dass ihr alle für mein Mäuschen da sein werdet. Aber falls die Operation schiefgeht, und damit meine ich nicht nur, dass ich dabei sterben könnte, sondern dass ich unter Umständen danach schwerstbehindert sein könnte, dann wird das, was mit Toni geschieht, nicht in eurer Hand liegen. Dann wird sich das Jugendamt einschalten und sich um einen Vormund kümmern.«

Nach Lauras Worten trat eine betretene Stille ein. Auch

die Freunde in Berlin starrten hilflos auf den Bildschirm. Irgendwann hielt Franzi das Schweigen nicht länger aus. »Ganz ehrlich, wenn ich nur daran denke, drehe ich komplett durch.«

»Geht mir genauso.« Mick stand auf, ging zum Kühlschrank und nahm ein Bier heraus. Die Flasche in der Hand, warf er einen fragenden Blick in die Runde. »Noch jemand?«

Die anderen schüttelten die Köpfe.

Als er sich wieder setzte, sagte er: »Das kann man nur im Suff ertragen.«

Trotz der bedrückenden Situation musste Laura kichern. Sie wusste, dass Mick so gut wie nie Alkohol trank. Dass ausgerechnet er, der an einem Tag mehr Sport machte als alle anderen in einer Woche zusammen, von einem Besäufnis sprach, entbehrte nicht einer gewissen Heiterkeit.

Als Mick sah, dass Laura für einen Augenblick ihre Sorgen vergessen hatte, zog er sie erneut an sich und drückte ihr einen Kuss auf die Wange. »Es tut gut, dich lachen zu sehen.«

»Ich weiß. Und ich möchte das in Zukunft auch wieder unbeschwert können«, sagte Laura. »Was meint ihr, schafft ihr es, euch um Toni zu kümmern, solange ich im Krankenhaus liege?«

»Toni kann gerne bei mir und Stefan wohnen, solange du dich erholen musst. Egal, wie lange das dauert«, sagte Maria sofort. »Stefan wird sich riesig freuen, wenn seine kleine Cousine bei uns übernachten darf. Ich bringe ihn sowieso in der Früh in die Schule, das kann ich ohne Weiteres damit verbinden, Toni in der Kita abzusetzen. Und das mit dem Abholen bekommen wir gemeinsam ganz sicher auch hin.«

»Auf alle Fälle«, bestätigten Franzi und Mick gleichzeitig. »Zu dritt werden wir ja wohl bewältigen können, was du normalerweise alleine schaffst«, setzte Franzi hinterher. Sie war sogar froh, wenn sie etwas zu tun bekam, das ihr Ablenkung verschaffte. Nachdem sie erst vor ein paar Monaten zu ihrem Freund gezogen war, mit dem sie seit immerhin zwei Jahren zusammen gewesen war, hatte er sich, kaum dass sie ihr letztes T-Shirt in seinen Kleiderschrank geräumt hatte, als unerträglicher Pedant erwiesen, der schon ausrastete, wenn er morgens ein Haar im Bett fand. Franzi hatte sich das Theater ein paar Wochen lang angesehen und sich dabei ertappt, dass sie mit jedem Tag verstörter durch die Wohnung lief, immer auf der Hut, etwas falsch gemacht zu haben. Dann hatte sie die Reißleine gezogen. Genauso schnell, wie sie eingezogen war, hatte sie ihre Koffer gepackt und war zurück in ihre alte Wohnung geflüchtet, die sie zum Glück noch nicht gekündigt hatte. Als Peter dann, beleidigt darüber, dass sie ihm den Laufpass gegeben hatte, anfing, sie mit unfreundlichen Nachrichten zu bombardieren, hatte sie im Internet eine besonders scheußliche Badekappe aufgetrieben und ihm diese mit den Worten geschickt, dass er die seiner nächsten Freundin nachts aufsetzen solle, damit die nicht auch gleich die Flucht ergriff. Das hatte gewirkt, denn seither war Ruhe.

Auch die Berliner Feuerwehr versicherte unisono, dass sie alles dafür tun würden, um Laura und Toni zu unterstützen.

»Ich habe noch drei Wochen Urlaub«, sagte Gabi. »Die kann ich jederzeit nehmen. Vermutlich ist mein Chef sogar froh darüber, wenn ich ausnahmsweise meine Urlaubstage mal nicht mit ins neue Jahr hinüberziehe.«

»Geht mir ähnlich«, sagte Helene. »Obwohl mein Chef eher darüber froh wäre, wenn ich meine Urlaubstage verfallen lassen würde.«

Eine Weile war es still, und alle hingen ihren Gedanken nach. Und doch schwebte das, was Laura zuvor gesagt hatte, wie ein Damoklesschwert über ihren Köpfen. Schließlich war es wieder Franzi, die das Schweigen brach. »Ich weiß, dass keiner von uns darüber reden will, weil wir es am liebsten nicht wahrhaben würden. Aber Laura hat recht, wir müssen überlegen, was mit Toni geschieht, falls wirklich der schlimmste Fall eintritt.«

»Ich würde Toni jederzeit zu mir nehmen«, sagte Maria. »Da ich ihre nächste Verwandte bin, hätte ich vermutlich auch die besten Chancen, dass das Jugendamt sie zu mir gibt.« Maria schluckte einen dicken Kloß in ihrem Hals hinunter. Als Mutter konnte sie sich gut vorstellen, welche Sorgen Laura beschäftigten. Ihr selbst wäre es in dieser Situation genauso ergangen. »Aber das sollten wir vor deiner OP schriftlich festhalten, obwohl das rechtlich vielleicht nicht ohne Weiteres haltbar wäre. Trotzdem kann ich mir vorstellen, dass das Jugendamt oder ein Richter deinen Wünschen folgen würde, wenn sie den Eindruck hätten, dass es das Richtige für Toni wäre. Ich wäre auch sofort bereit, meinen Halbtagsjob aufzugeben, falls das erforderlich sein sollte.«

Laura sah ihre Schwägerin gerührt an. Sie war ihr dankbar für ihre Spontaneität und auch dafür, dass sie sich sofort bereit erklärte, ihre eigenen Bedürfnisse und Wünsche hintanzustellen. Sie wusste genau, dass Maria ihre Arbeit als Floristin und Dekorateurin nicht nur liebte; sie ging völlig darin auf, etwas Neues, Kreatives zu schaffen. Laura war sich schon vorher darüber im Klaren gewesen, dass Maria keine Sekunde zögern würde zu kündigen, wenn die Familie sie brauchte, dennoch tat es ihr gut, es jetzt noch einmal zu hören. Sie zog Maria in ihre Arme und drückte sie so fest, dass die fast keine Luft mehr bekam. »Ich danke dir so sehr.« Gerührt wischte sie sich die Tränen vom Gesicht, dann sah sie ihre anderen Freunde der Reihe nach an. »Ich danke euch allen, dass ich mir keine Sorgen um mein Mäuschen machen muss! Ich weiß, dass ihr alles Menschenmögliche unternehmen würdet, damit sie ihre Kindheit so unbeschwert wie nur irgend möglich genießen kann, und auch, dass ihr sie dabei unterstützen würdet, einen guten Weg einzuschlagen.« Erneut sah sie ihre Schwägerin an. »Bevor ich mich operieren lasse, werde ich von meinem Anwalt ein Testament aufsetzen lassen, in dem Toni alles erbt, was ich besitze, und du das Geld bis zu ihrer Volljährigkeit verwalten müsstest. Und das würde auch einschließen, dass du ausreichend Geld hättest, damit ihr ein gutes Leben führen könnt. Du sollst keinen Nachteil haben, wenn du nicht mehr arbeiten kannst.«

Nun begann auch Maria zu weinen. »Ich will aber kein Geld von dir. Kannst du nicht bitte einfach wieder gesund werden?«

Laura, die gerade das Gefühl hatte, dass ihre Freunde noch mehr Trost benötigten als sie selbst, versuchte tapfer zu lächeln. »Ich arbeite daran, versprochen.«

Kapitel 3

Fünf Tage später fuhr Laura nach München, um ihr Testament zu unterzeichnen. Alfred Brechtinger, der frühere Anwalt ihrer Tante, hatte alles nach ihren Wünschen aufgesetzt, und nun fehlte nur noch ihre Unterschrift.

»Ich würde gerne sagen, dass es mir eine Freude ist, dich zu sehen. Aber der Grund für unser Treffen ist natürlich alles andere als erfreulich.« Brechtinger führte Laura in sein Büro. Die Freundschaft, die er mit Lauras Tante ein halbes Leben lang gepflegt hatte, hatte er nach deren Tod auf Laura übertragen. Seither stand er der jungen Frau in allen rechtlichen Fragen uneigennützig zur Seite. »Ich habe alles so aufgesetzt, wie du es wolltest«, fing er an. »Allerdings habe ich eine Klausel hinzugefügt, über die wir noch nicht gesprochen haben. Die besagt, dass Maria Oberhofer monatlich eine Maximalsumme von zweitausend Euro abheben kann. Warte«, winkte er ab, als Laura ihm ins Wort fallen wollte. »Ich weiß, dass du eine derartige Einschränkung nicht willst. Trotzdem ist es zu Tonis Bestem. Auch wenn du Maria bedingungslos vertraust, glaube mir, ich habe schon Pferde kotzen sehen.« Brechtinger lächelte. »Keine Bange, ich habe mit Frau Oberhofer auch darüber gesprochen.«

Laura sah ihn erstaunt an. »Du hast mit Maria über mein Testament gesprochen?«

»Ja, sicher habe ich das. Nun guck mich nicht so entsetzt an. Frau Oberhofer begrüßt es sehr, dass dieser Paragraf existiert. Vermutlich hätte sie sich sonst nicht einmal getraut, überhaupt Geld vom Konto abzuheben. Du musst auch daran denken, dass es im Ernstfall nicht nur Toni, sondern auch sie schützt.«

»Und was ist, wenn eine größere Anschaffung ansteht?«

»Laura.« Brechtinger lächelte seine Freundin nachsichtig an. »Zweitausend Euro im Monat sind viel Geld. Vergiss das nicht. Maria hat mir verraten, dass sie für ihren Halbtagsjob etwa dreizehnhundert monatlich bekommt. Mit zweitausend ist sie also nicht schlechtergestellt als jetzt, selbst wenn sie kündigen und einen zusätzlichen Mund füttern müsste. Außerdem lässt sich der Betrag jederzeit anpassen, sobald der Lebenshaltungsindex steigt. Und die Klausel besagt ja auch nur, dass sie dieses Geld abheben kann, ohne mich fragen zu müssen. Falls sie einen größeren Kauf tätigen möchte, kann sie sich jederzeit an mich wenden, und wir entscheiden gemeinsam, inwieweit sie das Geld von deinem Konto abheben kann.«

Drei Tage nach der Testamentsunterzeichnung war es so weit. Laura hatte die paar Sachen, die sie im Krankenhaus brauchen würde, in eine Tasche gepackt und in Micks Auto verfrachtet. Nun stand ihr nur noch der Abschied von ihrer Tochter bevor. Als sie das Mädchen ansah, das wie ein kleines Äffchen an Franzis Hals hing, bekam sie kaum noch Luft. Sie hatte Toni ganz bewusst nicht darüber eingeweiht, was ihr bevorstand. Das Kind war noch zu klein, um die Tragweite der Operation zu verstehen, deswegen hatte sie Toni die Zeit mit Maria, Mick, Franzi und Gabi, die in drei Tagen aus Berlin anreisen würde, wie ein Abenteuer verkauft. Toni war damit aufgewachsen, dass sie den Freunden ihrer Mutter bedingungslos vertrauen konnte. Seit dem Tod ihres Vaters, den sie nie kennengelernt hatte, herrschte ein reges Kommen und Gehen in Lauras Haus, und Franzi, Maria oder Mick waren sowieso ständig bei ihnen. Und da ihr die Erwachsenen versprochen hatten, in den nächsten Tagen Ausflüge in den Tierpark nach München, ins Schwimmbad und vielleicht sogar in den Freizeitpark Ruhpolding zu machen, waren die Tage, die sie ohne ihre Mama verbringen würde, fast schon wie ein kleiner Urlaub für sie.

Laura kontrollierte zum wiederholten Mal, ob sie auch wirklich an alles gedacht hatte, als das Telefon klingelte.

»Stefan ist mit einem Schreiben seiner Lehrerin nach Hause gekommen«, sagte Maria mit einem Anflug von Panik in der Stimme. »Die werden die ganze Schule für mindestens zehn Tage schließen, weil unter ein paar Schülern die Masern ausgebrochen sind.«

»O Gott«, sagte Laura, für einen Moment von ihren eigenen Sorgen abgelenkt. »Hoffentlich hat Stefan sich nicht angesteckt!« Sie wusste, dass ihr Neffe keinen umfassenden Schutz gegen die Krankheit hatte, da er unmittelbar nach der Erstimpfung mit einem schweren Infekt ins Krankenhaus eingeliefert werden musste. Es konnte zwar nicht ermittelt werden, ob die beiden Sachen in unmittelbarem Zusammenhang standen, aber die Ärzte hatten daraufhin sicherheitshalber davon abgeraten, den kleinen Jungen ein zweites Mal impfen zu lassen.

»Das ist es nicht, was mich beunruhigt.« Maria schniefte. »Stefan ist zäh. Aber falls er sich tatsächlich angesteckt hat, dann erwischt es mich vielleicht auch noch. Und das heißt, dass ich dich nicht besuchen und mich um dich kümmern kann.«

Laura schluckte. So war Maria. Sie dachte immer zuerst an andere. »Oh«, sagte sie mit erstickter Stimme. Marias warmherzige, lebenslustige und aufmunternde Art würde ihr fehlen, wenn sie aus der Narkose erwachte, das wusste sie schon jetzt. »Dann versprich mir, dass du auch auf dich achtgibst, hörst du?«, setzte sie tapfer hinterher. »So ein Virus sollte man nicht auf die leichte Schulter nehmen. Ich kann mich nämlich gerade auch nicht um dich kümmern.«

Laura zerriss es fast das Herz, als die Zeit gekommen war, in die Klinik zu fahren. Obwohl ihre Tochter die gedrückte Atmosphäre in den letzten Tagen zwar wahrgenommen hatte, konnte sie noch nicht einschätzen, worum es ging. Mit ihrer kindlich-fröhlichen Art hatte sie verdrängt, dass eine trübe Stimmung über den Köpfen ihrer Mutter und der Freunde hing.

»Bist du fertig?«, fragte Franzi. Sie war schon vor zwei Stunden mit Mick gekommen, um Laura am letzten Tag vor dem großen Eingriff mit einem opulenten Frühstück zu verwöhnen.

Gedankenverloren wischte Laura ein paar Krümel vom Tisch. »Gib mir noch fünf Minuten«, bat sie, ging dann in den ersten Stock und nahm Abschied von ihrer geliebten Alm. Als sie im Schlafzimmer stand, musste sie daran denken, dass sie sich nach Antons Tod nicht hatte vorstellen können, das Haus jemals wieder zu bewohnen. Doch in den letzten Jahren hatte sie sich ihr Leben hier wieder aufgebaut und eine noch tiefere Bindung zu dem Kleinod entwickelt als zuvor. Obwohl die Erinnerungen an die Tage mit Anton noch immer präsent waren, hatte der scharfe Schmerz seine Kanten verloren. Auch wenn sie nach wie vor jeden Tag aufwachte und mit der Hand nach ihm tastete, hatte sie sich mittlerweile damit abgefunden, dass sein Platz für immer leer bleiben würde. Und vor zwei Jahren hatte sie es endlich geschafft, Antons Hof einen Besuch abzustatten, nachdem sie es die ersten Jahre nach seinem Tod noch nicht einmal übers Herz gebracht hatte, sich auch nur Fotos von dem schönen alten Haus anzusehen.

Ihre Hand hatte gezittert, als sie die Türklinke berührt hatte. Die Erinnerung an die Zeit, als Anton und sie noch wie Hund und Katz miteinander umgegangen waren und sie ein paar Tage bei ihm wohnen musste, da er sie vor dem Erfrieren gerettet und gesund gepflegt hatte, war nach wie vor gegenwärtig. Einen Augenblick war sie drauf und dran, einen Rückzieher zu machen. Doch sie wusste, dass sie es ein Leben lang bereuen würde, wenn sie jetzt wieder aufgab. Sie drückte die Klinke herunter und trat ein. Die Vergangenheit holte sie abrupt ein. Eine Ewigkeit lang hatte niemand die Räume betreten, und doch lag Antons unverkennbarer Duft noch immer in der Luft. Einen Moment lang dachte Laura, sie würde ersticken. Die Tränen liefen ihre Wange hinab, als sie in die Küche trat und den Tisch sah, an dem sie so oft zusammengesessen hatten.

»Laura? Ist alles okay mit dir?«, rief Franzi von unten und riss Laura aus ihren Gedanken.

Laura ließ ihren Blick durch ihr Schlafzimmer streichen, nahm das große Himmelbett in sich auf und trat zum Fenster.

Ihr Blick streifte die Brecherspitz und blieb an dem kleinen Bachlauf hängen, der ihr Grundstück durchquerte und an dem sie an heißen Sommertagen so gerne saß und ihre Füße in das eiskalte Wasser baumeln ließ. »Ich komme gleich«, rief sie halbherzig. Dann riss sie sich zusammen. Es würde nichts daran ändern, wenn sie noch länger hier stand und alten Erinnerungen nachhing. Sie atmete tief durch, drehte sich um und lief die Treppe hinab. Als sie in die Küche trat, bekam sie mit, wie ihre Tochter mit Mick schimpfte.

»Du musst Kakao machen, keine Milch«, sagte Toni in ihrer bezaubernden kindlichen Art.

»Laura?«, flüsterte Franzi hinter ihr. »Tu dir das nicht an. Das macht es nur noch schlimmer.«

»Ich weiß«, flüsterte Laura zurück. »Ich kann mich einfach nicht losreißen.«

Franzi drehte ihre Freundin zu sich herum und sah ihr tief in die Augen. Dann legte sie eine Hand an Lauras Wange und wischte die Tränen weg. »Lass das bloß Toni nicht sehen. Die merkt sonst doch noch, was los ist.«

Als Laura Toni vor der Kita aus dem Auto hob, drückte sie ihr kleines Mädchen fest an sich und hätte sie am liebsten nie wieder losgelassen. Tapfer presste sie die Lippen zusammen und versuchte einen Schluchzer zu unterdrücken, was ihr aber mehr schlecht als recht gelang.

»Mami, bist du traurig?«, fragte Toni auch prompt.

»Nein, Mäuschen, ich habe nur Schluckauf«, schwindelte Laura. »Sieh mal, der ist so schlimm, dass ich davon sogar weinen muss.« Sie setzte das Mädchen ab und wischte sich die Tränen aus den Augen. Dann ging sie in die Hocke, umarmte Toni ein weiteres Mal und ließ sich einen Kuss geben.

»Ich hab dich lieb, Mami.«

»Ich hab dich auch lieb, mein Schatz.«

Laura stand wie verloren auf dem Gehweg und blickte ihrer Tochter hinterher. Die drehte sich an der Tür, an der ihre Lieblingserzieherin schon auf sie wartete, noch einmal um und warf Laura eine unbeholfene Kusshand zu.

»Komm, Laura«, sagte Mick sanft, legte einen Arm um ihre Schultern und drehte sie zu sich herum.

Wie in Trance folgte Laura seiner Aufforderung, in den Wagen zu steigen, und sah mit leerem Blick aus dem Fenster, bis sie in Agatharied ankamen. Mick stellte das Fahrzeug auf dem Parkplatz des Krankenhauses ab, sprang vom Fahrersitz und rannte förmlich um das Auto herum, um Laura die Tür zu öffnen. Die verzog den Mund.

»Zum Glück kann ich das noch ganz gut alleine«, sagte sie gequält und fiel ihm um den Hals. »Drück mir nur die Daumen, dass das so auch bleibt.«

»Ehrensache.« Mick holte ihre Tasche aus dem Kofferraum und legte erneut seinen Arm um sie. »Franzi?«, rief er, als sie keine Anstalten machte auszusteigen.

Franzi erwachte aus ihrer Starre. Sie hatte den ganzen Weg über kein Wort gesagt und nur krampfhaft versucht, aus dem Albtraum aufzuwachen, in dem sie sich mit ihren Freunden befand.

Zwanzig Minuten später hatte Laura alle Aufnahmeformalitäten erledigt und lief an der Seite ihrer beiden Freunde zu ihrem Zimmer im ersten Stock.

»Puh, Glück gehabt«, sagte Franzi und verzog sofort das Gesicht. »Entschuldige, ich wollte …«

»Entschuldige dich nicht.« Laura grinste schief. »Ich weiß schon, wie du das meinst.«

»Ich meinte nur, weil du alleine im Zimmer bist.«

»Ich sage doch, dass ich weiß, was du meinst.« Laura zwinkerte ihrer Freundin zu und bat Mick, die Tasche erst mal in den Schrank zu stellen. »Ich packe später aus.« Bevor sie noch etwas sagen konnte, betrat eine Schwester das Zimmer.

»Frau Wagner? Ich bin Schwester Petra. Ich würde später gerne ein paar Dinge mit Ihnen durchgehen und Ihnen eine Beruhigungstablette bringen. Es ist Ihnen überlassen, ob Sie die nehmen wollen, es hilft aber dagegen, dass Ihre Angst vor der Operation Sie verrückt macht.«

Laura nickte beklommen. »Wie viel Zeit habe ich noch?«

Schwester Petra sah auf die Uhr. »Es reicht, wenn Sie in zwei Stunden wieder hier sind. Sie können gern ein bisschen nach draußen gehen und den schönen Tag genießen.«

Als sie aus dem Krankenhaus traten, knickten Laura die Beine weg. Zum Glück hatte Mick bemerkt, dass sie kreidebleich geworden war, und fing sie gerade noch rechtzeitig auf.

»Laura? Ist alles okay?« Franzi stand die Panik ins Gesicht geschrieben.

»Ja. Alles gut.« Laura stützte sich auf Mick. »Es ist nichts. Nur die Angst und die Aufregung.«

»Bist du dir sicher? Du weißt, es bringt nichts, wenn du jetzt gute Miene zum bösen Spiel machst.« Franzi musste sich beherrschen, um nicht laut loszuschreien. Die Sorge um ihre Freundin machte sie schier wahnsinnig.

Laura schüttelte den Kopf. »Nein, wirklich. Es geht mir gut.« Sie wich dem prüfenden Blick ihrer Freunde aus. »Kommt, lasst uns ein Stück gehen. Wer weiß schon, ob ich das jemals wieder kann.«

»Wenn du das noch mal sagst, erwürge ich dich. Dann ist es gleich vorbei mit der ganzen Angst, die wir um dich haben.« Franzi funkelte Laura empört an. »So eine Schwarzmalerei kann gerade niemand brauchen.«

»Entschuldige«, murmelte Laura. »Du hast ja recht.« Bevor sie das Thema weiter vertiefen konnten, fiel ihr plötzlich noch etwas ein. »Ach, ich wollte ja noch …«, setzte sie an. »Franzi, tust du mir einen Gefallen? Ich habe dir doch erzählt, dass ich den Mann suchen wollte, der mich im See vor dem Ertrinken gerettet hat. Ich habe in der Aufregung der letzten Woche völlig vergessen, im Strandbad anzurufen, um zu fragen, ob die seinen Namen kennen. Und jetzt …« Bekümmert ließ Laura die Schultern hängen.

»Ich kümmere mich darum«, versprach Franzi. »Aber sei mir nicht böse, wenn das noch ein paar Tage warten muss. Erst einmal soll es dir wieder gut gehen. Vorher habe ich für nichts anderes einen Kopf.«

Mick hob abwehrend die Hände, als Laura ihn fragend ansah. »Geht mir genauso. Ich tue alles für dich, das weißt du auch. Aber solange du nicht wieder völlig auf dem Damm bist, werden wir einen Teufel tun und uns um irgendetwas kümmern, das nichts mit deiner Genesung zu tun hat.«

»Und es rennt ja auch nicht davon«, ergänzte Franzi.

»Schon gut.« Laura musste zugeben, dass die Sorge ihrer Freunde ihr ausgesprochen guttat. Sie mochte sich gar nicht vorstellen, in einer derartigen Situation alleine zu sein. »Ich hab euch fürchterlich lieb. Alle beide. Ihr wisst das, oder?«

Zwei Stunden später war Laura zurück in ihrem Zimmer und besprach mit Schwester Petra die weiteren Schritte vor der Operation. Den Rat der Schwester, die Beruhigungstablette sofort zu nehmen, nahm sie gerne an. Sie war schon so nervös, dass sie genau wusste, dass sie nachts kein Auge zutun würde. Doch Schwester Petra beruhigte sie schnell.

»Sie bekommen am Abend noch eine Schlaftablette von mir. Ich würde Ihnen dringend raten, auch die zu nehmen. Es bringt nichts, wenn Sie die ganze Nacht wach liegen und darüber brüten, was alles passieren kann.«

Die Wirkung der ersten Tablette trat schnell ein. Laura legte sich aufs Bett und wäre fast eingeschlafen, so erschöpft war sie. Die letzten Nächte hatte sie überwiegend mit Grübeln verbracht, und an Schlaf war nicht zu denken gewesen. Doch mit einem Mal war ihr alles gleichgültig. Ein Hoch auf die Pharmaindustrie, dachte sie. Sie schaltete den Fernseher ein, zappte sich durch die Programme und stellte fest, dass nichts lief, was sie auch nur im Geringsten interessierte.

Sie schloss die Augen, und plötzlich stahl sich Anton in ihre Erinnerungen. Gleich ihre erste Begegnung mit dem überaus attraktiven Tierarzt hatte sie völlig aus der Bahn geworfen. Sie war gerade aus Berlin angereist und hatte sich mit dem Tor abgemüht, das den Weg zu ihrer Alm versperrte, als er plötzlich die Forststraße hochgefahren kam. Er hupte wie wild und rief, sie solle gefälligst ihren Wagen von der Straße fahren. Völlig überrumpelt von seiner Unfreundlichkeit, hatte sie später von Franzi erfahren, dass zwischen seiner und ihrer Familie eine jahrzehntelange Fehde brodelte, in der viele Einheimische für eine der beiden Partei ergriffen hatten. Als Antons bester Freund Mick ihr dann sehr überzeugend zwei Nummern zu große Wanderschuhe verkauft hatte, in der Hoffnung, dass Laura bald von den Bergen die Nase voll haben würde, hatte sie sich bei ihrer ersten Bergtour Blasen gelaufen, die so groß waren wie Hühnereier. Und dann war das Gewitter aufgezogen. Mein Gott, wie hatte sie gefroren! Bis auf die Haut durchnässt und am Ende ihrer Kräfte hatte sie in der Dunkelheit einen Unterschlupf gefunden, unter dem sie ausgerechnet der Tierarzt entdeckt hatte.

Stinksauer, dass es seine größte Widersacherin war, die er retten musste, hatte Anton sie in sein Haus gebracht und gesund gepflegt. Sie hatten sich angefaucht und gestritten, und dann hatten sie gemerkt, wie noch ganz andere Emotionen immer mehr Raum gewannen.

Laura schrak hoch, als ihr Handy piepste. Sie warf einen Blick auf das Display und lächelte, als sie Marias aufmunternde Worte las. Erneut schloss sie die Augen und versank in ihren Erinnerungen.

Maria. Laura musste unwillkürlich lächeln, als sie daran zurückdachte, wie eifersüchtig sie anfangs auf die herzliche, lebenslustige Frau gewesen war, die wie ein Wirbelwind in Antons Haus gestürmt kam und sich um Laura kümmern wollte, als Anton arbeiten musste. Doch die Eifersucht war schnell verflogen, als sich herausstellte, dass die quirlige Schönheit mit den leuchtenden Augen nicht Antons Freundin, sondern seine Schwester war, die Laura von Anbeginn an in ihr großes Herz geschlossen hatte.

Laura vermied es, an den nächsten Tag zu denken, und doch wollte sie das alles nur hinter sich haben. Als die Nachtschwester um kurz vor acht Uhr mit der Schlaftablette zur Tür hereinkam, zögerte Laura keine Sekunde, steckte sie sich in den Mund und schluckte sie hinunter, bevor die Schwester ihr sagen konnte, dass sie damit bitte bis nach der Abendvisite warten sollte. Es dauerte keine zehn Minuten, und Laura schlief das erste Mal seit ihrer Diagnose tief und fest.

Am nächsten Morgen fühlte sie sich wie gerädert. Das Schlafmittel hatte sie zehn Stunden lang ausgeknockt, und jetzt hatte sie ein Gefühl, als hätte ihr jemand einen Hammer auf den Kopf geschlagen. Zudem knurrte ihr Magen. Doch sie wusste, dass sie zwei ganze Tage lang nichts zu essen bekommen würde. Dabei war ihr jetzt schon schlecht vor Hunger. Die Operation war für den frühen Vormittag angesetzt. Danach würde sie eine lange Zeit überhaupt nichts mitbekommen. Als die Wirkung der Schlaftablette immer mehr nachließ, spürte Laura, wie die Angst sie ansprang und sich wie eine Klette an sie heftete. Fast wäre sie aus dem Bett gesprungen, hätte ihre Tasche geschnappt und das Krankenhaus mit fliegenden Fahnen verlassen, wäre in diesem Augenblick nicht die Tür aufgegangen und eine Schwester hereingekommen.

»Guten Morgen«, zwitscherte die junge Frau fröhlich. »Sie sind ja schon wach.«

»Leider. Dabei hatte ich mir gewünscht, einfach bis nach der Operation durchzuschlafen, damit ich keine Gelegenheit mehr bekomme, mir darüber Gedanken zu machen.«

Die Schwester lächelte verständnisvoll. »Das glaube ich Ihnen sofort. Möchten Sie etwas trinken?«

»Ein Glas Champagner, bitte.«

Die Schwester kicherte. »Das bekommen Sie von mir, wenn alles überstanden ist. Ehrenwort. Aber zuerst müssen Sie brav sein und die Operation gut hinter sich bringen. Versprechen Sie mir das?«

»Klar, hoch und heilig.« Laura nickte. »Ich habe ja eh nichts zu verlieren, oder? Ich kann Ihnen alles zusichern, und falls ich den Tag nicht überlebe, ist jedes Gelübde sowieso hinfällig.«

»Galgenhumor steht Ihnen nicht«, stellte die Schwester fest. »Also, wie wäre es mit einer Tasse Tee? Oder einer weiteren Beruhigungstablette?«

»Gerne beides.«

»Kommt sofort«, versprach die Schwester. »Das ist hier nämlich wie in einem Fünfsternehotel.«

»Kann ich so nicht unterschreiben«, scherzte Laura kläglich. »Soweit ich weiß, werkeln Luxusabsteigen nämlich nicht in den Köpfen ihrer Gäste herum.«

»Auch wieder wahr. Und auch das gehört dort nicht zum Zimmerservice.« Die Schwester hielt einen Einwegrasierer in die Höhe.

Laura starrte erschrocken darauf. »Muss das sein?«

»Leider.« Die Schwester fasste Laura in die lange, lockige Mähne. »Aber Sie werden nicht allzu viel davon opfern müssen. Sie haben gestern gar nicht mehr mitbekommen, dass Ihr Arzt hier war. Er hätte mit Ihnen gerne noch besprochen, wie der Tag für Sie abläuft, aber da lagen Sie schon in tiefem Schlaf.«

Laura wurde rot. »Ich hatte die Schlaftablette genommen, die mir die Nachtschwester gegeben hat.«

»Das dachten wir uns schon. Da Sie nicht mehr wachzubekommen waren, hat der Arzt den Bereich, den ich rasieren muss, mit einem schwarzen Stift angezeichnet.«

Lauras Blick wanderte erschrocken zum Spiegel. Sie kletterte aus dem Bett, drehte den Kopf zur Seite und suchte die Stelle, von der die Schwester gesprochen hatte. »So viel?«

»So viel ist das gar nicht.« Die Schwester strich Laura über den Arm. »Ich kann Sie verstehen. Sie haben wirklich wunderschöne Locken. Ich an Ihrer Stelle würde vermutlich jeden umbringen, der mir auch nur einen Zentimeter davon abschneiden will. Aber leider nützt es nichts. An der Stelle muss alles ab, aber der Bereich ist nur so groß wie ein Hühnerei. Und da Sie viele Haare haben, wird man das schon in ein paar Wochen nicht mehr sehen. Außerdem können Sie die Lücke gut kaschieren, weil sie unter dem Deckhaar liegt.«

Als die Schwester Lauras Locken vorsichtig zur Seite band und zuerst mit der Schere die etwa fünfzig Zentimeter langen Strähnen abschnitt, bevor sie den Rasierer ansetzte, liefen Laura die Tränen über die Wangen. Sie kam sich unsäglich albern vor. In ihrem Kopf wohnte ein Kobold, der nur darauf wartete, explodieren zu dürfen, und sie heulte wegen ein paar Haaren.

»Ich kann verstehen, wie schwer das für Sie ist«, sagte die Schwester mitfühlend. Sie spürte, was die junge Frau vor ihr bewegte. Es waren nicht nur die Haare. Es war ein entscheidender Abschnitt in ihrem Leben. Der gut ausgehen, aber auch tragisch enden konnte.

Obwohl ihnen die Ärzte gesagt hatten, dass es einige Stunden dauern konnte, bis Laura aus der Narkose erwachen würde, hatten sich Franzi, Mick und Gabi, die direkt vom Flughafen hergekommen war, dazu entschlossen, im Krankenhaus zu warten. Keiner der drei hätte es ausgehalten, zu Hause oder im Büro zu sitzen und Däumchen zu drehen. Toni war zumindest bis zum frühen Nachmittag in der Kita gut aufgehoben. Sie spielte bestimmt vergnügt mit den anderen Kindern und ahnte nichts von den Sorgen der Erwachsenen.

Die ersten beiden Stunden verbrachten sie in der Cafeteria, wo Gabi und Mick Unmengen an Kaffee in sich hineinschütteten. Nur Franzi hatte den Kaffee dankend abgelehnt. Sie war auch so schon nervös genug. »O Gott, nein! Wenn ich jetzt auch noch Koffein zu mir nehme, dann bekomme ich mindestens einen Herzinfarkt.«

Als die dritte Stunde angebrochen war, stand Mick auf. »Ich halte das nicht länger aus. Ich gehe zu den Operationssälen. Vielleicht kann dort irgendjemand etwas dazu sagen, wie es um Laura steht. Kommt ihr mit?«

Im Warteraum vor den Operationssälen saß eine Familie. Als die drei Freunde den Raum betraten, sprang eine Mittdreißigerin auf, setzte sich dann aber enttäuscht wieder hin. Sie hatte wohl gehofft, dass ein Arzt den Raum betreten und eine gelungene OP verkünden würde.

Die Spannung in dem Zimmer war geradezu greifbar. Offensichtlich ging es den Familienmitgliedern, die auf eine Nachricht ihrer Angehörigen warteten, genauso wie Lauras

Freunden. Obwohl die Wände in einem freundlichen Gelb gestrichen und hübsche Bilder aufgehängt waren und es sogar eine Spieleecke für Kinder gab, verströmte der Raum eine Atmosphäre, die man nur als bedrückend bezeichnen konnte. Während Gabi und Franzi sich auf die Stühle setzten, die in einer Ecke zusammengeschoben waren, machte Mick sich auf die Suche nach einem Arzt, der ihm Auskunft geben konnte. Als er wenig später zurückkam, sprangen Gabi und Franzi sofort auf und liefen ihm entgegen.

»Gibt es etwas Neues?«, fragten beide gleichzeitig.

Mick schüttelte den Kopf. »Nein. Sie ist noch im OP. Ich habe nur eine Schwester gefunden, und die wollte oder konnte mir weiter nichts sagen.«

Die nächste Stunde war der reinste Albtraum. Die Minuten verstrichen unendlich langsam, und jedes Mal, wenn eine Person an der Tür vorbeiging, wandten sich ihr sechs Augenpaare zu. Als schließlich ein Arzt das Zimmer betrat, waren alle fertig mit den Nerven. Und dann stellte sich heraus, dass der Arzt mit der Familie sprechen wollte. Während die anderen Wartenden sich erleichtert und freudestrahlend um den Hals fielen, wuchs bei Lauras Freunden die Anspannung noch.

Eine Viertelstunde später waren sie wieder alleine. Die Familie war gegangen, und nur das Ticken einer großen Wanduhr durchbrach die Stille, die sich wie ein schwerer Teppich über den Raum gelegt hatte. Als endlich ein in Grün gekleideter Mediziner den Raum betrat, blickte zunächst niemand von ihnen auf, denn sie glaubten schon fast nicht mehr daran, dass der Besuch diesmal ihnen galt.

Der hochgewachsene Mann verlangsamte seinen Gang, als er die drei Personen sah, die mit ausdruckslosen Gesichtern vor sich hin starrten. Dann atmete er tief durch und trat mit festen Schritten auf sie zu. »Sie sind die Freunde von Frau Wagner?«

Wie auf ein Kommando sprangen Franzi, Gabi und Mick auf. Franzi wurde prompt schwindlig und sie klammerte sich an Mick. Mit großen Augen sahen sie den Arzt an, während keiner einen Ton herausbrachte.

»Die Operation ist gut verlaufen. Aber …«

Bereits nach den ersten Worten brachen die drei Freunde in lauten Jubel aus. Und so nahmen sie gar nicht wahr, dass der guten Nachricht ein *aber* gefolgt war.

»Ist sie schon wach?«, fragte Mick. »Können wir zu ihr?«

Der Arzt wartete geduldig, bis sich die Aufregung gelegt hatte. Dann schüttelte er den Kopf.

»Es tut mir leid«, fing er an, »aber es kam im Anschluss der OP zu einer Komplikation.« Er wartete erneut. Es war normal, dass es eine Weile dauerte, bis die Angehörigen begriffen, was seine Worte bedeuteten. Dann sprach er weiter: »Die Operation ist zufriedenstellend verlaufen, das ist die positive Nachricht. Es gab zunächst keinen Anlass zu befürchten, dass Frau Wagners Gehirn Schaden genommen hat.«

Franzi hielt es nicht mehr länger aus. »Was heißt denn zunächst? Jetzt sagen Sie doch endlich, was los ist!« Sie konnte diese Ungewissheit nicht mehr ertragen. Wenn etwas passiert war, dann wollte sie es jetzt wissen. Es noch länger hinauszuzögern würde niemandem helfen. Auch wenn es das Allerschlimmste war. »Hat sie es nicht überlebt?«, rief sie mit erstickter Stimme.

Der Arzt erkannte die Anzeichen, dass Franzi kurz vorm Umkippen war. Schnell packte er sie sanft am Oberarm und führte sie zu einem Stuhl.

»Bitte setzen Sie sich. Alle.« Er zog sich ebenfalls einen Stuhl heran. »Doch, sie hat es überlebt. Frau Wagner hat zum Glück eine gute Konstitution. Allerdings ist nach dem Eingriff ihr Hirndruck angestiegen, und zwar in einem Maß, das äußerst ungewöhnlich ist. Wir konnten bisher nicht feststellen, wodurch diese Erhöhung ausgelöst wurde. Deswegen haben wir uns entschlossen, die Aufwachphase nicht einzuleiten, sondern Frau Wagner in ein künstliches Koma zu versetzen. Wir werden die nächsten Stunden abwarten und den Hirndruck beobachten. Dann entscheiden wir, wie wir weiter verfahren.«

»Aber woher kommt das?« Mick konnte nicht verstehen, dass die Ursache sich nicht einfach herausfinden ließ. »Sie müssen doch etwas unternehmen können!«

»Glauben Sie mir, wir unternehmen alles, was möglich ist«, sagte der Arzt ernsthaft. »Im Moment sehen wir die Situation nicht als bedrohlich an, sondern …«

»Nicht bedrohlich?«, rief Franzi aufgebracht. »Wie können Sie behaupten, dass die Situation nicht bedrohlich ist, wenn Sie Laura in ein künstliches Koma versetzen mussten? Für mich hört sich das absolut Furcht einflößend an!«

»Ich verstehe durchaus, dass es für Sie beängstigend klingt. Wir nehmen Frau Wagners Zustand sehr ernst. Im Moment läuft ein MRT, das uns Aufschluss darüber geben wird, ob es zu einer Blutung gekommen ist.«

Entsetzt schloss Franzi die Augen. Wenn es zu einer Blutung gekommen wäre, hätte Laura einen Schlaganfall erlitten. Ihr wurde schlecht. »Ich … ich halte das nicht aus«, flüsterte sie. »Können Sie denn nicht noch mehr tun?«

Besorgt musterte der Arzt die junge Frau. »Wie gesagt, wir tun bereits alles, was in unserer Macht steht.«

»Wie lange kann so ein Koma denn dauern?«, wollte Gabi wissen.

»Das lässt sich im Moment nicht genau sagen«, antwortete der Arzt offen. »Es kommt ganz darauf an, wie sich die Werte in den nächsten Stunden und auch heute Nacht entwickeln. Sollte der Druck nicht sinken, werden wir noch mal operieren müssen, um eine Entlastung vorzunehmen.«

»Um Gottes willen.« Mick vergrub sein Gesicht in den Händen.

»Das klingt schlimmer, als es ist«, versuchte der Arzt seinen Worten die Schärfe zu nehmen. »Eine Druckentlastung ist im Grunde genommen harmlos und gibt dem Gehirn die Möglichkeit, sich auszudehnen, ohne Schaden zu nehmen. Wenn der Druck zu lange anhält oder zu groß wird, wird das Gehirn gegen den Knochen gequetscht. Und das müssen wir unbedingt vermeiden.«

»Wieso machen Sie das dann nicht sofort?«, wollte Franzi wissen. »Wieso wollen Sie warten, bis es eventuell zu spät ist?«

»Wie Sie sich denken können, gibt es entsprechende Erfahrungswerte. Und die belegen, dass eine Druckentlastung im jetzigen Stadium eine unangemessene Maßnahme wäre. Zum einen, weil der Druck nicht besorgniserregend hoch ist, zum anderen, weil das Öffnen des Schädels natürlich auch nicht völlig risikofrei ist. Wir haben sorgfältig abgewogen, wie das Schaden-Nutzen-Verhältnis ist. Und das spricht im Moment eindeutig dafür abzuwarten.«

Drei Stunden später brachen die Freunde wieder auf. Sie hatten noch eine Zeit lang ausgeharrt und auf neue Informationen gewartet, doch dann hatten die Ärzte sie nach Hause geschickt. Was auch ganz gut war, denn Franzi musste Toni aus der Kita abholen, Mick musste zurück in sein Sportgeschäft, und Gabi wollte sich frisch machen, nachdem sie in aller Herrgottsfrüh von Berlin nach München geflogen und mit einem Leihwagen weiter zum Schliersee gefahren war. Über Skype hatten sie in den letzten Tagen vereinbart, dass Franzi, die nach Maria den engsten Kontakt zu Toni hatte und der die Kleine uneingeschränkt vertraute, vorübergehend zu Laura auf die Alm ziehen sollte. Gabi sollte das Gästezimmer bewohnen und sich abwechselnd mit Franzi um Toni kümmern.

Als sie zum Parkplatz liefen, fragte Franzi: »Wie sollen wir das Toni bloß beibringen?«

Mick blieb stehen. Wütend kickte er einen Stein zur Seite, dann verschränkte er die Arme. »Überhaupt nicht«, sagte er entschieden. »Fürs Erste würde ich vorschlagen, wir bleiben bei dem, was wir mit Laura vereinbart haben.«

»Du willst ihr nichts sagen?« Franzi sah ihn mit großen Augen an.

»Nein. Erstens versteht sie sowieso nicht, was mit ihrer Mutter passiert ist, und solange niemand auch nur annähernd sagen kann, wie die Geschichte ausgeht, halte ich es für besser, Toni nicht zu beunruhigen.«

»Ich finde, Mick hat recht«, sprang Gabi ihm bei. »Immerhin gibt es noch Hoffnung, dass Laura in ein paar Tagen wieder aufwacht und man ihr später nicht mal was anmerkt. Wenn wir Toni jetzt erzählen, dass ihre Mama schwer krank ist, verstören wir die süße Maus damit doch nur. Deswegen bin ich auch dafür, ihr eine heile Welt vorzuspielen. Zumindest solange uns das möglich ist.«

»Aber …« Franzi unterbrach sich. Ihre Gedanken sprangen wie ein Affe von Ast zu Ast. Doch schließlich musste sie ihren Freunden zustimmen.

»Trotzdem müssen wir ihr irgendetwas sagen«, sagte sie nach einer Weile. »Wir können schließlich nicht so tun, als ob gar nichts wäre. Was, wenn … wenn Laura nie wieder aufwacht?« Bei ihren letzten Worten kamen ihr die Tränen. »Toni würde uns das später nie verzeihen, wenn wir sie davon abgehalten hätten, ihre Mutter noch ein letztes Mal zu sehen.«

»Du bist mit deinen Gedanken schon viel zu weit in der Zukunft.« Mick zog sie zu sich heran und schloss sie fest in die Arme. »Noch wissen wir gar nichts. Lass uns einen Kompromiss machen«, schlug er vor. »Wir warten ab, wie Laura die Nacht übersteht und was die Ärzte morgen sagen, okay?«

Franzi dachte über Micks Vorschlag nach. Dann sah sie ein, dass es so das Beste war. »Also gut. Warten wir bis morgen.« Sie sah Gabi fragend an. »Kommen wir heute Abend noch mal her?«

»Ich möchte schon.« Gabis Lippen zitterten, und auch sie konnte ihre Tränen kaum zurückhalten. »Ich hoffe, dieser Albtraum ist bald vorbei, und Laura wacht wieder auf.«

Mick sah sie mitfühlend an. Obwohl er Gabi kaum kannte, spürte er, dass es ihr genauso naheging wie ihm und Franzi. Er breitete seine Arme aus. »Wenn du eine starke Schulter zum Anlehnen brauchst, dann bin ich jederzeit für dich da.«

Gabi lächelte zaghaft. Dann merkte sie, wie gut es ihr tun würde, bei ihm Trost zu finden. Sie trat einen Schritt auf ihn zu und lehnte ihren Kopf an seine Schulter. Franzi, die sich kaum aus Micks Umarmung gelöst hatte, schlang ihre Arme ebenfalls um Gabi. So standen sie eine Weile zu dritt da, und keiner von ihnen konnte sich auch nur eine Minute länger zurückhalten. Selbst Mick, dem man früher nie zugetraut hätte, dass er sich für jemand anderen als sich selbst interessierte, schämte sich seiner Tränen nicht.

»Es ist einfach nicht fair.« Mick ließ Franzi los und kramte in seiner Jackentasche nach einem Taschentuch. »Erst Anton und jetzt sie. So viel Unglück auf einmal kann es doch gar nicht geben.«

»Jetzt bist du es, der zu weit denkt.« Franzi zog ihn am Ärmel.

Mick räusperte sich und versuchte zu lächeln. »Stimmt«, gab er zu. Er blickte auf seine Uhr. »Du musst los, sonst macht die Kita zu. Dann sehen wir uns später wieder hier, okay?«

Kapitel 4

Das kleine Grüppchen, das sich wie jeden ersten Donnerstag im Monat zu einem Spieleabend zusammengefunden hatte, war in bester Stimmung. So fiel es anfangs nicht auf, dass einer von ihnen außergewöhnlich still war. Erst als er das dritte Mal verloren und mit keinem Kommentar erwähnt hatte, dass Josef wie immer ein klein wenig geschummelt hatte, merkten die anderen, dass etwas nicht stimmte.

»Flo?«, fragte Diana, ohne eine Antwort zu bekommen. »Florian!« Erneut keine Reaktion. Schließlich bohrte sie ihm ihren Zeigefinger in die Rippen.

»Aua.« Mit einem strafenden Blick sah Florian seine große Schwester an. »Spinnst du?«

Sie grinste. »Schon möglich.«

Er schüttelte den Kopf. »Was willst du denn?«

»Das frage ich mich auch.« Ihr Grinsen wurde breiter. »Du bist heute mit deinen Gedanken ganz woanders, kann das sein? Du reagierst noch nicht mal, wenn man deinen Namen ruft. Also, was ist los?«

Florian merkte, dass seine Freunde ihn gespannt anblickten. Unschlüssig zog er sein Glas zu sich und schenkte sich Wein nach. »Letzte Woche ist etwas passiert, das ich nicht mehr aus dem Kopf bekomme«, sagte er schließlich. »Ich war im Strandbad und habe dort eine Frau getroffen …«

Neugierig warteten die anderen darauf, dass er weiterredete. Doch Florian war schon wieder ganz in Gedanken versunken.

»Mein kleiner Bruder hat sich verliebt! Wer hätte das gedacht. Also, ich finde das großartig!«, lachte Diana. Sie musterte ihn mit leuchtenden Augen. Als seine Miene jedoch weiterhin betrübt blieb, zeigte sie ihm einen Vogel. »Typisch Florian. Das schaffst auch nur du. Seit Jahren hat es keine Frau geschafft, deinen Ansprüchen auch nur ansatzweise zu genügen, und jetzt, wo es endlich so weit ist, kannst du dich noch nicht einmal darüber freuen.«

»So ist das nicht«, sagte er heiser.

Diana beugte sich nach vorne. Plötzlich spürte sie, dass er es ernst meinte. Irgendetwas stimmte ganz und gar nicht. »Was ist denn passiert?«, fragte sie leise. »Möchtest du darüber reden?«

Er nickte. »Ja. Aber ich glaube nicht, dass das hier der richtige Rahmen ist.«

Jetzt ergriff Markus, den Florian schon seit der Grundschule kannte, das Wort. »Hör zu, mein Lieber«, sagte er. »Wir wären schlechte Freunde, wenn wir aus einem lustigen Abend nicht auch einen machen könnten, an dem wir füreinander da sind, wenn einer die anderen braucht. Das solltest du wissen, so lange, wie wir uns mittlerweile kennen.« Fragend sah er in die Runde. Als alle zustimmend nickten, fuhr er fort: »Wenn es etwas ist, das du mit Diana lieber alleine besprechen willst, ist euch auch keiner böse, wenn ihr jetzt verschwinden wollt.« Er blinzelte. »Das soll aber keinesfalls heißen, dass ich euch loswerden will. Es ist deine Entscheidung.«

Florian zögerte. Dann trank er einen Schluck von seinem Wein. »Die Frau, die ich am See getroffen habe, ist …« Nein, so ging es nicht. Er fing noch einmal von vorne an. »Diana hat recht. Ich habe mich verliebt. Und das ist etwas, das mich völlig irritiert. Ich weiß nämlich nichts über sie, außer dass sie eine hervorragende Schwimmerin ist, Laura heißt und jetzt in Agatharied in der Klinik liegt.«

Bestürzt nahmen seine Freunde die Nachricht auf. Diana griff nach seiner Hand. »Wieso ist sie im Krankenhaus?«

»Irgendetwas ist im Wasser mit ihr passiert. Ich stand auf dem Sprungturm und habe gesehen, dass sie Probleme bekam. Sie ist eine Zeit lang zügig geschwommen, aber dann hat sie plötzlich mit den Armen um sich geschlagen und dagegen angekämpft unterzugehen.«

Fasziniert hingen seine Freunde an seinen Lippen. Sie alle wussten, dass er seit dem Tauchunfall seiner kleinen Schwester vor ein paar Jahren allein beim Anblick von Wasser mit Panikattacken zu kämpfen hatte.

Diana drückte seine Hand fester. »Und dann?«, fragte sie besorgt. Sie wollte sich nicht vorstellen, dass ihr Bruder dabei hatte zusehen müssen, wie eine Frau nur wenige Meter von ihm entfernt fast ertrank, ohne dass er ihr hatte helfen können. Das würde er nicht überstehen.

Florian schnitt eine Grimasse. »Und dann hat mein Verstand ausgesetzt. Zum Glück.«

»Wie?« Dianas Augen wanderten über sein Gesicht. »Du bist gesprungen?«

Florian nickte. »Ja. Ich war der Einzige, der überhaupt mitbekommen hat, was sich da im Wasser abspielte. Ich habe darüber nachgedacht, wieder vom Turm zu klettern und den Bademeister zu holen, aber das hätte viel zu lange gedauert. Mir blieb also nichts anderes übrig, als zu springen.«

»Aber das ist ja großartig!«, freute sich Diana. Doch dann wurde ihr bewusst, dass er gesagt hatte, dass sie im Krankenhaus lag. Er hatte sie also retten können, aber trotzdem schien etwas schiefgegangen zu sein. »Du konntest ihr also helfen?«, fragte sie ängstlich.

»Ja.« Florians Augen glänzten, und trotz der Angst um Laura erfüllte ihn der Gedanke, dass er es tatsächlich geschafft hatte zu springen, mit Stolz. »Ich glaube, ich habe keine zehn Sekunden gebraucht, um ins Wasser zu springen und zu ihr hinzuschwimmen!«

»Und dann hat sie sich gewundert, was der komische Typ von ihr wollte«, versuchte Markus einen Scherz.

Florian ging nicht darauf ein. »Sie war bereits ohnmächtig geworden und untergegangen. Ich bin abgetaucht, hab sie hochgezogen und zum Ufer gebracht, wo inzwischen auch andere Badegäste darauf aufmerksam geworden waren, dass etwas nicht stimmt. Wir haben sie aus dem Wasser gezogen, und der Bademeister hat es geschafft, sie wiederzubeleben.«

»Gott sei Dank!« Diana schlug die Hände vor dem Mund zusammen. »Weißt du, wie es ihr jetzt geht?«

»Ich bin ins Krankenhaus gefahren, nachdem die Polizei meine Aussage aufgenommen hatte. Ich wollte unbedingt wissen, ob sie den Unfall gut überstanden hat.«

»Verständlich«, sagte Josef. »Das hätte ich auch getan. Und dort hast du sie dann kennengelernt?«

»Nein.« Florian lehnte sich zurück, und sein Blick verdüsterte sich wieder. »Sie war auf der Notaufnahme und wurde untersucht.« Er trank noch einen Schluck, dann erzählte er, was er am nächsten Tag im Krankenhaus mitbekommen hatte, als er das Gespräch zwischen Laura und ihrer Freundin mit angehört hatte.

Diana fröstelte bei der Vorstellung. »Lieber Himmel«, murmelte sie. »Die Ärmste!« Dann sah sie ihren Bruder nachdenklich an. Er hatte bis heute nicht verwinden können, was mit ihrer Schwester passiert war. Was sie vorhin zu ihm wegen seines Anspruchsdenkens gesagt hatte, war nur die halbe Wahrheit. Der zweite, weitaus gewichtigere Grund, weshalb er sich in den letzten Jahren auf keine Beziehung mehr eingelassen hatte, war seine Angst, er könne noch einmal einen geliebten Menschen verlieren. »Was willst du jetzt unternehmen?«, wollte sie wissen.

Florian starrte vor sich hin. »Ich weiß es nicht. Ich kann ja schlecht vor dem Krankenhaus kampieren. Aber ich muss sie unbedingt wiedersehen.«

Diana musterte ihn besorgt. »Du fängst jetzt aber bitte nicht an, sie zu stalken.«

Florian grinste. Der Gedanke war ihm selbst schon gekommen. »Ich versuche mein Bestes. Und falls du jemals irgendwelche entsprechenden Anzeichen an mir bemerkst, dann wirf mich bitte bei Minusgraden in den See, damit ich wieder einen klaren Kopf bekomme.«

»Versprochen.«

Auch seinen Freunden ging es wie Diana. Dass Florian seit Jahren unfähig schien, sich auf eine neue Beziehung einzulassen, hatte ihnen allen Sorgen bereitet. Dass er jetzt endlich jemanden getroffen hatte, der ihn auch nur im Entferntesten interessierte, war an sich Grund genug zur Freude. Die Umstände der Begegnung waren es allerdings weniger.

»Ich kann nicht verstehen, wieso das Leben manchmal so ungerecht ist.« Es war das Erste, was Nora zu dem Thema sagte. Sie war lange heimlich in Florian verliebt gewesen, doch dann hatte sie Josef kennengelernt und mit ihm zusammen ihr Glück gefunden. Heute war sie froh darüber, dass es damals mit Florian nicht geklappt hatte. Intuitiv hatte sie immer gespürt, dass sie nicht die Richtige für ihn war. Trotzdem fühlte sie sich ihm eng verbunden, und es tat ihr in der Seele weh, ihn so unglücklich zu sehen.

»Eigentlich bleibt dir nichts anderes übrig, als noch mal im Krankenhaus vorbeizuschauen und herauszufinden, wie es ihr geht.«

»Das wird nicht so einfach sein«, vermutete Josef. »Nach so einer großen OP liegt sie wahrscheinlich erst mal auf der Intensivstation und darf nur von Angehörigen Besuch bekommen. Und die Ärzte werden einem Fremden ganz sicher keine Auskunft darüber geben, wie ihr Zustand ist.«

»Das ist mir klar.« Florians Blick folgte einer Fliege, die sich in das warme Wohnzimmer verirrt hatte. »Schlimmstenfalls würde man mich tatsächlich für einen Stalker halten und mir Hausverbot erteilen, und dann brauche ich mich in der Klinik überhaupt nicht mehr blicken zu lassen.«

Als das Trio am nächsten Tag ins Krankenhaus kam, gab es keine Neuigkeiten. Laura hatte die Nacht gut überstanden, aber noch immer war der Druck in ihrem Gehirn zu hoch, als dass die Ärzte Entwarnung geben konnten.

»Sie sieht aus, als würde sie nur schlafen«, flüsterte Franzi, als sie hinter Gabi das Krankenzimmer betrat.

»Das tut sie im weitesten Sinne ja auch.« Vorsichtig streichelte Gabi über Lauras Arm. »Ich habe gelesen, dass Komapatienten Berührungen spüren und sich zum Teil auch an das erinnern können, was man zu ihnen gesagt hat.«

Mick trat an die andere Seite des Krankenbettes. Er ließ sich auf dem Stuhl nieder, der daneben stand, fasste vorsichtig nach Lauras Hand und riss erschrocken die Augen auf. »Sie ist ja eiskalt.«

»Das liegt an den Minusgraden hier drin.« Irritiert blickte Franzi sich um. Erst jetzt nahm sie wahr, wie kalt es in dem Raum war. »Die lassen sie ja noch erfrieren. Als ob es nicht reichen würde, dass sie in ihrem Kopf herumgebohrt haben. Das kann ja wohl nicht wahr sein!« Sie drehte sich um und stiefelte zur Tür hinaus. Auf dem Flur sprach sie die erste Krankenschwester an, die ihr über den Weg lief.

»Wieso ist es denn in dem Zimmer, in dem Laura Wagner liegt, so eisig kalt? Da holt sie sich doch noch den Tod!«

Die Krankenschwester, die ein kleines Schild an ihrem

Kittel als Schwester Magdalena auswies, lächelte milde. »Sie müssen sich keine Sorgen machen. Wir haben die Temperatur ganz bewusst heruntergefahren, damit das Gehirn von Frau Wagner nicht weiter anschwillt.«

Franzi sah die Schwester ein paar Sekunden lang verwirrt an. Dann atmete sie erleichtert auf. Darauf hätte sie eigentlich selbst kommen können. »Entschuldigung«, sagte sie leise. »Wir machen uns nur so große Sorgen um sie.«

Schwester Magdalena nickte verständnisvoll. »Natürlich machen Sie sich die. Sonst wären Sie ja auch keine gute Freundin. Ich sehe Ihnen an, wie viel Angst Sie um Frau Wagner haben. Aber Sie müssen jetzt stark sein und vor allem Geduld haben.«

»Das sagt sich so leicht«, entgegnete Franzi bedrückt. »Ich habe schon in den Nächten vor der OP verdammt schlecht geschlafen, aber seit gestern habe ich überhaupt kein Auge mehr zugemacht.«

»Es würde mir nicht anders gehen als Ihnen.« Die Schwester fasste Franzi am Arm und zog sie ein Stück zur Seite, da ein Pfleger ein Krankenbett durch den Gang schob. »Ich arbeite schon so lange hier und habe unendlich viele Patienten gesehen. Glauben Sie mir, Frau Wagner hat gute Chancen, wieder ganz gesund zu werden. Sie ist jung, körperlich sehr fit und hat ein kräftiges Herz. Das sind gute Voraussetzungen für ihren Genesungsprozess.«

»Hoffentlich haben Sie recht! Ich habe seit Jahren nicht mehr gebetet«, gestand Franzi. »Aber gestern habe ich mir überlegt, wieder damit anzufangen.«

»Schaden kann es jedenfalls nicht«, sagte Schwester Magdalena mit einem Lächeln. »Und reden Sie mit ihr. Erzählen Sie ihr alles, was Ihnen einfällt. Erlebnisse aus Ihrem Alltag, Geschichten, die Sie zusammen erlebt haben, Urlaube, die Sie miteinander geplant haben, egal was. Es ist erwiesen, dass sich

Komapatienten später oft daran erinnern können, was sie gehört haben.«

Franzi nickte eifrig. »Über das Thema habe ich mich gerade mit meinen Freunden unterhalten. Davon haben wir alle schon mal gehört. Ich frage mich nur, ob ihr das nicht auch zu viel werden kann? Ich meine …«, sie stockte, um ihre Gedanken verständlich zu formulieren. »Ich meine, wenn jeden Tag jemand von uns an ihrem Bett sitzt und ihr Geschichten erzählt, könnte sie das nicht auch überfordern?«

Schwester Magdalena kniff die Augen zusammen. Das war eine Frage, die ihr bislang noch nie jemand gestellt hatte. »Ganz ehrlich, das weiß ich nicht. Intuitiv würde ich sagen, dass es gar nicht zu viel sein kann. Im Normalfall schaffen wir es ja auch, den ganzen Tag lang ununterbrochen zu denken, zuzuhören, zu reden oder zu beobachten. Unser Gehirn ist eigentlich ohne Unterbrechung damit beschäftigt zu verarbeiten. Zudem glaube ich nicht, dass Sie wie die Heuschrecken hier einfallen und Frau Wagner zwanzig Stunden lang am Tag belagern wollen.«

»Nein, das sicher nicht.« Franzi suchte in ihrer Hosentasche nach dem Fünfzigeuroschein, den sie in der Früh eingesteckt hatte. »Gibt es hier eine Kaffeekasse?«

»Das ist lieb von Ihnen, ganz herzlichen Dank, auch im Namen meiner Kolleginnen. Wir haben ein Sparschwein, das vor dem Schwesternzimmer auf dem Tresen steht, da können Sie gerne etwas hineinstecken.«

Als Franzi zurück in Lauras Zimmer kam, sah sie ein anrührendes Bild. Gabi und Mick saßen zu beiden Seiten von Lauras Bett, streichelten behutsam über ihre Arme und unterhielten sich darüber, wie schön die Alm war, die Laura im Sommer bewohnte, und welch ein Glück Toni hatte, in einer so herrlichen Umgebung mit einer so liebevollen Mutter aufwachsen zu dürfen.

Dann blickte Mick fragend in ihre Richtung. »Hast du etwas erreichen können?«

Franzi nickte. »Es ist ganz in Ordnung, dass die Temperatur abgesenkt wurde. Es soll verhindern, dass ihr Gehirn noch mehr anschwillt.«

»Ah.« Mick hatte sich so etwas selbst schon gedacht. Aber sicher war sicher. »Es ist fürchterlich, hier zu sitzen und nicht zu wissen, ob Laura uns überhaupt hört.«

Franzi trat hinter ihn und legte ihre Hände auf seine Schultern. Sie wusste es zu schätzen, wie sehr sich Mick seit Antons Tod verändert hatte. Früher war er der sorglose Sonnyboy gewesen, ein Hansdampf in allen Gassen, der mit seinem Charme die Frauen reihenweise um den Finger wickelte, aber unfähig oder nicht willens war, eine feste Bindung einzugehen. Doch seit dem Tag, an dem Anton tödlich verunglückt und Laura an ihrem Verlust fast zerbrochen war, hatte er sich mit einem Mal gewandelt und war der beste Freund geworden, den man sich vorstellen konnte. Heute war er immer zur Stelle, wenn man ihn brauchte. Er half, wo er nur konnte. Ob es ein morsches Fenster war, das ausgetauscht werden musste, oder jemand etwas auf dem Herzen trug, für das er ein verständnisvolles Ohr brauchte, Mick hatte sich als zuverlässiger Freund und guter Zuhörer erwiesen.

Mick sah auf seine Uhr. »Gehen wir noch eine Kleinigkeit essen? Ich habe zwar keinen Appetit, aber wir sollten zusehen, dass wir trotzdem etwas in den Bauch bekommen.«

Toni war am Nachmittag auf einen Kindergeburtstag eingeladen, deswegen hatten Franzi und Gabi keine Eile, nach Hause auf die Alm zu kommen. Zudem war ihnen klar, dass sie dort doch nur Trübsal blasen würden.

Während sie auf ihr Essen warteten, fassten sie einen Beschluss. Ab dem nächsten Tag würden sie einzeln in die Klinik fahren, es sei denn, die Ärzte hatten ihnen etwas Wichtiges mitzuteilen, oder sie konnten Laura aus zeitlichen Gründen nicht nacheinander besuchen.

Mick war derjenige, der angeregt hatte, den Besuch zu splitten. »Wenn auch nur ein Körnchen Wahrheit dran ist, dass es für Lauras Genesungsprozess förderlich ist, dass wir mit ihr reden, sollten wir in Zukunft besser getrennt ins Krankenhaus fahren, damit wir insgesamt mehr Zeit bei ihr verbringen können. Wenn jeder von uns am Tag ein bis zwei Stunden bleiben kann, können wir uns abwechselnd um Toni kümmern. Und außerdem müssen wir ja irgendwann auch noch arbeiten.«

Am nächsten Tag übernahm Gabi die erste Schicht im Krankenhaus. Als sie gegen neun Uhr das Zimmer betrat, saß ein gut aussehender Mann an Lauras Bett. Verwundert musterte Gabi ihn. Sie hatte ihn noch nie gesehen, was aber nichts heißen wollte, da sie leider viel zu selten die Gelegenheit hatte, aus Berlin hierherzukommen. Als der Fremde Gabi bemerkte, sprang er auf, rückte ihr den Stuhl zurecht, murmelte einen Gruß und lief so schnell aus dem Zimmer, dass sie keine Chance hatte, ihn nach seinem Namen zu fragen.

»Was war das denn?«, murmelte Gabi irritiert, während sie dem Mann hinterhersah. Dann wandte sie sich Laura zu, die so friedlich wie am Vortag in ihrem Bett lag, während die Monitore ein unverändertes Bild zeigten und die Geräte leise vor sich hin piepsten. Alles in Ordnung also. Wenn man es denn als in Ordnung betrachten konnte, dass Laura seit Tagen nicht ansprechbar war.

Gabi hatte ein Buch mitgebracht. Sie wusste, dass Laura für ihr Leben gerne las. Obwohl ihre Lieblingslektüre Krimis waren, hatte Gabi sich dazu entschlossen, ihr einen leichten Sommerroman vorzulesen, da sie der Meinung war, dass es in

Lauras Leben zurzeit genügend Scheußlichkeiten gab. Nachdem sie ihrer Freundin eine Weile lang davon erzählt hatte, wie es Toni ging und was sie gestern noch zusammen unternommen hatten, schlug sie die erste Seite des Buchs auf und fing an zu lesen.

Die Eintönigkeit des Gepiepses war derart einschläfernd, dass Gabi sich mehrmals dabei ertappte, wie sie einnickte. Und doch verging die Zeit wie im Flug. Sie war gerade auf Seite vierunddreißig angekommen, als sich eine Hand auf ihren Arm legte. Sie blickte auf und sah in Franzis Augen. Leise klappte sie das Buch zu.

»Wie spät ist es denn? Sind meine zwei Stunden schon rum?«

»Mehr als das.« Franzi rieb sich müde über die Augen. »Ich hatte einen fürchterlichen Kunden und bin deswegen nicht pünktlich aus dem Büro weggekommen. Ich habe dir eine Nachricht geschrieben, dass es etwas später wird.«

Gabi reckte sich. »Hab ich nicht gemerkt, mein Handy ist auf lautlos gestellt. Macht aber nichts, hier drin merkt man eh nicht, wie die Zeit vergeht.«

Als sie in ihre Jacke schlüpfte, fiel ihr der merkwürdige Besucher wieder ein. »Als ich heute früh ins Zimmer gekommen bin, saß ein Mann an Lauras Bett, den ich noch nie gesehen habe. Weißt du etwas davon, dass heute früh sonst noch jemand vorbeikommen wollte?«

»Nein. Wie sah er denn aus?«

»Dunkelhaarig, lässig, Dreitagebart, ziemlich groß und sehr sportlich. Und sehr attraktiv.«

Ratlos hob Franzi die Schultern. »Keine Ahnung. Sagt mir nichts. Aber nachdem Laura vor der OP festgelegt hat, dass ihre Freunde zu Besuch kommen dürfen, werden die vermutlich jeden hier reinlassen, der ihren Namen kennt.«

Nachdenklich massierte Gabi ihre Nasenwurzel. »Ob das

wirklich ein Bekannter von ihr war? Wenn du schon nicht weißt, wer das gewesen sein könnte.«

»Darüber machst du dir einen Kopf?« Franzi war erstaunt. »Warum sollte jemand sie besuchen kommen, der sie überhaupt nicht kennt?«

»Auch wieder wahr. Ich sause dann mal los«, verabschiedete sich Gabi. »Wir sehen uns später.«

Zwei Tage lang wechselten sich die Freunde an Lauras Bett ab, deren Zustand nach wie vor stabil, aber unverändert war. Nur Maria war aufgrund der Infektionsgefahr dazu gezwungen, zu Hause auszuharren. Sie saß den ganzen Tag wie auf glühenden Kohlen und wartete darauf, dass endlich der so gefürchtete wie herbeigesehnte Anruf von Franzi oder Mick kam. Hätten die Freunde ihr nicht zwischendrin immer wieder kurze Nachrichten geschrieben und sie auf dem Laufenden gehalten, hätte sie über der Warterei vermutlich den Verstand verloren.

Inzwischen hatte auch Franzi den unbekannten Besucher an Lauras Bett angetroffen. Doch immer, wenn eine von ihnen ihn fragen wollte, wer er war und woher er Laura kannte, verschwand er so schnell, dass sie ihm kaum hinterherschauen konnten. Da er Laura jedoch ganz offensichtlich nichts Böses wollte, beschlossen die beiden Frauen, dem Ganzen keine allzu große Bedeutung beizumessen. Doch dann erzählte Schwester Magdalena, dass der Mann täglich mehrere Stunden an Lauras Bett verbrachte.

»Wie bitte?« Gabi riss erschrocken die Augen auf. »Mehrere Stunden gleich? Wann taucht der Typ denn immer hier auf?«

»Das weiß ich nicht. Er ist schon da, wenn meine Schicht beginnt.«

»Und das ist wann?«

»Um sechs Uhr dreißig.«

»Um halb sieben? Aber, das heißt ja, dass der Typ jeden Morgen mindestens eineinhalb Stunden bei Laura ist, bevor eine von uns anrückt.«

Magdalena nickte. »Und abends kommt er manchmal auch noch mal vorbei.«

Gabi konnte es nicht fassen. Sie beschloss, mit Franzi und Mick darüber zu reden. Sie mussten zumindest in Erfahrung bringen, wer der Mann war und in welcher Beziehung er zu Laura stand.

»Müssen wir das wirklich?«, fragte Mick, als er sich mit Franzi und Gabi in Lauras Alm auf ein Glas Bier zusammengesetzt hatte. »Schließlich tut er ihr ja nichts.«

»Das wissen wir doch gar nicht«, wandte Gabi ein.

»Nein, das wissen wir nicht. Aber solange er nur an Lauras Bett sitzt und nicht an den Geräten herumspielt, wird er harmlos sein. Vielleicht ist er ja ein heimlicher Verehrer?«

»Lach mich jetzt nicht aus, aber genauso wirkt er auf mich«, sagte Franzi. »Aber wie eine Bedrohung kommt er mir nicht vor.«

»Oh, Frau Psychologin in spe.« Gabi kicherte, wurde jedoch schnell wieder ernst. »Ihr habt schon recht; ich habe ja auch nicht den Eindruck, dass wir uns Sorgen machen müssen. Zumindest nicht wegen ihm«, setzte sie leise hinterher.

»Ich will zu meiner Mami.«

Wie von der Tarantel gestochen, fuhren die drei Freunde herum. Toni stand, mit einem Häschenschlafanzug bekleidet und dem dazugehörigen großen Hasen, den sie am Ohr gepackt und hinter sich hergeschleift hatte, im Türrahmen.

Franzi sprang auf und lief zu ihr. Sie breitete die Arme aus, und Toni stürzte sich bereitwillig hinein.

»Hey, Mäuschen, was machst du denn hier? Du solltest doch längst schlafen.«

»Kann nicht.«

»Och. Hat dein Hase dich wachgehalten?«

Toni schüttelte den Kopf. »Der Hasi hat nicht Schuld. Ich will zu Mami.«

Rasch wechselte Franzi einen Blick mit Gabi und Mick. Offensichtlich war es jetzt so weit. Das Märchen, dass Laura gerade ein Abenteuer erlebte, von dem sie Toni nach ihrer Rückkehr unbedingt selbst erzählen wollte, hatte ein paar Tage lang funktioniert, aber damit war es nun vorbei. Sie hatten schon am Vortag befürchtet, dass Toni das Spiel nicht länger mitspielen wollen würde, da sie immer hartnäckiger nach ihrer Mutter gefragt hatte. Die Freunde hatten noch einmal abwenden können, Toni die Wahrheit sagen zu müssen. Danach aber hatten sie sich zu einem Krisenrat zusammengesetzt und beratschlagt, was sie dem kleinen Mädchen zumuten konnten.

Franzi hob Toni hoch. »Magst du eine heiße Milch mit Honig?«

Anstelle einer Antwort nickte das Mädchen nur. Franzi warf Gabi einen Blick zu, die sofort aufstand und zum Kühlschrank lief. Bis die Milch heiß und der Honig eingerührt war, spielte Mick mit Toni Häschen in der Grube, was ihnen die Gelegenheit gab, tief durchzuatmen und sich gedanklich darauf vorzubereiten, was gleich auf sie zukam.

»So, kleine Maus, hier ist deine Milch.« Gabi stellte einen angeschlagenen Porzellanbecher vor Toni ab. Das Foto darauf zeigte Dschinn, den Hirtenhund ihres Vaters. Marias Sohn Stefan hatte das drollige Foto vor etwa sieben Jahren gemacht, nachdem Anton ihm das Fotografieren beigebracht hatte. Maria hatte eine Tasse damit bedrucken lassen, und Stefan hatte das wertvolle Stück seinem Onkel stolz zum Geburtstag geschenkt. Der Becher war der einzige Gegenstand, den

Laura aus Antons Haus mitgenommen hatte. Als Maria sie damals gefragt hatte, ob sie nicht noch weitere Andenken haben wollte, hatte Laura nur den Kopf geschüttelt. In weiser Voraussicht, dass Laura ihre Entscheidung eines Tages vielleicht bereuen könnte, hatte Maria daraufhin Antons restliche Sachen in Kartons gepackt und in ihrem Keller eingelagert.

Doch nicht nur Laura hatte Antons Tod das Herz gebrochen; auch der Hund schien den Verlust seines Herrchens nicht zu verkraften. Die drei Freunde erinnerten sich noch deutlich daran, dass Dschinn in den ersten Wochen nach Antons Tod kaum noch etwas fraß und bedenklich abmagerte. Als dann die Zeit gekommen war, in denen die Ziegen ins Tal gebracht werden mussten, da sich oben in den Bergen im Winter niemand mehr um sie kümmern konnte, wollte Dschinn seinen angestammten Platz nicht verlassen. Obwohl Mick sich alle erdenkliche Mühe gegeben hatte, den Hund dazu zu bewegen, ins Auto zu steigen, weigerte sich die treue Seele beharrlich, ihm zu folgen. Alle hatten die Hoffnung gehabt, dass Dschinn ziemlich bald einsehen würde, dass der Winter in den Bergen ohne einen warmen Unterschlupf kein Zuckerschlecken war und er ihnen schon noch ins Tal folgen würde. Doch mit den Wochen zeigte sich, dass sie sich getäuscht hatten. Mick hatte dem Hund eine große Ladung Trockenfutter in die Scheune gebracht und unternahm auf Schneeschuhen oder Tourenskiern regelmäßig Besuche zu Antons Haus, um nach Dschinn zu sehen und ihm weiteres Futter zu bringen. Hatte der Hund sich anfangs zumindest noch gelegentlich blicken lassen, wenn Mick nach ihm rief, wurden diese Begegnungen mit der Zeit immer seltener. Oft genug musste Mick auch feststellen, dass das Futter, das er in der Vorwoche gebracht hatte, unberührt geblieben war.

»Ich glaube, Dschinn will seinem Herrchen folgen«, hatte

er eines Tages traurig zu Laura gesagt. »Deswegen frisst er nichts mehr.«

Noch einmal hatte Laura ihn im nächsten Sommer entdeckt, als er auf einem Felsvorsprung saß und aus der Ferne das Haus beobachtete, das Anton gehört hatte. Doch als sie vorsichtig auf ihn zugegangen war, hatte der Hund, der nur noch ein Schatten seiner selbst war, sich umgedreht und war im Unterholz verschwunden.

Beim Anblick des Bechers war den drei Freunden das herzzerreißende Verhalten des Hundes wieder eingefallen, das ihnen auch heute noch sehr naheging. Und mittlerweile war ihnen allen klar, dass Dschinn sich im Hundehimmel befand.

Franzi lächelte gequält und fuhr mit dem Finger über das Foto auf Tonis Becher. »Weißt du, wer das ist, Toni?«

»Zinn!«

Die Erwachsenen lachten. Doch schnell erstarb ihr Lachen wieder, und sie sahen Toni schweigend dabei zu, wie sie den Becher mit beiden Händen nahm und langsam Schluck für Schluck trank, bis die Tasse leer war. Mit einem dicken Milchbart um den Mund sah sie ihre großen Freunde erwartungsvoll an. Mit der ganzen Weisheit ihrer fünf Jahre spürte sie, dass sie jetzt eine Antwort auf die Frage bekommen würde, wegen der sie nicht hatte schlafen können.

Franzi atmete tief durch und streichelte Tonis kleine Hände, die vom Halten des Bechers ganz warm waren.

»Mäuschen, du weißt doch, dass deine Mami ein Abenteuer erlebt hat.« Franzi wartete, bis Toni ernsthaft nickte. Dann fuhr sie fort: »Für deine Mami war das Abenteuer sehr anstrengend, deswegen ist sie jetzt sehr müde. Sie hat beschlossen, dass sie sich erst einmal richtig ausschlafen muss. Wenn du magst, können wir sie morgen besuchen. Du musst aber ganz leise und vorsichtig sein, damit sie nicht aufwacht.«

Gespannt beobachteten Franzi, Gabi und Mick, wie Toni diese Neuigkeit aufnahm. Die hatte den Mund offen und starrte Franzi mit großen Augen verwundert an.

»Hast du das verstanden?«, hakte Franzi liebevoll nach.

»Ja, Mami ist müde. Ich mag sie besuchen.«

Franzi lächelte. Sie streckte ihre Hand aus und wartete, dass Toni sie ergriff. Dann sagte sie: »Dann ist das abgemacht. Wir lassen die Kita morgen ausfallen und fahren stattdessen zu Mami. Jetzt aber ab ins Bett, sonst bist du morgen genauso müde wie deine Mami, und dann können wir sie nicht besuchen, weil du den ganzen Tag verschläfst.«

»Nein, Tante Franzi.« Toni kicherte lauthals los.

Mick sprang auf, nahm die Kleine auf den Arm und rief: »Hier kommt ein starker Wind, der schnappt sich ganz geschwind die kleine Toni und bringt sie in ihr Bett.«

Als Franzi sich erschöpft auf ihren Stuhl fallen ließ, fragte Gabi: »Soll ich hochgehen?«

Franzi lächelte wehmütig. »Lass Mick das ruhig alleine machen. Das Mäuschen hängt abgöttisch an ihm. Ich wette mit dir, dass es keine fünf Minuten dauert, bis sie tief und fest schläft.«

Es dauerte sogar keine drei Minuten, bis Mick leise die Treppen wieder herunterschlich und sich zu ihnen an den Tisch setzte. Gabi sah ihn sprachlos an. Sie war froh, dass sie nicht auf Franzis Wette eingegangen war. Bei ihr und Franzi dauerte es mindestens eine halbe Stunde, bis dem Mädchen die Augen zufielen und es in einen tiefen Schlaf versank.

»Kannst du mir dein Geheimnis verraten? Wie machst du das? Kannst du etwa zaubern?«

Franzi kicherte. »Wie der Zaubertrick funktioniert, weiß kein Mensch. Aber man munkelt im ganzen Schlierseer Tal, dass jede Frau, die Mick jemals ins Bett gebracht hat, sofort eingeschlafen ist.«

Mick grinste schief und dachte gar nicht daran, auf Franzis Kommentar einzugehen. Das, worüber man im Tal wirklich munkelte, war, dass er in seinem jungen Leben mehr Frauen flachgelegt hatte als ganz Schliersee Einwohnerinnen hatte. Bis vor ein paar Jahren hatte er es genossen, den Ruf eines Frauenhelden wegzuhaben. Doch diese Zeiten waren vorbei. Sowohl die, in denen er die heimliche Bewunderung der anderen Männer genossen hatte, als auch die, in denen er jeder Frau den Hof gemacht hatte. Mittlerweile war er so ruhig und seriös geworden, dass man ihm allenfalls nachsagen konnte, dass die Frauen, die versuchten, bei ihm zu landen, sich die Zähne ausbissen.

»Morgen nehmen wir Toni also mit ins Krankenhaus«, sagte er stattdessen. »Hoffentlich geht das alles gut.«

Kapitel 5

Bedrückt betrachtete Florian Lauras hübsches Gesicht. Er saß schon seit dem frühen Morgen bei ihr, erzählte ihr Geschichten und hielt dabei ihre Hand. Obwohl er es sich anfangs nicht hatte eingestehen wollen, strengte ihn die Situation an, auch wenn er nicht wirklich etwas tat. Aber alleine hier zu sitzen und die Angst nicht aus dem Kopf zu bekommen, dass Laura vielleicht nie wieder aufwachen würde, machte ihn fertig. Er hatte am Vorabend lange mit seiner Schwester darüber gesprochen und ihr gestanden, dass er sich nicht nur über Lauras Zustand Sorgen machte, sondern ebenso über seine psychische Gesundheit.

»Wie meinst du denn das?«, hatte Diana wissen wollen.

»Kannst du dir das nicht denken?«

»Doch, natürlich. Zumindest kann ich mir vorstellen, dass ich mich selbst fragen würde, ob ich noch ganz richtig im Oberstübchen bin, wenn ich jeden Tag bei einem Mann, mit dem ich noch nie gesprochen habe, am Krankenbett sitzen und ihm Geschichten aus meinem Leben erzählen würde. Vermutlich hätte ich mich selbst schon längst als plemplem diagnostiziert.«

Müde rieb sich Florian über seinen Dreitagebart. »Genau. Aber, ganz ehrlich, ich weiß nicht so recht, was ich machen soll. Das Verhalten, das ich an den Tag lege, ist sicher nicht ganz normal, das ist mir durchaus bewusst. Und trotzdem kann ich nichts dagegen tun. Ich muss einfach in Lauras Nähe sein, sonst drehe ich noch durch vor Sorge.«

Nachdenklich sah Diana ihm daraufhin in die Augen. »Und was wäre, wenn sie aufwacht und dir sagt, dass sie dich nie wiedersehen will, dass du sie nicht interessierst und du sie bitte in Ruhe lassen sollst?«

»Ich würde ihr diesen Gefallen tun.«

»Bist du dir da ganz sicher?«

»Zu neunundneunzig Prozent.«

»Und was ist mit dem restlichen einen Prozent?«

»Vielleicht würde ich ihr Blumen schicken«, antwortete Florian mit einem schiefen Grinsen. »Oder sie zum Essen einladen.«

»Und wenn sie beides nicht will?«

»Dann würde ich sie zu hundert Prozent in Ruhe lassen.«

Eine Weile blieb Diana still. Dann nickte sie. »Ich glaube dir. Und das zeigt mir, dass du doch noch ganz richtig im Kopf bist. Wenn du es nämlich nicht wärst, dann würdest du dich nicht so einfach von ihr abweisen lassen.«

»Ich hoffe, du hast recht.«

»Ganz sicher habe ich recht.« Dann fügte sie mit einem Kichern hinzu: »Vielleicht will ich mich aber auch nur noch nicht damit abfinden, dass mein kleiner Bruder ein gemeingefährlicher Stalker ist.«

Plötzlich riss ein doppelter Piepston Florian aus seinen Gedanken. Erschrocken sah er auf. Doch es war nichts Schlimmes: Nur eine kleine Extrasystole, die Lauras Herz für einen Augenblick aus dem Takt gebracht hatte. Müde streckte er seine langen Beine aus. Dann stand er auf, nahm seine Jacke vom Stuhl, berührte sanft Lauras Arm und sagte ihr, dass er in der Cafeteria einen Kaffee trinken würde.

»Ich komme noch mal zu dir, bevor ich wieder an die Arbeit gehe. Stell in der Zwischenzeit nichts an, versprichst du mir das?«

Zwanzig Minuten später sah Florian auf die Uhr. Der Kaffee hatte seine Lebensgeister wiederbelebt, und ein kleiner Spaziergang hatte sein Übriges dazu beigetragen, dass er sich wieder einigermaßen erfrischt fühlte. Jetzt blieb ihm etwa noch eine halbe Stunde, bis die erste von Lauras Freundinnen auftauchen würde, und die Zeit wollte er nutzen, um ihr die Geschichte über die freche Gänsefamilie fertigzuerzählen, die er tags zuvor im Schliersee beobachtet hatte. Und dann wollte er schnell verschwinden, bevor der nächste Besuch kam.

Auch wenn die beiden Frauen, denen er in den letzten Tagen immer wieder begegnet war, einen sehr netten Eindruck machten, hatte er keine Lust, ihnen erklären zu müssen, wer er war und warum er jeden Tag an Lauras Bett wachte. Er hatte die fragenden Blicke gesehen, die sie ihm zugeworfen hatten, und beschlossen, seine Besuchszeiten so zu legen, dass er ihnen möglichst erst gar nicht mehr über den Weg lief.

Da er sich in den letzten Tagen für seine Verhältnisse viel zu wenig bewegt hatte, nahm er nicht den Aufzug, sondern lief die Treppe nach oben zu Lauras Station. Als er in den Gang einbog, der zu ihrem Zimmer führte, stoppte er abrupt, sobald er das kleine Grüppchen sah, das im Flur stand. Mist. Heute war der Besuch früher dran als üblich, und außerdem war nicht nur eine der Frauen gekommen, sondern beide. Aber das war noch nicht alles. Sie waren in Begleitung eines hochgewachsenen Mannes, dem der Bergfex aus allen Poren strahlte: Von der Sonne gebleichte Haare, die einen neuen Schnitt nötig gehabt hätten, eine Gesichtsfarbe, die darauf schließen ließ, dass der Mann sich oft und gerne an der frischen Luft bewegte, und eisblaue Augen, die wie zwei Sterne aus der gebräunten Haut hervorstachen. Die durchtrainierte Figur wies ihn als leidenschaftlichen Sportler aus. Florian, der selbst ein begeisterter Kletterer war, musste daran denken, dass seine letzte Wanderung schon wieder Wochen her war, und er stellte sich vor, dass es Spaß machen müsste, nach einer anstrengenden Tour mit dem Mann auf einem der beeindruckenden Gipfel zu stehen und zufrieden ins Tal zu blicken.

Doch dann fiel sein Blick auf etwas anderes, und sein Atem stockte. Wie ein kleines Äffchen hing ein blond gelocktes Mädchen, das Laura wie aus dem Gesicht geschnitten war, am Hals des Mannes. Nun spürte Florian einen Stich der Eifersucht, der so heftig war, dass er das Gefühl hatte, es würde ihm den Boden unter den Füßen wegziehen. Bei all den Gedanken, die er sich in den letzten Tagen über Laura gemacht hatte, war er nicht darauf gekommen, dass sie eine Familie haben könnte. Obwohl es doch klar auf der Hand lag. Eine Frau, die so hübsch war, ging ganz sicher nicht alleine durchs Leben. Nur weil sie ohne Anhang schwimmen gegangen war und als Erstes mit einer Freundin über ihre schreckliche Diagnose gesprochen hatte, war er davon ausgegangen, dass sie Single sei. Doch nun wurde er eines Besseren belehrt. Er blieb noch ein paar Sekunden wie benommen stehen und beobachtete den kleinen Trupp. Dann drehte er sich leise um, drückte die Tür zum Treppenhaus auf und verschwand so unbemerkt, wie er gekommen war.

Als Mick Toni absetzen wollte, fing sie an zu weinen. »Nicht runter.«

»Ist schon in Ordnung.« Mick drückte seiner kleinen Freundin einen Kuss auf die Wange. Dann fasste er ihr Kinn, drehte ihren Kopf zu sich her und sah sie ernst an. »Sollen wir jetzt zu deiner Mami gehen? Du weißt noch, dass du ganz leise sein musst, damit sie sich weiter ausschlafen kann, ja?«

Toni bestätigte seine Frage mit einem todernsten Nicken.

Obwohl die Erwachsenen sie darauf vorbereitet hatten, dass ihre Mutter an viele Geräte angeschlossen war, auf denen bunte Linien zu sehen waren und die in verschiedenen Tönen piepsten, erschrak das Kind. Vorsichtig streckte Toni ihre Hand aus, und Mick musste sich ein gutes Stück hinunterbeugen, damit die Kleine das Gesicht ihrer Mutter anfassen konnte. Kaum, dass ihre Finger die kühle Haut berührten, zuckte sie erschrocken zurück und fing wieder an zu weinen.

»Sch …« Mick drückte das Mädchen fester an sich. »Nicht weinen, Schatz. Du musst keine Angst haben. Sieh mal.« Er trat zwei Schritte vom Bett weg und deutete mit dem Zeigefinger auf einen der Monitore. Zeitgleich mit dem Piepsen erschien dort etwa jede Sekunde ein grüner Zacken. »Das ist der Herzschlag deiner Mami«, erklärte er Toni geduldig. »Immer wenn ihr Herz schlägt, malt das Gerät eine kleine Bergspitze, und das Piepsen, das du hören kannst, gehört auch dazu. Verstehst du das?«

»Mhm.«

»Ich weiß doch, dass du ein kluges Mädchen bist«, sagte

Mick liebevoll. »Und weil du so gescheit bist, weißt du jetzt auch, dass deine Mami nur schläft, allerdings viel fester als sonst.«

»Warum?«

Mick deutete auf den weißen Verband, der den gesamten Kopf oberhalb von Lauras Augen bedeckte. »Mami hat sich bei ihrem Abenteuer wehgetan, deswegen hat der Onkel Doktor zu ihr gesagt, dass sie sich ausruhen soll. Und weil deine Mami sehr klug ist, ist sie gleich eingeschlafen.«

Nachdenklich bohrte Toni in der Nase. Schnell lenkte Mick sie ab, damit sie damit aufhörte. »Magst du Mami erzählen, was du gestern in der Kita alles erlebt hast?«

»Ich soll Mami doch nicht aufwecken!« Toni verstand die Welt nicht mehr. Erst erzählten die Erwachsenen, dass sie ihre Mami nicht beim Schlafen stören sollte, und jetzt fragte Mick, ob sie ihr etwas erzählen wollte.

Mick musste sich ein Grinsen verkneifen. Der Logik einer Fünfjährigen war er nicht gewachsen. »Wenn du es ihr leise erzählst, dann wacht sie nicht davon auf. Aber sie kann sich später bestimmt erinnern, was du alles zu ihr gesagt hast.«

Toni war nicht überzeugt. Bevor sie erneut einen Finger in ihre Nase stecken konnte, hielt Mick ihre Hand fest und deutete auf Franzi und Gabi, die auf der anderen Seite des Bettes saßen und Laura abwechselnd vom gestrigen Tag erzählten.

»Siehst du? Franzi und Gabi reden auch mit ihr. Aber sie flüstern, damit Mami nicht aufwacht.« Er gab dem Mädchen einen Augenblick Zeit, um sich davon zu überzeugen, dass er die Wahrheit sagte.

Erneut streckte Toni die Hand nach ihrer Mutter aus. Diesmal zuckte sie nicht zurück, als sie die kalte Haut berührte. Vorsichtig setzte Mick sie auf dem Bett ab, froh, dass sie jetzt freiwillig runter wollte. Obwohl er es gewohnt war, mit einem schweren Rucksack die Berge hochzulaufen, war ein knapp zwanzig Kilo schweres Kind, das wie eine Klette an seiner Brust hing, doch etwas ganz anderes. Er unterdrückte ein Stöhnen, reckte sich und massierte seinen Nacken.

Gabi und Franzi standen auf. Sie kamen um das Bett herum und Franzi sah Mick fast verliebt an. »Es wird Zeit, dass du eigene Kinder hast.«

Mick errötete. Er schielte rasch zu Toni hin, doch die war zu abgelenkt, um zu hören, was die Erwachsenen redeten. »Kinder? Ich? Never!«

Gabi war von der Heftigkeit seines Ausspruchs überrascht. »Aber wieso denn nicht? Wenn man dich mit Toni sieht, käme man im Leben nicht auf die Idee, dass sie nicht dein Kind ist. Du wärst der geborene Vater.«

»Korrigiere: Ich bin der geborene Onkel. Aber eigene Kinder?« Angespannt fuhr sich Mick mit der Hand durch die Haare. »Vermutlich könnte ich nicht mehr schlafen, bis die Gören volljährig sind. Und dann wahrscheinlich immer noch nicht. «

»Ich habe gehört, dass alle Männer so denken, bevor es so weit ist. Und dann schlafen sie besser als je zuvor. Sobald die Racker nachts um drei zu weinen beginnen, kann neben den Herren der Schöpfung eine Bombe explodieren, und sie zucken noch nicht mal mit den Augenlidern.«

»Hört, hört, die Fachfrau spricht«, zog Mick sie auf.

»Nur weil ich noch keine eigenen Kinder habe, heißt das noch lange nicht, dass ich nicht Bescheid weiß«, konterte Franzi.

Sie unterbrachen ihre Neckereien, da Toni angefangen hatte zu singen. Vor ein paar Tagen hatten sie in der Kita damit begonnen, ein paar Herbstlieder einzuüben. Als Toni ihrer Mutter nun ihre höchst eigene Version von *Bunt sind schon die Wälder* vortrug, bissen sich die Freunde auf die Lippen. Die ganze Situation war so herzzerreißend, dass sie allesamt kurz davor waren, in Tränen auszubrechen.

Florian traf seine Schwester in der alten Huatfabrik in Miesbach, die schon vor ein paar Jahren zu einem Café umgebaut worden war. Er hatte sie damit überrascht, dass er sie im Büro angerufen und zum Mittagessen eingeladen hatte.

»Was gibt es denn so Dringendes, das nicht bis heute Abend warten kann?«, wollte Diana wissen.

»Eigentlich wollte ich dich fragen, ob du Zeit und Lust hast, ein paar Tage mit mir nach Budapest zu fliegen.«

»Was ist passiert?«

»Wie meinst du das?«, fragte Florian irritiert.

»Ach komm schon, Bruderherz. Du willst mir doch nicht weismachen, dass du mich zum Mittagessen einlädst, nur um mich zu fragen, ob ich mit dir ein Wochenende verbringe. Da steckt doch mehr dahinter.«

Ertappt senkte Florian den Kopf. Seine Schwester war schon immer sehr gut darin gewesen, seine Gedanken zu erraten. Sie konnte ihn lesen wie ein offenes Buch. »Nur, weil ich das noch nie getan habe, heißt es ja nicht, dass nicht irgendwann das erste Mal sein kann.«

»Was für ein Schmarrn.« Diana zeigte ihm einen Vogel. »Bilde dir bloß nicht ein, du könntest mich für dumm verkaufen. Und dass du gerade jetzt, wo du in Gedanken ja quasi nur noch bei dieser Frau aus dem Strandbad bist, plötzlich ohne Anlass nach Ungarn willst, glaubt dir kein Mensch. Also raus mit der Sprache.«

Florian musste zugeben, dass Diana recht hatte. Außerdem hätte er es sich denken können, dass seine Schwester viel zu schlau war, um seine wahren Absichten nicht zu erkennen.

»Ich war im Krankenhaus.«

»Das ist nichts Neues.« Diana musterte ihn aufmerksam. »Das bist du doch täglich.«

»Ja, aber … Laura hat eine Familie.«

So etwas Ähnliches hatte sich Diana schon gedacht. Trotzdem wollte sie es genauer wissen. »Und was heißt das? Dass sie Vater und Mutter hat, drei Schwestern und vier Brüder? Oder einen Mann und Kinder?«

Florian warf seiner Schwester einen traurigen Blick zu. »Letzteres natürlich.«

»Das tut mir leid«, sagte Diana mitfühlend. Sie hätte es ihm von Herzen gegönnt, dass er endlich eine Frau fand, mit der er glücklich wurde. Und jetzt machte ihm das Schicksal einen derart grausamen Strich durch die Rechnung? Was für ein Mist! »Was willst du jetzt machen?«

Florian sah seine Schwester traurig an. »Nichts.« Er zuckte mit den Schultern. »Was kann ich schon tun? Ich werde sie in Ruhe lassen und versuchen, sie schnellstmöglich zu vergessen.«

»Ich weiß nicht, ob das der richtige Weg ist. Warte …«, sagte Diana, als Florian sie unterbrechen wollte. »Lass mich kurz nachdenken.«

Als ihm das Nachdenken zu lange dauerte, zog Florian seine Schwester an den Haaren. Als Diana empört aufsah und das freche Grinsen in seinem Gesicht bemerkte, gab sie ihm einen Knuff. »So schlecht geht es dir wohl auch wieder nicht«, sagte sie. »Wenn du dich so doof benimmst wie ein vorpubertärer Zehnjähriger, kann es nicht allzu schlimm sein.« Wehmütig dachte sie an ihre Kindheit zurück. Florian hatte es mit der kleinen Geste geschafft, sie in Sekundenschnelle wieder in ihre Kinderjahre zu katapultieren. Obwohl die Geschwister sich ausgesprochen zugetan waren, waren diverse Rangeleien damals natürlich nicht ausgeblieben. Dazu gehörte, dass der kleine Bengel es liebte, seine große Schwester an den Haaren zu ziehen, als er herausgefunden hatte, wie sehr sie das auf die Palme brachte. Heute empfand sie diese Erinnerungen an ihre unbeschwerte Kindheit als etwas überaus Kostbares.

Jetzt aber wollte sie ihren Gedanken zu Ende bringen. »Wie gesagt, ich glaube nicht, dass es der richtige Weg ist, Laura nicht wiederzusehen. Ich meine«, unschlüssig drehte sie ihr leeres Glas in den Händen, »immerhin hast du ihr das Leben gerettet. Ich finde, du solltest sie das zumindest wissen lassen.«

»Und wie stellst du dir das vor?«, fragte Florian. »Ich kann ja schlecht in ihr Zimmer spazieren, sie an den Haaren ziehen und zu ihr sagen: ›Wach endlich auf, du Schlafmütze, hier steht dein Lebensretter.‹«

»Vielleicht wäre das gar keine schlechte Idee.« Diana bestellte noch ein Wasser. »Wenn sie darauf reagiert und aus ihrem Dornröschenschlaf erwacht, dann hast du gute Chancen darauf, dass sie ihrem Mann den Laufpass gibt und dich zu ihrem Prinzen wählt.«

»Machst du dich gerade über mich lustig?«

Diana schüttelte den Kopf. »Natürlich nicht. Aber, ganz ehrlich, ich weiß wirklich nicht, was in deiner Situation das Richtige ist. Trotzdem glaube ich, dass du ihr sagen solltest, dass du es warst, der sie aus dem See gezogen und ihr Leben gerettet hat. Natürlich nur, falls sie jemals wieder aufwacht«, fügte sie leise hinzu.

»Das werde ich aber nur herausfinden, wenn ich weiterhin ihr Krankenzimmer belagere und dabei Gefahr laufe, ihrem Mann zu begegnen. Und eine Konfrontation mit dem will ich, offen gestanden, nicht riskieren.«

»Vielleicht wäre es besser, wenn du nicht mehr jeden Tag im Krankenhaus auftauchst. Warte ein wenig ab, und schau dann wieder nach ihr. Vielleicht hat sich ihr Zustand bis dahin ja auch gebessert.«

»Ich weiß nicht so recht.« Florian sah seine Schwester unglücklich an. »Und selbst wenn sie wieder aufwacht und ich es ihr sage, wozu soll das gut sein?«

»Damit *du* damit abschließen kannst, Florian. Weißt du, ich glaube, wenn man etwas auf dem Herzen trägt, soll man dem auch nachgeben. Wenn du ihr nie sagst, dass du es warst, der ihr das Leben gerettet hat, wirst du ewig darüber nachdenken, ob du es nicht doch hättest tun sollen. Und je länger du damit wartest, desto schwieriger wird es. Du kannst ja schlecht in fünf Jahren zu ihr gehen und sagen: Übrigens war ich es, der dich damals gerettet hat.«

»Warum eigentlich nicht? Ich kann ja auch warten, bis wir alle alt und grau sind, das wär doch mal eine tolle Überraschung«, versuchte sich Florian an einem mageren Scherz.

Diana verdrehte die Augen. Manchmal war ihr kleiner Bruder einfach ein Idiot. »Dann kannst du es auch gleich in deinen Grabstein meißeln lassen.«

❄

Da der Besuch mit Toni an Lauras Krankenbett letztendlich viel besser gelaufen war, als die Freunde zu hoffen gewagt hatten, beschlossen sie, das Mädchen ab sofort jeden Tag mit ins Krankenhaus zu nehmen. Tonis heitere kindliche Art war wie ein Sonnenstrahl, der die komplette Station erhellte. Auch die diensthabende Oberschwester, die auf einen Sprung hereinschaute, blieb an der Tür stehen und ließ das friedvolle Bild auf sich wirken. Über ihre abgehetzten Züge glitt schon nach wenigen Minuten ein verzaubertes Lächeln. Dem Kind zuzusehen, wie es seiner Mutter die Haare kämmte und dabei unaufhörlich leise plapperte, fühlte sich an wie die Rast auf einer Sommerwiese. Um das Idyll nicht zu stören, verschob die Schwester ihren Kontrollgang um eine halbe Stunde. Leise schloss sie die Tür und ließ das kleine Grüppchen alleine.

Eine Stunde später verständigten sich Franzi, Gabi und Mick mit einem wortlosen Blick. Für heute war es genug. Toni war deutlich anzusehen, dass die ungewohnte Situation sie anstrengte.

Behutsam hob Mick das Mädchen hoch, das sofort vertrauensvoll seine Arme um seinen Hals legte. Er strich der Kleinen die Haare hinters Ohr und flüsterte: »Möchtest du morgen wiederkommen?«

»Ich will Mami mit nach Hause nehmen.«

»Ich weiß, Schatz, das würden wir alle gerne machen. Aber ein bisschen muss Mami noch hierbleiben. Damit sie sich ganz erholt und wieder Kuchen mit dir backen kann.«

Schließlich gab das Kind nach. Auch wenn es ihr schwerfiel, war Toni doch auch ganz froh, das komisch riechende, kalte Krankenzimmer verlassen zu können und draußen noch etwas herumzutoben.

Kapitel 6

Nach zwei Besuchen im Krankenhaus hatte sich Toni an den Zustand ihrer Mutter gewöhnt, was für alle eine große Erleichterung war. Mick kniete sich nieder und war gerade dabei, Tonis Jacke zuzuknöpfen, als ein Arzt ins Zimmer kam und fast über ihn gestolpert wäre. »Gut, dass ich Sie alle hier treffe.« Der Arzt ließ seinen Blick über die kleine Runde schweifen. »Es gibt Neuigkeiten«, murmelte er etwas undeutlich. Er wusste nicht, inwieweit das kleine Mädchen in die Lage seiner Mutter eingeweiht war.

Obwohl Mick darauf brannte zu erfahren, was es Neues gab, sagte er sofort: »Geht ihr schon mal vor. Toni will ihrer Mami sicher noch einen Kuss geben, bevor wir gehen.«

Nachdem Toni sich von ihrer Mutter verabschiedet hatte, versuchte Mick sie abzulenken, um dem kleinen Grüppchen im Flur mehr Zeit zu verschaffen. Durch die Glasscheibe, die das Zimmer mit dem Gang verband, konnte er sehen, dass Franzi und Gabi in eine lebhafte Diskussion mit dem Arzt verwickelt waren. Eine kalte Hand griff nach seinem Herzen, und eine tiefe Falte bildete sich auf seiner Stirn, als er Laura ansah. Wie friedlich sie dalag. Bitte, lieber Gott, lass es gute Nachrichten sein, betete er still. Endlich sah Franzi zu ihm herüber und nickte leicht. Liebevoll strich er Toni das Haar aus der Stirn. »Komm, Schatz. Lass uns gehen.«

Toni ließ sich vom Bett herunterheben und fasste nach Micks Hand.

Als sie zu den anderen auf den Flur traten, vermeinte Mick, eine Mischung aus Erleichterung und Bestürzung in ihren Gesichtern zu lesen. Bevor er etwas fragen konnte, deutete Franzi mit einer unauffälligen Kopfbewegung auf Toni und formte lautlos das Wort *später.*

Mick brannte darauf zu erfahren, was der Arzt gesagt hatte. Doch zunächst musste er sich weiter gedulden. Toni war, wie jedes Mal, wenn sie aus dem Krankenhaus kamen, fürchterlich aufgedreht und musste den Erwachsenen bis ins kleinste Detail alles erzählen, was sie wahrgenommen hatte. Auch wenn Mick völlig vernarrt in Lauras Tochter war, war er jetzt kurz davor, sie zu fesseln und zu knebeln und in den Kofferraum zu sperren.

Franzi spürte seine Qualen. Als sie das Ortsschild von Schliersee passierten, gab sie ihm ein Zeichen. »Halt hier mal kurz an, ich muss aufs Klo. Du doch sicher auch, oder?«

Gabi verstand sofort, was Franzi im Schilde führte, und streckte den Daumen nach oben, als Franzi sich zu ihr umdrehte. »Ich muss nicht. Und bei dem Wetter will ich auch nicht aussteigen. Du doch sicher auch nicht, Toni?«

Auch Mick hatte kapiert, was Franzi vorhatte. »Gute Idee!« Er stellte den Motor ab, sprang aus dem Auto und stiefelte Franzi hinterher, die Kurs auf ein kleines Café am Straßenrand genommen hatte.

»Wir nehmen zwei Cappuccino zum Hiertrinken und einen zum Mitnehmen«, bestellte Mick bei der Frau, die hinter dem Tresen herumwerkelte. »Und falls Sie uns einen Kakao to-go machen können, wäre das klasse.«

»Schieß los«, forderte Mick Franzi auf, nachdem sie sich mit ihren Getränken an einen Tisch am Fenster verzogen hatten.

Endlich konnte Franzi ihren Gefühlen freien Lauf lassen. »Danke, dass du dich um Toni gekümmert hast, während wir mit dem Arzt gesprochen haben.« Das musste sie zuallererst loswerden. Dadurch, dass er das Mädchen abgelenkt hatte, wusste er schließlich noch immer nicht, ob die Diagnose, die der Mediziner überbracht hatte, gut oder schlecht war.

»Und?«, fragte Mick ungeduldig. »War es eine gute Nachricht?«

»Ich weiß es ehrlich gesagt selbst nicht«, sagte Franzi verzweifelt. »Ich meine, natürlich ist sie gut. Aber …«

»Könntest du bitte aufhören, so herumzudrucksen?« Mick verlor fast die Geduld. »Sag einfach, was los ist!«

»Das will ich ja«, jammerte Franzi. »Aber ich bin so durcheinander.«

Mick verzichtete darauf, Franzi weiter unter Druck zu setzen. Er nahm ihr die Tasse aus der Hand, stellte sie auf dem Tisch ab und zog sie in seine Arme.

Franzi konnte nicht verhindern, dass ihr die Tränen in die Augen schossen. »Mick, ich habe solche Angst.«

Mick schob sie ein Stück von sich weg und sah sie sorgenvoll an. »Geht es Laura denn schlechter?«

»Nein. Der Arzt sagt, dass der Druck endlich nachgelassen hat.«

Mick verstand die Welt nicht mehr. »Aber das ist doch großartig!«

»Du verstehst nicht«, schniefte Franzi. »Der Arzt sagt auch, dass es völlig ungewiss ist, ob sie jemals wieder aufwachen wird, und falls ja, ob sie wieder ganz die Alte wird.«

Mick schüttelte den Kopf. Das durfte einfach nicht sein. Die Vorstellung, dass Laura aus dem Koma erwachen und vielleicht eine Fremde für sie sein würde, war so grauenvoll, dass er diesen Gedanken nicht an sich herankommen lassen wollte. Er würde lieber bis zur letzten Sekunde hoffen und beten, dass sie wieder ganz wie früher werden würde. Außerdem verwirrte ihn, wie unzusammenhängend Franzi ihre Gedanken formuliert hatte. »Hat der Arzt das genau so gesagt?«

»Ich weiß es nicht mehr. Ich bin irgendwie total durcheinander.« Resigniert hob Franzi die Schultern und ließ sie sofort wieder sinken. »Er hat gesagt, dass sie noch die Nacht abwarten wollen, und falls die Werte morgen gut sind, dann wollen sie sie aufwachen lassen.«

Es dauerte ein paar Sekunden, bis Mick verstand, was Franzi da gesagt hatte. Das war doch eine hervorragende Nachricht! Franzi durfte nicht immer so pessimistisch sein. Er fasste sie an den Schultern und schüttelte sie sanft. »Schatz, das ist doch besser, als wenn sie noch ewig in diesem Zustand vor sich hin dämmern würde.«

Franzi zupfte die kleine Serviette unter ihrer Tasse hervor

und schnäuzte sich die Nase. »Das weiß ich doch auch«, sagte sie unglücklich. »Aber weißt du, solange sie so friedlich da liegt, kann nichts passieren. Verstehst du, was ich meine?«

Mick schüttelte den Kopf. »Nein, das tue ich nicht. Aber ich ahne, was in dir vorgeht. Kann es sein, dass du Panik hast, dass noch weitere unvorhersehbare Komplikationen auftreten?«

»Das trifft es ziemlich gut«, murmelte Franzi. »Solange Laura im Koma liegt und die Ärzte nichts daran ändern, weiß ich, dass ich keine Angst mehr haben muss. Ich weiß einfach, dass sie weiterleben wird. Aber was ist, wenn sie sie aus diesem Zustand herausholen und Laura trotzdem nicht aufwacht? Dann gibt es keine Hoffnung mehr.«

»Das macht mir genauso viel Angst wie dir. Aber wir dürfen die Hoffnung nicht aufgeben. Unsere Laura ist stark. Sie wird das schaffen.« Zärtlich richtete er den Kragen von Franzis Jacke, der nach innen geschlagen war. Dann zog er sie erneut in seine Arme. »Gemeinsam schaffen wir das, okay?« Er spürte das Nicken ihres Kopfes an seiner Schulter. »Und selbst falls der schlimmste Fall eintreten sollte, werden wir zusammenhalten und für Toni da sein. Die wird uns dann mehr brauchen als jemals zuvor. Allein für sie müssen wir jetzt stark sein, in Ordnung?«

»Du hast recht«, weinte Franzi. Dann wischte sie sich die Tränen vom Gesicht. »Wie sehe ich aus?«

Er grinste. »Darüber machst du dir Gedanken?« Er konnte es nicht lassen, sie aufzuziehen, auch wenn er genau wusste, weshalb sie diese Frage stellte.

Franzi boxte ihm in die Seite. »Du Hornochse! Ich will doch nur nicht, dass Toni sieht, dass ich geheult habe.«

Mick fing ihre Hand ab, als sie ihn erneut boxen wollte. »Denkst du, ich weiß das nicht?«

Dass er sie nur aufgezogen hatte, brachte Franzi noch mehr

auf die Palme. Aber solange sie sauer war, fing sie zumindest nicht wieder an zu weinen. Und es war wirklich keine gute Idee, wenn Toni sie so sehen würde. Keiner von ihnen hatte Lust, das Kind erneut anzulügen.

»Geht es wieder?«, wollte Mick von Franzi wissen.

»Ja, du Blödmann.« Franzi nahm den Cappuccino und den Kakao, die sie für Gabi und Toni bestellt hatten, und wandte sich zum Gehen.

Als die Freunde am nächsten Tag frühmorgens aufbrachen, um zuerst Toni in die Kita zu bringen und dann zu Laura zu fahren, war es kalt und regnerisch. Richtiges Novemberwetter eben. Die drei hatten beschlossen, gemeinsam ins Krankenhaus zu fahren. Bevor die Ärzte irgendetwas an Lauras Zustand änderten, wollten sie sich gerne noch einmal ausführlich über das weitere Vorgehen informieren.

»Bitte.« Dr. Hansemann deutete auf die Stühle, die vor seinem Schreibtisch standen. »Nehmen Sie Platz, und geben Sie mir eine Minute. Ich schaue mir kurz die neuesten Werte an.«

Mit angehaltenem Atem saß das Trio auf den Stühlen und traute sich nicht, ein Wort zu sagen. Gebannt sahen alle dabei zu, wie der Arzt abwechselnd auf seiner Tastatur tippte und in irgendwelchen Papieren blätterte. Schließlich sah er auf.

»Erfreulicherweise hat sich Frau Wagners Zustand seit gestern weiter stabilisiert. Der Druck ist nicht wieder angestiegen, obwohl wir die Medikamente bereits gestern etwas zurückgefahren haben.« Er blickte auf und sah Lauras Freunden nacheinander in die Augen. »Wie ich Ihnen gestern schon erzählt habe, ist das ein gutes Zeichen, aber dennoch können wir noch nichts dazu sagen, was passiert, wenn wir die Aufwachphase einleiten.«

Eine Weile war es still im Raum. Mick regte sich als Erster. »Und wann wissen Sie Genaueres?«

Mitfühlend betrachtete der Arzt das kleine Grüppchen, das sich so große Sorgen um die junge Frau auf der neurochirurgischen Station machte. Gerne hätte er ihnen gesagt, dass alles bestens war. Doch das wäre nicht die Wahrheit gewesen. Auch wenn die eigentliche Operation gut verlaufen war, war es mehr als bedenklich, dass der Zustand der Patientin sich danach zum Schlechteren gewandelt hatte.

»Im Moment kann ich Ihnen noch nicht mehr sagen. Ich verstehe, wie belastend das für Sie ist. Aber Ihnen jetzt übermäßig Hoffnung zu machen wäre falsch. Positiv ist, dass wir Frau Wagner nur für einen relativ kurzen Zeitraum ins künstliche Koma versetzen mussten. Dazu kommt, dass sie in einer sehr guten körperlichen Verfassung ist, was dem Heilungsprozess sehr entgegenkommt. Trotzdem müssen wir mit allem rechnen. Das kann sowohl bedeuten, dass Frau Wagner nie wieder aufwacht, dass ihr Gehirn einen Schaden genommen hat, der so schwerwiegend ist, dass sie ihr Leben lang auf Pflege angewiesen ist, aber auch ebenso, dass ein eventuelles Defizit nur leicht ist und sie bald wieder ein eigenständiges Leben führen kann. Im besten Falle erwacht sie, hat keine Erinnerung an das, was in der letzten Woche vorgefallen ist, und kann nach einer kurzen Rekonvaleszenz in ihr altes Leben zurückkehren.«

Obwohl die Freunde bei seinen letzten Worten erleichtert aufatmeten, blieb die Miene des Arztes ernst. »Die Situation lässt einfach keine belastbare Prognose zu. Ich muss Ihnen aber sagen, dass Sie nicht allzu große Erwartungen haben sollten, dass Frau Wagner völlig ohne Einschränkungen weiterleben kann.«

Dr. Hansemann wusste genau, dass das etwas war, was die wenigsten Angehörigen wirklich hören wollten. Bis auf die seltenen Fälle, in denen einige skrupellose Geier nur darauf warteten, frühzeitig an ihr Erbe zu kommen, hoffte jeder,

der ihm hier gegenübersaß, auf einen guten Ausgang. Marc Hansemann war mit Leidenschaft Arzt. Das Gebiet der Gehirnchirurgie war eines der kompliziertesten überhaupt, und trotzdem hatte es ihn von Anfang an fasziniert. Nur die Gespräche mit den Angehörigen waren etwas, dem er am liebsten aus dem Weg gegangen wäre.

»So ein blöder Heini«, schimpfte Franzi, kaum dass sie aus dem Zimmer waren. »Wieso musste der so darauf rumreiten, dass Laura aller Wahrscheinlichkeit nach bleibende Schäden zurückbehält?«

Gabi, die einen Schritt vorausgelaufen war, blieb so abrupt stehen, dass Franzi fast in sie hineingelaufen wäre. »Was sollte er uns deiner Meinung nach denn sagen? Dass Laura hundertprozentig wieder gesund wird?« Sie schüttelte den Kopf. »So etwas kann er nicht versprechen. Auch wenn ich zugeben muss, dass ich gerne etwas anderes gehört hätte, kann ich den Arzt verstehen. In seiner Branche ist es vermutlich das Beste, erst mal vom Übelsten auszugehen. Egal, was dann passiert, es kommt nicht schlimmer als das, worauf man sich eingestellt hat, sondern hat Potenzial, besser zu werden.«

»Ich will mich aber nicht auf das Schlimmste gefasst machen«, sagte Franzi bockig. Da Dr. Hansemann sie aufgeklärt hatte, dass die Medikamente nur langsam verringert werden durften, damit sie beobachten und gegebenenfalls schnell reagieren konnten, würde sich Lauras Zustand in den nächsten beiden Tagen voraussichtlich wenig ändern.

Damit für den unwahrscheinlichen Fall, dass es mit dem Aufwachen doch schneller gehen würde, ein bekanntes Gesicht an Lauras Bett sitzen würde, hatten die Freunde vereinbart, dass sie von nun an ihren ursprünglichen Plan wieder durchziehen würden. Jeder von ihnen sollte täglich einige

Stunden bei Laura verbringen, immer so lange, bis der Nächste von ihnen sich von seiner Arbeit freimachen konnte.

Vor allem Gabi hatte viel Zeit, da sie sich extra Urlaub genommen hatte. Wann immer sie nicht bei Laura war, versorgte sie den Rest der Berliner Feuerwehr, Helene und Helge, mit den neuesten Informationen, da die beiden wie auf glühenden Kohlen saßen. Obwohl ihnen natürlich klar war, dass auch ihre Anwesenheit nichts an der Situation geändert hätte, war es für sie besonders schlimm, nicht an der Seite ihrer Freundin sein zu können. Da Gabi sonst keine weiteren Verpflichtungen hatte, würde sie die meiste Zeit bei Laura sein, während Maria, die genau wie ihr Sohn zum Glück noch immer keine Anzeichen von Masern zeigte, ungeduldig darauf hinfieberte, dass die Inkubationszeit endlich vorüber war und ihr Hausarzt grünes Licht für einen Besuch bei Laura gab. Zu guter Letzt hatten sie auch noch die Mütter von Tonis Freundinnen aus der Kita eingeweiht. Es kam im Moment nicht infrage, das Mädchen wieder mit ins Krankenhaus zu nehmen. Nicht auszudenken, wie Toni reagieren würde, wenn Laura aus ihrem Koma aufwachte und ihr Kind nicht wiedererkannte.

Mick raufte sich die Haare. »Und wie bitte sollen wir ihr erklären, dass sie auf einmal nicht mehr mit zu ihrer Mutter darf?«

»Karlas Mutter organisiert morgen Nachmittag spontan eine kleine Kinderfeier, zu der auch Toni eingeladen ist. Damit dürfte unser Mäuschen den ganzen Nachmittag abgelenkt sein.« Gabi öffnete die Tür ihres Leihwagens. »Wir müssen uns da Tag für Tag durchhangeln. Eine andere Möglichkeit haben wir im Moment nicht«, schlussfolgerte sie pragmatisch.

»Ich habe in meinem ganzen Leben noch nie so viel gebetet wie in den letzten Tagen.« Franzi besah sich ihre Finger.

»Ich wundere mich schon, dass ich noch keine Runzeln an den Händen habe.«

Mick lächelte. Jeder von ihnen versuchte der Situation mit einem gewissen Humor zu begegnen, wenngleich es ihnen nur in den seltensten Fällen gelang. Es war fast, als ob ihre schlechten Scherze die einzige Möglichkeit waren, sie davon abzuhalten durchzudrehen.

Eine große Erleichterung war, dass Toni tatsächlich auf das Ablenkungsmanöver hereinfiel. Sie fragte zwar, ob sie ihre Mutter an dem Tag sehen würde, aber Gabi konnte sie beruhigen. »Ich bleibe dafür doppelt so lange wie sonst. Und ich verspreche dir, dass ich Mami ausrichten werde, dass du ganz doll an sie denkst.«

Damit gab Toni sich zufrieden. Sie und Karla waren von der ersten Stunde an dickste Freundinnen gewesen. Und als Karlas Mutter nun auch noch anbot, dass Toni gerne bei ihnen übernachten könnte, schrie die Kleine begeistert auf. »O bitte, Gabi! Bitte sag Ja!«

Gabi, die bis auf ihre gelegentlichen Besuche in Oberbayern keinerlei Erfahrung mit kleinen Kindern hatte, war in diesem Augenblick etwas überfordert. Als Toni nicht sofort die Genehmigung bekam, zog sie eine Schnute, was Gabi zum Lachen brachte.

»Ich rufe Tante Franzi an und frage, was sie davon hält. Okay?«

Mit in die Hüften gestemmten Fäusten schmollte Toni weiter und sah dabei so niedlich aus, dass Gabi sich beherrschen musste, nicht ihr Handy zu zücken und ein Foto von der kleinen Madame zu machen. Stattdessen rief sie Franzi an. Zwei Minuten später war die Angelegenheit geklärt und Toni konnte aufhören zu schmollen.

Kapitel 7

Der nächste Tag verging wie im Nebel. Die Freunde lösten sich an Lauras Krankenbett ab, doch nichts geschah. Franzi, die die letzte Schicht an diesem Tag übernommen hatte, ging kurz nach draußen, um ihren Freunden eine Nachricht zu schicken. Micks Antwort ließ nicht lange auf sich warten.

Kannst du noch eine halbe Stunde bleiben? Ich möchte schnell noch etwas essen, dann löse ich dich ab.

Franzi gähnte. Da sie keine Lust hatte, eine weitere Mitteilung zu tippen, rief sie ihn an. »Du willst noch mal herkommen?«, fragte sie verwundert. »Hast du noch nicht genug vom Krankenhaus?«

»Kann man davon jemals genug bekommen?«, witzelte Mick. Dann wurde er wieder ernst. »Ich habe mir überlegt, dass ich heute in der Klinik übernachte. Ich habe auch schon dort angerufen und mir bestätigen lassen, dass das in Ordnung ist. Schließlich wird sich Laura kaum an irgendwelche Uhrzeiten halten, die uns in den Kram passen. Und es wäre doch fürchterlich, wenn sie mitten in der Nacht aufwacht und nur diese entnervend piepsenden Geräte um sich herum hat.«

Franzi nickte. Doch dann wurde ihr bewusst, dass er es nicht sehen konnte. »Gute Idee! Darüber hatte ich mir auch schon den Kopf zerbrochen.«

Mick atmete erleichtert auf. »Und, geht das? Kannst du noch so lange bleiben, bis ich da bin?«

»Kein Problem«, sagte Franzi. »Gabi kommt sicher alleine zurecht, und Toni übernachtet heute eh bei ihrer Freundin. Von daher habe ich alle Zeit der Welt.«

Tatsächlich dauerte es fast eine ganze Stunde, bis Mick endlich kam, da er im Stau gestanden hatte. »Gibt es was Neues?«

Franzi verneinte.

»Lass dich nicht entmutigen.« Mick strich ihr über die Haare. »Wir wussten doch, dass das dauern kann.«

Erschöpft ließ Franzi sich auf einen Stuhl sinken. »Ich weiß. Trotzdem hätte der Arzt nicht unbedingt recht behalten müssen.«

»Du meinst, er hätte doch besser den größten Irrtum seiner Karriere erleben sollen? Dass die Patientin nur eine Stunde nach seiner Prognose aufgewacht und wie ein junges Reh aus dem Bett gesprungen wäre?«

»So ungefähr.«

❀

Mick hatte es sich auf zwei zusammengeschobenen Stühlen leidlich bequem gemacht. Trotz des ungemütlichen Nachtlagers schlief er schließlich tief und fest ein. Nur sein leichtes Schnarchen mischte sich in das gleichmäßige Piepsen des Herzmonitors. Und so bekam er nicht mit, dass Lauras Augenlider kurz flatterten. Es wäre sowieso fraglich gewesen, ob er es überhaupt gemerkt hätte, selbst wenn er wach gewesen wäre, denn es dauerte nur einen winzigen Augenblick.

Als Mick morgens um kurz nach sechs Uhr von einer ihm nicht bekannten Schwester sanft wachgerüttelt wurde, galt sein erster Blick Laura. Doch die lag nach wie vor ruhig und friedlich im Bett. Dann aber streifte sein Blick ihre Hand, und er sprang so schnell von seinem Nachtlager auf, dass ihm prompt schwindlig wurde. »Waren Sie das?«, fragte er die Schwester.

Irritiert sah die ihn an. »Was meinen Sie?«

»Na, die Hand.« Aufgeregt deutete er zum Bett.

Ihr Blick folgte seinem Finger. »Was ist damit?«

»Die liegt anders da als gestern Abend.«

»Sind Sie sich sicher?«

»Ja, ziemlich!« Mick schloss kurz die Augen und versuchte sich genau zu erinnern. »Ich bin mir sogar ganz sicher, dass sie gestern noch mit dem Handrücken nach oben lag. Jetzt ist die Handfläche zu sehen.«

Prüfend sah ihn die Schwester an, dann nickte sie. »Geben Sie mir eine Stunde. Ich gebe dem Arzt Bescheid, und wir schauen uns die aktuellen Werte von Frau Wagner an.«

Tatsächlich kam sie nach nur vierzig Minuten mit Lauras Arzt im Schlepptau zurück.

»Guten Morgen«, sagte Dr. Hansemann aufgeregt und hielt sich nicht mit langen Vorreden auf. »Sie haben recht mit Ihrer Beobachtung. Es gab kurz nach drei Uhr eine Unregelmäßigkeit.«

»Eine Unregelmäßigkeit?«, fragte Mick angespannt. »Was hat das zu bedeuten?«

Der Arzt zeigte ihm einen Papierstreifen, den er mitgebracht hatte. »Hier.« Er fuhr die Stelle mit dem Finger nach. »Die Gehirnwellen haben sich verändert.«

Mit der Information konnte Mick nicht viel anfangen. »Ist das gut oder schlecht?«

»Schlecht ist es auf keinen Fall.« Dr. Hansemann redete schnell weiter, als Micks Augen zu leuchten anfingen. »Wir dürfen dem erst einmal nicht zu viel beimessen. Es kann alles bedeuten. Sicher ist aber, dass Frau Wagner dabei ist, aus dem komatösen Zustand herauszukommen.«

Mick ließ sich nicht beirren. Für ihn war das auf alle Fälle ein positives Zeichen.

Um acht Uhr betrat Franzi den Raum. Sie hatte einen XXL-Pappbecher mit Kaffee dabei, den sie an Mick weiterreichte.

Genussvoll trank er einen Schluck. »Du rettest mir das Leben, weißt du das?«

»Ich dachte mir, wenn du schon kein vernünftiges Bett hast, dann brauchst du wenigstens einen ordentlichen Kaffee. Die Brühe, die es hier oben gibt, kann man vermutlich nicht trinken.«

»Sie ist jedenfalls nicht mit dem hier zu vergleichen«, bestätigte Mick und nahm noch einen tiefen Schluck.

Franzi holte einen kleinen Waschhandschuh aus der Tasche, die sie mitgebracht hatte. Sie trat zum Waschbecken, feuchtete den Lappen mit etwas warmem Wasser an und betupfte Laura vorsichtig das Gesicht. Als sie sich mit dem Tuch Lauras Augen näherte, erstarrte sie. »Mick«, flüsterte sie. »Schau doch nur!«

Schnell trat er an das Bett. Und dann sah er es ebenfalls. Lauras Augenlider flatterten leicht.

Aufgeregt schob Franzi ihre Hand in Micks, der sie fest drückte. »Denkst du, sie wacht jetzt auf? Ich glaube, es ist besser, wenn wir einen Arzt holen.«

Mick hielt sie am Ärmel fest, als sie aus dem Zimmer laufen wollte. »Der Arzt war heute schon hier.« Mit kurzen Worten erzählte er Franzi, was sich in der Nacht ereignet hatte.

Ihre Kinnlade klappte herunter. »Wirklich? Ist das wahr? Dann könnte sie ja jeden Augenblick aufwachen!« Ihre Stimme überschlug sich fast vor Aufregung.

Es tat Mick in der Seele weh, sie enttäuschen zu müssen. Fast wörtlich gab er Dr. Hansemanns Worte wieder.

Enttäuscht drehte Franzi sich zu Laura. Das nasse Tuch in ihren Händen war kalt geworden. Sie trat erneut zum Waschbecken, um es wieder anzuwärmen. Dann strich sie damit vorsichtig über Lauras Stirn, ihre Wangen und Hände. »Ich finde, sie sieht trotzdem besser aus als gestern«, sagte sie trotzig. »Das ist bestimmt ein gutes Zeichen.«

Während Franzi weiter damit beschäftigt war, Lauras Haut mit dem warmen Lappen abzutupfen, ging Mick nach draußen und rief Gabi an.

»O mein Gott!«, rief Gabi aus. »Ich ziehe mir nur schnell etwas an, dann komme ich sofort.«

Mick versuchte ihr beizubringen, dass sie sich ruhig Zeit lassen könnte, da nicht zu erwarten war, dass Laura schon in den nächsten Stunden aufwachen würde, doch Gabi wollte davon nichts wissen.

»Es ist mir egal, was die Ärzte sagen. Falls sie doch schneller aufwacht, als alle Prognosen behaupten, dann möchte ich unbedingt bei ihr sein.«

Am Nachmittag machte sich bittere Enttäuschung breit. Obwohl die Freunde Laura keinen Augenblick mehr aus dem Blick gelassen hatten, tat die ihnen nicht den Gefallen, sich erneut zu bewegen. Und auch die Gehirnwellen veränderten sich nicht. Zwischendrin riss Mick sich für eine Stunde los, vertrat sich die Beine und holte beim Italiener in Schliersee drei große Pizzen.

Kauend fragte Franzi: »Was machen wir heute mit Toni? Die Kita macht in einer Stunde zu. Wir können sie nicht schon wieder irgendwo anders unterbringen.«

Gabi schluckte den letzten Bissen Pizza hinunter und klappte die Pappschachtel zu. »Karlas Mutter hat gestern in weiser Voraussicht das Chaos, das die Kinder angerichtet haben, einfach liegen lassen. Dafür hat sie Toni und Karla gebeten, ihr heute dabei zu helfen, wieder alles in Ordnung zu bringen.«

Franzi kicherte. Toni hasste es wie jedes andere Kind auch, aufräumen zu müssen. Doch Laura hatte sie mit einer Engelsgeduld dazu erzogen, in solchen Situationen trotzdem mitzuhelfen. »Wie hat das Mäuschen darauf reagiert?«, wollte

Franzi wissen. Nachdem Laura nicht selbst darüber wachen konnte, war es dem schlauen Mädchen durchaus zuzutrauen, dass es sich aus der Pflicht gemogelt hatte.

Gabi, die Franzis Gedanken erahnte, winkte ab. »Du wirst es nicht glauben: Madame hat sich mit einem kurzen Blick versichert, dass ich ja auch zuhöre, dann hat sie in einer überaus gnädigen Art der Bitte von Karlas Mutter zugestimmt.«

»Ist nicht dein Ernst!«

»Doch. Toni hat es faustdick hinter den Ohren.«

Florian hatte tagelang über die Worte seiner Schwester nachgedacht. Er konnte nicht abstreiten, dass sie recht hatte. Andererseits war er sich nicht darüber im Klaren, ob es nicht doch besser wäre, die ganze Geschichte einfach zu vergessen. Aber das konnte er nicht. Dafür beschäftigten ihn die Ereignisse einfach viel zu sehr. Also hatte er seinen ganzen Mut zusammengenommen und war erneut Richtung Krankenhaus aufgebrochen. Schlimmstenfalls würde er sich lächerlich machen oder von Lauras Mann ein Veilchen verpasst bekommen. Beides würde zwar an seinem Selbstbewusstsein kratzen, aber etwas Schlimmeres würde nicht passieren.

Als er seinen Wagen auf dem Parkplatz der Klinik abstellte, war er drauf und dran, es sich doch wieder anders zu überlegen. Er hatte einfach ein saublödes Gefühl im Bauch. Doch dann biss er die Zähne zusammen, zeigte sich im Rückspiegel selbst einen Vogel und stieg aus. Mit langen Schritten lief er zum Eingang der Klinik, während er ständig nach links und rechts sah, um sich zu vergewissern, dass nicht ausgerechnet einer von Lauras Freunden seinen Weg kreuzte. Zum Glück war die Luft rein.

Er stieg die Treppen zu Lauras Station hinauf und hatte

bereits die Hand an der Klinke, als er Stimmen hörte, die aus dem Zimmer kamen. Das durfte doch nicht wahr sein! Laura war nicht allein. Schnell sah er sich um, doch der lange Flur war leer. Er legte ein Ohr an das Türblatt und lauschte.

»Komm zu dir, Schatz. Du schaffst das, ich weiß es«, sagte eine tiefe Männerstimme. »Du warst gestern doch schon so kurz davor aufzuwachen. Vergiss es, dich jetzt wieder zurückzuziehen. Glaube bloß nicht, dass ich das akzeptieren werde. Und unser Mäuschen wird es auch nicht!«

Florian hatte genug gehört. Egal, was seine Schwester davon hielt, er würde ganz sicher nicht den Kontakt zu Laura suchen, solange ihr Mann oder Freund oder wer auch immer der Kerl war, der sie so liebevoll Schatz nannte, in Reichweite war. Wenigstens hatte er herausgefunden, dass Lauras Familie darauf wartete, dass sie jeden Augenblick aus dem Koma aufwachte. Er blieb noch einen kurzen Moment stehen und lauschte der Stimme, die in einem beruhigenden Tonfall auf Laura einredete. Erst dann wurde ihm bewusst, dass er sich wie ein Spanner verhielt. Und das ging nun wirklich gar nicht. Nicht nur, dass sein Verhalten sowieso schon megapeinlich war, es ging ihn auch einen feuchten Kehricht an, was Lauras Mann seiner Liebsten ins Ohr flüsterte.

❄

Als Franzi eine Stunde später an Lauras Krankenbett auftauchte, war Mick so frustriert, dass er am liebsten den piepsenden Monitor vom Tisch geschlagen hätte. Die zweite Nacht auf den unbequemen Stühlen war ihm tatsächlich noch schlimmer vorgekommen als die erste.

»Guten Morgen«, sagte Franzi, drückte ihm einen Kuss auf die Wange und einen Kaffee in die Hand. »Gibt es etwas Neues?«

»Nein«, knurrte Mick entmutigt. »Es ist so, als ob sie zurück in ihren Dornröschenschlaf gefallen wäre.«

Franzi trank einen Schluck aus dem Pappbecher, den sie in der Hand hielt. »Vielleicht müssen wir einfach nur abwarten, bis die neuesten Daten ausgewertet sind«, versuchte sie Mick aufzumuntern und ihre eigene Enttäuschung zu unterdrücken. Als sie morgens schon um fünf Uhr aufgewacht war, war sie so euphorisch gewesen, dass sie es nicht länger im Bett ausgehalten hatte. Leise, um niemanden zu wecken, hatte sie den kompletten Haushalt erledigt, bis Gabi nur eine Stunde später ebenfalls aus den Federn gekrochen kam.

»Ich verstehe das nicht«, sagte Mick störrisch. »Sie hatte sich doch gestern schon ein klein wenig bewegt. Aber als ich heute früh aufgewacht bin, lag sie noch immer so da wie letzte Nacht, bevor ich eingeschlafen bin.«

Nun war Franzi doch anzusehen, dass sie ebenso frustriert war wie Mick. Trotzdem wollte sie die Hoffnung nicht aufgeben.

»Möchtest du heimfahren, duschen und dich umziehen?«

»Nichts lieber als das. Aber ich habe Angst, jetzt wegzufahren und nicht hier zu sein, wenn Laura doch aufwacht.«

Franzi schlang von hinten ihre Arme um ihn. »Nun weißt du, wie es Gabi und mir gestern Abend ging, als du darauf bestanden hast, dass wir nach Hause fahren und uns ausruhen. Wir wollten das genauso wenig wie du jetzt. Und doch haben wir auf dich gehört.« Sie erschnupperte einen Hauch seines Aftershaves und rieb ihre Wange an seinem Dreitagebart, der mittlerweile so lang war, dass er nicht mehr kratzte.

Widerstrebend musste Mick ihr recht geben. Er stand auf und zog sich seine Jacke an. Dann drückte er Laura einen Kuss auf die Wange. Zärtlich strich er ihr übers Gesicht und sagte: »Ich lasse dich für eine Stunde allein. Aber Franzi ist hier, und Gabi kommt auch bald. Ich verspreche dir, dass ich nicht böse bin und dich auch nicht schimpfen werde, selbst wenn du ausgerechnet in dieser einen Stunde zu dir kommen solltest, wenn ich nicht da bin. Hauptsache, du wachst überhaupt auf. Bis gleich, Kleines.«

Nachdem Mick in gefühlter Lichtgeschwindigkeit frisch geduscht und umgezogen wieder zurückgekommen war, hatten sie ein Kartenspiel ausgepackt, das Gabi in der Früh in ihre Tasche gesteckt hatte. Sie saßen um Lauras Bett herum und gaben für jeden von ihnen die entsprechende Anzahl an Karten aus. Auch Laura bekam einen Stapel. Franzi, die Laura am nächsten saß, hatte die Aufgabe, für Laura mitzuspielen. Und es war wie verhext. Als ob eine fremde Macht ihre Finger im Spiel hätte, gewann Laura jede Partie. Irgendwann wurde es den Freunden unheimlich.

»Das geht doch nicht mit rechten Dingen zu.« Gabi war sichtlich erschüttert. »Und nicht dass ihr denkt, dass ich schummle. Ich wüsste nämlich nicht mal, wie das geht.«

»Ich glaube dir«, sagte Franzi. »Ich kenne dich mittlerweile gut genug, um zu wissen, dass du beim Kartenspielen viel zu ungeschickt bist, um zu mogeln. Außerdem …« Ein unerwartetes Geräusch unterbrach Franzi, und die Freunde wandten ihre Köpfe schlagartig zu Laura. Und tatsächlich, da war etwas. Ein leises, kaum wahrnehmbares Stöhnen.

Die drei rückten näher, dann trafen sich ihre Blicke.

»Laura, Schätzchen, wir sind hier bei dir«, sagte Franzi liebevoll. »Mick ist hier, er hält gerade deine Hand.« Schnell vergewisserte sie sich, dass er ihren Worten Folge leistete.

»Weiter!«, formte er lautlos mit dem Mund.

»Gabi streichelt deinen Arm.« Franzi streckte die Hand aus, legte drei Finger in Lauras Nacken und begann, sie vorsichtig zu massieren. »Und das an deinem Hals bin ich, Franzi. Wir sind alle bei dir.«

»Alle?« Fast unhörbar. »Wo ...« Ein heiseres Räuspern. »Toni?«

»Oh mein Gott!« Franzi liefen die Tränen über die Wange. Mick sprang auf, da er es keine Sekunde länger aushielt, still dazusitzen. Nur Gabi brauchte etwas länger, bis sie verstand, was Laura gefragt hatte. Und dann mussten sich alle zusammenreißen, um nicht laut loszujubeln. Wenn Lauras Gehirn bereits so kurz nach dem Aufwachen gut genug funktionierte, dass sie verstand, wer bei ihr war und wer fehlte, war das ein Grund, um himmelhohe Luftsprünge zu machen.

Mick war so erleichtert, dass er kreidebleich wurde, kaum dass er stand. Franzi merkte, dass etwas nicht stimmte, und schob ihm schnell den Stuhl wieder unter den Hintern.

»Setz dich«, sagte sie leise. Als sie sich sicher war, dass er gut versorgt war, sah sie wieder Laura an. Die hatte die Augen noch immer geschlossen und lag jetzt wieder ganz still in ihrem Bett. Franzi fürchtete schon, dass sie zurück in ihren Tiefschlaf gesunken war.

Doch dann deutete Gabi auf den Monitor, der die Gehirnwellen aufzeichnete. Und dort war richtig was los! Zumindest wenn man es damit verglich, was sich die ganze letzte Woche auf dem kleinen Bildschirm abgezeichnet hatte.

»Laura, kannst du mich hören?«, flüsterte Gabi.

Lauras Augenlider flatterten. »Gabi.« Ihre Augen öffneten sich einen Spalt. »Wo ist Toni?«, krächzte sie. Ihr Hals fühlte sich an wie ein Reibeisen. »Ich habe Durst.«

»Ich hole dir was«, versprach Mick. Er stand auf und rannte aus dem Zimmer. Nur mit viel Beherrschung schaffte er es, vor Freude nicht laut loszuschreien. Schließlich gab es noch mehr Patienten auf der Station, denen es vielleicht nicht so gut ging wie Laura. Er lief zum Schwesternzimmer, klopfte an und wartete voller Ungeduld, bis jemand »Herein!« rief.

»Laura ist wach.« Vor lauter Aufregung vergaß er völlig, den Schwestern, die ihn mit großen Augen ansahen, einen guten Morgen zu wünschen. »Und sie hat uns erkannt!«

Der letzte Satz ging fast unter, da die beiden Schwestern sofort alles stehen und liegen ließen und aus dem Zimmer eilten. Während die eine sich schnurstracks auf den Weg zu Laura machte, funkte die andere den diensthabenden Arzt an.

Dr. Hansemann, der nur drei Räume weiter bei einem anderen Patienten war, kam zwei Minuten später zu ihnen. »Ich weiß, dass Sie das jetzt nicht hören wollen, aber ich muss Sie bitten, den Raum kurz zu verlassen.«

Allein die Freude der Freunde bewahrte ihn davor, mit Blicken getötet zu werden. Er lächelte und hob die Hände. »Ich kann gut nachfühlen, was in Ihnen vorgeht. Und glauben Sie mir, ich bin genauso froh.« Fast lautlos fügte er hinzu: »Falls Sie mit Ihrer Vermutung wirklich recht haben.«

»Frau Wagner?« Geduldig wartete der Arzt, bis Laura ihren Kopf zu ihm drehte. Sie hatte ihre Augen nach wie vor geschlossen. »Schaffen Sie es, mich anzusehen?«

Laura versuchte seiner Bitte nachzukommen, doch es kostete sie eine enorme Überwindung, ihre Lider anzuheben. Sie schaffte es gerade mal, die Augen halb zu öffnen, dann gab sie erschöpft wieder auf.

»Sehr gut«, lobte Dr. Hansemann. »Versuchen Sie es gleich noch einmal.«

Diesmal ging es etwas besser. Laura schaffte es, die Augen fast zwei Sekunden lang offen zu halten, bevor sie ihr wieder zufielen.

»Sie machen das ganz hervorragend.« Dr. Hansemann nahm der Schwester den Trinkbecher mit dem Strohhalm aus der Hand. »Nicht erschrecken«, warnte er Laura. »Ich berühre gleich Ihren Mund. Lassen Sie die Augen dabei ruhig geschlossen. Ich möchte nur wissen, ob Sie das spüren können.« Vorsichtig strich er mit der scharfen Kante des Strohhalms über Lauras Lippen. »Fühlen Sie etwas?«

»Mhm.« Laura nickte kaum merklich zur Bestätigung.

»Auf einer Skala von eins bis zehn: Wie unangenehm ist Ihnen diese Berührung? Wobei eins sehr niedrig und zehn sehr hoch ist.«

Laura wirkte unschlüssig, doch das hatte der Arzt bereits erwartet. »Ich wiederhole das, ja?« Er merkte, wie schwer Laura das Reden noch fiel. Er berührte ihre Hand. »Für Ja klopfen Sie ein Mal mit dem Zeigefinger, für Nein zwei Mal. Haben Sie das verstanden?«

Lauras Zeigefinger tippte ein Mal auf die Bettdecke.

»Sehr gut.« Der Arzt war zufrieden. »Achtung, ich wiederhole den Test.« Erneut kratzte er behutsam mit dem Trinkhalm an Lauras Unterlippe. »Können Sie mit den Fingern zeigen, wie unangenehm Ihnen das ist?«

Laura streckte zwei Finger nach oben.

»Und jetzt?« Er kratzte etwas fester.

Drei Finger wanderten nach oben.

Dr. Hansemann trat ans Fußende und schlug ein Stück der Bettdecke nach oben. Aus seinem Arztkittel holte er einen Stift hervor und pikste Laura damit in den großen Zeh. Die war auf diese Berührung nicht vorbereitet und stieß ein unwilliges Stöhnen aus.

Dr. Hansemann lächelte. »Wie war das?«

Langsam hob Laura ihren Arm an, was sie unendlich viel Kraft kostete.

»Ist das eine Fünf?«

Laura ließ ihren Arm sinken und tippte mit dem Zeigefinger ein Mal auf die Bettdecke.

»Sie machen das wirklich großartig.« Der Arzt hätte es nicht geglaubt, wenn er es nicht selbst gesehen hätte. Er beschloss, die Patientin für heute in Ruhe zu lassen. Die ersten Tests waren erstaunlich gut verlaufen, und jetzt hatte sie sich eine Pause redlich verdient. Er verabschiedete sich von ihr und versprach, ihre Freunde nochmals ins Zimmer zu schicken.

Draußen tigerte Mick nervös auf und ab. Er konnte nicht verstehen, warum es so lange dauerte, bis der Arzt sich wieder blicken ließ. Als der endlich aus der Tür trat, hätte Mick ihn am liebsten geschüttelt.

»Wie geht es ihr?«, fragten Mick, Franzi und Gabi fast gleichzeitig.

»Es ist noch zu früh, eine umfassende Diagnose zu erstellen«, sagte Dr. Hansemann. »Im Moment kann ich Ihnen nur sagen, dass ich erstaunt bin, wie präzise Frau Wagner auf die Tests reagiert hat, die ich mit ihr gemacht habe.«

Erleichtert atmeten die Freunde aus. Sie waren sich, kaum dass sie aus Lauras Zimmer gekommen waren, um den Hals gefallen und hatten allesamt vor Freude zu heulen angefangen, nur um sich gleich darauf gegenseitig zu ermahnen, nicht zu viel in Lauras Reaktion hineinzuinterpretieren. Schließlich war sie noch nicht über den Berg. Und doch ließ die Hoffnung, dass ihre Freundin wieder vollständig gesund werden würde, ihre Herzen höherschlagen.

Dr. Hansemann freute sich über die strahlenden Gesichter, in die er blickte. Auch wenn seine Reaktion verhalten war, konnte er es ihnen nachfühlen, dass sie am liebsten Purzelbäume geschlagen hätten. Und wenn er ehrlich war, ging es ihm genauso.

»Wir müssen abwarten, was die weiteren Tests ergeben«, fuhr er fort. »Ich glaube aber, dass ich mich nicht zu weit aus dem Fenster lehne, wenn ich Ihnen empfehle, heute Abend eine Flasche Champagner aufzumachen.«

Franzi liefen schon wieder die Tränen herab. Am liebsten hätte sie den Arzt umarmt. Ach was, von wegen am liebsten. Sie warf alle Hemmungen über Bord und fiel Dr. Hansemann um den Hals.

Der ließ sich von Franzis Freude anstecken und erwiderte entgegen allen Erwartungen deren Umarmung.

Gabi und Mick sahen sich überrascht an. Nicht nur, dass der Arzt Franzi fest an sich drückte, es schien ihm nicht im Geringsten unangenehm zu sein. Gabi blinzelte Mick zu. Vielleicht bahnte sich hier eine ungeahnte Romanze an.

»Können wir wieder zu ihr?«, fragte Gabi, nachdem die beiden sich wieder voneinander gelöst hatten.

Eine leichte Röte überzog Dr. Hansemanns Gesicht. »Gehen Sie ruhig hinein. Aber überfordern Sie sie nicht. Die nächsten Tage wird sie noch viel Ruhe brauchen.«

Das leuchtete allen ein. Nur Gabi hatte noch eine Frage. »Was ist mit ihrer Tochter? Denken Sie, dass wir die Kleine schon mitbringen können?«

»Unbedingt.« Da war sich Dr. Hansemann ganz sicher. »Warten Sie damit aber bitte noch bis morgen Nachmittag und bleiben Sie dann nicht allzu lange. Aber ihr Töchterchen zu sehen wird Frau Wagner sicher guttun. Erklären Sie dem Mädchen einfach, dass seine Mutter nach wie vor sehr müde ist und sich nicht zu sehr anstrengen darf. So, wie ich die junge Dame erlebt habe, ist sie schlau genug, um das zu verstehen.«

Kapitel 8

Am nächsten Vormittag wurde den Freunden klar, dass sie noch viel Geduld haben mussten. Vor allem Laura selbst musste lernen, dass sie noch viel Zeit und Kraft für ihre Genesung brauchen würde. Entgegen jeder anfänglichen Euphorie war sie nicht aufgewacht, und alles war sofort wieder beim Alten. Auch wenn ihre motorischen Fähigkeiten unbeeinträchtigt schienen und auch ihr Gedächtnis erstaunlich gut funktionierte, gab es einige blinde Flecken in ihrer Erinnerung, die sie zutiefst verstörten. So hatte sie zum Beispiel vergessen, dass sie gemeinsam mit Franzi im Klinikum Harlaching gewesen war, um eine zweite Meinung einzuholen.

»Ich kann mich überhaupt nicht daran erinnern«, sagte sie verwirrt. Sie saß, mit einem Kissen im Rücken, halb aufrecht im Bett. Zweifelnd sah sie ihre Freundin an. »Bist du dir sicher, dass wir wirklich dort waren?«

»Und wie ich mir sicher bin!«, sagte Franzi. »Du weißt es echt nicht mehr?«

»Nein.« Laura brütete vor sich hin. Dann gähnte sie.

Mick nahm es als Zeichen, stand auf und deutete Franzi und Gabi, es ihm gleichzutun. »Wir lassen dich jetzt besser allein, damit du dich ausruhen kannst.«

Obwohl Laura sich gerne noch länger mit ihrem Besuch unterhalten hätte, war sie froh über die Aussicht, gleich ein wenig Ruhe zu haben. Sie war so erschöpft, dass sie nur noch schlafen wollte.

»Irgendwie verrückt, oder?«, fragte sie ihre Freunde und grinste schief. »Als ob ich seit meiner OP gestern nicht schon genug gepennt hätte. Als sie den irritierten Blick ihrer Freunde bemerkte, setzte sie hinterher: »Was guckt ihr denn so erstaunt?«

»Laura«, sagte Gabi langsam. Mit einem Blick vergewisserte sie sich, dass Franzi und Mick hinter ihr standen. Und das war weniger physisch als eher moralisch gemeint. Sie hatten Dr. Hausmann bekniet, Laura die Botschaft selbst überbringen zu dürfen. »Du bist nicht erst gestern operiert worden, sondern schon vor einer Woche.«

»Was?« Laura lachte ungläubig. »Du nimmst mich hoch!«

»Nein, das tut sie nicht«, sagte Franzi leise. Mitfühlend sah sie ihre Freundin an. »Obwohl die Operation gut verlaufen ist, mussten die Ärzte dich in ein künstliches Koma versetzen, um dein Gehirn zu schonen.«

Laura erschrak. »Um mein Gehirn zu schonen?«, wiederholte sie Franzis Worte entsetzt. »Was war denn los?«

»Dein Hirndruck war zu hoch, aber du solltest dir darüber nicht allzu viele Sorgen machen«, sagte Mick. »Und glaub mir, ich sage das nicht leichtfertig. Sorgen haben wir drei uns nämlich die ganze letzte Woche zur Genüge gemacht. Aber nachdem du aufgewacht bist, uns alle sofort erkannt und als Erstes nach Toni gefragt hast, waren wir so erleichtert, dass man es gar nicht beschreiben kann.«

Eine einzelne Träne löste sich und kullerte Lauras Wange hinab. Erstickt sagte sie: »Lieber Himmel.« Ermattet rutschte sie ein Stück tiefer ins Bett. »Ich glaube, das ist mir im Moment zu viel.«

»Du solltest die nächsten Tage noch viel schlafen.«

»Irgendwie habe ich jetzt Angst davor«, sagte Laura bedrückt.

»Das ist verständlich, aber das müssen Sie nicht.«

Überrascht wandten alle ihre Blicke zur Tür. Hinter ihnen stand Dr. Hansemann, der leise ins Zimmer getreten war.

Mit einem Blick auf Laura sagte er zu den Besuchern: »Sie sollten jetzt gehen. Frau Wagner braucht dringend Ruhe. Und Sie, meine Liebe«, damit wandte er sich an Laura, »müssen sich wirklich keine Gedanken machen. Den Schlaf, der Ihnen jetzt im Nacken sitzt, haben Sie bitter nötig. Sie werden nicht wieder ins Koma fallen, keine Angst.«

»Sicher nicht?«, flüsterte Laura.

»Ganz sicher nicht«, beruhigte er sie. »Das war sowieso nur wegen der Medikamente, die wir Ihnen verpasst haben.«

Nachdem das Trio sich von Laura verabschiedet hatte, begleitete Dr. Hansemann sie noch ein Stück den Flur hinunter. »Ich rate Ihnen, Ihre Erwartungshaltung etwas herunterzuschrauben. Dass Frau Wagner überhaupt keine Schäden zurückbehalten hat, ist äußerst unwahrscheinlich. Auch wenn es im Moment so aussieht, als wären wir Zeugen eines kleinen Wunders. Aber es wird Tage geben, an denen sie mit Einschränkungen zu kämpfen haben wird. Es wäre nicht gerade förderlich, wenn Sie davon ausgehen, dass alles in Ordnung ist. Das würde nur dazu führen, dass Frau Wagner viel zu hohe Ansprüche an sich selbst stellt und dann eventuell frustriert ist. Zeigen Sie ihr, wie sehr Sie sich über das freuen, was gut klappt, und halten Sie sich nicht mit den Dingen auf, die sie nicht so gut hinbekommt. Falls Sie merken, dass Frau Wagner mit sich selbst ungeduldig wird, dann ermutigen Sie sie, nach vorne zu blicken.«

Damit hatte Dr. Hansemann natürlich recht. Aber im Grunde war es egal. Dass Laura aufgewacht und schon jetzt in einem wesentlich besseren Zustand war, als alle zu hoffen gewagt hatten, war ein Grund zum Feiern.

Doch zu diesem Zeitpunkt konnte noch niemand ahnen, was in den nächsten Tagen geschehen würde.

Es war bereits später Nachmittag. Franzi hatte Toni von der Kita abgeholt und versucht, das kleine Mädchen so gut wie möglich auf den Besuch bei seiner Mutter vorzubereiten. Toni war ungewöhnlich still und umklammerte fest Franzis Hand.

»Alles klar, Mäuschen?«, fragte Franzi, nachdem sie in die Knie gegangen war und dem Kind in die Augen sah.

»Ja«, piepste Toni. »Ich soll nicht laut sein und nicht rumtoben.«

»Sehr gut.« Franzi lächelte über die Ernsthaftigkeit des kleinen Mädchens. »Dann gehen wir jetzt zu ihr?«

»Mhm.«

Vorsichtig klopfte Franzi, öffnete die Tür zu Lauras Zimmer einen kleinen Spalt und sah hinein. Laura, die das Klopfen gehört hatte, saß halb aufrecht im Bett und blickte ihren Besuchern neugierig entgegen.

»Mami!« rief Toni nun doch ziemlich laut und lief zum Krankenbett. Erst dann fiel ihr wieder ein, was Franzi gesagt hatte, und sie hielt erschrocken inne. Aber Laura lächelte beruhigend und streckte ihrer Tochter eine Hand entgegen.

Alleine schaffte Toni es nicht, auf das hohe Bett zu kommen, und Laura war zu kraftlos, um sie hochzuziehen. Doch schon war Franzi zur Stelle und half Toni hinauf.

Als Laura ihr Töchterchen im Arm hielt, lächelte sie so glücklich, dass das Zimmer prompt ein paar Grad wärmer zu werden schien. Ein paar Minuten saßen die beiden eng umschlungen da, dann merkte Franzi, dass das Gewicht des Mädchens, das auf Lauras Brustkorb lastete, die Patientin über die Maßen anstrengte.

»Komm, Toni«, sagte sie. »Setz dich mal neben deine Mama.« Behutsam rüttelte sie Toni an der Schulter, als die nicht sofort reagierte. Dann bemerkte sie, dass Lauras Augen vom Schlaf der letzten Tage verkrustet waren. »Soll ich dir das Gesicht waschen und deine Haare kämmen?

»Das wäre großartig.« Laura hätte am liebsten eine sehr lange Dusche genommen, stundenlang das heiße Wasser an sich herunterlaufen lassen, sich die Haare gewaschen und sich anschließend mit einer fein duftenden Lotion eingecremt. Aber das war in ihrem Zustand noch nicht möglich. Doch immerhin hatte sie ihr kleines Mädchen endlich wieder bei sich.

Franzi nahm eines der Frotteetücher, die sie vor ein paar Tagen mitgebracht hatte, und wartete, bis das Wasser dampfend aus dem Hahn rann. Dann tränkte sie das Tuch und wrang es sorgfältig aus.

»Achtung, das ist jetzt ziemlich warm«, warnte sie Laura vor.

Die seufzte entzückt, als sie das heiße Tuch auf ihrem Gesicht spürte. Eine Weile ließ sie es nur liegen und hielt es mit ihren Händen fest, damit es nicht herunterfiel.

»Tut dir das gut?«, wollte Franzi wissen.

»Es ist herrlich«, klang es dumpf unter dem Frottee hervor, und Toni musste kichern.

Franzi nahm ein weiteres Tüchlein vom Stapel, wiederholte die Prozedur mit dem heißen Wasser und reichte es ihrer Freundin. Laura begann vorsichtig ihre Haut damit abzureiben, und als sie fertig war, glänzten ihre Wangen rosig und frisch.

»Na, das sieht doch gleich viel besser aus«, freute sich Franzi. »Jetzt hast du wieder etwas Farbe im Gesicht.«

Mit einem Blick auf Toni, die sich inzwischen mit ihrem geliebten Stoffhasen selbst beschäftigte, sagte Laura beklommen: »Ich kann es noch immer nicht glauben, dass ich sieben Tage lang im Koma lag.«

Franzi, für die es die längste Woche ihres Lebens gewesen war, nickte. »Jetzt kann ich es fast selbst nicht mehr glauben. Aber ich schwöre dir, nicht mal das Jahr vor meinem achtzehnten Geburtstag ist so langsam vergangen.«

Laura grinste schief. »Es tut mir leid, dass ich euch so einen Schreck eingejagt habe.«

Franzi wackelte mit dem Zeigefinger. »So darfst du nicht mal denken. Schließlich war das keine Absicht.« Sie legte den Kopf schief. »Oder etwa doch?«

»Nein.« Laura strich ihrer Tochter über die Haare, was die kaum wahrzunehmen schien. Dann sah sie Franzi an. »Weißt du, was mich total erschreckt?« Da es eine rhetorische Frage gewesen war, gab sie die Antwort gleich selbst. »Dass ich als Einzige von dem ganzen Drama überhaupt nichts mitbekommen habe.«

»Das sollte dich nicht erschrecken«, stellte Franzi fest. »Eigentlich solltest du heilfroh darüber sein!«

»So meine ich das nicht«, stellte Laura richtig. »Aber weißt du, eine ganze Woche ist einfach futsch, und ich habe überhaupt keine Erinnerung, was passiert ist. Da war kein helles Licht, da war kein alter Mann mit einem weißen Bart, da war noch nicht einmal der Brandner Kaspar, mit dem ich mich hätte streiten können, ob ich nicht doch noch eine Weile auf der Erde bleiben darf«, scherzte sie kläglich.

Franzi stimmte in ihr Lachen mit ein. »Wie lange lebst du jetzt hier in Bayern? Sechs Jahre?«

»So ungefähr. Warum?«

»Weil du nach so langer Zeit wissen solltest, dass der Brandner Kaspar nicht der ist, mit dem du dich hättest streiten müssen, sondern der Boandlkramer. Das ist der Tod, der sich den Brandner Kasper holen wollte.«

»Ach ja, stimmt«, sagte Laura leichthin. Es war ihr den ganzen Tag schon mehrfach passiert, dass sie die einfachsten Dinge verwechselte. Sie hatte mit dem Arzt darüber gesprochen, doch der hatte gemeint, dass das vermutlich der Erschöpfung geschuldet war und sie sich nicht allzu viele Sorgen machen sollte.

»Das ist ziemlich normal. In Ihrem Kopf ist einiges durcheinandergeraten. Und dafür schlagen Sie sich doch wirklich prima. Seien Sie dankbar für das, was gut funktioniert, und verlieren Sie nicht die Geduld, wenn etwas mal nicht so hundertprozentig hinhaut«, hatte er ihr geraten.

»Was?« Laura schreckte aus ihren Gedanken. Als Toni sich an sie gekuschelt und angefangen hatte, ihr das neu gelernte Lied über die bunten Wälder vorzusingen, hatte Laura die Welt um sich herum vergessen. »Das war richtig toll, Mäuschen«, flüsterte sie Toni jetzt zu und gab ihr einen Kuss auf die Stirn. Dann sah sie Franzi verlegen an. »Entschuldige, Franzi. Was hast du gesagt? «

»Ich wollte wissen, wie dein Tag gelaufen ist«, wiederholte Franzi ihre Frage geduldig. Auch sie hatte dem Gesang des Mädchens entzückt gelauscht. »Gab es schon weitere Untersuchungen, und falls ja, hast du die Ergebnisse schon bekommen?«

»Könnte besser sein«, murmelte Laura. Ein schmerzhafter Zug glitt über ihr Gesicht. »Ich kann mir kaum etwas merken. Mein Kurzzeitgedächtnis ist noch nicht wieder fit.«

»Woher weißt du das?«, fragte Franzi. »Haben die Ärzte dazu einen Test mit dir gemacht?«

»Mehrere sogar.« Laura kaute auf ihre Unterlippe herum. »Und vorhin hat die Schwester ein Memory-Spiel mitgebracht. Darin war ich früher unschlagbar, weißt du noch?«

»Klar.« Wie hätte sie das vergessen können! Kein Mensch wollte mehr mit Laura spielen, da die ein Gedächtnis wie ein Elefant besaß. »Und das geht jetzt nicht mehr?«

Laura schüttelte den Kopf. »Nein. Es sei denn, man betrachtet die Merkfähigkeit eines zweijährigen Kindes als Erfolg.«

Franzis erster Impuls war zu sagen, dass es so schlimm

schon nicht sein würde. Doch sie konnte sich gerade noch rechtzeitig zurücknehmen. Der Spruch wäre unbedacht gewesen und von Laura bestenfalls als Gleichgültigkeit aufgenommen worden.

»War es wirklich so übel?«, fragte sie stattdessen.

»Ich konnte mir nicht mehr als zwei Paare merken«, antwortete Laura mit einem schiefen Lächeln.

Franzi wusste nicht, was sie darauf erwidern sollte. »Vielleicht musst du nur trainieren und dann wird dein Gedächtnis wieder besser. Was meint denn der Arzt dazu?«

»Dass ich Geduld haben soll.« Laura verzog das Gesicht zu einer Grimasse. »Doofe Geduld!«

Beruhigt bemerkte Franzi, dass Laura ihre Situation tatsächlich mit einer guten Portion Gelassenheit hinnahm, und sagte ihr das auch.

»So gelassen nun auch wieder nicht«, berichtigte Laura. »Aber weißt du, ich sage mir immer wieder, dass ich heilfroh sein kann, dass es so glimpflich ausgegangen ist. Ich kenne euch alle noch, ich kann einigermaßen denken und reden, und körperlich fehlt mir auch kaum etwas. Um ehrlich zu sein, ich bin überglücklich, dass es so ist, wie es ist.«

Franzi war so erleichtert, dass sie nicht anders konnte, als Laura zu umarmen. Sie ließ sie erst wieder los, als Toni, die noch immer zwischen den beiden saß, quietschend protestierte.

Die Frauen lachten. Franzi griff nach dem grobzinkigen Kamm, der auf dem Beistelltisch lag, und bat Toni, ihr ganz vorsichtig zu helfen, Lauras lange Locken zu entwirren. Behutsam, genau wie Franzi es ihr zeigte, fuhr Toni mit ihren Fingern durch die dicken Strähnen, bevor Franzi die Feinarbeit mit dem Kamm übernahm. Nur die Stelle, an der die Operationsnarbe saß, ließen sie aus. Laura, die es schon immer geliebt hatte, sich vom Friseur verwöhnen zu lassen, ließ die

Prozedur genüsslich über sich ergehen. Das gelegentliche Ziepen der ineinander verhakten Haare ignorierte sie dabei geflissentlich.

»Aber weißt du, was wirklich lustig ist?«, sagte sie mit geschlossenen Augen. »Ich kann mich so deutlich an meine ganzen Asienreisen erinnern, als wäre ich erst gestern dort gewesen.«

Franzi ließ den Kamm sinken. »Ich wusste gar nicht, dass du überhaupt jemals in der Gegend warst.«

»Ach, Franzi. Ich war unzählige Male dort, das kannst du doch nicht vergessen haben. Das habe ich doch schon hundert Mal erzählt!«

»Muss ich wohl wirklich vergessen haben, sorry!«, murmelte Franzi. Um sich ihre Irritation nicht anmerken zu lassen, fuhr sie rasch fort, Lauras Haare zu kämmen. »Aber wenn du dich jetzt so genau erinnern kannst, kannst du mir die Geschichten ja noch mal erzählen.«

»Bist du dir ganz sicher, dass du die noch mal hören willst? Oder nimmst du mich nur auf den Arm? Die ollen Kamellen kann doch niemand mehr hören.«

»Ach weißt du, von Reiseberichten konnte ich noch nie genug bekommen.« Am liebsten wäre Franzi aufgesprungen und hinausgerannt, um sofort bei Gabi anzurufen. Sie war sich hundertprozentig sicher, dass Laura noch nie von einer Reise nach Asien erzählt hatte. Entweder sie brachte durcheinander, wem sie ihre Abenteuer geschildert hatte, oder sie fantasierte da etwas zusammen. Und wenn das einer wissen konnte, dann war es Gabi.

❀

»Doch, ja, das stimmt. Laura war in Asien, allerdings nur ein einziges Mal. Das weiß ich deshalb so genau, weil wir zusammen dort waren. Und jetzt hat sie dir erzählt, dass sie schon mehrfach dort gewesen ist?« Gabi sah Franzi mit großen Augen an. Es hatte fast eine Stunde gedauert, bis sie Toni, die nach dem Besuch bei ihrer Mutter völlig überdreht gewesen war, ins Bett gebracht hatten. Nun saßen die beiden Frauen endlich im Wohnzimmer, hatten eine Flasche Wein aufgemacht und waren über Skype mit den restlichen Mitgliedern der Feuerwehr verbunden.

»Wir haben zuerst eine siebentägige Rundreise durch Nordthailand gemacht und waren anschließend zwei Wochen in einem Schweigekloster. Laura hat das Klima aber nicht gut vertragen, deswegen wollte sie danach nie wieder in die Tropen.«

»Stimmt«, bestätigte Helene Gabis Worte. »Und jetzt erzählt sie, dass sie unzählige Male dort war? Wie kommt sie denn darauf?«

»Ich habe wirklich keine Ahnung«, sagte Franzi. »Sie hat mir heute erzählt, dass ihr früher so hervorragendes Kurzzeitgedächtnis plötzlich auf dem Stand einer Zweijährigen ist, ihr Langzeitgedächtnis dagegen aber so detailliert, als hätte sie alles erst gestern erlebt.«

Hilflos kratzte Helge sich am Kopf. »Vielleicht erinnert sie sich an einen Film, den sie mal gesehen hat. Oder an einen Reisebericht. Hat sie denn irgendwelche Länder erwähnt?«

»Thailand, Kambodscha, Vietnam, Laos und …« Franzi musste nachdenken. Da war noch ein Land gewesen. Schließlich fiel es ihr wieder ein. »Die Philippinen.«

»Never ever!« Da waren sich Lauras Kindheitsfreunde einig. »Sie war auf Curaçao, in den USA, in Griechenland, Italien, der Türkei und auf Malta«, zählte Helene auf. »In Schweden war sie und auch in Frankreich. Und eben das eine Mal mit Gabi in Thailand. Aber ganz sicher nicht in den Ländern, die du gerade genannt hast.«

»Wir sind uns deswegen so sicher, weil wir vor ein paar Jahren einmal überlegt haben, gemeinsam nach Borneo zu fliegen«, erzählte Helge. »Doch Laura hat die Kreislaufprobleme, die sie in Thailand hatte, nie vergessen. Und mit Medikamenten wollte sie sich nicht vollstopfen, nur um sich ein Land anschauen zu können. Deswegen haben wir umgeplant und sind stattdessen nach Griechenland gereist.«

Verwunderung machte sich unter den Freunden breit. »Was sollen wir jetzt tun?«, fragte Franzi. »Ich glaube nicht, dass es eine gute Idee ist, ihr das unter die Nase zu reiben. Wir sollten aber auf jeden Fall ihrem Arzt Bescheid sagen.«

Kapitel 9

»Du hast mich gestern ganz schön neugierig gemacht«, sagte Franzi zu Laura. Sie hatte die erste Schicht übernommen und war gegen zehn Uhr vormittags im Krankenhaus aufgekreuzt. »Erzähl mir doch noch ein bisschen mehr von deinen Asienreisen, nachdem du dich gerade wieder so lebhaft daran erinnern kannst.«

Laura dachte einen Moment lang nach. Dann sah sie Franzi unschlüssig an. »Ich weiß nicht, wo ich anfangen soll. Mein ganzer Kopf quillt über vor Erinnerungen.«

»Erzähl mir einfach, was dir als Erstes entfällt.«

Laura lachte. »Vor ein paar Jahren bin ich mit einem Bekannten von Berlin über Frankfurt nach Bangkok geflogen. Als ich in Frankfurt aus dem Flieger stieg, bekam ich eine SMS von einem Freund, der fragte, was ich nun machen würde, da der Flughafen in Bangkok schließlich inzwischen gesperrt sei. Als ich das gelesen habe, dachte ich, dass er mich nur ärgern will. Er wollte nämlich selbst gerne mitkommen, hatte aber keine Zeit.«

Nachdem Laura eine Weile ihren Gedanken nachhing, musste Franzi sie darum bitten weiterzuerzählen. Schon dass Laura von einer männlichen Begleitung anstelle von Gabi sprach, machte Franzi stutzig.

»Wir sind ganz entspannt zum Gate des Bangkokfliegers gelaufen und haben uns nichts weiter dabei gedacht. Also, wegen der Nachricht, meine ich. Als wir am Gate ankamen, liefen Spruchbänder über die Monitore. Darauf stand: Flughafen Bangkok wegen Unruhen geschlossen.«

»Echt? Ich dachte, das war ein Scherz«, sagte Franzi ungläubig.

»Ja, das dachte ich auch. War es aber nicht. Vielleicht erinnerst du dich, dass …« Laura dachte eine Weile scharf nach, aber die Jahreszahl, die sie suchte, wollte ihr einfach nicht einfallen. »Ach, keine Ahnung, wann genau das war. Es muss vor ungefähr zehn Jahren gewesen sein. Jedenfalls waren wir natürlich gespannt, ob der Flieger überhaupt starten würde. Es gab keinerlei weitere Informationen, und das Bodenpersonal fing ganz normal mit dem Boarding an. Erst als wir schon losgeflogen waren, kam eine Durchsage des Kapitäns. Er ging davon aus, dass der Betrieb wieder normal laufen würde, bis wir Thailand erreicht hätten. Na ja, das war ein Irrtum. Etwa eineinhalb Stunden vor der regulären Landung gab es eine erneute Ansage, dass der Flieger nach Kuala Lumpur umgeleitet werden muss. Das war sowieso die reguläre Flugroute: Frankfurt, Bangkok, Kuala Lumpur und das Gleiche wieder zurück. Der Flughafen in Bangkok sollte erst gegen achtzehn Uhr wieder geöffnet werden, deshalb wollte der Kapitän Thailand auf dem Hinweg ausfallen lassen und einfach nach Kuala Lumpur weiterfliegen. Auf dem Rückweg sollten die Gäste, die nach Bangkok wollten, dort ausgesetzt werden.«

Franzi kicherte. »Aussetzen klingt lustig. Schade, dass sie euch sofort wieder mit zurückgenommen haben und ihr nicht wenigstens Gelegenheit hattet, für ein paar Stunden Kuala Lumpur zu entdecken, wenn ihr schon eine derartige Odyssee durchmachen musstet.«

»Du hast noch nicht den Rest der Geschichte gehört«, warf Laura ein. »Als wir nämlich in Kuala Lumpur gelandet waren, bekamen wir die Info, dass der Flughafen Bangkok an dem Tag garantiert nicht mehr öffnen würde. Wir mussten also dort übernachten.«

»Das ist ja cool!« Franzi hielt inne. Dann zog sie die Stirn kraus. »Zumindest … zumindest wenn man davon ausgeht, dass ihr das Hotelzimmer bezahlt bekommen habt?«

»Klar haben wir das. Und nicht nur das, wir saßen nämlich zwei Tage lang dort fest. Das heißt, wir haben von der Lufthansa zwei Übernachtungen bezahlt bekommen und die gesamte Verpflegung dazu.«

»Das ist ja großartig«, rief Franzi aus. »Jedenfalls, wenn man einigermaßen spontan ist.«

Laura nickte. »Ich fand das auch klasse. Wir bekamen auf Kosten der Lufthansa quasi einen Städtetrip spendiert. Eine finanzielle Einbuße war das sowieso nicht, da wir kein Hotelzimmer in Bangkok reserviert hatten. Wir waren mit dem Rucksack unterwegs und wollten uns mehr oder weniger treiben lassen. Uns alles anschauen und dort länger bleiben, wo es uns gefiel. Da wir über vier Wochen Zeit hatten, war es für uns kein Problem.«

»Klingt traumhaft«, seufzte Franzi. »Und was habt ihr im Anschluss an Kuala Lumpur gemacht?«

»Am zweiten Abend wurde uns mitgeteilt, dass der Jumbojet am nächsten Morgen auf alle Fälle zurück nach Frankfurt fliegen würde. Die Lufthansa hatte von Air Malaysia einen kleinen Jet gechartert und allen Gästen angeboten, damit nach

Phuket zu fliegen. Oder eben zurück nach Frankfurt. Wir haben jedenfalls die Phuket-Variante gewählt.«

»Hätte ich genauso gemacht«, sagte Franzi. »Und wie ging es weiter?«

»Mein Bekannter und ich sind nach Hua Hin gefahren und dort zwei Tage geblieben, da wir unbedingt ans Meer wollten, bevor wir ins Landesinnere aufbrachen. Später sind wir mit dem Nachtzug nach Chiang Mai gefahren.« Laura schloss die Augen und beschwor die Erinnerung herauf. »Schon die Zugfahrt war etwas ganz Besonderes. Ich weiß gar nicht so recht, wie ich es beschreiben soll. Wir saßen stundenlang in einem offenen Speisewagen und tranken Bier. Die Nacht war warm, und der Wind wehte die Düfte der Speisen herein. Es war einfach unglaublich schön. In Chiang Mai haben wir uns für eine Nacht ein Gästehaus gesucht und sind am nächsten Tag weiter nach Laos, um dort drei Tage in den Bergen zu wandern.«

Das Wort *Berge* holte Franzi in die Wirklichkeit zurück. Sie war so von Lauras Erzählung fasziniert, dass sie vergessen hatte, dass die Geschichte hinten und vorne nicht stimmen konnte. Trotzdem fand sie es unglaublich. Sie studierte Lauras Gesichtsausdruck. Nichts verriet, dass ihre Freundin eine erfundene Begebenheit erzählte. Ganz im Gegenteil, sie schien völlig davon überzeugt zu sein, dass sie das alles tatsächlich erlebt hatte. Franzi wusste nicht, was sie von der ganzen Sache halten sollte. Sie beschloss, vorerst gute Miene zum bösen Spiel zu machen und später mit dem Arzt darüber zu reden. Erst einmal forderte sie ihre Freundin aber auf fortzufahren. »Trekking in Laos.« Sie machte große Augen. »Das klingt fantastisch.«

»Das war es auch.« Laura versank in ihrer Erinnerung. »Die ganze Tour war ein Traum. Es ist zwar eigentlich genauso, wie wenn du hier in die Berge gehst, nur die Vegetation ist natürlich eine ganz andere. Du wanderst dort durch den Dschungel, siehst unzählige exotische Pflanzen, Blüten und Tiere, von denen du vorher noch nie gehört hast. Es ist einfach irre.« Laura schloss für einen Moment die Augen. Als sie sie wieder öffnete, lag ein verzaubertes Lächeln auf ihrem Gesicht. »Irgendwann möchte ich da wieder hin. Vielleicht wenn Toni alt genug ist, dass ich sie auf eine so weite Reise mitnehmen kann.«

»Und wie muss ich mir die Übernachtung vorstellen?«

»In der ersten Nacht waren wir in einem Langhaus, irgendwo ganz weit oben auf einem Berg. Diese Langhäuser stehen auf hohen Stelzen, damit keine wilden Tiere oder Ungeziefer eindringen können. Die Wände bestehen aus einer Art Schilfrohr, so ähnlich wie die Bambusmatten, die man bei uns als Sichtschutz für den Garten bekommt.« Als Franzi sie ungläubig ansah, schmunzelte Laura. »Und es ist nur ein einziger großer Raum. Dünne Matten liegen am Boden, dünne Decken und etwas, das eine entfernte Ähnlichkeit mit einem Kopfkissen hat. Mehr Komfort gibt es dort nicht. Als wir ankamen, war es noch warm, und die anderen Wanderer haben uns ausgelacht, als wir unsere Schlafsäcke ausgepackt haben. Allerdings wurde es wirklich saukalt, sobald die Sonne weg war. Wir saßen noch eine Zeit lang am Lagerfeuer, und das Schönste war, dass unser Guide plötzlich eine Gitarre in der Hand hatte. Und er konnte richtig gut spielen! Das war eine Nacht, wie man sie nie vergisst. Die Sterne waren so groß und klar. Man dachte, man könnte sie mit der Hand vom Himmel pflücken.« Sehnsüchtig richtete Laura ihren Blick ins Nirgendwo. »Eine Nacht, in der man sich wünscht, sie mit der Liebe seines Lebens zu verbringen.«

»Und der Typ, mit dem du dort warst? Hatte der nicht das Potenzial, dein Prinzgemahl zu werden?«

»Ähm, nein, ich glaube nicht.« Verwirrt schüttelte Laura

den Kopf. Seltsamerweise wollte ihr der Name ihres Bekannten nicht mehr einfallen. Schnell wischte sie den Gedanken beiseite und kam auf die Reise zurück. »Leider ging die Tour nur über drei Tage. Danach sind wir wieder nach Chiang Mai gefahren und haben dort in einem Hostel gewohnt. Wir haben uns einen Tempel angesehen, waren Elefantenreiten und auf einem wunderschönen Markt.« Laura seufzte, als sie an die Atmosphäre des Nachtmarkts zurückdachte. Die Luft war tropisch warm gewesen, überall hatte es nach exotischen Gewürzen und Gerichten geduftet und das Licht von Hunderten bunten Lampions hatte die Nacht in eine märchenhafte Stimmung getaucht.

Franzi beobachtete ihre Freundin, die ganz in ihre Erinnerungen versunken war. Es war nicht zu fassen. Laura glaubte tatsächlich felsenfest daran, dass sie dort gewesen war. Franzi fragte sich nur, warum Laura sich so genau in Laos auskannte. »Gibt es denn auch Fotos von der Reise?«, fragte sie Laura schließlich.

»Na klar gibt es die. Wenn ich wieder hier raus bin, muss ich sie dir unbedingt zeigen. Laos und Thailand sind echt unbeschreiblich schöne und beeindruckende Länder.«

Auf die Fotos war Franzi gespannt. Spätestens dann würde doch klar werden, dass diese Reise einzig Lauras Fantasie entsprang. Natürlich wollte Franzi Laura nicht vor den Kopf stoßen. Sie wäre eine schöne Freundin, wenn sie nur darauf wartete, dass sie Laura beim Flunkern ertappte. Und doch war ihr das Ganze unheimlich, da Lauras Augen vor Begeisterung leuchteten. Franzi nahm sich vor, erst mal abzuwarten und nachher mit Lauras Arzt darüber zu reden.

Da sich Franzi den Nachmittag schon vor Wochen freigehalten hatte, um ihren jährlichen Check-up zu machen, verabschiedete sie sich gegen Mittag von Laura. Als sie zwischen zwei Untersuchungen etwas Luft hatte, schickte sie Mick und Gabi eine Nachricht. Die Antwort folgte auf dem Fuß. Laura hatte auch ihnen haarsträubende Geschichten erzählt. Mick nahm sie mit auf eine Schiffsreise durch Laos bis ins Mekongdelta, wo sie auf einer der Viertausend Inseln eine Woche ausgespannt hatte. Gabi durfte ihr nach Vietnam folgen, wo es die erste Woche wie aus Eimern geschüttet hatte und das Wetter erst besser wurde, als sie den Wolkenpass überquert hatten. Die Beschreibung der Kitesurfer von Mui Ne hatte Gabi derart gefesselt, dass sie drauf und dran war, in ihrem nächsten Urlaub die Sportart zu lernen. Beide bestätigten, dass Laura ihre Erlebnisse so anschaulich und lebendig geschildert hatte, dass ein unbeteiligter Dritter nie im Leben darauf gekommen wäre, dass daran etwas nicht stimmte.

Franzi versuchte einen klaren Gedanken zu fassen. Wo hatte Laura nur all diese Geschichten her? Schnell tippte sie eine weitere Nachricht:

Gibt es eine Möglichkeit, heute noch mit Dr. Hansemann zu sprechen?

»Bitte nehmen Sie Platz.« Dr. Hansemann deutete auf die kleine Sitzgruppe, die in der Ecke seines Büros stand. »Was haben Sie auf dem Herzen?«

Franzi, Gabi und Mick sahen sich unschlüssig an. Sie wussten nicht so recht, wie sie beginnen sollten.

Dr. Hansemann, der spürte, dass seine Besucher etwas bedrückte, startete einen neuen Versuch. »Sie wären sicherlich nicht hier, wenn Sie sich nicht wegen irgendetwas Sorgen machen würden. Soweit ich hier sehe«, er schlug Lauras Krankenakte auf und blätterte rasch durch die Seiten, »sind sämtliche Tests, die wir in den letzten Tagen gemacht haben, durchaus erfreulich verlaufen. Was ist es, das Sie beunruhigt?«

Franzi räusperte sich. »Um eines vorauszuschicken, wir drei haben, ohne die neuesten Befunde zu kennen, den Eindruck, dass Laura die letzte Woche überwältigend gut überstanden hat. Und trotzdem ...«

»Und trotzdem«, griff Mick den Faden auf, »haben wir das Gefühl, dass etwas nicht stimmt.« Obwohl er sonst nie um Worte verlegen war, fiel es ihm schwer, seine Bedenken zu formulieren. Schließlich beschloss er, einfach Klartext zu reden. »Laura erzählt uns Geschichten, die nicht stimmen können. Sie hat jedem von uns in aller Ausführlichkeit von irgendwelchen Reisen berichtet, die sie garantiert nie unternommen hat.« Er fasste die Erzählungen über Thailand, Vietnam und Laos zusammen, dann wartete er, bis Dr. Hansemann die Information verdaut hatte.

»Sie meinen, Frau Wagner lügt Sie an?«

»Ich würde es nicht lügen nennen«, schaltete Gabi sich in das Gespräch ein. »Für uns scheint es schon so, als ob Laura selbst an das glaubt, was sie erzählt. Ich kenne Laura seit dem Kindergarten. Wir waren immer eng befreundet und haben uns in all der Zeit nie aus den Augen verloren. Deswegen bin ich mir ganz sicher, dass sie nie in einem dieser Länder war, von denen sie uns in den schillerndsten Farben erzählt hat.«

Der Arzt sah sie mit zusammengekniffenen Augen an. »Kann es nicht vielleicht sein, dass es doch eine Zeit gab, in der Sie weniger Kontakt zueinander hatten? So was kommt ja oft vor. Man hat eine neue Beziehung, in der man völlig aufgeht, ist selbst im Urlaub und so weiter.«

»Natürlich haben wir so etwas in Betracht gezogen«, sagte Gabi. »Deswegen haben wir gestern mit unseren anderen Freunden geskypt. Laura hat bis vor sechs Jahren in Berlin gelebt, und wir sind gemeinsam durch dick und dünn gegangen.

Auch Helge und Helene kennen Laura seit einer Ewigkeit. Deswegen können wir mit hundertprozentiger Sicherheit ausschließen, dass Laura diese Reisen wirklich unternommen hat.«

Dr. Hansemann zögerte. Erneut warf er einen Blick in die Unterlagen, die er vor sich ausgebreitet hatte. »Es fällt mir schwer, Ihnen dazu eine befriedigende Antwort zu geben. Es gibt durchaus Fälle, in denen Menschen, die eine Kopfverletzung erlitten haben, im Anschluss daran Fähigkeiten zeigen, die sie vorher nicht hatten.«

»Davon habe ich auch schon einmal gehört«, murmelte Franzi. »Aber ich dachte immer, dass das in den Bereich irgendwelcher Hollywoodschnulzen gehört.«

»Es kann schon sein, dass die Filmindustrie das Thema vermarktet hat«, pflichtete Dr. Hansemann ihr bei. »Aber dennoch ist das Ganze nicht an den Haaren herbeigezogen. Man kann es sich vielleicht so vorstellen, als ob das Gehirn ein Stadtplan wäre. Dort gibt es verschiedene Stadtteile, und jeder steht für etwas Besonderes. Wenn Sie zum Beispiel München nehmen, dann ist Bogenhausen ein sehr wohlhabendes Viertel, Schwabing brachte man früher mit Kunst und Künstlern in Verbindung, und rund um die Theresienwiese gibt es während des Oktoberfests lauter Betrunkene. Wenn Sie sich nun wieder ein Gehirn vorstellen, gibt es dort Areale, die für die verschiedenen Funktionen des Körpers zuständig sind. In einem Bezirk werden Gefühle verarbeitet, in einem anderen die Verdauungsprozesse gesteuert. Eine Region ist für das Sehen und die Verarbeitung der aufgenommenen Bilder zuständig und so weiter. Wenn nun eine dieser Regionen verletzt wird, ob durch einen Unfall oder durch einen Eingriff, wie wir ihn an Frau Wagner vorgenommen haben, kann es sein, dass einer dieser Bereiche plötzlich nicht mehr funktioniert.«

Der Mediziner warf einen Blick in die kleine Runde. »So

weit verstanden?« Als alle nickten, fuhr er fort. »Stellen wir uns nun vor, dass eine dieser Regionen ausgefallen ist. Und jetzt denken Sie an die Straße, in der Sie leben. Eines Tages brennt Ihr Haus komplett ab. Wenn wir davon ausgehen, dass Sie eine einigermaßen gut funktionierende Nachbarschaft haben, werden Personen aus den umliegenden Häusern zu Hilfe eilen. Einer bietet Ihnen ein Dach über dem Kopf an, von einer anderen Seite bekommen Sie Kleidung, die Sie wärmen soll, et cetera. So ähnlich funktioniert es im Gehirn. Die eine Region ist, im übertragenen Sinn, abgebrannt, die nächste Region versucht, auszuhelfen und die Funktionen zu übernehmen. Plötzlich werden Gehirnzellen aktiviert, die vorher in einer Art Dornröschenschlaf gelegen haben, weil sie noch nie gebraucht wurden. Und dann geschieht oftmals Erstaunliches. Wenn wir uns nun vorstellen, dass der beschädigte Bereich im Gehirn für räumliches Sehen verantwortlich war, haben Sie schlechte Chancen, dass Sie jemals wieder eine dreidimensionale Wahrnehmung entwickeln werden. Der Nachbarbereich, der jetzt in eifriger Hilfsbereitschaft versucht, das entstandene Defizit auszugleichen, hat allerdings eine andere Kernkompetenz, als Ihnen zu einem plastischen Bild zu verhelfen. Die Haupteigenschaft dieses Hirnareals ist zum Beispiel, Geräusche zu verarbeiten.«

Als der Arzt eine Verschnaufpause machte, ergänzte Franzi: »Und plötzlich kann jemand, der vorher völlig unmusikalisch war, Klavierspielen wie ein junger Gott.«

Dr. Hansemann schmunzelte. »Das würde ich nun doch eher dem Genre der Hollywoodschnulzen zuordnen, aber im weitesten Sinne haben Sie recht. Dieser Mensch würde vielleicht das von Ihnen angesprochene musikalische Talent entwickeln oder plötzlich den Drang haben, musizieren zu wollen, obwohl ihn vorher weder Tasten- noch Saiteninstrumente auch nur im Entferntesten interessiert haben. Und es kann durchaus sein, dass dieser neue Musikliebhaber dabei wirklich unerwartet talentiert ist, auch wenn er zuvor keine Note von der anderen unterscheiden konnte.«

»Ich glaube, mir wäre es lieber, wenn Laura plötzlich Klavierspielen würde, als irgendwelche Geschichten zu erzählen, die nur erfunden sein können«, sagte Mick. »Auch wenn man es ihr nicht absprechen kann, dass sie durchaus ein Talent zum Erzählen hat.«

Franzi verdrehte die Augen. »Ich finde das nicht witzig.«

Mick streckte seine langen Beine unter den Tisch und grinste. »Keine Sorge, das ist auch nicht witzig.«

»Ich sehe im Moment keinen akuten Handlungsbedarf«, sagte Dr. Hansemann. »Solange es sich um harmlose Geschichten handelt, wüsste ich nicht, was wir dagegen tun sollten. Außerdem ist es noch zu früh, anhand dreier Reiseberichte eine Diagnose zu stellen.«

Nachdenklich musterte Gabi ihre Fingernägel. Schließlich holte sie tief Luft und sah den Arzt geradeaus an. »Kann so was nicht auch den Anfang einer schizophrenen Störung bedeuten?«

Dr. Hansemann, der auf eine derart abenteuerliche Idee nicht im Geringsten vorbereitet war, musste husten. »Ich habe bisher von keinem Fall gehört, in dem ein Patient infolge einer Gehirnverletzung schizophren geworden wäre.«

»Wenigstens etwas«, sagte Mick. »Ich möchte nicht länger darauf herumreiten, weshalb Laura plötzlich anders ist. Wir können uns alle glücklich schätzen, wenn das Schlimmste, das passieren kann, irgendwelche fantasievollen Reiseberichte sind. Im besten Fall nützt sie dieses Talent und schreibt endlich ihr Buch zu Ende.«

»Frau Wagner schreibt Bücher?«, hakte Dr. Hansemann interessiert nach.

»Nachdem sie von Berlin hierhergezogen ist, hat sie damit

begonnen, einen Krimi zu schreiben, der in Oberbayern spielt«, erklärte Franzi. »Sie wusste nicht, was sie mit der vielen freien Zeit anfangen sollte. Eine blühende Fantasie hatte sie aber schon damals, das muss man ihr wirklich lassen.«

Das konnte Gabi nur bestätigen. »Sie hat uns oft mit ihren abstrusen Ideen zum Lachen gebracht. Schade, dass sie mit dem Schreiben wieder aufgehört hat.«

»Sie hat den Krimi also nicht zu Ende gebracht?«, fragte Dr. Hansemann neugierig. »Wieso nicht?«

»Weil damals ihre ganze Welt einstürzte, kurz bevor sie mit dem Buch fertig war«, erinnerte sich Mick betrübt. »Der Vater ihrer kleinen Tochter, der auch mein bester Freund war, ist bei einem Unfall in den Bergen ums Leben gekommen. Sie hat dadurch einen schweren Schock erlitten und lag ein paar Wochen hier in der Klinik. Damals hat man auch festgestellt, dass sie schwanger war.«

»Ich erinnere mich, das in der Krankenakte von Frau Wagner gelesen zu haben«, sagte Dr. Hansemann.

»Laura brauchte lange, bis sie wieder auf die Beine kam«, sagte Gabi. »Eigentlich hat sie erst wieder Lebensmut geschöpft, als Toni so kräftig in ihrem Bauch zu strampeln anfing, dass sie sich kaum noch rühren konnte. Das kleine Teufelchen hat offensichtlich gespürt, dass seine Mutter einen kräftigen Tritt in den Hintern gebraucht hat.«

»Ich finde, Doktor Hansemann hat das super erklärt«, sagte Gabi, als sie über den Parkplatz zu ihren Fahrzeugen liefen. »Das mit dem Stadtplan im Gehirn, meine ich.«

»Ich finde, dass er überhaupt ein sehr guter Arzt ist.« Kaum war der Satz heraus, lief Franzi auch schon rot an.

»Wenn ich dich so ansehe, könnte ich glatt denken, du hättest dich verknallt«, lachte Mick.

Franzi deutete ihm einen Vogel. »Du spinnst doch.«

Wütend stemmte sie dann die Fäuste in die Hüften, was ihm erst recht zeigte, dass er richtiglag.

»Ich verstehe nicht, was du daran schlimm finden kannst. Er trägt keinen Ehering, auf seinem Schreibtisch stehen keine Fotos von Frau und Kindern, und nett und mitfühlend scheint er auch zu sein. Warum angelst du ihn dir nicht?«

Wütend knuffte Franzi ihn in die Seite. »Ich habe nicht die Absicht, mir irgendjemanden zu angeln. Falls du dich erinnerst, liegt Laura schwer krank in der Klinik. Dass sie wieder gesund wird, hat absoluten Vorrang. Und zwar vor allem anderen!«

»Korrigiere mich, aber soweit ich es beurteilen kann, geht es Laura inzwischen schon wieder bedeutend besser. Zumindest so gut, dass man sie nicht mehr als *schwer* krank bezeichnen kann. Na ja, davon abgesehen vielleicht, dass sie jetzt ein bisserl plemplem im Kopf zu sein scheint. Außerdem hat die Schwester heute Nachmittag angedeutet, dass Laura in fünf Tagen entlassen werden kann, falls nicht noch unerwartete Komplikationen auftreten.«

Überrascht sahen Franzi und Gabi ihn an. »Was? In fünf Tagen schon? Wieso sagst du uns das nicht?«

»Weil ich dachte, dass ihr das auch schon wisst. Woher soll ich denn ahnen, dass die Schwester euch noch nichts davon gesagt hat?«

»Ist ja auch wurscht.« Franzi war froh, dass sich das Gespräch von dem Neurologen weg auf wesentlich ungefährlicheres Terrain bewegte. »Wirklich schon so bald?«, hakte sie nach. »Wie sicher ist das?«

»Das darfst du nicht mich fragen«, wehrte Mick ab. »Wie gesagt, es war nur eine Andeutung. Schwester Magdalena sagte auch, dass wir mit Laura ab morgen kleine Ausflüge unternehmen sollen, damit ihr Kreislauf wieder in Schwung kommt.«

Kapitel 10

Am nächsten Tag musste Mick mit einer kleinen Gruppe chinesischer Touristinnen einen Ausflug auf den Jägerkamp machen. Obwohl er versucht hatte, jemanden zu finden, der die Tour für ihn übernahm, war die Aufgabe letztlich an ihm hängen geblieben. »Vielleicht ist es besser, wenn wir Lauras ersten Ausflug auf morgen verschieben«, sagte er sauer.

Franzi schüttelte den Kopf. »Ich glaube, das wird nicht nötig sein. Wir wollen weder mit ihr zur Tegernseer Hütte laufen, noch uns mit dem Mountainbike einen Trail hinunterstürzen. Aber das Wetter ist so herrlich, dass es eine Schande wäre, wenn wir es nicht nutzen.« Besänftigend strich sie ihm über den Arm. »Glaub mir, es gibt keinen Grund, beunruhigt zu sein. Wir sind ja zu zweit und werden Laura keine Sekunde aus den Augen lassen. Außerdem gehen wir sowieso nur spazieren und trinken dann irgendwo Kaffee. Und wenn sich Laura dem noch nicht gewachsen fühlt, dann laufen wir einfach nur eine kleine Runde.«

Halbwegs besänftigt sah Mick auf die Uhr. Schon kurz vor neun. Verdammt. Die Chinesengruppe wollte um neun aufbrechen. »Also gut«, sagte er schließlich. »Aber versprich mir, dass ihr gut auf Laura aufpasst.«

Franzi war über die Maßen amüsiert. »Ja, Papa. Wir passen auf unsere kleine Schwester auf. Ich verspreche es dir.«

Verärgert zog Mick seine Stirn in Falten. »Doofe Kuh.«

»Ich hab dich auch lieb. Und nun geh schon zu deinen wanderfreudigen Geishas.«

Mick stöhnte. »Jetzt wundert es mich nicht mehr, warum du in Erdkunde immer eine Sechs hattest. In China gibt es keine Geishas!«

Franzi warf ihm einen verschmitzten Blick zu. Als Mick klar wurde, dass sie ihn nur aufzog, gab er ihr einen Klaps auf den Po. »Du kannst wirklich froh sein, dass ich in Eile bin. Sonst hätte ich dich übers Knie gelegt, ganz so, wie du es verdient hast.«

Franzi klimperte mit den Augen. Dann drehte sie sich adrett um die eigene Achse. »Übers Knie legen?«, wiederholte sie seine Worte. »Bist du dir sicher, dass die Geishas nicht noch eine Stunde warten können?«

Als Mick bereits im Auto saß, musste er noch immer lachen. Franzi war schon eine Nudel! Er wusste, dass er sich glücklich schätzen konnte, solche Freunde zu haben.

Laura saß mit baumelnden Beinen auf der Bettkante. Obwohl Schwester Magdalena angeboten hatte, ihr beim Anziehen zu helfen, hatte sie darauf bestanden, es alleine zu versuchen. Lediglich ihr Kreislauf hatte Zicken gemacht, da sie es nach den langen Tagen im Bett nicht mehr gewohnt war aufzustehen.

»Du bist ja schon fertig!«, rief Gabi erstaunt, als sie, gefolgt von Franzi, Lauras Zimmer betrat.

»Na klar bin ich das«, sagte Laura feixend. »Ich habe den ganzen Tag ja sonst nichts zu tun.«

»Und wie fühlst du dich?«

»Ziemlich gemischt«, antwortete Laura ehrlich. »Auf der einen Seite kann ich es gar nicht erwarten, in das herrliche Wetter hinauszukommen, auf der anderen Seite habe ich ein bisschen Bammel, ob ich das packe.«

Franzi blickte Laura aufmunternd an. »Komm, wir probieren es einfach.«

Vorsichtig kletterte Laura vom Bett und hakte sich bei Gabi unter, während Franzi einen Rollstuhl neben ihr herschob. Der Rollstuhl war eine Auflage, auf der Dr. Hansemann bestanden hatte.

»Ich weiß schon, dass Sie alleine laufen können.« Der Arzt hatte keine Widerrede geduldet. »Aber denken Sie doch auch an Ihre Freundinnen. Was sollen die beiden unternehmen, wenn Sie unterwegs einen Schwächeanfall erleiden? Sie auf den kalten Boden legen, einen Krankenwagen rufen und warten, bis Hilfe kommt? Oder Sie zurück zur Klinik tragen? Ich finde, das wäre eine ganz schöne Zumutung.«

In weiser Voraussicht hatte Mick Franzi gebeten, nicht mit ihrem Kleinwagen zur Klinik zu fahren, sondern seinen SUV zu nehmen. Den Rollstuhl darin unterzubringen war ein Kinderspiel.

»Also, worauf hast du Lust?«, wollte Franzi von Laura wissen. »Möchtest du lieber hier in der Nähe der Klinik bleiben, oder sollen wir zum See fahren?«

»Zum See!« Lauras Augen glänzten. Erst jetzt wurde ihr bewusst, wie sehr sie ihre vertraute Umgebung vermisst hatte, seitdem sie aus dem Koma erwacht war. Im Krankenzimmer war ein Tag wie der andere, und irgendwie vergaß man, welch eine wunderschöne Welt da draußen auf einen wartete.

Franzi parkte den großen Wagen auf dem Parkplatz des Monte Mare, da die meisten der kostenlosen Parkplätze des Komplexes, in dem Sauna, Schwimmbad, Wellnessoase und eine physiotherapeutische Praxis untergebracht waren, um diese Zeit nicht belegt waren. Nachdem sie den Rollstuhl ausgeladen hatten, gingen sie mit langsamen Schritten durch den gepflegten kleinen Park bis zum See. Als Laura über das glitzernde Wasser Richtung Süden blickte, kamen ihr die Tränen.

Erschrocken sah Franzi sie an. »Ist alles in Ordnung? Magst du dich lieber setzen?«

Laura schniefte. »Nein«, sagte sie. »Ich denke nur gerade

an etwas. Als ich das erste Mal in meinem Leben hierherkam, stand ich an fast genau dieser Stelle. Damals hatte ich keine Ahnung, wie die Berge heißen, deswegen habe ich mir in einem Geschäft eine Wanderkarte besorgt.« Sie deutete mit der Hand auf eine kleine Bank, die nicht weit weg von ihnen stand. »Dann habe ich mich da drüben hingesetzt und versucht, die Gipfel auf der Karte zu finden.«

»Ich erinnere mich, was damals passiert ist.« Franzi ließ den Rollstuhl stehen und trat auf Laura zu. Liebevoll zupfte sie ein rosafarbenes Blütenblatt aus deren Haaren. »Du hast einen Einheimischen gebeten, dir behilflich zu sein, und der hat dich behandelt wie eine Aussätzige. Am nächsten Tag hat dir ein Bauer Hausverbot auf seinem Hof erteilt, und in der Metzgerei wurdest du nicht bedient. Dann bist du wieder hierher an den See gelaufen und hast dich heulend auf einen der Blumenkübel da drüben gesetzt.« Franzi deutete auf die Pflanztröge, die nur ein paar Meter von ihnen entfernt standen.

»Das weißt du alles noch?« Laura war bass erstaunt.

»Na hör mal! Natürlich weiß ich das noch. Erstens ist das noch keine hundert Jahre her und zweitens habe ich an diesem Tag eine meiner besten Freundinnen kennengelernt. Wie sollte ich so etwas jemals vergessen!«

Gerührt drückte Laura Franzi einen Kuss auf die Wange. Dann richtete sie ihren Blick wieder auf den See. »Die ganze Umgebung ist einfach traumhaft schön. Ich glaube, davon werde ich niemals genug bekommen.«

»Das will ich meinen!« Franzi grinste. »Ich wohne schon mein ganzes Leben hier, kann mich aber an diesem unglaublichen Panorama noch immer nicht sattsehen.«

Gabi seufzte. »Schon komisch, oder? Ich kann mich noch daran erinnern, dass Laura von der schönen Gegend hier zuerst überhaupt nichts wissen wollte. Vor sechs Jahren war sie nämlich noch der Meinung, dass sie die Berge hasst, obwohl sie sie noch nie in natura gesehen hatte.«

Eine Weile standen die drei Freundinnen schweigend da und genossen den Ausblick. Dann entschied Franzi, dass es Zeit war, ein paar Schritte zu gehen. »Wenn wir nur herumstehen, kommt dein Kreislauf nie in Schwung. Ich würde vorschlagen, dass wir so weit gehen, bis wir irgendwo einkehren können. Einverstanden?«

Laura nickte. »Lass uns zum Milchhäusl gehen und dort einen Cappuccino trinken.«

»Super Idee«, fand Franzi und zog ihr Handy aus ihrer Jackentasche. »Ich muss nur kurz eine Nachricht schreiben.«

Als sie langsam am Ufer entlangschlenderten, merkten sie nicht, dass ihnen jemand folgte. Erst als sie das Café fast erreicht hatten und Laura ihren Blick noch einmal über die Landschaft schweifen ließ, nahm sie den Fremden wahr, der nur ein paar Schritte hinter ihnen ging. Als sie sein Gesicht betrachtete, kam er ihr irgendwie bekannt vor, aber sie hätte nicht sagen können, wo sie ihm schon einmal begegnet war.

Als ihre Blicke sich kreuzten, erstarrte der Mann. Unwillkürlich blieb er stehen und trat einen Schritt zurück. Ein paar Sekunden lang sah er ihr in die Augen, dann drehte er sich schnell herum und lief den Weg zurück, den er gekommen war.

»Erde an Laura!«

Laura schreckte auf. »Was?«

»Willst du hier Wurzeln schlagen?« Franzi sah sie besorgt an. »Ist alles in Ordnung mit dir?«

»Ja, alles klar«, antwortete Laura. »Ich dachte grade nur, dass ich den Mann da kenne.« Für den Bruchteil einer Sekunde irrlichterte eine Erinnerung an die Krankenhauscafeteria durch ihren Kopf. Ein Mann, der an einem der Tische in der Ecke saß … Doch dann war das Bild auch schon wieder verschwunden. Sie schüttelte den Gedanken ab und deutete mit dem Kopf auf den Fremden, der sich mit raschen Schritten entfernte. »Aber ich hab mich wohl getäuscht.«

Franzi riss die Augen auf, als sie erkannte, wer der Kerl war, der so offensichtlich keinen Wunsch nach einer Begegnung hatte. Bevor sie jedoch etwas sagen konnte, drehte sich Laura abrupt um und musste sich an Franzi festhalten, weil ihr prompt schwindlig wurde. Geistesgegenwärtig schob Franzi sie einen Schritt rückwärts, bis Laura den Rollstuhl an ihren Beinen spüren konnte. »Setz dich. Die letzten paar Meter schiebe ich dich besser.«

Obwohl es Laura ausgesprochen unangenehm war, ließ sie Franzi ihren Willen. Vom Parkplatz bis hierher waren es keine fünfhundert Meter gewesen, doch sie fühlte sich so erschöpft, als hätte sie eine mittelschwere Bergwanderung hinter sich.

Sie hatten Glück. Als sie im Café ankamen, wurde gerade ein Tisch frei, von dem aus man einen herrlichen Blick auf den See hatte. Franzi und Gabi halfen Laura aus dem Rollstuhl, da sie sich auf keinen Fall in dem Monster, wie sie es nannte, an einen Tisch setzen wollte.

»Was soll mir denn passieren?«, fragte sie, als Franzi dagegen protestierte. »Ich werde ja wohl kaum vom Stuhl fallen.«

Gabi musste lachen, als Laura freudig seufzte, nachdem sie den ersten Schluck ihres Cappuccinos getrunken hatte.

In Lauras Augen glitzerte es, und sie lächelte beseelt. »Ich bin so glücklich, dass ich heute mit euch zusammen sein darf, das kann ich gar nicht richtig in Worte fassen.« Sie sah einem Pärchen nach, das auf identischen Mountainbikes die kleine Straße vor dem Café entlangradelte. »Vor der Operation habe ich tausend Ängste ausgestanden, und doch hätte ich mir nicht vorstellen können, dass irgendwas schiefgehen könnte. Oder vielleicht wollte ich es auch nur nicht. Ich weiß nicht, ob ihr das nachvollziehen könnt«, sagte Laura nachdenklich, »aber irgendwie fühlte sich das alles so unwirklich an.«

Gabi nickte verständnisvoll. »Vermutlich wird man irre, wenn man diese Ängste nicht zumindest teilweise verdrängt.«

»Ja, stimmt«, bestätigte Franzi. »Dabei ist es völlig egal, ob man selbst betroffen ist oder jemand, der einem nahesteht. Wir alle hatten befürchtet, dass es den heutigen Tag in dieser Form nie wieder geben würde. Und trotzdem konnte ich den Gedanken, dass dieser Fall wirklich eintreten könnte, nicht zulassen.«

Laura benutzte die Serviette, um sich ein wenig Luft zuzufächeln. Der Herbst zog heute alle Register. Kein Wölkchen schwebte über dem See, und obwohl die Bäume bereits alles Laub verloren hatten, war die Luft mild, fast wie im Frühling. Vielleicht kam es ihr aber auch nur so vor, da ihr die Ereignisse der vergangenen Wochen noch tief in den Gliedern saßen.

»Na, das sieht ja nach einer gemütlichen Runde aus!«

Als Laura die ihr nur allzu bekannte Stimme dicht hinter sich hörte, stieß sie einen leisen Schrei aus. Nur die Hände, die sich auf ihre Schultern gelegt hatten, konnten verhindern, dass sie aus ihrem Stuhl hochschoss. Dann schob sich ein Gesicht in ihr Blickfeld, das sie in den letzten Tagen so schmerzlich vermisst hatte.

»Maria«, sagte Laura erstickt und ließ sich nur zu gern in die Umarmung fallen. »Was machst du denn hier?«

Maria hatte Tränen in der Stimme, als sie wieder und wieder Laura übers Gesicht strich und fragte, ob es ihr auch wirklich gut ging. »Der Arzt hat wegen der Masern heute endlich Entwarnung gegeben«, sagte sie überglücklich. »Ich war schon kurz davor, ihn zu erwürgen, weil er die Entscheidung immer wieder hinausgezögert hat und ich dich nicht besuchen durfte. Und als es heute endlich so weit war, habe ich es mir nicht nehmen lassen, sofort hierherzukommen.«

Laura stutzte. »Aber woher …« Dann verstand sie. »Franzi!«

Die nickte beglückt. »Ich bekenne mich in vollem Umfang schuldig.«

Das ließ Maria nicht auf sich sitzen. »Unsinn«, strahlte sie. »Als der Arzt grünes Licht gegeben hatte, habe ich sofort Franzi angerufen, weil ich dich überraschen wollte. Sie hat mir erzählt, dass ihr einen Ausflug geplant habt, und mir versprochen, mir zu schreiben, wo ich euch finde. Und hier bin ich.«

»Hier bist du!«, wiederholte Laura. Sie sah ihre Freundinnen der Reihe nach an. »Ich bin so glücklich, dass ich euch habe. Ohne euch hätte ich das alles nicht verkraftet.«

»Ist das herrlich hier«, sagte Diana begeistert. Florian hatte sie angerufen und gefragt, ob sie eine Stunde Zeit für einen Spaziergang hätte. Sie hatte sich auf ihr Fahrrad geschwungen und ihn wenig später an der kleinen Bucht getroffen, in der die Schlierach aus dem See floss, der ihr ihren Namen gab. Eine Weile waren sie bachaufwärts gewandert und hatten die himmlische Ruhe genossen, die nur wenige Meter entfernt vom See herrschte. Als sie an einer Pferdekoppel vorbeikamen, auf der eine Herde Haflinger graste, blieb Diana stehen und lehnte sich an das Gatter. Sofort kam eine kleine Stute zu ihr herüber, legte ihren Kopf auf Dianas Arm und blies ihr ihren warmen Atem entgegen. »Na, du bist mir ja eine Neugierige«, sagte Diana und kraulte mit ihrer freien Hand das Pferd zwischen den Ohren. »Leider habe ich keinen Apfel dabei.« Dann erinnerte sie sich, dass Florian ihr zuvor erzählt hatte, dass er Laura am See gesehen hatte. »Wieso bist du nicht einfach zu ihr hingegangen?«, fragte sie an ihren Bruder gewandt.

Florians Blick folgte einem Bussard, der hoch am Himmel seine Kreise zog. Schließlich sah er seine Schwester an. »Ich hatte gehofft, Laura alleine sprechen zu können.« Hilflos zuckte er mit den Schultern. »Solange jemand aus ihrem Freundeskreis oder aus ihrer Familie dabei ist, komme ich mir noch dämlicher vor, als ich es sowieso schon tue.«

Diana seufzte. »Ach, Flo«, sagte sie mitfühlend. »Wieso fragst du sie nicht einfach, ob du sie fünf Minuten unter vier Augen sprechen kannst? Wenn du so lange warten willst, bis du sie irgendwann alleine erwischst, dann wird das vermutlich ein Jahrhundertprojekt.«

Florian lachte gequält. »Vor allem würde ich mich bis dahin wirklich noch zum Stalker entwickeln.«

Diana kicherte. »Aber solange du es nicht schaffst, mit ihr oder mit irgendjemandem aus ihrem Umfeld Kontakt aufzunehmen, wirst du nie erfahren, wie es ihr wirklich geht.«

»Stimmt«, gab Florian zu. »Aber weißt du, in der Theorie sagt sich das alles so einfach. Die Praxis sieht etwas anders aus.«

»Denkst du, das ist mir nicht klar?« Diana verzog den Mund. »Ganz ehrlich, ich möchte nicht in deiner Haut stecken.« Sie stieß einen erstaunten Schrei aus, als der Bussard die Flügel anlegte und wie ein Pfeil Richtung Boden sauste. »O Gott.« Einen Augenblick lang sah sie fasziniert zu, wie der Greifvogel seinen Schnabel in die zappelnde Beute hackte, die er mit seinen Krallen festhielt. Dann wurde ihr der Anblick zu viel, und sie wandte den Blick ab. »Hast du schon einmal darüber nachgedacht, dass du ihr auch schreiben oder eine kleine Geschichte für sie zeichnen könntest?«

»Daran gedacht habe ich natürlich schon. Aber irgendwie käme ich mir dabei feige vor.«

Diana verzog den Mund. »Aber dass du jedes Mal davonrennst, sobald sie mit einer Freundin unterwegs ist, das ist nicht feige?«

Florian nahm seiner Schwester diesen Kommentar nicht übel, ganz im Gegenteil. Er wusste es zu schätzen, dass Diana meistens das sagte, was sie dachte. Manchmal eckte sie damit zwar an, letztlich war es aber auch eine bemerkenswerte Gabe, seinem Gegenüber die eigene Meinung geradeheraus ins Gesicht zu sagen.

Unschlüssig kickte er einen Stein ins Gras. »Denkst du wirklich, dass es eine gute Idee wäre, Laura etwas zu zeichnen?«.

Diana blieb stehen. Sie packte ihn am Arm und zwang ihn, sie anzusehen. »Ich verstehe echt nicht, warum du daran zweifelst.«

»Weil ich Angst davor habe, dass sie es albern findet.«

Es war zum Haareraufen. Ihr kleiner Bruder war einer der wenigen Kinderbuchautoren und Illustratoren, die von ihrer Kunst leben konnten. Er war ausgesprochen erfolgreich und hatte das besondere Talent, nicht nur wunderbare Geschichten schreiben, sondern alles auch bis ins kleinste Detail naturgetreu zeichnen zu können. Und ausgerechnet er fragte sich, ob er mit seiner Botschaft etwas erreichen könnte.

»Falls es dir entgangen sein sollte: Die Verlage reißen sich um deine Geschichten und Illustrationen, und du fragst dich wirklich, ob Laura es kindisch finden könnte? Ganz ehrlich, Brüderchen, wenn es tatsächlich so ist, dann ist sie doof wie ein Stück Brot. Nicht dass ich Brot generell beleidigen will«, grinste Diana, »dafür esse ich es viel zu gerne. Aber eine Frau, die eine Zeichnung von dir nicht zu schätzen weiß, ist es nicht wert, dass man ihr auch nur eine Träne hinterherweint.«

»Aber nicht jeder Mensch mag Bildergeschichten«, gab Florian zu bedenken.

»Es mag auch nicht jeder Schweinebraten. Oder Schnee. Oder Palmen. Oder Blümchensex.« Diana verdrehte die Augen. Ihr Bruder war manchmal echt stur. »Es geht doch auch gar nicht darum, wer was mag. Es geht um Wertschätzung. Und ich bin mir sicher, dass sich Laura sehr über eine Zeichnung von dir freuen würde und es bestimmt zu schätzen weiß, endlich zu erfahren, wer sie aus dem Wasser gezogen hat.«

Als Florian am späten Nachmittag nach Hause kam, zündete er ein Feuer im Kamin an. Die Nächte waren bereits empfindlich kalt, er wollte aber noch eine Weile darauf verzichten, die Heizung anzustellen. Die behagliche Wärme, die das brennende Holz abgab, hüllte ihn in einen Kokon, und das war etwas, was die Zentralheizung nie schaffen würde. Außerdem waren die Tage, an denen das Kaminfeuer reichen würde, um für Wärme und Behaglichkeit zu sorgen, sowieso gezählt. Der Winter näherte sich mit großen Schritten. Zumindest in seinem Arbeitszimmer würde er in den nächsten Tagen die Fußbodenheizung aufdrehen müssen. Stundenlang am Schreibtisch zu sitzen und neue Geschichten zu entwerfen funktionierte nicht, wenn er fror. Doch jetzt zog er sich seinen Lieblingssessel vor den Kamin, setzte sich im Schneidersitz darauf und schnappte sich Zeichenblock und Stifte.

Stundenlang arbeitete er konzentriert, bis er merkte, dass ihm der Rücken von der gekrümmten Haltung ordentlich wehtat. Zudem hatte er Durst. Vorsichtig entknotete er seine Beine und wartete, bis das Blut wieder in seinen Zehen ankam. Dann stand er auf, streckte sich, lockerte seine Muskeln, legte Holz nach und holte sich eine Flasche Wasser aus dem Kühlschrank. Kurz dachte er darüber nach, sofort weiterzuarbeiten, doch dann entschied er sich, eine Pause zu machen, und lief die knarrenden Stufen nach oben in den ersten Stock. Wie immer, wenn er durch die wunderschön renovierten Räume seines Hauses wanderte, spürte er, wie richtig die Entscheidung vor ein paar Jahren gewesen war, das alte Anwesen zu kaufen, obwohl ihm damals fast jeder davon abgeraten hatte. Das Gebäude war nicht nur renovierungsbedürftig gewesen, es war auch von vorneherein klar gewesen, dass die Kosten der Instandsetzung die für einen Neubau deutlich übersteigen würden. Trotzdem hatte er sich auf Anhieb in das alte Gemäuer verliebt. Der Architekt, den er beauftragt hatte, eine Schätzung darüber abzugeben, was es kosten würde, das Ding wieder auf Vordermann zu bringen, hatte in gespielter Verzweiflung die Haare gerauft.

»Ich sage Ihnen gleich, dass Sie für das Geld, das Sie hier hineinstecken müssen, eine Luxusdachterrassenwohnung in München bekommen würden. Dazu muss ich weder hellsehen können noch eine groß angelegte Schätzung abgeben. Um hier vernünftig zu wohnen, müssen Sie das Haus unterkellern lassen. Ansonsten explodieren Ihnen die Heizkosten, weil es im Winter ohne Keller vom Boden her zu kalt wird und Sie die Räume trotzdem nie richtig warm bekommen. Außerdem sollten Sie die Wände aufreißen und neue Wasser- und Elektroleitungen verlegen lassen, die Heizung austauschen und neue Fenster einbauen. Außerdem rate ich Ihnen dazu, das Dach abtragen und die Balken erneuern zu lassen, alles zu dämmen und komplett neu einzudecken.« Der Architekt hatte mit dem Fingerknöchel an die Wände geklopft. »Ich gebe Ihnen zwar recht, dass das Haus wunderschön ist, aber das Einzige, das Sie so lassen können, wie es jetzt ist, sind die Wände. Die sind stabil und so dick, dass sie das Haus im Sommer kühl halten und im Winter die Wärme speichern. Aber ansonsten muss alles raus.«

Seine Schwester hatte zwar Bedenken wegen der immensen Kosten geäußert, doch genau wie er war sie von der Vorstellung, wie das Haus nach dem Umbau aussehen würde, hellauf begeistert gewesen. Doch einige seiner Freunde waren fast ausfallend geworden. Anfangs hatte es ihn verletzt, doch dann war ihm klar geworden, dass es der Neid war, der da aus ihnen sprach; dass sie es ihm nur nicht gönnten, dass er es sich leisten konnte, an so ein Projekt auch nur zu denken. In dem Augenblick hatte er gemerkt, dass er solche Freunde nicht brauchte.

»Die sind nur neidisch, weil sie sich selbst an so ein großes Vorhaben niemals herantrauen würden«, hatte Diana geschlussfolgert. »Man muss zwar sagen, dass es ein Irrsinn ist, so viel Kohle in etwas zu stecken, das du weit günstiger haben könntest, aber wenn es dir am Herzen liegt und du die Knete hast, dann solltest du es einfach machen. Irgendwo muss das Geld ja hin«, sagte sie schließlich pragmatisch. »Solange du keine Familie hast, die du ernähren musst, gib es ruhig aus. Wer weiß, wann sich in den nächsten hundert Jahren wieder die Gelegenheit ergibt, ein Haus mit einem so grandiosen Blick über den See zu erwerben.«

Und so hatte Florian das pittoreske Haus, das durch seine Hanglage in der Tat eine unverbaubare Aussicht bot, schließlich gekauft. Es hatte ihn in einem Jahr Umbauzeit tatsächlich nicht nur ein Vermögen, sondern auch viele graue Haare gekostet. Doch wenn er sich heute umsah, hätte er mit seinem Geld nichts Besseres anfangen können.

Im ersten Stock zog er sich um, schlüpfte in ein Funktionsshirt und eine kurze Hose, dann betrat er das Zimmer, in dem er sich ein kleines Fitnessstudio eingerichtet hatte. Er stieg auf das Laufband, das er vor eines der großen Fenster geschoben hatte, damit er den See und die angrenzenden Berge zu jeder Tages- und Jahreszeit beim Sport betrachten konnte. Jetzt war es finster, vor ihm lag die beleuchtete Gemeinde, und am Himmel leuchteten die ersten Sterne. Wie er diese Aussicht liebte! Wenn im Winter meterhoch Schnee lag, war es wie ein Blick in eine andere Welt. Aber auch jetzt, nachdem der Herbst sich seinem Ende zuneigte, lag der malerische Ort idyllisch eingebettet in die Landschaft, und die hell beleuchteten Häuschen erzählten schöne Geschichten von Ruhe und Behaglichkeit.

Er stellte das Laufband auf maximale Steigung, da er keine Lust hatte zu joggen, und ging stattdessen in strammem Tempo eine gute Stunde lang bergauf. Zwischendrin kam seine Nachbarin mit ihren beiden großen Hunden den Weg entlang, der unterhalb seines Grundstücks vorbeiführte. Sie warf einen Blick nach oben und winkte, als sie ihn sah. Er winkte zurück und lief ungerührt weiter. Auch das war etwas, was er in vollen Zügen genoss, seitdem er aus München hierhergezogen war. Die Nachbarn waren allesamt offen, freundlich und hilfsbereit. Hier grüßte man sich, wenn man sich auf der Straße begegnete, und meist ergab sich auch ein kleines Gespräch, wenn gerade niemand in Eile war.

Auch davor hatten ihn viele Stimmen gewarnt. Da am Hang nur wenige vereinzelte Häuser lagen, wären die direkten Nachbarn sicher verschroben und durch und durch neugierig. Doch dann war es ganz anders gekommen. Die Dorfgemeinschaft hatte ihn freudig begrüßt, nachdem sich herausgestellt hatte, dass er das Haus nicht abreißen lassen wollte. Als die Vorbesitzerin gestorben war, hatten sich die Gerüchte breitgemacht, dass das alte Gemäuer eingeebnet und eine Wohnanlage gebaut werden sollte. Das Grundstück war groß genug, um ein Mehrfamilienhaus mit etwa zehn Einheiten hochzuziehen, doch nun wohnte nur er hier. Ein freundlicher Mann, der seinen Nachbarn hilfsbereit zur Hand ging und der zudem eine kleine Berühmtheit war. Auch wenn das nur durch einen puren Zufall herausgekommen war. Natürlich hatten sich die Anwohner gefragt, womit er sein Geld verdiente, schließlich war er einer der wenigen Menschen, die nicht regelmäßig morgens das Haus verließen und am Abend zurückkamen. Eine Zeit lang hatten sie ihn sogar mit Argusaugen beobachtet. Doch dann war sein neuestes Buch erschienen und hatte, wie bereits einige zuvor, eine Auszeichnung gewonnen. Da er in den Wochen, in denen er sich mit dem Hauskauf und dem damit verbundenen Umbau beschäftigt hatte, ständig am Schliersee unterwegs gewesen war, hatte er die Ausflüge in seine künftige Heimat zum Anlass genommen, auch die neue Geschichte hier anzusiedeln. Was er nicht hatte voraussehen können, war, dass eine große Regionalzeitung dem Buch einen ausführlichen Artikel widmen würde, und so hatte es nicht lange gedauert, bis ihn einer seiner neuen Nachbarn erkannte. Und dann hatte sich die Nachricht wie ein Lauffeuer in der Straße verbreitet.

»Sollen wir Mami eine Freude machen?« Franzi setzte sich zu Toni aufs Sofa und zog das Mädchen in ihre Arme. »Es wär doch schön, wenn wir ihr morgen etwas ins Krankenhaus bringen könnten. Was meinst du?«

»Plätzchen!«

»Plätzchen sind eine gute Idee. Wir können nachher gleich welche kaufen.«

»Nein! Wir müssen die selber backen!« Toni sah Franzi empört an.

Franzi unterdrückte ein Lächeln. Ihr war von vornherein klar gewesen, dass gekaufte Plätzchen im Hause Wagner niemals infrage kämen. Laura war seit jeher eine begnadete Kuchen- und Plätzchenbäckerin, die ihre größte Freude darin fand, Toni die Küche verwüsten zu lassen. Und das Mädchen war von Anfang an mit Feuereifer dabei gewesen, dem Gebackenen ihren eigenen Stempel aufzudrücken. Die Resultate waren mittlerweile auf einem Niveau, das zwar unverkennbar kindliche Ecken und Kanten besaß, sich aber durchaus sehen lassen konnte. Einzig musste man aufpassen, dass der Teig nicht schon vor dem Backen auf unerklärliche Weise verschwand.

Eine Stunde später war Gabi, die in den Ort gefahren war, um sämtliche Zutaten zu kaufen, zurück. Franzi, die völlig in einen spannenden Krimi vertieft war, schrak hoch, als Gabi sich neben ihr räusperte.

»Wo ist denn das Mäuschen?«

Franzi klappte das Buch zu. »In ihrem Zimmer. Sie war nach dem Besuch im Krankenhaus todmüde.«

Leise lief Gabi die Treppen nach oben und steckte ihren Kopf in Tonis Zimmer. Ergriffen sah sie, wie das Mädchen im Schlaf ihren Hasen umklammert hielt. Das Kind war so voll Vertrauen, was es ihnen in den letzten Wochen leicht gemacht hatte, mit der Situation zurechtzukommen. Obwohl sie alle ein schlechtes Gewissen hatten, dass sie Toni hatten anlügen müssen, was den Zustand ihrer Mutter betraf, waren sie heute erleichtert darüber, dass sie so gehandelt hatten. Letzten Endes war ja alles gut ausgegangen. Nun musste Laura sich nur noch erholen, und Toni würde erst in ein paar Jahren erfahren, wie ernst die Lage wirklich gewesen war.

Gabi setzte sich auf die Bettkante und gab dem Kind einen Kuss auf die Stirn. »Aufwachen, Mäuschen«, flüsterte sie. »Wir wollen Plätzchen backen.«

»Gabi«, murmelte Toni schlaftrunken, als sie erkannte, wer an ihrem Bett saß.

»Los, hoch mit dir, du kleine Schlafmütze«, neckte Gabi

das Mädchen. »Ich habe alles eingekauft, damit wir backen können.«

»Uff.« Erschüttert sahen sich Gabi und Franzi drei Stunden später in der Küche um. »Losen wir?« In gespielter Verzweiflung drehte Gabi ihre Handflächen nach oben. »Eine badet Toni, die andere räumt die Küche auf?«

»Du darfst dir aussuchen, was dir lieber ist«, bot Franzi an. »Ich mache beides gern.«

»Ist das dein Ernst?«, scherzte Gabi. »Ich für meinen Teil räume weder gerne ein derartiges Küchenchaos auf, noch zwinge ich kleine Monster dazu, ein Bad zu nehmen.«

»Hihi.« Franzi ging es zwar ähnlich, jedoch war sie viel zu praktisch veranlagt, um sich darüber überhaupt Gedanken zu machen. Sie erledigte das, was getan werden musste, am liebsten sofort. Dann hatte sie es hinter sich, musste sich nicht mit einem schlechten Gewissen herumschlagen und hatte den Kopf frei für angenehmere Dinge.

»Vermutlich bist du auch eines dieser seltenen Exemplare, die ihre Steuererklärung bereits am ersten Januar erledigen«, hatte Mick sie deshalb bereits vor Jahren aufgezogen.

»Du kannst dir also getrost das aussuchen, was dir lieber ist«, sagte Franzi, nachdem sie Gabi die Anekdote erzählt hatte, die sie noch immer zum Schmunzeln brachte.

»Dann kümmere ich mich darum, dass Toni schnellstmöglich in die Badewanne kommt«, sagte Gabi erleichtert.

Als die Küche wieder blitzte, Toni gebadet und im Bett war, ließen sich die beiden Frauen mit einer Flasche Wein aufs Sofa sinken.

»Prost.« Franzi hob ihr Glas.

»Zum Wohl.« Gabi stieß mit ihrem dagegen. »Was für ein Tag!«

»Das kannst du laut sagen.«

Kapitel 11

Lauras Zustand stabilisierte sich mit den Tagen zusehends, und ihre gute Grundkondition machte es ihr leichter, wieder auf die Beine zu kommen. Die Ausflüge, die sie mit ihren Freunden unternahm, wurden mit jedem Tag ein Stückchen länger, und schließlich konnte der Rollstuhl in der Klinik bleiben. Als Dr. Hansemann ihr dann eröffnete, dass sie am nächsten Tag nach Hause könne, war Laura so glücklich, dass sie ihm vor Freude um den Hals fiel.

Franzi nutzte ihre Mittagspause, um in der Huatfabrik in Miesbach eine Kleinigkeit zu essen. Sie betrat den Raum, lief schnurstracks zur Theke und bestellte sich eine Schnittlauchbreze und einen großen Cappuccino. Während sie auf ihr Getränk wartete, plauderte Franzi mit der Bedienung, die sie schon seit ihrer Schulzeit kannte. Da entdeckte sie plötzlich den Mann, der bei Laura im Krankenhaus gewesen war. Er saß an einem der Fensterplätze. Als er Franzis Blick bemerkte, sprang er auf, schnappte sich seine Jacke und legte einen Zwanzigeuroschein auf den Tisch. Gebannt folgte Franzi ihm mit den Augen. Sie spürte, wie sich ihr Herzschlag beschleunigte, und bevor sie auch nur einen Moment lang darüber nachgedacht hatte, lief sie mit schnellen Schritten zur Tür und stellte sich ihm in den Weg.

»Entschuldigung, Sie sind doch der Mann, der bei Laura im Krankenhaus war!«

Einen Augenblick lang dachte sie, dass er es leugnen und sie einfach zur Seite schieben würde. Doch dann machte er eine resignierte Handbewegung und deutete auf den Tisch, an dem er zuvor gesessen hatte.

»Bitte.«

Mit einem verwunderten Nicken nahm Franzi die Aufforderung an. Sie wartete, bis er sich gesetzt hatte und Silvia ihr den bestellten Cappuccino servierte. Die Breze rührte sie vorerst nicht an, da sie die Fragen, die ihr auf den Lippen brannten, nicht mit vollem Mund stellen wollte.

»Also?«

»Also was?« Florian hatte in keiner Weise die Absicht, es ihr besonders schwer zu machen. Aber da er sich nicht sicher war, was Lauras Freundin wirklich von ihm wissen wollte, war es allemal besser, sie sprechen zu lassen.

Franzi brauchte ein paar Sekunden, um sich zu sammeln, da die unerwartete Situation sie doch etwas überforderte. »Ich würde gerne wissen, wer Sie sind und was Sie von Laura Wagner wollen.«

Grübelnd nahm Florian seine Tasse in die Hand, die er längst leer getrunken hatte. Dann fasste er einen Entschluss. Er würde nicht lange um den heißen Brei herumreden, sondern seine Karten offen auf den Tisch legen.

»Ich heiße Florian. Ich habe Ihre Freundin im Strandbad aus dem Wasser gezogen und wollte einfach nur wissen, wie es ihr geht.«

Als Franzi die Bedeutung seiner Worte begriff, machte sie große Augen. »Sie waren das? Sie haben Laura das Leben gerettet?«

Florian errötete. »Ja.«

»Das verstehe ich nicht«, murmelte Franzi. »Wieso …« Gedankenverloren zupfte sie an ihrem rechten Ohr. Das machte sie immer, wenn sie nicht so recht wusste, was sie sagen sollte.

»Lassen Sie noch ein Stückchen dran«, sagte Florian belustigt.

Als Franzi kapierte, was er meinte, wurde auch sie rot und passte sich damit farblich ihrem malträtierten Ohrläppchen an. Urplötzlich durchströmte sie eine Welle der Zuneigung für diesen fremden Mann. Er hatte ihre Freundin gerettet, und sie kam sich mit einem Mal unsäglich albern vor, ihn hier so zur Rede zu stellen.

»Wieso hast du das denn nicht gesagt?«, fragte sie aufgeregt und ging unwillkürlich zum Du über. »Wir hatten schon befürchtet, dass du Laura nachstellst oder sonst irgendwie verrückt bist. Es ist ja auch reichlich komisch, wenn jemand jeden Tag bei einer wildfremden Frau am Krankenbett sitzt und dann ganz schnell verschwindet, wenn andere Personen dazukommen.«

Florian lächelte verlegen. »Ich mache mir selbst Gedanken über meinen Geisteszustand«, gab er zu. »Das heißt, vielleicht ist es weniger mein Geisteszustand als vielmehr …« Hilflos hob er die Hände, als ihm kein geeignetes Wort einfallen wollte. »Ich kam mir auch jedes Mal vor wie ein Stalker, wenn einer von euch aufgetaucht ist, und hatte das Gefühl, ich müsste mich dafür rechtfertigen, dass ich mir Sorgen um Laura mache.«

»Du hättest einfach von Anfang an sagen sollen, wer du bist. Wir hätten das doch verstanden, dass du wissen wolltest, wie es Laura geht. Und ich kann dir versichern, dass jeder von uns dir gerne Auskunft gegeben hätte. Schließlich bist du ihr Retter, und wir haben es nur dir zu verdanken, dass Laura überhaupt noch lebt.«

»Ich verstehe selbst nicht, warum ich das Gefühl hatte, mich vor euch verstecken zu müssen.« Florian sah Franzi ernst an. »Ich hatte Angst, bei euch auf Ablehnung zu stoßen, da ihr euch sicher gefragt habt, was ich in Lauras Nähe zu suchen hatte. Und dann seid ihr eines Tages zu viert im Krankenhaus aufgetaucht und mir wurde bewusst, dass ich einfach nur ein Wildfremder bin und wirklich nichts an ihrem Bett verloren habe.«

Franzi hatte keine Ahnung, worauf er hinauswollte. »Das

kapiere ich nicht. Was sollte es ändern, ob wir einzeln oder als Gruppe da waren?«

»Jeder für sich gesehen, wart ihr einfach eine Freundin oder ein Freund.« Es fiel Florian schwer, seine Gefühle in Worte zu fassen. »Aber als ich gesehen habe, wie vertraut ihr alle miteinander seid, da habe ich gespürt, dass ihr ein eingeschworenes Team seid. Und da wollte ich mich dann nicht reindrängen.«

Jetzt verstand Franzi, was er meinte. »Ich glaube, du hast dir viel zu viele Gedanken gemacht. Wir sind kein Freundeskreis, der niemand anderen akzeptiert oder toleriert. Auch wir sind über die Jahre gewachsen. Zusammengewachsen«, verstärkte sie ihre Aussage. »Und wir alle wären dir …« Sie hielt inne. »Nein, wir alle *sind* dir unendlich dankbar, dass du Laura gerettet hast. Das muss ich unbedingt den anderen erzählen! Sie werden auch ganz aus dem Häuschen sein, dass ich Lauras Lebensretter gefunden habe. Und sie wollen dich bestimmt auch sofort kennenlernen. Hast du vielleicht jetzt gleich noch ein bisserl Zeit? Dann trommle ich sie alle zusammen! Oder ist es dir lieber, wenn wir was für die nächsten Tage ausmachen?«

Florian wurde von Franzis Enthusiasmus regelrecht überrumpelt und wusste nicht, was er sagen sollte. Aber auf ein Treffen mit Lauras Mann konnte er definitiv verzichten. »Ähm, ja, also …« Florian verstummte. Mit einem Mal kam er sich völlig fehl am Platz vor. Schließlich konnte er Franzi schlecht unter die Nase reiben, was er für Laura empfand. Und vor allem nicht, wie schlecht er sich bei dem Gedanken fühlte, dass sie in einer Beziehung lebte.

Franzi deutete sein Zögern völlig falsch. »Willst du uns denn nicht kennenlernen?«

»Nein. Ähm, doch, natürlich.« Florian rieb sich über die Bartstoppeln, die ihm ein verwegenes Aussehen gaben. »Ich denke nur, dass Laura euch jetzt alle um sich braucht, und da will ich ganz sicher nicht stören.«

Franzi lächelte ihn freundlich an. Es gefiel ihr, dass er sich nicht in den Vordergrund drängen wollte. »Du störst uns ganz und gar nicht, im Gegenteil. Warte nur, bis du uns erst mal alle kennengelernt hast. Wir sind nämlich ein richtig lustiger Haufen. Und Lauras Tochter findet es ganz bestimmt auch nicht schlimm, wenn sie jemand Neuen kennenlernt, der mit ihr spielt und sie von dem ablenkt, was passiert ist. Wir haben die kleine Maus nämlich ganz schön anschwindeln müssen, weil Laura länger krank war, als wir vorausahnen konnten.«

Seltsamerweise wurde Florians Miene nach Franzis Worten noch verschlossener, was ihr das Gefühl gab, etwas Falsches gesagt zu haben. Aber sie konnte sich beim besten Willen nicht vorstellen, was es gewesen sein könnte, das bei ihm auf eine derartige Ablehnung stieß. Doch dann stahl sich ein Gedanke in ihr Gehirn, den sie für völlig abwegig hielt. Und doch … »Du magst keine Kinder!«, stieß sie hervor. Unvorstellbar. Vor allem, wenn man Toni kannte. Und doch musste es so sein.

»Wie bitte?« Florian sah Franzi irritiert an. Wie kam sie denn auf so etwas? Vehement schüttelte er den Kopf. »Das ist Quatsch. Ich mag Kinder sogar sehr.«

Nun war Franzi mit ihrem Latein am Ende. Doch Florian riss sie aus ihren Grübeleien.

»Laura hat eine Familie. Und ich würde mich um nichts in der Welt dazwischendrängen. Egal, was mich mit ihr verbindet.«

Franzi sah ihn erstaunt an. »Es stört dich, dass Laura ein Kind hat?«

»Was? Nein!« Energisch schüttelte Florian den Kopf. »Wegen mir könnte sie fünf Kinder haben. Aber, korrigiere mich bitte, falls ich mich irre, ihre süße kleine Tochter wurde nicht vom Heiligen Geist gezeugt. Oder etwa doch?«

Franzi kicherte. »Nein. Soweit ich weiß, war das keine unbefleckte Empfängnis.«

Florian seufzte. »Eben. Und wer wäre ich, diese kleine Familie zu zerstören?«

»Wer sagt denn, dass es da etwas zu zerstören gäbe?«, wollte Franzi wissen. »Du wirst dich ja kaum zwischen Laura und ihre Tochter drängen wollen.« Inzwischen hatte sie eine sehr genaue Ahnung, was hinter seiner Stirn vorging. »Kann es sein, dass du mehr für Laura empfindest?«

»Wie sollte ich das? Ich kenne sie doch überhaupt nicht«, sagte Florian leichthin.

Misstrauisch musterte Franzi ihn. Als er ihrem Blick auswich, war sie sich sicher, dass sie richtiglag. »Ich glaube, du schwindelst. Du fühlst etwas für sie, und das ist doch auch überhaupt nicht schlimm.«

»Natürlich nicht!«, wies er den Gedanken weit von sich. »Aber ich kann mir nicht vorstellen, dass irgendjemand es gutheißen würde, wenn ich versuchen würde, mich zwischen Laura und ihren Mann zu drängen. Beziehungsweise zwischen das Mädchen und seinen Vater.«

Einem Impuls folgend, fasste Franzi nach seiner Hand und drückte sie. »Das Mädchen heißt Antonia und wird von allen nur Toni gerufen.« Ihr Gesichtsausdruck wurde traurig. »Toni hat keinen Vater mehr.«

Es dauerte ein paar Sekunden, dann blickte Florian abrupt auf. Hellwach sah er Franzi in die Augen. »Wie meinst du das, sie hat keinen Vater mehr?«

»Genauso, wie ich es sage.« Franzi schluckte den Kloß in ihrem Hals hinunter. »Tonis Vater Anton ist bereits vor ihrer Geburt tödlich verunglückt.«

»Mein Gott, das tut mir leid.« Florian erwiderte den

Druck von Franzis Hand. Er zögerte, die Frage zu stellen, die ihm auf der Zunge lag. »Und wer war dann dieser Mann, der auch immer im Krankenhaus war und dem Toni wie eine Klette am Hals hing?«

Ein Lächeln überzog Franzis Gesicht. Jetzt erst wurde ihr klar, wie Florian überhaupt auf den Gedanken gekommen war, dass Laura liiert war. Natürlich! Wenn man sah, wie liebevoll Mick mit Toni umging und wie abgöttisch das kleine Mädchen an seinem erwachsenen Freund hing, ging man wie selbstverständlich davon aus, Vater und Tochter vor sich zu sehen. »Er heißt Mick und ist der beste Freund, den man sich wünschen kann. Und zwar nur ein Freund, auch für Laura«, betonte sie.

Florian hatte urplötzlich das Gefühl, keine Luft mehr zu bekommen. Das bedeutete ja, dass Laura frei war!

Erneut konnte Franzi in Florians Gesicht geradezu ablesen, was in dessen Kopf vorging. »Laura hat keinen Freund«, beantwortete sie seine ungestellte Frage. »Und wenn du sie kennenlernen möchtest, dann rate ich dir dringlich, mit dieser Heimlichtuerei aufzuhören. Morgen ist ihr letzter Tag in der Klinik. Besuch sie doch, bevor sie entlassen wird, und erklär ihr alles. Sie wird sich bestimmt riesig freuen.«

Plötzlich spürte Franzi, wie aufgeregt sie selbst war. Laura hatte einen Verehrer. Und was für einen! Nicht dass das verwunderlich war, so hübsch und bezaubernd, wie ihre Freundin war, aber seit Antons Tod hatte sie es noch nicht einmal wahrgenommen, wenn ein Mann sich für sie interessiert hatte. Doch dies war eine vollkommen andere Situation. Florian war Lauras Lebensretter, und als solchen würde sie ihn mit ganz anderen Augen sehen. Mein Gott, das wäre zu schön, um wahr zu sein! Vor allem, weil dieser Florian nicht nur klasse aussah, er war liebenswert, charmant und höflich. Und wenn man seinen Worten Glauben schenken durfte, woran sie keine

Sekunde zweifelte, dann würde er lieber darauf verzichten, Laura näher kennenzulernen, als den Menschen wehzutun, die ihr nahestanden. Mit einem Mal kam ihr ein abenteuerlicher Gedanke. »Sag mal, was hast du Laura eigentlich alles erzählt, als sie im Koma lag?«

Angestrengt dachte Florian nach. »Alles Mögliche«, sagte er. »Ich habe ihr erzählt, dass ich eine Gänsefamilie im Schliersee beobachtet habe, von einer Biketour berichtet, die ich am Sonntag mit einem Freund unternommen habe, und von ein paar Reisen, die ich gemacht habe. Ich wusste ja nicht, was sie interessiert. Deswegen habe ich einfach das erzählt, was mir gerade in den Sinn gekommen ist.«

Beim Stichwort Reisen riss Franzi die Augen auf. »Sprichst du von Fernreisen? Um welche Länder handelte es sich?«

Irritiert von Franzis Heftigkeit zuckte Florian zusammen. »Von Thailand, Laos und von Vietnam, glaube ich.«

Tausend Gedanken schossen durch Franzis Kopf. »Warst du da mal beim Trekking in Laos? Bist du mit einem Schiff den Mekong hinabgefahren? Wolltest du nach Bangkok, als der Flughafen zwei Wochen wegen Unruhen geschlossen war? Und bist daraufhin erst in Kuala Lumpur gelandet?«, sprudelte es aus ihr heraus.

Florian klappte die Kinnlade herunter. »Woher weißt du denn das alles?«, stammelte er.

»Dann stimmt es also?«, drängte Franzi, ohne seine Frage zu beantworten.

»Ja«, bestätigte Florian. »Aber trotzdem verstehe ich nicht, woher du das weißt.«

»Laura hat davon erzählt.«

»Laura?« Florian konnte es nicht glauben.

»Ja.« Erschüttert starrte Franzi vor sich hin. Dann hob sie den Kopf. »Sie kann sich an jedes Detail erinnern.«

Kapitel 12

Am nächsten Morgen stand Florian unschlüssig in dem Blumenladen, den ihm seine Schwester empfohlen hatte. Erst als die überwältigend herzliche Verkäuferin ihn ansprach und nach seinen Wünschen fragte, erwachte er aus seiner Starre.

»Ich brauche etwas, das nicht zu klein und nicht zu groß ist«, setzte er zu einem halbwegs vernünftigen Erklärungsversuch an. Doch dann merkte er selbst, dass sein Versuch weit davon entfernt war, irgendetwas zu erklären.

»Für wen soll der Blumenstrauß denn sein? Und wie viel Geld möchten Sie ausgeben?«, versuchte die Floristin, ihm zu helfen. »Wenn Sie möchten, dann erzählen Sie mir ein bisschen was über die Person, für die das Geschenk sein soll. Je mehr ich über sie weiß, desto besser kann ich Sie beraten.«

In kurzen Worten erklärte ihr Florian die Situation, dass er die Beschenkte heute das erste Mal traf. Schließlich machte es keinen Sinn, irgendwelche abenteuerlichen Geschichten zu erfinden.

»In dem Fall sollten Sie keine Blumen wählen, die man mit bestimmten Emotionen verbindet. Von Rosen zum Beispiel würde ich Ihnen abraten, die wären zumindest für ein erstes Date zu persönlich. Auch Lilien sind vielleicht keine gute Idee.«

Damit war Florian völlig einverstanden. Mit einem Strauß roter Rosen hätte er sich in Grund und Boden geschämt und Lilien fand er schlichtweg scheußlich.

»Ich würde etwas Fröhliches wählen«, fuhr die Verkäuferin aufgeregt fort. Wie romantisch, dass es noch Männer gab, die sich vor einem Rendezvous Gedanken machten, womit sie ihrer Angebeteten eine Freude machen konnten! »Oder etwas Modernes. Dieser Kugellauch zum Beispiel«, sie deutete auf einen großen dunkellila Blütenball, »kontrastiert wunderbar mit dem schneeweißen Phlox oder den Freesien da drüben. Damit machen Sie sicher nichts verkehrt.«

Als Florian die mittlerweile vertrauten Treppen nach oben lief, war er aufgeregt wie selten zuvor in seinem Leben. Er war froh, Franzi am Vortag in Miesbach über den Weg gelaufen zu sein. Nicht nur, dass er sich nicht weiter verstecken musste, sie hatte auch versprochen, ihren Freunden zu erklären, wer er war, und wollte dafür sorgen, dass er am Vormittag ungestört mit Laura reden konnte. Lediglich Laura wollte sie nicht darüber informieren, dass sie deren Lebensretter getroffen hatte. Ihr gegenüber wollte sie nur erwähnen, dass sie in der Huatfabrik einem Bekannten begegnet war, der am nächsten Tag bei ihr vorbeischauen würde. So war Laura nicht völlig unvorbereitet auf diesen Besuch. Alles Weitere wollte er ihr gerne selbst erklären.

»Vielleicht kannst du Laura erzählen, dass *du* diese Reisen nach Asien unternommen hast. Irgendwas scheint durch das Koma in ihrem Kopf durcheinandergeraten zu sein.« Franzi hatte nicht gewusst, ob sie lachen oder weinen sollte. »Sie denkt nämlich, sie hätte diese ganzen verrückten Abenteuer selbst erlebt.«

Florians Herz schlug bis zum Hals, als er vor Lauras Tür stand. Obwohl er wusste, dass sie aller Voraussicht nach keinen Besuch haben würde, wusste er nicht, ob nicht vielleicht gerade ein Arzt oder eine Schwester bei ihr waren. Es wäre so viel einfacher, auf sie zuzugehen, wenn sie alleine war. Dazu kam die irrationale Befürchtung, dass sie vielleicht überhaupt nicht mit ihm reden wollte, obwohl er sich sicher ein Dutzend Mal gesagt hatte, dass der Gedanke unsinnig war.

Als auf sein Klopfen ein leises »Herein« folgte, schluckte er den Kloß in seinem Hals hinunter. Jetzt oder nie!

Gespannt sah Laura dem Fremden entgegen, als er mit langsamen Schritten auf sie zukam. Franzi hatte ein großes Geheimnis darum gemacht, wer die Person war, die sie heute besuchen wollte, und ihre Augen, die dabei vor Aufregung gefunkelt hatten wie zwei klare Lichter, hatten Lauras Neugier zusätzlich entfacht. Mit jedem Schritt, den der Mann auf sie zumachte, versuchte eine Erinnerung, sich in ihr Bewusstsein zu drängen. Sie hatte ihn schon zuvor gesehen, doch so sehr sie diesen Erinnerungsfetzen auch zu fassen versuchte, er entwischte jedes Mal, wenn sie ihn fast schon greifen konnte. Als er fast vor ihr stand, erkannte sie ihn endlich wieder. Er war der Fremde, der ihr vor dem Café begegnet war! Doch dann spürte sie, dass da noch mehr war. Verlegen senkte sie den Blick, da sie merkte, dass sie ihn fast schon aufdringlich musterte. Als sie wieder aufsah, lächelte er sie freundlich an.

»Hallo Laura«, sagte er leise. »Ich bin Florian und kann dir gar nicht sagen, wie sehr ich mich freue, dich zu sehen.«

»Hallo Florian.« Eine leichte Röte überzog Lauras Gesicht, da sie nicht so recht wusste, was sie sagen sollte. »Magst du dich setzen?« Sie deutete mit dem Zeigefinger auf einen Stuhl, der an der Wand stand.

Florian nickte. »Gern.« Kurzerhand legte er die Blumen auf das leere Nachbarbett, zog seine Jacke aus, warf sie neben die Blumen und setzte sich.

»Sind die für mich?«, fragte Laura mit einem amüsierten Lächeln.

Florian sprang sofort wieder auf. »Klar. Entschuldigung. Hier.« Er reichte ihr den Strauß. »Ich hoffe, sie gefallen dir.«

»Sie sind wunderschön. Vielen Dank!« So schön wie deine Augen, hätte Laura fast hinzugefügt, als ihr auffiel, was für eine ungewöhnliche Farbe sie hatten.

»Gern geschehen.« Florian wollte sich schon wieder setzen, als ihm einfiel, dass die Blumen Wasser brauchten. »Ich besorge schnell eine Vase.« Mit langen Schritten lief er zur Tür, riss sie fast aus den Angeln und atmete erleichtert durch, als er auf den langen Flur trat. Er lehnte sich mit dem Rücken an die Wand und konnte es selbst nicht fassen, wie ungeschickt er sich anstellte. »Du benimmst dich wie ein Teenager bei seiner ersten Verabredung«, murmelte er.

Lauras Herz machte einen Hüpfer, als sich die Tür langsam hinter Florian schloss, und eine merkwürdige Leere machte sich in ihr breit. Was, wenn er nicht mehr wiederkam? Schnell verdrängte sie den Gedanken, der sie mehr verwunderte als irritierte. Und bevor sie darüber nachdenken konnte, weshalb ihr Herz so heftig pochte, öffnete sich die Tür erneut.

»Franzi hat mir erzählt, dass du vorbeikommen wolltest«, sagte Laura, als Florian mit einer hohen Glasvase zurück ins Zimmer kam. Sie merkte erst jetzt, dass sie vor Anspannung kaum noch geatmet hatte. Wie seltsam. Irgendetwas verband sie mit diesem Fremden, doch sie verstand nicht, was es war. »Allerdings hat sie ein ziemlich großes Geheimnis daraus gemacht, wer du bist und woher wir uns kennen. Ich bin mir ganz sicher, dass wir uns schon mal gesehen haben, ich komme aber nicht drauf, wo. Ich meine, ich weiß schon, dass wir uns vor dem Milchhäusl über den Weg gelaufen sind, aber ich glaube, da war noch mehr.« Laura wurde rot. Sie redete zu viel und zu schnell, und doch konnte sie nicht anders.

»Ich habe sie darum gebeten, dass ich es dir selbst sagen darf«, gab Florian zu. Er musste sich zusammennehmen, ihr nicht die blonde Locke aus dem Gesicht zu streichen, die ihr einen bezaubernd mädchenhaften Ausdruck verlieh. »Bevor ich es dir erkläre, möchte ich dich etwas fragen. Darf ich?«

»Ja, sicher.«

»Wie viel weißt du noch von dem Tag, an dem du zum letzten Mal im Strandbad warst?«

Laura kramte in ihrem Gedächtnis. Dann schüttelte sie den Kopf. »Das haben mich meine Freunde auch schon gefragt. Seltsamerweise sind aber fast alle Erinnerungen an die beiden Wochen vor der Operation so gut wie ausgelöscht.« Gespannt sah sie ihn an. »Wieso fragst du danach? Was weißt du darüber?«

»Ich war an dem Tag auch dort. Wir sind uns bei den Umkleiden begegnet.«

Laura rief sich den Ort in Erinnerung, musterte sein Gesicht und versuchte es in Zusammenhang zu bringen. Seine Augen. Diese Spur von Melancholie in ihnen. Irgendwo, ganz weit weg, war etwas, eine Erinnerung lag wie in einem dichten Nebel verborgen, doch sie schaffte es nicht, danach zu greifen.

»Tut mir leid«, sagte sie zerknirscht. »Auch meine Freunde haben mir einige Sachen erzählt, die wir in den Tagen vor der OP gemeinsam unternommen haben. Bisher konnte ich mich an nichts davon erinnern.« Sie lächelte traurig. »Vermutlich sollte ich froh sein, dass meine Lücken sich nur auf diese Zeit beziehen. Dafür sind mir viele andere Dinge wieder eingefallen, die ich schon längst vergessen hatte.«

Florian ahnte sofort, dass sie auf die Asienreisen anspielte, von denen er ihr erzählt hatte. Franzi hatte ihm gestern in aller Ausführlichkeit beschrieben, woran Laura sich erinnern konnte. Er wäre fast vom Hocker gefallen, so anschaulich hatte Laura seine Erlebnisse geschildert. Er riss sich von dem Gedanken los, denn jetzt war sicher nicht der richtige Augenblick, das zur Sprache zu bringen.

»Vermutlich kannst du noch viel mehr darüber froh sein, dass es dir jetzt wieder so gut geht.«

Laura nickte. »Ja, da hast du recht.« Müde rieb sie sich die Augen. »Ich darf mir gar nicht vorstellen, wie das alles hätte ausgehen können.«

»Schaffst du es, die Gedanken zu verdrängen?«

»Manchmal, aber nicht immer. Besonders schlimm ist es, wenn mich diese Vorstellungen in den Schlaf begleiten. Dann wache ich mitten in der Nacht schweißgebadet auf.« Laura biss sich auf die Unterlippe. »Ich hoffe nur, dass Toni davon nichts mitbekommt.« Sie warf ihm einen fragenden Blick zu. »Du weißt, dass ich eine kleine Tochter habe?«

Florian lächelte. »Ich habe die entzückende junge Dame sogar bereits gesehen.«

»Ja, sie ist wirklich süß.« Ein Strahlen glitt über Lauras Gesicht. Dann erinnerte sie sich, dass er sie nach dem Strandbad gefragt hat. »Was ist an dem Tag am See passiert? Kannst du mir mehr darüber erzählen? Die Ärzte haben mir gesagt, dass es wichtig ist, so viele Ereignisse wie möglich zu sammeln; mit etwas Glück kommen meine eigenen Erinnerungen doch noch zurück.«

»Weißt du noch, dass du im Wasser ohnmächtig geworden bist?«

Laura hatte das Gefühl, ein großer Stein würde auf ihrem Brustkorb liegen. Sie wusste von ihren Freunden, dass sie fast ertrunken wäre. Ohne es kontrollieren zu können, begann sie schneller zu atmen.

Florian merkte sofort, dass etwas nicht stimmte. Schnell griff er nach Lauras Händen und sah ihr tief in die Augen.

»Laura«, sagte er eindringlich. »Sieh mich an. Langsam atmen, hörst du?« Als das nichts half, versuchte er ihr den Atemtakt vorzugeben. »Einatmen. Und jetzt schön langsam wieder ausatmen.« Florian beobachtete aufmerksam, ob seine

Worte die erhoffte beruhigende Wirkung zeigten. Und tatsächlich, bereits nach ein paar Sekunden wich die Qual aus Lauras schönen dunklen Augen.

Nach einer Weile beruhigte sich auch Lauras Atmung wieder, und sie warf Florian ein schwaches Lächeln zu. Seine Hände, die ihr in ihrer Panik wie ein rettender Anker vorgekommen waren, hielt sie weiterhin fest umklammert.

»Geht es dir besser?«, wollte Florian wissen.

Laura nickte. Seine Fürsorglichkeit berührte sie. »Ja. Danke dir.«

»Du musst dich nicht bedanken«, sagte er freundlich. Dann warf er einen Blick aus dem Fenster. Draußen schien die Sonne aus einem wolkenlosen Himmel. Vielleicht wollte sie ja ein wenig an die frische Luft. »Hast du Lust, ein wenig spazieren zu gehen? Oder einen Kaffee zu trinken?«

In den ersten Minuten war Laura seltsam befangen gewesen, da sich das flüchtige Bild verfestigt hatte, das ihr durch den Kopf gegeistert war, als sie sich vor dem Milchhäusl begegnet waren. Jetzt war sie sich sicher, dass sie ihn am Tag ihrer Diagnose in der Krankenhauscafeteria hatte sitzen sehen. War es möglich, dass er schon damals wegen ihr dort gewesen war? Der Gedanke schmeichelte Laura, beunruhigte sie aber auch ein wenig. Doch da Florian zuvorkommend und freundlich war und ein derart einnehmendes Wesen hatte, dass man ihn einfach mögen musste, verflüchtigten sich ihre Sorgen sofort wieder.

»Ich hoffe, du hältst mich nicht gleich für maßlos.« Laura kicherte. »Aber können wir nicht spazieren gehen *und* einen Kaffee trinken?«

»Doch, na klar können wir auch beides machen.« Florians Augen leuchteten wie zwei Sterne. Das Eis zwischen ihnen war gebrochen, und am liebsten hätte er sie in den Arm genommen. Doch sofort leuchtete ein kleines Alarmzeichen in seinem Kopf auf: Lass dir ja nicht einfallen, sie zu überrumpeln!

»Brauchst du Hilfe beim Umziehen? Ich meine ...« Nun wurde er tatsächlich auch noch rot. »Ich meine natürlich nicht, oder ...«, stammelte er vor sich hin. Er hob die Hände, schüttelte den Kopf und lachte. »Was ich fragen will, ist, ob ich eine Schwester holen soll, die dir hilft.«

Laura spürte, wie ihr Herz einen kleinen Hüpfer machte. Er war richtig süß! »Danke, aber das geht schon ganz gut alleine.« Als er keine Anstalten machte, das Zimmer zu verlassen, sagte sie: »Es würde aber helfen, wenn du dich zumindest umdrehst.«

Als er vor der Tür stand und auf sie wartete, spürte er, wie er sich nicht mehr beherrschen konnte. Zwei Minuten später war sie fertig, trat aus dem Zimmer und sah ihn erstaunt an.

»Alles klar bei dir?«

»Ja.« Er wischte sich die Lachtränen aus den Augen. »Es tut mir leid, Laura. Ich muss dir vorkommen wie ein Idiot.« Er hob die Hände. »Ich glaube, ich habe einfach keine Übung mehr darin, wie man mit fremden Frauen umgeht.«

Laura stimmte in sein Lachen ein. Als sie nebeneinander den langen Flur entlangliefen, stellte sie fest, dass sie sich in seiner Gegenwart richtig wohlfühlte.

»Wo möchtest du gerne hin?« Florian überließ ihr die Entscheidung. Schließlich wusste sie am besten, wie viel sie sich zutrauen konnte.

»Am liebsten würde ich eine Bergtour machen oder mit dem Mountainbike zur Erzherzog-Johann-Klause fahren«, scherzte sie. »Aber ich befürchte, das muss noch eine Weile warten.«

»Kennst du den Kirchsee? Wir könnten dort spazieren gehen und anschließend im Kloster Reutberg eine Kleinigkeit essen. Das heißt …« Fragend sah er Laura an. »Wie lange hast du hier eigentlich Ausgang?«

Laura kicherte. »Das habe ich noch gar nicht gefragt«, gab sie zu. »Vermutlich sollte ich aber vor Einbruch der Dunkelheit zurück sein.« Sie seufzte. »Nein, im Ernst. Ich glaube, das ist mir im Moment noch zu viel. Ich bin noch etwas wackelig auf den Beinen. Etwas Näheres wäre mir lieber.«

Florian nickte, dann kam ihm eine andere Idee und seine Augen leuchteten. »Wollen wir zum Schliersee?«

Damit war Laura einverstanden. Obwohl irgendwo in ihrem Kopf ein erhobener Zeigefinger mit der Mahnung auftauchte, dass sie nicht bei einem Fremden ins Auto steigen sollte.

Florian spürte ihre Unsicherheit, als er ihr die Beifahrertür seines Wagens aufhielt, und nach kurzem Überlegen erriet er, was los war. »Mach doch ein paar Fotos und schicke sie deinen Freunden«, schlug er vor.

Irritiert sah Laura ihn an. »Was soll ich? Wovon soll ich denn Fotos machen?«

Mit einem Kopfnicken deutete er auf das Kennzeichen. »Fotografier einfach schnell das Nummernschild, dann fühlst du dich sicherer.«

Peinlich berührt senkte Laura den Kopf. War ihr Zögern so deutlich zu spüren gewesen?

»Das muss dir nicht unangenehm sein«, traf Florian den Nagel auf den Kopf. »Ein gesundes Misstrauen ist mir allemal lieber als jede blauäugige Naivität. Und hier«, er zog seinen Geldbeutel aus der Hosentasche, öffnete ihn und zeigte ihr seinen Personalausweis, »mach auch davon eins.«

Das war Laura des Misstrauens dann doch zu viel. Sie schob seine Hand zurück. »Das ist nicht nötig«, wehrte sie ab. »Das Foto vom Kennzeichen reicht.«

»Es ehrt mich, dass du so viel Vertrauen hast. Aber vielleicht habe ich das Fahrzeug ja auch nur gestohlen«, neckte Florian sie.

Laura zog die Nase kraus. »Wenn du Autos klaust, dann hast du sicher auch einen gefälschten Personalausweis.«

Daraufhin musste Florian lauthals lachen. »Touché!« Es gefiel ihm, wie schlagfertig sie war. »Und, was machen wir nun? Soll ich dir ein Taxi rufen?«

Laura stimmte in sein Lachen mit ein. Wie gut so ein kleiner Schlagabtausch doch tat. »Kein Taxi. Es sei denn, du hast Angst vor mir«, scherzte sie. »Schließlich kannst du auch nicht wissen, ob du mir vertrauen kannst.«

Florian machte ein erschrockenes Gesicht. »O mein Gott! Du hast ja so was von recht! Ja, dann nehmen wir natürlich ein Taxi.«

Laura lehnte ihren Kopf ans Fenster. Sie war froh, dass er gekommen war. Und irgendwie auch total aufgeregt. Sie warf Florian einen Blick von der Seite zu und beobachtete ihn dabei, wie er den großen Wagen souverän durch die Kurven lenkte. Er war sicher einen halben Kopf größer als sie, hatte dichte, dunkelbraune Haare, die modern geschnitten waren, klare, graue Augen, die einen dunklen Rand um die Iris hatten, und wirkte jungenhaft und erwachsen zugleich. Wie alt er wohl sein mochte? Seine Augen wurden von kleinen Fältchen umrahmt, wenn er lachte, was er offensichtlich auch oft und gern tat. Seine ebenmäßigen, fast weißen Zähne blitzten hinter weichen, aber nicht zu vollen Lippen hervor. Dass er sich seit sicher zwei Tagen nicht rasiert hatte, tat dem Ganzen keinen Abbruch, im Gegenteil, es ließ ihn männlich und sexy zugleich erscheinen. Seine schönen Hände waren ihr schon vorhin aufgefallen. Sie machten den Eindruck, als ob sie kräftig zupacken könnten, und dennoch waren es die Hände eines Künstlers. Sie ertappte sich bei dem Gedanken, ob er wohl Klavier spielen konnte. Urplötzlich wurde ihr warm. Sie ließ das Beifahrerfenster ein Stück herunter und genoss die frische Luft, die hereinströmte. Er war wirklich nett. Und schon musste sie wieder lachen. »Nett ist die kleine Schwester von scheiße«, lautete ein total bescheuertes Sprichwort. Dabei wünschte sich jede Frau doch nur einen Mann an ihrer Seite, der eben genau das war: *wirklich* nett. Nett im Sinne von zuvorkommend, freundlich, liebevoll und lustig. Soweit sie es feststellen konnte, war Florian alles davon.

Nachdem sie eine Weile am Seeufer entlangspaziert waren, machten sie auf einer kleinen Bank vor dem Monte Mare halt, und Laura musste sich eingestehen, dass sie ihn mochte. Sehr sogar. Nachdem sich seine anfängliche Zurückhaltung gelegt hatte, stellte sich heraus, dass er witzig und intelligent war, sich seinen Kindskopf bewahrt hatte, und bei einigen Themen war ihr Gespräch richtiggehend tiefsinnig geworden. Laura hätte nicht sagen können, welcher seiner Wesenszüge ihr am besten gefiel. Allein dass sie in der kurzen Zeit so viele verschiedene sympathische Eigenschaften an ihm bemerkt hatte, fand sie sehr anziehend. Und dass die Zuneigung auf Gegenseitigkeit beruhte, war offensichtlich. Sie hoffte nur, dass er sich nicht mehr erwartete als eine Freundschaft.

Als er zu erzählen begann, was an dem verhängnisvollen Tag im Strandbad geschehen war, hing Laura wie gebannt an seinen Lippen. »Und du bist wirklich wegen mir gesprungen?«, fragte sie mit großen Augen. »Obwohl du Höhenangst hast?«

»Mir blieb doch gar nichts anderes übrig.« Florian lehnte sich auf der Bank zurück, schloss die Augen und genoss die warmen Strahlen der Herbstsonne. »So gesehen kann ich dir ebenfalls dankbar sein.«

»Wieso denn das?«

Er drehte ihr den Kopf zu. »Es gibt da etwas in meiner Vergangenheit«, sagte er leise. »Nichts, worüber ich im Moment reden möchte. Aber es ist etwas, das ich bis heute nicht überwunden habe. Es hat mit Wasser zu tun und mit Höhe. Ich kann mich nicht erinnern, wie oft ich bereits auf dem Sprungturm stand und doch wieder den längeren Weg nach unten genommen habe.«

»Wirklich?«, hakte Laura nach, die nicht verstand, weshalb man sich etwas antun wollte, auf das man so gar nicht stand. »Es ist aber doch nicht so wichtig, dass man sich traut, vom Dreimeterbrett zu springen, oder?«

»Für mich schon«, sagte Florian in einem Ton, der keine Diskussion zuließ. »Aber das ist eine andere Geschichte. Jedenfalls habe ich es dir zu verdanken, dass ich an dem Tag meine Angst überwunden habe. Hätte ich den Weg über die Leiter genommen, wäre ich niemals rechtzeitig gekommen, um dich aus dem Wasser zu ziehen.«

Kapitel 13

Vor Lauras Entlassung galt es nur noch, einen Termin bei Dr. Hansemann zu überstehen. Geduldig hatte sie die abschließenden Untersuchungen über sich ergehen lassen, doch nun war sie das reinste Nervenbündel. Am liebsten hätte sie all ihre Freunde dabeigehabt, wenn sie die Nachricht erhielt, dass sie nie wieder einen Gedanken an das verdammte Aneurysma verschwenden musste, und noch viel mehr für den Fall, dass Dr. Hansemann doch noch eine Hiobsbotschaft für sie hatte.

Aber dann hatte sie sich gesagt, dass sie den Beistand und die Zeit ihrer Freunde wirklich schon lange genug strapaziert hatte. Obwohl Gabi ihre engste Freundin war, hatte Laura sich dazu entschlossen, Franzi zum Abschlusstermin mitzunehmen.

»Bitte, setzen Sie sich.« Dr. Hansemann machte eine einladende Handbewegung. »Ich bin gleich so weit.«

Während sie warteten, wurde Laura immer nervöser. Auf ihrer Stirn bildeten sich kleine Schweißtröpfchen und ließen sie wieder richtig krank aussehen, obwohl die Ruhe der letzten Tage ihr gutgetan hatte. Franzi, die Lauras Anspannung spürte, tastete nach ihrer Hand und strich sachte darüber. »Alles wird gut«, flüsterte sie.

Schließlich hatte Dr. Hansemann fertigtelefoniert. Für ein paar Sekunden blieb sein Blick an Franzi hängen. Dann sah er schnell zu Laura und lächelte. »Es ist schön, Sie wieder auf den Beinen zu sehen, Frau Wagner. Ich muss sagen, die Ergebnisse sind durchaus erfreulich. Die gestrige Angiografie hat gezeigt, dass der Clip, den wir gesetzt haben, gut hält und das Aneurysma sozusagen ausgeschaltet hat. Von dieser Stelle droht Ihnen also keine Gefahr mehr. Wir haben auch keinen Anhaltspunkt für ein weiteres oder im Entstehen begriffenes Aneurysma gefunden. Vermutlich hatten Sie das, das wir operiert haben, bereits Ihr ganzes Leben lang. Dass es durch einen Zufallsbefund bemerkt wurde, war einfach großes Glück.«

Der Arzt sah Laura aufmerksam an. Sie hatte die Augen geschlossen und schien kaum noch zu atmen. »Frau Wagner? Geht es Ihnen gut?«

Schließlich breitete sich ein Lächeln in Lauras Gesicht aus, und sie öffnete die Augen wieder. »Ja, es geht mir prächtig«, flüsterte sie mit erstickter Stimme. »Ich weiß gar nicht, wie ich Ihnen danken soll.«

»Bleiben Sie einfach immer eine so mustergültige Patientin«, scherzte Dr. Hansemann. »Auch wenn Sie uns nach der Operation ziemlich geärgert haben, indem Sie einfach Ihren Hirndruck erhöhten.«

»Das wird nicht mehr vorkommen, ich verspreche es hoch und heilig.«

»Ich nehme Sie beim Wort.« Die Miene des Arztes wurde wieder ernst, und er blickte zu Franzi. »Ich verlasse mich darauf, dass Sie dafür sorgen, dass Frau Wagner sich in den nächsten Wochen noch schont. Gegen eine kleine Wanderung habe ich grundsätzlich nichts einzuwenden, aber verrückte Mountainbike- oder Klettertouren sind für die nächsten Wochen noch tabu. Versprechen Sie mir das?«

Franzi hatte die Botschaft verstanden. Sie nickte. Und dann atmete sie tief durch. Wie sie bereits im Vorfeld mit Laura besprochen hatte, würde sie die Gelegenheit nutzen, falls sich eine bot. Schon beim ersten Mal, als sie dem Arzt begegnet war, hatte es zwischen ihnen beiden gefunkt, wenngleich sich das anfangs eher dadurch bemerkbar gemacht hatte, dass er sie auf die Palme brachte. Auch wenn Franzis Gefühle aus Sorge um Laura keineswegs als romantisch zu bezeichnen gewesen waren, hätte sie sich am liebsten in seine Arme geworfen, um sich trösten zu lassen, als es Laura so schlecht gegangen war.

»Ich kann doch deinen Arzt nicht anmachen«, hatte Franzi in gespielter Verzweiflung gesagt, als Laura vor dem Gespräch darauf gedrängt hatte, dass Franzi ihn unbedingt nach einem Date fragen sollte.

»Wieso denn nicht?«, fragte Laura mit einem breiten Grinsen. »Natürlich kannst du das. Du musst ja nicht gleich mit der Tür ins Haus fallen. Aber selbst ein Blinder würde merken, dass es zwischen euch knistert. Und wenn du jetzt die Gelegenheit nicht nutzt, dann wirst du dich schwertun, eine neue zu finden.«

»Ich will mich aber nicht bis auf die Knochen blamieren«, jammerte Franzi. »Was ist, wenn er mich auslacht? Vermutlich hat er sowieso eine Frau und fünf Kinder.«

»Hat er nicht. So viel habe ich bereits herausgefunden.«

Franzi stöhnte und sah Laura entsetzt an. »Du hast ihm aber nicht gesagt ...?«

»Natürlich nicht. Wofür hältst du mich denn?«

Trotzdem schüttelte Franzi den Kopf. »Ich glaube, ich kann das nicht.«

»Was kannst du nicht? Ich sage doch, dass du nicht mit dem Zaunpfahl winken sollst. Aber du kannst ihm ein Signal geben, dass du sein Interesse erwiderst.«

»Das könnte er auch, falls wir uns das alles nicht nur einbilden.«

»Das könnte er. Und vermutlich sollte er das sogar. Schließlich ist er der Mann. Aber andererseits darfst du nicht vergessen, dass es für ihn eine ungleich schwierigere Situation ist als für dich.«

»Wieso denn das?«, wunderte sich Franzi.

»Na weil er dich nie alleine sieht. Wann auch immer du ihm begegnest, bist du in meiner Gesellschaft. Und oft genug sind Toni, Gabi und Mick auch noch dabei.«

Jetzt erinnerte sich Laura wieder an ihre Worte. Da war sie, die Gelegenheit, auf die Franzi gewartet hatte. Doch ihre Freundin reagierte einfach nicht. Auf Dr. Hansemanns Aufforderung, dass sie ihm versprechen sollte, auf Laura achtzugeben, kam von Franzi nicht mehr als ein stummes Nicken.

Mensch Franzi, dachte Laura, das ist es doch. Mach was draus! Doch Franzi saß einfach nur da und betrachtete mit großem Interesse den Boden vor sich.

Schließlich wurde Laura klar, dass sie die Initiative ergreifen musste. »Ich glaube, das ist eine ganz schön große Verantwortung, die Sie meiner Freundin da aufbürden. Vielleicht wäre es besser, Sie überzeugen sich selbst, dass wir das gut hinbekommen. Essen Sie Fleisch?«

Überrumpelt sah Dr. Hansemann Laura an. »Sehr gern sogar.«

»Ich möchte gerne ein kleines Abendessen für die wunderbaren Menschen geben, die mir in den letzten schweren Wochen beigestanden haben. Und ich würde mich sehr freuen, wenn Sie auch kommen.«

Aus dem Augenwinkel sah Laura, dass Franzi rot wurde. Und auch Marc Hansemanns Gesicht nahm Farbe an. Für einen fast unmerklichen Moment wanderte sein Blick zu Franzi und wieder zurück zu Laura.

Er riss sich zusammen. »Wenn ich an diesem Abend keinen Dienst habe, komme ich sehr gern.«

»Ich kann mich terminlich ganz nach Ihnen richten«, sagte Laura. Es wäre ja auch zu blöd, wenn das arrangierte Date daran scheitern sollte, dass der Arzt im Operationssaal stand.

»Laura, du bist total irre!« Franzi musste ihren aufgestauten Gefühlen Luft machen. Sie hüpfte wie ein Flummi neben Laura her, bis sie wieder in deren Zimmer angekommen waren.

»Findest du?« Laura tippte sich mit dem Finger gegen die Schläfe. »Immerhin habe ich eine hervorragende Ausrede, warum das so ist.«

»Blöde Kuh!« Franzi streckte ihre Arme aus und zog Laura zu sich her. »Ich bin so froh, dass bei dir da oben wieder alles in Ordnung ist«, flüsterte sie ihrer Freundin ins Ohr. »Auch wenn ich versucht habe, mir nicht anmerken zu lassen, welche Angst ich um dich ausgestanden habe, wäre ich in den letzten beiden Wochen fast durchgedreht.«

Laura vergrub ihre Nase in Franzis himmlisch riechenden Haaren. »Ich danke dir. Für alles. Was du für Toni und für mich getan hast.«

Franzi drückte ihr einen Kuss auf die Wange. »Das ist doch selbstverständlich.«

Laura schniefte. »Ja, ich weiß. Trotzdem, nein, es ist nicht selbstverständlich«, widersprach sie sich selbst. »Aber es gibt nichts Besseres, als Freunde wie euch zu haben.«

»Versprich mir einfach, dass du so was nie wieder machst.«

»Versprochen.« Laura löste sich aus der Umarmung, trat ans Fenster und sah hinaus. »Verrückt, wie schnell das wieder gegangen ist. Ich hatte mich so auf den Herbst gefreut. Aber der Indian Summer ist so gut wie zu Ende.« Sie drehte sich zu Franzi. »Um nochmals darauf zurückzukommen: Ich hoffe, es ist dir recht, dass ich deinen, äh, meinen Arzt zum Essen eingeladen habe.«

Franzi wurde bei der Vorstellung daran erneut rot. »Wie gesagt, du bist komplett irre. Es ist mir megapeinlich, und beim Gedanken an den bevorstehenden Abend wird mir ganz mulmig, aber zugleich freue mich wie ein Schnitzel darüber.«

Laura lachte, als Franzi durchs Zimmer tanzte. Dann sah sie zum Kleiderschrank, der an der gegenüberliegenden Wand stand. »Eigentlich erschreckend, wie wenig Zeug man benötigt, wenn das Leben so Spitz' auf Knopf steht.« Sie ging zum Schrank und öffnete die Türen. Dort hing eine dicke Jacke, in den Fächern lagen eine Jeans, ein Pullover und drei frische T-Shirts. Ihre Unterwäsche hatte sie nicht auspacken und in den Schrank legen wollen, sondern in der Reisetasche gelassen. Sie holte das Nötigste für den letzten Tag hervor und packte das, was sie nicht mehr brauchte, in die Tasche. Keine drei Minuten später war sie fertig.

»Lädst du Florian zu dem Abendessen eigentlich auch ein?«, fragte Franzi neugierig.

Dieselbe Frage hatte sich Laura auch schon gestellt. Jetzt zuckte sie unschlüssig mit den Schultern. »Ich weiß es noch nicht. Zum einen möchte ich ihn sehr gerne dabeihaben, nach allem, was er für mich getan hat, andererseits verwirrt es mich zutiefst, wie ich mich ihm gegenüber fühle.«

»Willst du ihn denn, unabhängig von irgendwelchen seltsamen Gefühlen, überhaupt wiedersehen?«

Auch diese Frage konnte Laura nicht beantworten. Einerseits hatte sie sich an seiner Seite so wohl gefühlt wie seit Langem nicht mehr, andererseits hatte sie Angst, dass er mehr von ihr wollte.

»Was wäre daran denn so schlimm?«, hakte Franzi nach. »Ich weiß, dass du nicht auf der Suche nach einer neuen Beziehung bist. Aber das mit Anton ist jetzt schon sechs Jahre her. Hast du nicht manchmal das Bedürfnis nach einem neuen Mann in deinem Leben?«

Laura zog Franzi aufs Bett und legte ihren Kopf an deren Schulter. »Doch, eigentlich schon«, sagte sie traurig. »Aber es vergeht noch immer kein Tag, an dem ich nicht an Anton denke. Obwohl wir uns nicht wirklich lange gekannt haben, ist er in meinem Herzen noch immer so präsent, als hätte ich ihn erst gestern das letzte Mal gesehen.«

Franzi suchte nach Worten für das, was ihr auf der Seele lag. Einerseits konnte sie verstehen, dass Laura ihre große Liebe, die Anton zweifelsohne gewesen war, nicht vergessen konnte, andererseits war es ihrer Meinung nach auf keinen Fall klug, den Toten zuliebe nicht mehr am Leben teilzunehmen. »Das hat sicher auch damit zu tun, dass du Toni hast«, sagte sie leise. »Schließlich erinnert sie dich jeden Tag an ihn. Aber neu zu lieben bedeutet nicht, Anton zu vergessen.«

»Ich weiß«, gab Laura zurück. »Aber weißt du, die Umstände, unter denen ich Anton kennengelernt habe, waren so außergewöhnlich, dass daraus letztendlich eine tiefe Liebe entstanden ist. Wer weiß schon, wie alles gekommen wäre, wenn unsere erste Begegnung anders verlaufen wäre. Vielleicht hätten wir eine kurze, heftige Affäre gehabt und dann festgestellt, dass wir überhaupt nicht zueinanderpassen.« Laura zog ein Taschentuch aus der mit Blümchen bedruckten Box, die auf dem Beistelltisch stand, und putzte sich die Nase. »Aber unsere innige Beziehung hatte ihren Ursprung sicher in unserer Vorgeschichte.«

»Vielleicht hast du recht. Aber dann hättest du jetzt ja auch ganz gute Vorzeichen, um dich auf Florian einzulassen, findest du nicht? Schließlich ist eure gemeinsame Vorgeschichte ja nun auch alles andere als *gewöhnlich*. Wann triffst du schon jemanden, der für dich seine schlimmsten Ängste überwindet, nur damit er dir das Leben retten kann?«

Kapitel 14

Lauras erster Abend wieder zu Hause war zugleich einer der letzten, die sie in diesem Jahr auf ihrer schönen Alm in den Schlierseer Bergen verbringen sollte. Der Winter stand bereits in den Startlöchern, und bald würde es zu mühsam werden, durch die Schneemassen zur Hütte zu gelangen. Mit einem Anflug von Traurigkeit sah sie sich in den Räumen um. Den Abschied von der Alm im Herbst empfand sie immer wie einen kleinen Tod. Es hingen so viele Erinnerungen an dem alten Haus, dass es ihr die Kehle zuschnürte. Als sie gemerkt hatte, dass Antons Geist sich nicht daraus vertreiben ließ, war sie drauf und dran gewesen, das Anwesen zu verkaufen. Dann aber hatte sie gesehen, wie glücklich Toni hier war, und den Gedanken wieder über den Haufen geworfen. Sie musste das Haus behalten, und sei es auch nur aus dem Grund, es für Toni zu bewahren.

Laura hatte schon früh darauf geachtet, ihrer Tochter Geschichten über Anton zu erzählen. Auch wenn Toni ihren Vater nie kennengelernt hatte, so sollte sie doch ein lebendiges Bild von ihm in ihrem Herzen tragen. Lauras Schwägerin Maria und auch deren Sohn Stefan unterstützten sie nach Kräften dabei. Schließlich war Maria Antons Schwester, die ihn, neben seinem besten Freund Mick, besser gekannt hatte als irgendjemand anderes, und Stefan konnte seiner Cousine noch viele Geschichten über seinen Onkel erzählen, der für ihn Ersatzvater und Freund zugleich gewesen war.

Während Laura ihren Gedanken nachhing, beobachtete sie Toni, die sich mit ihrer Strickliesel in die Sofaecke gekuschelt hatte und eine nicht enden wollende Kordel produzierte. Es hatte eine Weile gedauert, bis Toni begriffen hatte, wie die kleine Holzpuppe mit dem Loch in der Mitte funktionierte, die Maria ihr geschenkt hatte, doch Maria war nicht müde geworden, es ihr wieder und wieder zu zeigen. Als dann endlich die erste Wollwurst aus dem Püppchen herauswuchs, kannte Toni kein Halten mehr, und Laura staunte Bauklötze, dass ihr Mäuschen sich wunderbar mit sich selbst beschäftigen konnte. Und als Laura Maria eines Tages erzählte, dass sie gar nicht mehr wusste, wohin mit den ganzen Strickschnüren, hatte die nur gelacht, und dann war es Laura, die von ihr lernen durfte, wie man lustige Tiere und elegante Hüte für Tonis Puppe Tante Anni aus den Kordeln nähte.

Laura lauschte der Geschichte, die Toni selbstvergessen vor sich hin plapperte, als sie von draußen laute Stimmen hörte. Heute war Mädelsabend angesagt.

»Puh, ist das kalt geworden!« Gabi stürmte vor Franzi und Maria in die Hütte und musste lachen, da Laura eine lustige Grimasse schnitt. »Oh, ich sehe schon, Tante Anni bekommt schon wieder einen neuen Hut«, sagte sie, als Laura mit einem bezeichnenden Blick auf Tonis Werk schielte. »Das finde ich toll. Tante Anni kann schließlich gar nicht genug Hüte haben.«

»Du bist mir eine schöne Freundin«, sagte Laura vergnügt. »Aber mir ist aufgefallen, dass eigentlich eher du eine neue Kopfbedeckung brauchst. Was meinst du, Mäuschen, darf ich Gabi aus deinen Kordeln eine Mütze machen?«

Statt einer Antwort ließ Toni die Strickliesel fallen und stürzte auf ihre Tante zu, die gerade zur Tür hereinkam.

Maria lachte übers ganze Gesicht, als Toni in ihre Arme flog. »Hallo, Engelchen. Hast du mich etwa vermisst?«

Toni nickte heftig. »Wo warst du, Tante Maria? Mami hat gesagt, dass du krank warst. Mami war auch krank.«

»Das erzähle ich dir später, Engelchen. Ich habe nämlich einen Bärenhunger, und wenn ich nicht bald etwas zu essen bekomme, muss ich kleine Mädchen fressen«, raunte Maria und knabberte am Ohr ihrer Tochter, die umgehend zu quietschen anfing.

❀

»So, junge Dame, jetzt ist es genug.« Laura wischte Toni den Kakaobart vom Mund. »Sag Gute Nacht, und dann ab ins Bad zum Zähneputzen.«

Nachdem die Freundinnen Toni ebenfalls eine gute Nacht gewünscht hatten und Laura mit dem Mädchen nach oben gegangen war, nahmen sie den Abwasch in Angriff.

»Wie ist eigentlich das Treffen mit Laura und Florian gestern gelaufen?«, wollte Maria wissen. Nach der Arbeit hatte sie Stefan von der Schule abgeholt und war mit ihm zum Kieferorthopäden gefahren. Da sein regulärer Termin zum Nachstellen seiner Zahnspange vor einer Woche dem Masernalarm zum Opfer gefallen war, hatten sie heute stundenlang warten müssen, bis sie endlich drankamen. Und danach hatte sie es gerade noch geschafft, ihn rechtzeitig zum Eishockeytraining zu bringen. Anschließend hatte sie Franzi und Gabi in Schliersee getroffen, wo sie gemeinsam für den Mädelsabend eingekauft hatten. Und da Stefan nach dem Training bei einem Freund übernachten durfte, war für Maria mit dem Eintreffen auf Lauras Alm endlich der Feierabend eingekehrt.

»Gabi, gib mir bitte ein frisches Geschirrtuch aus dem Schrank da oben«, bat Franzi. Dann beantwortete sie Marias Frage. »Wenn Laura es als Date angesehen hätte, würde ich sagen, dass es fantastisch gelaufen ist.«

Da Franzi nicht weiterredete, sondern gedankenverloren das schöne Weinglas abtrocknete, das sie lieber nicht in die Spülmaschine stellen wollte, stupste Maria sie ungeduldig an. »Und weiter?«

»Ach so, ja. Laura ist der Meinung, dass sie noch nicht so weit ist, einen neuen Mann in ihr Leben zu lassen. Außerdem befürchte ich, dass sie tief in ihrem Inneren denkt, dass sie an Anton Verrat begeht, wenn sie sich auf etwas Neues einlässt.«

»Dass sie so denkt, wissen wir ja schon«, sagte Maria. »Obwohl ich ihr unzählige Male gesagt habe, dass mein Bruder sicher nicht gewollt hätte, dass sie ihm jahrelang hinterhertrauert und seinetwegen Single bleibt.«

Gabi, die Anton am wenigsten von allen gekannt hatte, seufzte. »Ich kann nicht so recht verstehen, wieso Laura es nicht schafft, nach vorne zu blicken. Ich kenne sie nun fast mein ganzes Leben lang, aber so habe ich sie noch nie erlebt.«

Ratlos sahen die Frauen sich an. Schließlich ergriff Maria das Wort. »Das Tragische an der ganzen Geschichte ist ja, dass Laura und Anton sich nicht wirklich kennenlernen konnten.

Dafür war ihre Beziehung viel zu kurz.« Sie nahm Franzi das Glas aus der Hand. »Wenn du so weitermachst, ist es bald durch.« Dann konzentrierte sie sich wieder aufs Thema. »Ich habe Anton über alles geliebt. Und das nicht nur, weil er mein Bruder war. Er war einfach ein fantastischer Mensch. Offen, klug, loyal und liebenswert. Aber er konnte auch ein unglaublicher Sturkopf sein.«

Verträumt sah Franzi aus dem Fenster. »Und dazu sah er verdammt gut aus!«

Maria lächelte. »Was ich eigentlich sagen will, ist, dass ich den Verdacht habe, dass Laura in der Hochphase ihrer Verliebtheit war, als Anton verunglückt ist. Das kann durchaus der Grund sein, warum sie ihn bis heute auf einen Sockel stellt.«

»Das ist gut möglich«, überlegte Gabi. »Ich fand es immer dann am schlimmsten, wenn mir ein Kerl schon nach ein paar Wochen den Laufpass gegeben hat. Schließlich bemüht man sich in den ersten Wochen doch ganz besonders darum, sich von seiner besten Seite zu zeigen. Und viele Typen, die ich kennengelernt habe, haben sich anfangs mit Aufmerksamkeiten schier überschlagen. Doch wenn die erste Verliebtheit bei ihnen vorbei war, haben sie aus heiterem Himmel Schluss gemacht oder sich einfach nicht mehr gemeldet. Das hat es mir dann manchmal echt schwer gemacht, darüber hinwegzukommen.«

»Das kann ich bestätigen«, sagte Franzi. »Eine Freundin von mir hat den Beginn einer Beziehung mal *Werbewochen* genannt. Vermutlich hat die Natur das so eingerichtet, damit man den anderen zumindest eine Weile bei der Stange halten kann. Nur«, sie zog eine Grimasse, »wenn diese Werbewochen vorbei sind, folgt meist die Ernüchterung.«

Maria kicherte. »Ja, das hat sich die Evolution richtig fein ausgedacht. Wenn nach drei Monaten die Fassaden zu bröckeln beginnen, merkt man, dass der andere auch nur ein Mensch ist, der auf dem Klo auch nicht nach Rosen duftet. Dann ist es aber meistens schon zu spät. Wenigstens einer der beiden hält dann an irgendwelchen vergangenen Erlebnissen fest.«

Bevor sie jetzt alle ihre amüsanten, in keiner Weise böse gemeinten Männergeschichten auspacken konnten, besann sich Gabi auf den Anlass ihres Gesprächs. Solange Laura noch bei Toni war, sollten sie die Gelegenheit nutzen, über diesen Florian zu reden. »Jedenfalls klingt es logisch, dass Laura so schwer von der Erinnerung an Anton loskommt. Sie hat ihn einfach nur von seiner allerbesten Seite erlebt.« Gabi warf Maria einen Seitenblick zu. Sie wollte sie nicht verletzen, indem sie ihrem Bruder unlautere Absichten unterstellte.

Die zwinkerte Gabi zu. »Wie gesagt, Anton war kein Heiliger. Sag ruhig, was du denkst.«

»Ja, also.« Unschlüssig zuckte Gabi mit den Schultern. »Nach all dem Drama, das es anfangs gab, als Laura hierher gezogen ist, war sie vermutlich nach dieser Versöhnung in einem Zustand, der für sie eine Ausnahmesituation darstellte.«

»Du denkst, dass die Dramen, von denen es wirklich nicht gerade wenige gab und die der Verliebtheit mit Anton vorausgingen, sie so weich gemacht haben, dass sie zu diesem Zeitpunkt besonders verwundbar war?«, brachte Franzi es auf den Punkt.

»Ja, das beschreibt es gut«, bestätigte Gabi. »Damals lagen ihre Nerven echt blank. Dazu kommt, dass sie genau im Augenblick ihres größten Unglücks erfahren hat, dass sie schwanger ist.« Sie senkte die Stimme. »Wir haben uns gestern lange darüber unterhalten, was in den letzten Jahren passiert ist. Dabei hat mir Laura erzählt, dass sie noch immer von Anton träumt. Und zwar fast jede Nacht.«

»Das ist ja richtig unheimlich«, fand Franzi. Wie alle anderen hatte sie gedacht, dass die intensiven Träume, die Laura in den ersten Jahren nach Antons Tod heimgesucht hatten, inzwischen aufgehört hatten. »Ich dachte, das wäre längst vorbei.«

»Das dachte ich auch«, sagte Maria bestürzt. »Vermutlich war das eine Art Zweckoptimismus, weil Laura schon so lange nichts mehr davon erzählt hat. Hat sie gesagt, was in den Träumen passiert?«

Gabi nickte. »Sie trifft Anton nach wie vor im Traum auf der großen Wiese vor der Alm oder am Kamin. Er erweist sich dabei als ihr Berater in allen Lebenslagen.«

Bedrückt sah Maria Gabi an. »Sie denkt aber nicht …?«

Gabi verstand sofort. »Nein, sie ist nicht der Auffassung, dass sie in Kontakt mit einem Toten steht, ganz im Gegenteil. Sie ist sich durchaus im Klaren darüber, dass es ihr Unterbewusstsein ist, das sich noch immer nicht von Anton lösen kann.«

»Vielleicht sollte sie mal mit einem Psychologen reden.«

»Das hat sie schon«, sagte Gabi. »Sie hat mit der Therapeutin gesprochen, die sie nach Antons Tod behandelt hat. Die konnte aber auch nichts anderes tun, als ihr zu erklären, dass solche Träume meist irgendwann an Intensität verlieren. Wie lange das dauert, kann aber niemand vorhersehen. Und ob sie je ganz verschwinden, kann man auch nicht mit Gewissheit sagen. Da die Träume Laura nicht ängstigen und sie dadurch auch nicht in ein bodenloses Loch fällt, fand die Therapeutin es nicht besorgniserregend, hat ihr aber angeboten, wieder zur Gesprächstherapie zu kommen, auch wenn sie ihr bescheinigt hat, dass sie die eigentlich nicht mehr nötig hat. Immerhin geht es ihr psychisch gut. Sie ist Toni eine tolle Mutter, ist ausgeglichen, und lachen kann sie auch wieder. Im Grunde liegt sie mit der Traumabewältigung voll im Plan.«

»Was für ein Jammer, dass man nicht einfach einen Schalter umlegen kann, und alles ist wieder gut«, sagte Maria mit belegter Stimme. »Und ihr denkt nicht, dass dieser Florian etwas dazu beitragen könnte, dass Laura Antons Tod endlich ganz verarbeiten kann?«

»Ich weiß es nicht«, sagte Franzi. »Es kommt vermutlich darauf an, wie er es anstellt.«

»Und auch darauf, ob er überhaupt etwas von ihr will. Vielleicht fühlt er sich ihr ja nur verpflichtet, weil er ihr das Leben gerettet hat«, beleuchtete Gabi die Situation nüchtern. »Ich würde es ihr so wünschen, dass sie wieder jemanden findet, den sie in ihr Leben lassen kann. Nicht nur wegen ihr, sondern auch wegen Toni. Man sieht ja an Mick, wie gut es der Kleinen tut, wenn ein Mann im Haus ist.«

»Dann hoffen wir einfach mal, dass es zwischen den beiden funkt und sie den Mut haben, das auch auszusprechen.«

Gabi sah Maria nachdenklich an. Dann lächelte sie verschwörerisch. »Vielleicht könnten wir da ja ein bisschen nachhelfen.«

Erstaunt sah Franzi von einem weiteren Glas auf, über das sie bereits an die dreißig Mal poliert hatte. Doch bevor sie etwas erwidern konnte, hörte sie Lauras Schritte auf der Treppe.

»Ach, ihr seid echt klasse. Danke, dass ihr euch ums Aufräumen gekümmert habt.« Laura strahlte, als sie die blitzblanke Küche sah. Das war es, was ihre Freunde so an ihr liebten. Trotz ihrer vielen Schicksalsschläge hatte sie sich ihre Freude bewahrt. Sie wusste, dass gute Freundschaften mehr wert waren als alles andere auf der Welt, und sie war ein Mensch, der sich über Kleinigkeiten mehr freuen konnte als über ein riesengroßes, teures Geschenk.

Kapitel 15

Ein paar Tage später sah Laura mit gemischten Gefühlen aus dem Fenster. Über Nacht hatte der erste Wintersturm das Land unter einer dicken weißen Decke versteckt. Obwohl sie den Anblick liebte, wenn die Äste der Bäume wie gezuckert aussahen, es unter den Schuhen knirschte und die Welt sich in ein Märchenland verwandelte, hatte sie eine Zeit lang jede einzelne Flocke verdammt, die aus dem Himmel fiel. Schließlich hatte sie dem Schnee ihr ganzes Unglück zu verdanken. Doch mittlerweile hatte sie mit Frau Holle Frieden geschlossen und ließ sich von der weißen Pracht nur allzu gern verzaubern.

Sie sah auf die Uhr. Noch eine Stunde, dann würde sie Florian am Schliersee treffen. Am Vortag hatte sie eine ganze Stunde lang darüber gegrübelt, ob sie seine Einladung annehmen wollte, und auch Franzis Worte waren ihr wieder in den Sinn gekommen. Sie musste der Freundin zustimmen, dass nicht nur die Umstände, die sie und Anton zusammengebracht hatten, ungewöhnlich waren, sondern auch die, durch die sie Florian kennengelernt hatte. Schließlich kam sie zu dem Schluss, dass man weder die Vorgeschichten noch die Umstände, noch die Männer überhaupt miteinander vergleichen konnte. Wenn sie ehrlich zu sich selbst war, hatte sie sogar Angst davor, dass Florian viel zu nett und zu lieb war und sie Gefahr lief, ihn allzu schnell langweilig zu finden. Doch dann war ihr klar geworden, dass sie nichts zu verlieren hatte. Außerdem war ein Winterspaziergang mitten am Tag eine sehr unverfängliche Situation. Und dass er Toni wie selbstverständlich in seine Planung mit einbezog, fand sie aufmerksam und süß. Schließlich hörte sie auf ihr Bauchgefühl.

»Wir lassen das Auto bei den Bootshäusern stehen und spazieren um den See herum«, schlug Florian vor, nachdem er Laura und Toni im Ortskern aufgesammelt hatte.

Laura zögerte. »Ich weiß nicht, ob ich es schon schaffe, so eine weite Strecke zu laufen.«

»Das musst du auch nicht«, sagte Florian vergnügt. »Ich habe einen Schlitten im Auto, und wenn es einer von euch beiden zu viel wird, dann ziehe ich euch den restlichen Weg.«

»Du bist ja verrückt«, protestierte Laura. »Du kannst uns doch nicht um den ganzen See herumziehen.«

Florians Augen leuchteten. »Na, ich hoffe, dass ich das auch nicht muss. Schließlich sieht man dir trotz des langen Krankenhausaufenthalts an, wie sportlich du bist. Deswegen bin ich mir sicher, dass du zumindest ein Stück weit selbst laufen kannst.« Er schmunzelte, als sie bei seinem Kompliment rot wurde. »Bei der jungen Dame ist etwas anderes. Sie ist offensichtlich noch keine ganz so große Sportskanone wie du«, goss er noch etwas Öl ins Feuer, »dafür wiegt sie zum Glück aber auch noch nicht mal halb so viel.« Er hob lachend die Hände, als Laura ihn erbost anblitzte. Er hatte sofort begriffen, dass sie nur im Scherz so finster guckte. »Hilfe! Ich ergebe mich und nehme alles zurück. Sicher bist du leicht wie eine Feder, und ich wäre nur ein schlapper Hänfling, wenn ich es nicht schaffen würde, dich auf meinen Schultern um den See zu tragen.«

Laura nickte zufrieden. »Gut, dass du das einsiehst.«

»Also, wenn die beiden Prinzessinnen einverstanden sind, dann machen wir das so«, beschloss Florian. »Toni kann mich als Lastesel vor ihrem Schlitten benutzen, und du schaust einfach, wie weit du es schaffst.«

Schon kurz nachdem sie losmarschiert waren, wurde Laura klar, dass ihr Bauchgefühl sie nicht getäuscht hatte: Florian war ihr und Toni gegenüber so natürlich und geduldig, dass sie sich an seiner Seite unbefangen und leicht fühlte und den Spaziergang in vollen Zügen genoss.

»Ist dir das wirklich nicht zu anstrengend?«, wollte sie wissen, nachdem Toni sein Angebot sofort angenommen hatte und nun wie die Königin von Saba mit hoch erhobenem Haupt auf dem Schlitten saß, doch Florian schüttelte nur den Kopf. Es schien ihm selbst sogar genauso viel Spaß zu machen wie seinem kleinen Passagier.

Auf dem Weg an den Bootshäusern am Südufer vorbei kam ihnen ein Pferd entgegen, das von einem jungen Mädchen am Zügel geführt wurde. Als Toni das große Tier sah, plapperte sie sofort aufgeregt los. »Mami, Mami! Guck mal!«

Laura beobachtete gespannt, wie Florian auf Tonis Ausbruch reagierte. Als sie sah, dass er über den Überschwang des Mädchens aus vollem Herzen lachte, war sie erleichtert. Ihr war durchaus bewusst, dass nicht jeder Mann die Begeisterung für kleine Kinder teilte. Und schon gar nicht für die Kinder anderer Männer. Doch entweder war es Florian egal, oder Laura hatte sich in ihm getäuscht, und er war gar nicht darauf aus, ihr den Hof zu machen. Vielleicht interpretierte sie zu viel in seine Fürsorge hinein, schließlich konnte es gut sein, dass es ihm ähnlich erging wie ihr. Seine Andeutungen über das, was früher in seinem Leben passiert war, konnten eigentlich nur bedeuten, dass er, ähnlich wie sie, einen geliebten Menschen verloren hatte und ihm bis heute nachtrauerte. Dann suchte er in ihr vielleicht nur eine Schicksalsgenossin.

In ihren Gedanken versunken, war Laura ein Stück zurückgeblieben und bekam erst gar nicht mit, dass Florian sich gebückt und Toni seine Hände entgegenstreckt hatte. Ganz ohne Scheu hatte sich das kleine Mädchen von ihm hochheben lassen, sodass es nun auf Augenhöhe mit dem großen Pferd war, das es neugierig musterte. Offensichtlich war das

Tier es gewöhnt, von Kindern umgeben zu sein, denn der Wallach ließ es geduldig über sich ergehen, als Toni begeistert jauchzte und in die Hände klatschte.

Florian sah die junge Reiterin, die das Pferd am Zügel führte, fragend an. »Darf sie ihn anfassen?«

Das Mädchen nickte. »Das ist kein Problem. Eli ist ein ganz Lieber.«

Florian stupste Toni an die Stirn, die kaum noch Augen für ihn hatte. »Toni, schau mich mal an«, sagte er so sanft wie nachdrücklich.

Laura fielen fast die Augen aus dem Kopf. Noch nie hatte sie erlebt, dass ihre Tochter auf Anhieb so artig folgte. Unwillkürlich hielt sie den Atem an, als sie sah, wie Toni und Florian interagierten.

»Wenn du möchtest, darfst du das Pferd streicheln«, erklärte Florian geduldig. »Du musst nur daran denken, dass Eli Gefühle hat, genau wie du. So wie du vielleicht Angst hast, ihn zu berühren, weiß er nicht, wie du ihn anfasst. Verstehst du, was ich meine?«

Laura musste schmunzeln. Es war offensichtlich, dass Florian den Umgang mit kleinen Kindern nicht gewohnt war. Und doch hatte er ein so natürliches Gespür dafür, dass es eine Freude war, ihm dabei zuzusehen.

Toni indes sah Florian mit großen Augen fragend an. Dann schüttelte sie den Kopf.

»Okay«, brummte Florian. Da musste er sich seine Worte wohl besser überlegen. Er verlagerte das Gewicht des Mädchens auf seinen linken Arm, zog einen Handschuh aus und näherte sich mit seiner rechten Hand Tonis Gesicht.

»Was ich meine, ist, dass ich dich so anfassen kann.« Behutsam strich er Toni über die Backe. »Das ist angenehm, oder?« Als Toni eifrig nickte, nahm er ihre Wange zwischen zwei Finger und drückte leicht zu.

»Das ist jetzt nicht mehr so schön, oder?«

Toni, die allmählich zu verstehen begann, schüttelte den Kopf.

»Es hat dir aber auch nicht wehgetan, oder?«

»Nein.«

»Kannst du dir vorstellen, dass es wehtut, wenn ich fester zwicke?«

»Ja!«

Um Florians Augen bildeten sich unzählige kleine Fältchen. »Dann hast du jetzt verstanden, was ich meine. Du kannst Eli so vorsichtig berühren, dass es ihm gefällt, du kannst ihm aber auch wehtun. Was, denkst du, mag er lieber?«

»Vorsichtig streicheln.«

»Genau! Möchtest du es jetzt probieren?«

»Ja.«

Plötzlich schnaubte der Wallach, und sein großer Kopf fuhr ein paarmal auf und ab. Erschrocken klammerte sich Toni fester an Florian.

»Du musst keine Angst haben«, erklärte er ihr. »Eli hat nur genickt, weil er es gut findet, dass du lieb zu ihm sein willst«, erfand er schnell eine gute Erklärung. Er fasste nach Tonis Hand. »Komm, wir machen das zusammen.«

Jetzt erst bemerkte Laura, dass noch zwei andere Paare stehen geblieben waren und die Szene beobachteten. Offensichtlich waren die fremden Menschen genauso fasziniert wie sie selbst. Sie seufzte leise. Wie gut, dass sie Florians Einladung angenommen hatte.

Florian zog Toni einen Handschuh aus und half ihr behutsam, ihre Hand auf den Kopf des Pferdes zu legen. Der Braune hielt vollkommen still. Sachte fuhr Toni mit der Handfläche über den dichten Winterpelz. »Wie fühlt sich das an?«, wollte Florian wissen.

»Warm. Und ganz weich.«

»Ja. Das ist schön, oder?«

Toni nickte heftig und strahlte übers ganze Gesicht.

»Wenn du noch vorsichtiger bist, dann kannst du die Nüstern des Pferdes streicheln.« Florian zeigte mit dem Finger auf den äußerst sensiblen Bereich des Pferdekopfs. »Das sind seine Nasenlöcher.« Sein Zeigefinger wanderte über Tonis Gesicht und tippte ihr leicht auf die Nasenspitze.

Toni ließ es zu, dass Florian den unteren Teil ihrer Hand ergriff. Einfühlsam führte er sie, sodass ihre Finger die unglaublich weiche Haut der Pferdenase fühlen konnte. Als das Pferd plötzlich schnaubte, zuckte Toni erschrocken zurück und stieß einen leisen Schrei aus.

Florian lachte. »Jetzt hast du es gekitzelt.«

Toni kicherte sofort mit. »Noch mal!«

Da sich das Pferd Tonis Erforschungen so geduldig gefallen ließ, musste es natürlich eine Belohnung erhalten. Zum Glück hatte die Reiterin eine kleine Tüte mit Karotten und Apfelspalten dabei, die sie Florian jetzt entgegenstreckte.

Fragend glitt Florians Blick zu Laura. Die Entscheidung zu treffen, Toni das große Pferd anfassen zu lassen, hatte er sich ohne Weiteres zugetraut. Doch ihr zu erlauben, dem Tier die Hand mit einer Karotte hinzuhalten, war etwas ganz anderes.

Laura fiel ein Stein vom Herzen, als sie Florians Frage in seinen Augen las. Sie musste zugeben, dass sie selbst unschlüssig war. Da hatte Florian eine Idee. Er zog den Schlitten mit dem Fuß heran, stellte Toni so darauf ab, dass sie einen sicheren Stand hatte, und erklärte ihr genauestens, wie sie sich verhalten musste.

»Du musst die Finger ganz gerade machen. Sonst verwechselt das Pferd sie mit der Karotte. Und das wollen wir ja nicht, oder?«

»Ä-äh.«

»Das würde nämlich sonst ganz schön aua machen. Ich

zeige dir erst mal, wie es richtig ist, und wenn du möchtest, können wir es danach gemeinsam versuchen. Findest du das gut?«

»Ja.«

»In Ordnung, Toni. So machen wir's.« Er brach ein Stück von der Karotte ab, legte es auf seine flache Hand und hielt es dem Pferd hin.

Fasziniert beobachtete Toni, wie sich das Pferdemaul Florians Hand näherte, die großen Lippen suchend über seine Handfläche glitten und schließlich das Karottenstück fanden.

»Siehst du? Es ist ganz einfach. Wollen wir es jetzt zusammen probieren?« Als Toni nickte, vergewisserte er sich mit einem erneuten Blick zu Laura, dass sie einverstanden war.

Ein wenig mulmig war Laura bei der Vorstellung schon zumute, dass die kleine Hand ihrer Tochter dem Riesenpferdemaul so nah kommen würde. Doch dann begegnete sie Florians Blick. Vertrau mir, sagte der. In dem Moment wusste Laura, dass er darauf achtgeben würde, dass ihrem Mädchen nichts geschah.

Florian brach ein weiteres Stück von der Möhre ab und legte es auf Tonis Hand. »Streck die Finger aus.« Als Toni seinen Anweisungen folgte, fasste er ihre Fingerspitzen so, dass sie keine Möglichkeit mehr hatte, sie zu krümmen. Nun waren ihre Finger durch seine geschützt, und Laura atmete erleichtert auf.

Als Toni spürte, wie die feuchten Lippen weich und suchend über ihre Hand wanderten, quietschte sie vergnügt auf. »Iiiihh, das ist ganz nass.«

Als alle Umstehenden laut auflachten, sah Laura, dass noch mehr Leute hinzugekommen waren und die Interaktion zwischen dem Pferd und den beiden Menschen fasziniert beobachteten.

Einer älteren Dame war anzumerken, dass sie vor Rührung ganz ergriffen war. Entzückt sagte sie zu Florian: »Sie haben aber wirklich eine süße kleine Tochter.«

»Das Lob gebührt ganz allein der Mutter«, sagte Florian, als er sich von seiner Überraschung erholt hatte. Seiner Stimme war anzuhören, dass er nur mit Mühe ein Lachen unterdrücken konnte.

Einen Augenblick schien die fremde Frau verwirrt, dann sah sie zu Laura. »Sie sind eine schöne Familie«, sagte sie mit Inbrunst. »Man sieht sofort, dass Sie die Mutter sind.« Erneut wandte sie sich Florian zu. »Aber man merkt auch ganz deutlich, dass die Kleine viel von Ihnen hat.«

Zwanzig Minuten später war der kleine Tross weitergezogen. Ungefähr so lange hatte es danach auch noch gedauert, bis Laura und Florian sich von ihrem Lachanfall erholt hatten.

»Ach, ist das herrlich!«, japste Laura. »Wie deutlich man doch sieht, dass du Tonis Vater bist.«

Toni, die gnädigerweise schon vor einer ganzen Weile beschlossen hatte, zumindest ein kleines Stück zu Fuß zu gehen, und ihnen vorauslief, blieb abrupt stehen, drehte sich um und sah ihre Mutter mit großen Augen an.

»Papa?«

Himmel! Laura schlug erschrocken die Hand vor den Mund. Sie hatte nicht gemerkt, dass sie laut genug gesprochen hatte, dass Toni sie verstehen konnte.

»Nein, Mäuschen, das hast du falsch verstanden.« Laura ließ sich auf die Knie nieder, schob etwas Schnee zusammen, presste ihn zu einem weichen Schneeball und tippte damit auf Tonis Wange.

Sofort quietschte Toni los und hüpfte erneut wie ein junger Welpe davon. Zwei Schritte später hatte Laura sie eingeholt und hob sie hoch. »Na warte, du kleiner Frechdachs!« Sie stellte das Mädchen zurück auf die Füße, bückte sich, formte einen weiteren Schneeball und warf ihn Toni vorsichtig an die Nase. Die quiekte vergnügt, ließ sich auf den Popo fallen und wollte es ihrer Mutter nachmachen, indem sie ein wenig Schnee zusammenschaufelte und versuchte, einen Ball daraus zu machen. Als ihr das nicht gelang, packte sie den Schnee einfach mit beiden Händen und warf ihn in die Luft. Da sie damit nur bis in die Höhe von Lauras Oberschenkel kam, ließ die sich auf die Knie nieder, damit Toni in dem ungleichen Gefecht eine faire Chance bekam. Es dauerte nicht lange, bis die beiden aussahen wie zwei Schneemänner.

Florian spürte instinktiv, dass der Moment den beiden ganz alleine gehörte. Er zog sein Handy heraus und fing das Spiel von Mutter und Tochter mit der Kamera ein.

Laura setzte sich schließlich erschöpft neben Toni auf den Hosenboden. »Ich kann nicht mehr«, sagte sie erschöpft.

Sofort war Florian an ihrer Seite. »Komm, setz dich auf den Schlitten. Nicht in den kalten Schnee.« Sie war nur mit einer Winterwanderhose bekleidet, die zwar wasserdicht war, aber keinen so umfassenden Schutz gegen die Kälte bot wie Tonis Schneeanzug.

Dankbar ließ Laura sich von ihm hochhelfen. Als sie sich auf den Schlitten gesetzt hatte, fiel ihr Florians besorgte Miene auf.

»Kein Grund zur Sorge«, sagte sie schnell. »Mir geht es gut. Ich bin es nur nicht mehr gewöhnt, so herumzutollen.«

Florian war nur halb überzeugt. Er ging neben ihr in die Hocke und sah sie ernst an. »Laura, nimm es nicht auf die leichte Schulter, okay? Wenn du auch nur den Hauch einer Befürchtung hast, dass etwas nicht in Ordnung ist, dann sag es bitte.«

Gerührt über seine Besorgnis, spürte Laura in sich hinein. Nein, es war alles gut. Sie war wirklich nur etwas außer Puste.

Als sie vom Schlitten aufstehen wollte, drückte Florian sie zurück. »Nix da. Du bleibst jetzt sitzen. Toni und ich ziehen dich. Oder, Toni?«

Skeptisch sah das Mädchen zu ihm hoch. Als er ihr ernsthaft zunickte, wanderte ihr Blick zu ihrer Mutter.

»Mami? Alles gut?«

»Ja, Mäuschen, alles ist bestens. Guck mal, da hinter dir, der kleine Hund!«

Nachdem Toni sich sofort neugierig abwandte, schnitt Laura eine Grimasse und bat Florian, Bemerkungen über ihre Gesundheit nicht in Tonis Gegenwart fallen zu lassen.

Florian hob die Hände und flüsterte ein fast unhörbares »Entschuldigung«. Es war unbedacht gewesen, aber der Sorge geschuldet, dass es ihr nicht gut gehen könnte.

Laura streckte einen Daumen nach oben. Sie hatte schon verstanden. Eine Weile lächelten sie sich in stillem Einvernehmen an, und Laura spürte eine seltsame Vertrautheit. Es war, als ob sie sich schon seit Jahren kannten.

»Mami?« Plötzlich stand Toni zwischen den beiden Erwachsenen und sah von einem zum andern.

Mit Bedauern nahm Laura wahr, wie der Zauber von ihr abfiel. Es war ein seltsames Gefühl. Als ob etwas fehlte. Erneut wollte sie aufstehen, doch Florian hielt sie auch diesmal zurück.

»Bleib sitzen. Toni und ich schaffen das schon.« Auffordernd hielt er Toni das Endstück des Seils hin, das am Schlittenhorn festgebunden war. Als sie zugriff, rief er laut: »Und jetzt! Feste!«

Mit ernster Miene zog Toni am Seil. Dann merkte sie, dass es gar nicht mal so schwer war. Eigentlich musste sie nur loslaufen, und der Schlitten folgte wie von alleine.

Nachdem es Laura anfangs peinlich gewesen war, sich von Florian und Toni ziehen zu lassen, fing sie bereits nach ein paar Minuten an, die Schlittenfahrt zu genießen. Es war ein herrlicher Wintertag. Der Schnee glitzerte im Sonnenlicht; zwischen den Bäumen hüpften ein paar bunt gefiederte Dompfaffen auf der Suche nach Nahrung umher, und ein kleiner Bach hatte eine Schneise zwischen die Schneemassen gefräst. Als sie an einer besonders malerischen Stelle angekommen waren, rief Florian: »Nächste Haltestelle: Fotostopp. Bitte alle Fahrgäste aussteigen!«

Als er den Satz das dritte Mal wiederholte, fiel Toni mit ein: »Bitte alle Gänse aussteigen!«

Laura hielt sich vor Lachen den Bauch. »Mäuschen, hast du mich gerade Gans genannt?«

Tonis Mund öffnete sich, sie sah ihre Mutter verwirrt an, dann schüttelte sie energisch den Kopf.

»Na, das will ich auch nicht hoffen«, scherzte Florian. »Ich glaube, deine Mami muss sich mal wieder die Ohren waschen.«

»Ja!«, giggelte Toni. »Ohren waschen!«

»Ist ja schon recht.« Laura warf Florian einen strafenden Blick zu. »Du bringst meiner Tochter schöne Dinge bei.«

Florian grinste. »Hab ich gern gemacht.«

Da war es wieder, dieses vertraute Gefühl, das Laura fast den Atem raubte. Für einen Augenblick standen sich die beiden so nah, dass Laura dachte, er würde sie gleich küssen.

Doch als Toni plötzlich lautstark verkündete, dass sie Durst habe, erwachte Laura aus ihrer Verzauberung, löste ihren Blick von Florians Gesicht und spürte erneut ein leises Bedauern. Wie seltsam. Beinahe hatte sie das Gefühl, als würde die Luft um sie herum ein paar Grad kälter werden.

Florian rettete die Situation, da Laura nicht in der Lage schien, Toni eine Antwort zu geben. »Wir haben es nicht mehr weit, dann können wir im Milchhäusl einen Kakao trinken gehen. Du magst doch Kakao, Toni, oder?«

»Ja, Kakao!«, rief das Mädchen freudestrahlend.

»Dann wäre das geklärt.« Florian grinste Laura frech an. »Trinkt die Mami auch Kakao?«

»Ich lasse ausnahmsweise dich entscheiden«, konterte Laura.

Zehn Minuten später waren sie am Milchhäusl angelangt und hatten das Glück, einen Tisch im Freien zu ergattern. Obwohl selbst im Vorgarten mehrere Zentimeter Schnee lagen, war es in der Sonne so angenehm mild, dass man auf den dicken Decken, die über den Stühlen lagen, gut sitzen konnte, ohne zu frieren. Als Florian dann, ohne sie zu fragen, tatsächlich drei Kakao bestellte, trat Laura ihn unter dem Tisch leicht gegen das Schienbein.

»Was denn?«, fragte er belustigt. »Du hast doch gesagt, dass ich entscheiden darf. Und da Toni und ich beschlossen haben, Kakao zu trinken, musst du da jetzt mit uns durch.«

»Was ich denke?«, entgegnete Laura auf Gabis Frage. »Dass er ein wunderbarer Mensch ist und super mit Toni umgehen kann.« Weiter wollte sie das Thema im Moment nicht vertiefen. Die Stunden am See waren herrlich gewesen, doch sie hatten Laura auch zutiefst verwirrt zurückgelassen. Da Gabis Zeit am Schliersee sich rasant dem Ende zuneigte, wollte Laura lieber über sie reden. »Schade, dass du nicht länger bleiben kannst«, sagte sie traurig. »Die Tage sind so schnell vergangen, ich kann es gar nicht fassen.«

»Geht mir nicht anders«, erwiderte Gabi ebenso betrübt. »Vor allem, weil du dich die ersten zehn Tage, in denen ich hier war, beharrlich geweigert hast, aus dem Bett zu kriechen.«

Laura konnte nicht länger an sich halten und zog Gabi in ihre Arme. »Ich danke dir so sehr! Egal, wie gerne ich mittlerweile hier lebe, ich wünschte doch, dass wir näher beieinander wohnen könnten. Ich vermisse dich schon jetzt total, und bevor du nach Hause fliegst, möchte ich dich noch verwöhnen, so gut ich kann.«

Und da kam das Essen, zu dem Laura ihre Freunde und ihre beiden Lebensretter eingeladen hatte, gerade recht.

Kapitel 16

Da am Samstag herrliches Wetter herrschte und der Schnee, der ein paar Tage zuvor die Landschaft in ein weißes Laken getaucht hatte, wieder weitgehend abgetaut war, hatte Laura ihre Gäste dazu ermuntert, bereits am Nachmittag auf die Alm zu kommen. Sie war in den Tagen zuvor nicht untätig gewesen. Vor allem, da es auch für die Personen eine Überraschung geben sollte, die ständig um sie herum waren, war es zu einer besonderen Aufgabe geworden, alles so vorzubereiten, dass niemand davon Wind bekam.

Nur als es um die Überraschungen für die beiden Männer ging, die dafür gesorgt hatten, dass sie weiterleben und ein unbeschwertes Leben führen konnte, hatte Laura Gabi und Franzi in ihre Pläne eingeweiht.

»Ich will keine großartigen Geschenke machen«, erklärte sie. »Der symbolische Wert ist mir wesentlich wichtiger. Außerdem – was könnte ich schon verschenken, das den Wert meines Lebens in Relation stellen würde?«

»Ja, das ist ganz schön schwierig«, fand Gabi. »Schließlich kennst du die beiden überhaupt nicht.«

»Hier wohnst du?« Florian sah sich begeistert um. Schon als Laura ihm den Weg beschrieben hatte, war ihm der Gedanke gekommen, dass die kleine Hütte ziemlich idyllisch gelegen sein musste. Aber das, was er jetzt sah, übertraf seine Vorstellungen bei Weitem. Sie hatte aus der ehemals bewirtschafteten Alm tatsächlich ein wahres Schmuckstück gemacht.

Laura erstickte seine Begeisterungsrufe im Keim. »So gerne ich mir das auch selbst zuschreiben würde, aber das meiste davon habe ich meiner Tante zu verdanken.« Wehmütig dachte sie an Agnes, von der sie fast ihr ganzes Leben nichts geahnt hatte, die aber über all die Jahre Lauras Lebensweg verfolgt und ihr nicht nur diese wunderbar gelegene Alm, sondern auch die große Wohnung in Schliersee vermacht hatte.

Bevor sie Florian und Dr. Hansemann zu einem Rundgang mitnahm, führte sie sie ums Haus herum, wo ihre Freundinnen an einer windgeschützten Ecke saßen und plauderten. Laura hatte ihnen strikt verboten, die anfallenden Vorbereitungen für das Essen ohne sie in Angriff zu nehmen. »Kommt überhaupt nicht infrage. Ich kann euch doch nicht zum Essen einladen, und dann macht ihr die ganze Arbeit.« Sie hatte ihnen eine Flasche Prosecco in die Hand gedrückt und sie nach draußen gescheucht.

»Ich möchte euch gerne meine Schwägerin Maria vorstellen«, sagte sie zu den beiden Männern. Sie spürte, wie Florian bei ihren Worten stutzte. »Das heißt, Schwägerinnen sind wir zwar nicht wirklich, aber da Maria Tonis Tante väterlicherseits ist, sind wir dazu übergegangen, uns so zu nennen, um nicht ständig erklären zu müssen, wie unsere Verwandtschaftsverhältnisse wirklich sind.« Laura grinste verschmitzt. »Dafür müssen wir jetzt immer ausführen, wie sie nicht sind. Auf jeden Fall ist Maria der liebste Mensch, den ich kenne, und eine meiner besten Freundinnen.«

Das konnte Florian nur zu gut nachvollziehen. Er hatte in Maria sofort die herzliche Floristin wiedererkannt, die ihn bei der Wahl der Blumen, die er Laura in die Klinik gebracht hatte, so freundlich und einfühlsam beraten hatte.

»Meine Tante Agnes hat das Häuschen von Grund auf modernisieren lassen«, gestand Laura, als sie mit Florian und Dr. Hansemann einen Rundgang durchs Haus unternahm. »Sie hat sich wohl gedacht, dass sie es mir besonders schmackhaft machen muss hierzubleiben. Deswegen hat sie auch dieses unglaubliche Bad einbauen lassen.«

Bevor Laura weiterreden konnte, ertönte ein lautes Hupen. »Das werden Mick und Stefan sein«, sagte sie und lief nach unten. »Ihr könnt euch gerne weiter umsehen. Ich muss nur kurz helfen, den Wagen auszuladen.«

Als Laura vor die Tür trat, machte sie große Augen. Mick war nicht mit seinem geländegängigen SUV gekommen, sondern mit einem großen Pick-up.

Er grinste vergnügt, als er ihren fassungslosen Ausdruck sah. »Ich habe gedacht, es ist Zeit für etwas Neues.« Lässig lehnte er sich an die Tür der verrosteten Karre und hatte den Arm locker um die Schultern von Marias Sohn gelegt, der versuchte, seinen großen Freund nachzuahmen. »Und? Was meinst du? Gefällt er dir?«

Laura ließ sich nur zu gern auf sein Spiel ein. »Besonders schön ist der Wagen nicht«, fand sie, »aber irgendwie passt er zu dir.«

Mick lachte lauthals auf und ließ Stefan los, der es kaum erwarten konnte, nach seiner Cousine zu suchen. »Du kleines, freches Miststück!«, sagte er, als der Junge außer Hörweite war. »Du kannst wirklich froh sein, dass du noch nicht wieder hundertprozentig fit bist. Sonst würde ich dich jetzt übers Knie legen.«

Laura stimmte in sein Lachen ein. »Würdest du doch nicht«, kicherte sie. »Du hättest viel zu viel Angst vor dem Echo.«

»Ach, nun raubst du mir auch noch die letzte Illusion, wie es wäre, dir den Hintern zu versohlen.«

Florian trat aus der Tür und sah Laura und Mick, die sich in stillem Einvernehmen anlächelten. Prompt verspürte er einen kleinen Stich. Doch dann rief er sich in Erinnerung, dass Franzi ihm erzählt hatte, dass Mick und Laura zwar immer füreinander da waren, dass aber nicht mehr dahintersteckte.

Als Laura ihn bemerkte, winkte sie ihn zu sich her. »Florian, das ist mein bester Freund Mick.«

Prüfend sahen sich die beiden Männer an und merkten, dass sie sich auf Anhieb mochten. Mick streckte als Erster die Hand aus. »Freut mich, Florian. Und dass du dem frechen Weibsstück hier das Leben gerettet hast, vergesse ich dir nie. Du kannst dir sicher sein, dass du in uns allen Freunde fürs Leben gefunden hast. Wann auch immer du etwas brauchst, lass es mich wissen.«

Eine Welle der Sympathie überflutete Florian, und alle Eifersucht wich dem Gefühl, in Mick einen echten Freund gefunden zu haben.

Plötzlich ertönte hinter ihnen ein aufgeregtes Meckern. Irritiert drehte Florian sich um. Jetzt erst bemerkte er, dass sich eine kleine Ziegenherde hinter einem Gatter einen Schaukampf lieferte.

Verwundert sah er Laura an. »Zwergziegen? Wem gehören die denn?«

»Sie gehören Toni. Na ja, eigentlich gehören sie mir.«

»Wirklich?« Fasziniert beobachtete er die lustigen kleinen Tiere. »Klasse! Darf ich fragen, wie du dazu kommst, dir Zwergziegen zu halten?« Neugierig musterte er Laura. Vermutlich hatte er ihr alles Mögliche zugetraut, aber sicher keine Ziegen.

Laura öffnete das Gatter und lud ihn ein, ihr zu folgen. Sie setzte sich auf eine kleine Bank und deutete ihm, nur zuzusehen.

»Fräulein«, rief Laura und schnalzte mit der Zunge. Sofort reagierte eine schwarz-weiß gefleckte Ziege, ließ von ihren Spielgesellen ab und rannte auf ihren kurzen Beinchen zu der blonden Frau, die sie mit ihrer Stimme lockte. Das Tier sprang mit einem Satz auf das Bänkchen, stellte sich mit seinen Vorderbeinen auf Lauras Oberschenkel und suchte mit seinem Mäulchen den Weg in Lauras Haare.

Schnell brachte Laura ihre Locken in Sicherheit und lachte vor Freude über das Zutrauen des Tiers. Es dauerte keine halbe Minute, dann folgte der Rest der Herde. Aufgeregt umringten sie Laura, meckerten lauthals und versuchten ebenfalls, an ihr hochzuklettern.

Für einen Augenblick hatte Florian das Gefühl, dass die Zeit stillstand. Er musste zugeben, dass er, angefangen von einem Zuchtpferd über Rassekatzen oder einen dreibeinigen Hund, den Laura aus dem Tierheim gerettet hatte, alles erwartet hatte. Aber ganz sicher nicht das.

»Ich will auch zu Mami und den Ziegen!« Toni thronte hoch auf Micks Schultern, der gefolgt von Stefan mit ihr ums Haus herumgaloppiert kam. Er öffnete das Tor und hob Toni von seinen Schultern, die sofort zu ihren vierbeinigen Freunden lief.

»Nun ist aber genug.« Laura schob die Ziegen von sich herunter und stand auf. Sie zog einen Haargummi aus ihrer Jeans, hob Toni hoch und stellte sie auf das Bänkchen. Toni, die die Prozedur gewohnt zu sein schien, hielt sich an Lauras Taille fest und ließ es geduldig über sich ergehen, dass Laura ihr die Haare zusammenband und zu einem Dutt einrollte.

Als Laura fertig war, nahm sie Toni bei den Händen und die Kleine hüpfte von der Bank. Florian, der die Szene fasziniert beobachtet hatte, erklärte sie: »Die kleinen Biester fressen alles, was ihnen in die Mäuler kommt. Und obwohl sie längst gelernt haben sollten, dass Menschenhaare nicht schmecken, verwechseln sie sie immer noch mit Gras.«

Dann wandte Laura sich an Mick. »Ich muss noch ein bisschen was vorbereiten. Hast du noch etwas im Wagen?«

»Nein. Alles schon im Haus.« Mick bückte sich, als Toni strauchelte, packte zu und verhinderte, dass sie hinfiel. »Geht ruhig rein. Ich passe auf die sieben Ziegen hier auf.«

Toni, die Micks Scherz bereits kannte, krähte vergnügt: »Bin keine Ziege.«

»Und ob du eine bist.« Mick zog an ihren kleinen Ohren. »Genau wie dein Cousin. Zumindest habt ihr genauso große Schlappohren wie sie.«

»Nein, stimmt nicht!«

Laura fiel es schwer, sich von dem Anblick loszureißen. Doch es gab noch genug zu tun, außerdem wollte sie ihre anderen Gäste nicht zu lange alleine lassen. Als sie neben Florian zum Haus lief, beantwortete sie seine Frage.

»Die Ziegen sind so etwas wie ein Vermächtnis von Tonis Vater. Wobei die Herde damals deutlich größer war.« Lauras Ausdruck wurde traurig. »Zusammen mit seiner Schwester Maria habe ich überlegt, was aus den Tieren werden sollte. Sie zum Schlachter zu geben kam überhaupt nicht infrage.« Fragend glitt ihr Blick über sein Gesicht, als ob sie dort eine Antwort finden könnte, wie er zu dem Thema stand.

»Um Himmels willen!«, murmelte er entsetzt. »Ich bin zwar kein Vegetarier, aber eigene Tiere schlachten lassen, das könnte ich auch nicht.«

Insgeheim atmete Laura auf. »Ich hätte das auch niemals übers Herz gebracht«, bestätigte sie seine Worte. »Ich weiß nicht, wie es mir gehen würde, wenn es Rinder oder Schweine wären. Aber selbst da glaube ich, dass ich es nicht könnte. Und die Ziegen hier ...«, sie machte eine weite Bewegung, »sind so putzige, süße Kerlchen, dass mir bei der Vorstellung, sie schlachten zu lassen, einfach nur schlecht wird.«

Florian nickte verständnisvoll, als er sah, wie tief die Vorstellung Laura berührte. Vorsichtig hob er die Hand und strich ihr eine Strähne, die der Wind ihr ins Gesicht geweht hatte, nach hinten. »Du musst dich nicht rechtfertigen. Ich an deiner Stelle hätte genauso gehandelt.« Er überlegte. »Aber du sagtest, dass die Herde größer war?«

Laura nickte. »Ja, es waren mehr als zwanzig Tiere. Aber so viele konnte ich nicht behalten. Deswegen haben wir dafür gesorgt, dass sie alle in gute Hände kommen.«

Bevor sie ins Haus traten, hatte Florian noch eine Frage. »Nach welchen Kriterien hast du die ausgewählt, die du selbst behalten wolltest?«

Laura versank einen Augenblick in eine längst vergangene Erinnerung. »Dass ich das Fräulein behalten würde, war sofort klar. Die anderen vier waren die zutraulichsten in der Herde, die ich ...« Sie unterbrach sich, da Florian eine Zwischenfrage stellte.

»Die Ziege heißt tatsächlich Fräulein? Hast du ihr den lustigen Namen gegeben?«

»Ja, das war ich«, sagte Laura leise. Plötzlich überkam sie eine Erinnerung, die sie nur zu gerne verdrängte. »Es gab einen Brand.« Sie deutete in eine Richtung, doch Florian konnte außer Bergen nichts sehen. »Da steht ...« Laura rang nach Worten. Sie atmete tief durch, dann brach es aus ihr heraus: »Dort drüben hat Anton gewohnt. Da steht sein Haus. Du kannst es nicht sehen, weil es hinter der Kuppe liegt. Vor ein paar Jahren gab es ein Gewitter, und ein Blitz hat den Ziegenstall getroffen. Damals haben wir die Tiere alle zu mir geholt, und bis auf die Mutter eines Zickleins haben alle überlebt.«

»Und das Baby hast du von Hand großgezogen und Fräulein getauft.«

Laura sah erstaunt auf. »Ja. Woher weißt du das?«

»Du siehst so traurig aus, wenn du davon erzählst, dass es naheliegend ist.«

Tatsächlich hätte man die Traurigkeit, die von ihr Besitz ergriffen hatte, beinahe mit den Händen greifen können. Florian tat es weh zu sehen, wie schutzlos Laura ihren Gefühlen ausgeliefert war. »Wenn du eine Schulter zum Anlehnen brauchst, meine ist breit genug«, bot er ihr nach kurzem Zögern an. Er kannte sie noch nicht gut genug, um zu wissen, wie er sie aufmuntern konnte. Aber heute war kein Tag, um niedergeschlagen zu sein; heute wollten sie Lauras Rückkehr ins Leben feiern. Vielleicht schaffte er es ja mit einem Scherz, ihr wieder das Lächeln aufs Gesicht zu zaubern, das ihm so gut an ihr gefiel. »Du darfst auch gern zu mir kommen und mir dein Leid klagen, falls Mick recht behält und Tonis Ohren eines Tages wirklich so groß werden wie die ihrer kleinen Freunde.«

Es dauerte eine Sekunde, bis seine Worte bei ihr ankamen. Ihre Augen weiteten sich, dann fing sie aus vollem Herzen an zu lachen.

Zwei Stunden später war die Sonne hinter den Bergen verschwunden, und mit Einbruch der Dunkelheit war es empfindlich kühl geworden. Als die ersten Sterne am Himmel erschienen, hatte es sich die kleine Gesellschaft in Lauras Wohnzimmer gemütlich gemacht. Im Kamin flackerte ein wärmendes Feuer, und der große, rustikale Holztisch war mit schönen Tellern und Gläsern festlich gedeckt. Dass die Struktur des Holzes so belassen worden war, gab dem Ganzen einen besonderen Reiz und harmonierte wunderbar mit der Tischdekoration, die die vier Frauen mit viel Liebe selbst gebastelt hatten. In kleinen Schalen hatten sie rote Beeren, Herbstblätter und Kerzen gekonnt arrangiert und aus farblich dazu passenden Servietten hübsche Blüten gefaltet.

Wegen des Essens hatte Laura nicht lange überlegen müssen. Um ein großes Menü vorzubereiten, war sie noch nicht fit genug, auch wenn ihre Freundinnen sofort darauf bestanden hatten mitzuhelfen. Aber es kam ihr mehr darauf an, in einer vertrauten und gemütlichen Runde zusammenzusitzen. Deswegen hatte sie sich für ein klassisches Fondue entschlossen. Die Soßen konnten sie gemeinsam in Ruhe vorbereiten, jeder konnte sich selbst mit Essen versorgen, und außerdem war es sehr gesellig. Die einzige Frage war gewesen, ob es ein Öl- oder Suppenfondue geben sollte, da der Geruch des Öls erfahrungsgemäß trotz noch so intensiven Lüftens tagelang in der Luft hing. Schließlich hatte sie sich gesagt, dass es egal war. Sie würden die Ziegen morgen mit dem Pick-up, den Mick sich von einem Freund geliehen hatte, zum Bauern ins Tal bringen, wo sie den Winter verbringen würden. Anschließend wollten zwei von Micks Kumpel kommen und dabei helfen, die Hütte winterfest zu machen. Toni und sie würden erst im Frühjahr wieder zurückkommen, wenn der meiste Schnee weggeschmolzen war. Deswegen würde es niemanden stören, dass es ein paar Tage dauerte, bis der hartnäckige Geruch wieder verschwunden war.

Sie hatten geschlagene drei Stunden lang gegessen. Jetzt waren alle satt und zufrieden, und Laura war glücklich. Sie liebte es, im Kreis ihrer Freunde zu sein. Und die beiden neuen Personen hatten sich bereits bestens in die Gruppe eingefügt.

Nach dem Essen brachten sie Toni ins Bett, die darauf bestand, dass jeder der Gäste noch einmal zu ihr ins Zimmer kam, um ihr persönlich eine gute Nacht zu wünschen. Stefan, der bei seiner Cousine übernachten und morgen früh mit Mick zurückfahren sollte, hatte in der letzten halben Stunde auffallend häufig hinter vorgehaltener Hand gegähnt und war froh, auch schon ins Bett zu kommen.

Als die beiden Kinder tief und friedlich schliefen, räumten die Erwachsenen mit vereinten Kräften den Esstisch ab, dann setzten sie sich auf das große, gemütliche Sofa. Nur Laura blieb stehen. Als ihre Freunde es sich bequem gemacht hatten, holte sie aus dem kleinen Vorraum einen großen Korb, in dem lauter hübsch eingepackte Geschenke lagen.

Maria bemerkte es zuerst. Obwohl Laura auch sie gefragt hatte, ob sie eine Idee hätte, was sie dem Arzt und ihrem Lebensretter schenken könnte, stellte sie mit einem Blick fest, dass in dem Korb weit mehr als nur zwei Präsente lagen.

»Was wird denn das?«, fragte Maria ihre Schwägerin argwöhnisch. »Du weißt aber schon, dass heute noch nicht Weihnachten ist!«

»Nicht?« Laura schmunzelte. »Da habe ich wohl was durcheinandergebracht. Vielleicht, weil es Fondue normalerweise nur an Weihnachten gibt. Und da gehören kleine Aufmerksamkeiten doch unbedingt dazu.«

»Das ist nicht fair!« Franzi zog eine Schnute. »Das hättest du uns sagen sollen. Wir haben nämlich nichts für dich.«

Plötzlich redeten alle aufgeregt durcheinander.

»Seid doch mal einen Moment lang still.« Laura wartete, bis wieder Ruhe einkehrte. »Natürlich weiß ich, dass es bis Weihnachten noch ein bisserl hin ist.« Sie unterstrich ihre Worte mit einem verschmitzten Blick. »Und ich bin auch froh darüber. Wenn nämlich Weihnachten wäre, dann hättet ihr euch Gedanken gemacht, was ihr mir schenken könnt. Aber das größte Geschenk habe ich bereits bekommen, und zwar von euch allen zusammen: Durch euch hat mein Leben eine zweite Chance bekommen.«

Sie holte tief Luft, dann sah sie Florian an. »Deiner Aufmerksamkeit und deinem Mut habe ich es zu verdanken, dass ich überhaupt noch lebe. Hättest du mir zuliebe nicht deine schlimmsten Ängste überwunden, dann säßen wir heute nicht hier. Du hast verhindert, dass meine Tochter zur Vollwaise wird, und dafür bin ich dir unendlich dankbar.« Laura schluckte. Sie nahm ihre Serviette und wischte eine Träne ab, die ihr die Wange hinabkullerte. »Das, was du getan hast, kann man mit nichts auf der Welt aufwiegen. Auch wenn es nicht das passende Wort ist, aber ich denke, du weißt, was ich meine, wenn ich sage, dass ich dafür ewig in deiner Schuld stehen werde. Ich habe hier im Verhältnis zu dem, was ich von dir bekommen habe, nur eine Kleinigkeit. Aber sie kommt von Herzen.« Laura reichte ihm ein kleines, hübsch verziertes Päckchen, auf dem sein Name stand.

Als Nächstes wandte sich Laura ihrem Arzt zu, der ihnen allen bereits vor dem Essen das Du angeboten hatte. »Mit Marc habe ich mich schon ein paarmal über das unterhalten, was ich gleich sagen möchte«, erklärte sie ihren Freunden. »Er ist nämlich der Meinung, dass das, was er für mich getan hat, einfach nur sein Handwerk gewesen ist. Sein Job, für den er, wie ich hoffe, nicht allzu schlecht bezahlt wird.« Laura wartete, bis das Lachen ihrer Freunde verklungen war. »Auch ohne dich säße ich heute nicht hier, Marc. Oder vielleicht nur noch eine Weile. Hättest du mich nicht überredet, den Eingriff machen zu lassen, würde ich mein restliches Leben so verbringen, als hätte ich eine Handgranate in meinem Kopf, aus der jederzeit der Stift herausfallen könnte. Ich danke dir dafür, dass du mich so gut beraten hast.« Sie lächelte und schloss in einer Handbewegung ihre anderen Freunde mit ein. »Ich bin mir sicher, dass dir der ein oder andere hier am Tisch vor ein paar Wochen deswegen noch am liebsten den Hals umgedreht hätte, aber ich denke auch, dass sie heute genauso froh sind wie ich. Dir habe ich es zu verdanken, dass ich wieder ein sorgenfreies Leben führen darf.«

Maria, Gabi, Franzi und Mick bekamen Päckchen, die bis auf das Geschenkpapier identisch aussahen. Laura freute sich schon jetzt auf die Gesichter, die sie machen würden, wenn sie erkannten, welchen Hintergrund die kleinen Präsente hatten.

Mit einem Lächeln wandte sie sich Franzi zu. »Du warst das erste freundliche Gesicht, das mir hier begegnet ist, und hast mich schon damals gerettet, kaum dass ich am Schliersee angekommen war. Wärst du nicht so liebenswürdig und freundlich gewesen, als mich die alten Zausel im Ort so blöde behandelt haben, wäre ich vermutlich auf der Stelle umgekehrt und zurück nach Berlin geflogen. Du warst immer für mich da und gehörst zu den Menschen, die ich in meinem Leben nie mehr missen möchte.«

Laura trank einen Schluck Wein und lächelte ihrer Fast-Schwägerin zu. »Maria, auf dich war ich anfangs wütend und eifersüchtig zugleich. Und im gleichen Atemzug habe ich mir gewünscht, deine Freundin sein zu dürfen.« Erneut schob sie eine kleine Erklärung für die neuen Teilnehmer in ihrer Runde ein: »Als ich Maria das erste Mal sah, dachte ich, dass sie Antons Freundin wäre. Da war ich schon, ohne es selbst zu merken, bis über beide Ohren in ihn verliebt. Maria hat Anton geholfen, als ich beim Wandern während eines Gewitters einen … ähm, ja, nennen wir es kleinen Unfall, hatte. Wegen der Kälte habe ich eine Lungenentzündung bekommen, und Maria hat geholfen, mich wieder aufzupäppeln und auf die Beine zu bringen.« Erneut sah sie Maria an. »Dass du mir damals so energisch wie auch liebevoll die Leviten gelesen hast, hat mir gezeigt, dass ich dir vom ersten Tag an am Herzen gelegen habe. Du hast mich von der ersten Stunde an ernst genommen, auch wenn ich vermutlich nicht besonders freundlich zu dir war. Schließlich dachte ich, du seist Antons Geliebte. Als Anton verunglückt ist, hast du dich selbstlos hintangestellt, weil du spürtest, dass es mir noch schlechter ging als dir selbst. Und auch vor ein paar Wochen, als feststand, dass ich mich operieren lassen würde, hast du, ohne auch nur eine Sekunde lang darüber nachzudenken, angeboten, das Sorgerecht für Toni zu übernehmen, falls die OP missglückt wäre. Und notfalls hättest du sogar deinen Job im Blumengeschäft dafür aufgegeben, an dem du so sehr hängst. Du hast das größte Herz, das ein Mensch haben kann, Maria, und ich bin so stolz wie dankbar, dass ich deine Freundin sein darf.«

»Gabi.« Allein wie Laura den Namen ihrer ältesten Freundin aussprach, zeigte, wie tief das Band zwischen den beiden Frauen war. »Als ich dich das erste Mal getroffen habe, spürte ich in meinem tiefsten Inneren, dass diese Freundschaft ein Leben lang Bestand haben würde. Es war mein erster Tag im Kindergarten, ich habe Zeter und Mordio geschrien, weil ich Angst hatte, dass meine Oma mich dort lassen und nie wieder abholen würde. Und dann kamst du. Du hast mich an der Hand gepackt, mir über die Wange gestrichen und plötzlich war alles gut. Und so ist es auch heute noch. Wenn du an meiner Seite bist, verschwindet jede Dunkelheit.« Mehr Worte brauchte es nicht, um ihrer Freundin zu zeigen, wie wichtig sie für Laura war.

Nun war nur noch einer am Tisch übrig, den Laura noch nicht erwähnt hatte. »Mick.« Laura versank im unglaublichen

Blau seiner Augen. »Du bist mit einem Paukenschlag in mein Leben getreten. Dir habe ich es zu verdanken, dass ich fast erfroren wäre.« Laura entkräftete ihre Worte, indem sie ihm eine Kusshand zuwarf. Florian und Marc erklärte sie: »Es ist wie eine Geschichte aus einem anderen Leben. Als ich nach Oberbayern gezogen bin, war mir hier nicht jeder wohlgesonnen. Das ging auf eine Fehde unserer Vorfahren zurück, die daher kam, dass Antons Adoptivvater in jüngeren Jahren einer Menge Mädchen den Kopf verdreht hatte; unter anderem auch meiner Großmutter und Klara Agnes Herzog, die nicht nur ihre beste Freundin, sondern auch eine entfernte Cousine von ihr war. Anschließend hat er sich von jeder von ihnen hoch und heilig versprechen lassen, dass sie die Liaison mit ihm bis zur Bekanntgabe des Hochzeitstermins geheimhalten würden. Doch als meine Oma schwanger wurde, flog seine Umtriebigkeit auf, und sie erfuhr, dass auch Klara Agnes den Avancen des alten Oberhofer erlegen war. Stur wie meine Oma war, war es sofort vorbei mit aller Freundschaft, und sie wollte nie wieder etwas mit Agnes zu tun haben. Die wiederum war so sauer auf ihren Exgeliebten, dass sie ihm nie verzieh und sich schwor, ihm und allen weiteren seiner Nachkommen das Leben so schwer wie nur möglich zu machen. Allen bis auf mir. Was hauptsächlich daran lag, dass Agnes, solange meine Oma gelebt hat, hoffte, dass es eines Tages doch noch zur Versöhnung mit ihrer liebsten Freundin kommt. Doch meine Oma hat Agnes' Briefe nie geöffnet, sondern ungelesen zurückgeschickt.« Laura machte eine Pause und trank einen Schluck Wasser. »Agnes hat nach dem Tod meiner Oma ein Testament aufsetzen lassen, in dem ich ihre Alleinerbin sein sollte. Leider hat sie mir damit nicht nur ihr Vermögen vermacht, sondern auch noch den ganzen bescheuerten Nachbarschaftsstreit. Mick wurde ebenfalls von diesem Selbstläufer ergriffen und hat mich, aus Loyalität zu seinem besten Freund Anton, mit einer ziemlich schlecht sitzenden Bergausrüstung ausgestattet. Dass das Ganze damals fast schiefgegangen wäre, war dem Freund gegenüber gut gemeint gewesen; Absicht aber war es nicht. Es sollte einfach nur dazu dienen, mich zurück nach Berlin zu scheuchen. So könnte man das doch sagen, oder?«, wollte sie von Mick wissen.

Mick stand das schlechte Gewissen förmlich ins Gesicht geschrieben. »Ich bekenne mich in allen Punkten schuldig«, sagte er. Bevor er jedoch ansetzen konnte, sich zum gefühlt tausendsten Mal zu entschuldigen, ging Laura um den Tisch herum und schlang von hinten die Arme um ihn. »Es gibt nichts mehr zu verzeihen. Das war eine ziemlich bescheuerte Idee damals, über die wir oft genug geredet haben. Ich bin dir schon lange nicht mehr böse.«

Mick nickte. »Ich weiß«, sagte er. »Aber vermutlich kannst du es mir noch zehntausend Mal sagen, ich werde es mir selbst nie verzeihen.«

Laura richtete sich auf, ließ aber ihre Hände auf seinen Schultern liegen. »Du hast das, was du damals aus Dummheit getan hast, inzwischen unzählige Male wiedergutgemacht. Einen besseren Freund als dich kann man sich nicht wünschen.«

Da Laura wusste, dass sie ihn in Verlegenheit bringen würde, wenn sie vor den anderen Männern weiter ein Loblied auf ihn sang, ließ sie es dabei bewenden. Sie ging zurück zu ihrem Stuhl und setzte sich. »Ich möchte gern, dass ihr«, Laura deutete auf Gabi, Franzi, Maria und Mick, »eure Geschenke zuerst aufmacht.«

Ein paar Sekunden lang hörte man nur das Rascheln von Papier, dann kamen identische Bilderrahmen zum Vorschein, in denen jeweils ein von Toni gezeichnetes Bild war. Nachdem die Freunde die Zeichnungen genauestens studiert hatten, zeigten sie die Werke herum. Während alle am Tisch mit einem Schmunzeln die kindlichen Kritzeleien betrachteten, beobachtete Laura gespannt die Reaktionen ihrer Freunde.

Plötzlich sah Gabi irritiert auf. Dann studierte sie erneut die Malereien. »Fällt euch etwas auf?«, wandte sie sich an Franzi, Maria und Mick. »Wovon haben wir noch geträumt, als wir im letzten Sommer alle hier oben auf der Alm gegrillt haben?«, gab sie ihnen einen Tipp.

Bei Mick fiel der Groschen zuerst. »Die Spinnereien mit der Jacht!«

Plötzlich wandten die vier ruckartig ihre Köpfe in Lauras Richtung. Jetzt, wo sie den entscheidenden Hinweis hatten, fiel es auch Franzi und Maria wie Schuppen von den Augen. Fassungslos starrten sie Laura an.

»Das ist nicht dein Ernst«, sagte Franzi.

»Verstehst du, worum es geht?«, fragte Marc Florian leise.

Der schüttelte den Kopf. »Das ist wohl ein Insider.«

Laura bedauerte ein wenig, die beiden Männer aus der Aufregung ausgeschlossen zu haben. »Ich erkläre es euch gleich. Oder …« Sie sah Franzi an. »Möchtest du vielleicht?« Indem sie den Kelch an Franzi weiterreichte, hoffte Laura, dass zwischen ihrer Freundin und dem Arzt endlich ein Gespräch in Gang käme. Obwohl Laura ursprünglich eine Sitzordnung hatte festlegen wollen, hatte sie es in der Hektik doch wieder vergessen, und so hatte es sich ergeben, dass Franzi und Marc zu weit auseinandersaßen, um sich ungestört unterhalten zu können.

Mick wollte erwidern, dass auch er den beiden Männern den Hintergrund des ungewöhnlichen Geschenks näherbringen konnte, als ihn Lauras warnender Blick traf.

»Ich fasse es nicht«, sagte Gabi aufgeregt. »Laura, du willst doch nicht wirklich ein Schiff chartern?«

»Nein«, sagte Laura. »Ich will nicht; ich habe es bereits gebucht und auch bezahlt. Wir alle waren von der Idee so begeistert, dass es eine Schande wäre, diese Tour durchs Mittelmeer nicht zu machen. Denkt doch nur an den Bericht, den wir im Fernsehen über die Kornaten gesehen haben.«

»Klar, die unzähligen Inseln an der südkroatischen Küste müssen traumhaft sein«, brummte Mick. »Es war aber nie die Rede davon, dass du die Kosten übernimmst.«

»Ach, Mick. Ich habe das Ding ja nicht gekauft, sondern nur gemietet. Aber wenn ich mich nicht sofort entschieden hätte, das Schiff zu chartern, sondern alles erst mit euch durchgekaut hätte, dann hättet ihr doch nur versucht, mir auszureden, dass ich euch dazu einlade.«

»Du kannst Gift darauf nehmen, dass wir dich davon abgebracht hätten.«

»Sag ich doch.« Laura lächelte. »Aber nun habe ich eben Nägel mit Köpfen gemacht. Nächstes Jahr im Juni geht es los. Und auch der heute fehlende Teil der Berliner Feuerwehr, Helene und Helge, wird mit von der Partie sein.«

Nachdem sich die Aufregung über die Segeltour gelegt hatte, mussten noch Marc und Florian ihre Päckchen auswickeln. Marc zupfte kurz an der fest verknoteten Schleife, konnte seine Ungeduld schließlich aber nicht länger zügeln. Mit einem Ruck riss er Schleife und Papier in einem ab und öffnete den Karton, der darunter zum Vorschein kam, ein kleines Stück, so, dass nur er einen Blick hineinwerfen konnte. Als er übers ganze Gesicht zu strahlen begann, riefen alle anderen lauthals: »Nun zeig schon her!«

Marc gönnte sich den exklusiven Anblick noch ein paar Sekunden, dann nahm er ein abgegriffenes Ledertäschchen aus der Schachtel und hielt es so, dass auch die anderen einen Blick darauf werfen konnten.

»Super!«, freute er sich und erklärte auch gleich, was es war. »Das ist ein wunderschönes, uraltes Chirurgenbesteck. Vielen Dank, Laura! Woher wusstest du, dass ich so etwas sammle?«

Laura lächelte verschmitzt. »Da du die Angewohnheit hast, die Befunde deiner Patienten in ihrer Gegenwart zu lesen, hat man währenddessen genug Gelegenheit, sich in deinem Büro umzusehen. Und da habe ich die Vitrine entdeckt, in der einige seltsam anmutende Gegenstände ausgestellt waren. Den Hinweis, dass es sich dabei um alte Arztutensilien handelt, habe ich von eurer Teamsekretärin erhalten.«

»Grundgütiger Himmel«, murmelte Franzi beklommen. »Wenn ich mir die Tasche ansehe, dann frage ich mich, wie die Leute damals so eine Behandlung überlebt haben.«

»In der Tat waren Operationen früher weitaus riskanter«, bestätigte Marc Franzis Befürchtungen. »Hygiene war noch kein Thema. Und davon, die Teile zu sterilisieren, war man auch noch ein gutes Jahrhundert entfernt.«

Bevor der Mediziner anfangen konnte, voller Begeisterung einen Vortrag über die Operationsmethoden im 19. Jahrhundert zu halten, meldete sich Florian zu Wort. »Ganz schön gemein, dass du mich am längsten warten lässt.« Er zwinkerte Laura zu, als er endlich mit Auspacken an die Reihe kam. Im Gegensatz zu Marc kostete Florian die Vorfreude voll aus und fachte die Neugier der anderen noch zusätzlich an, indem er den Knoten des Geschenkbandes mit Bedacht aufknotete.

Franzi stöhnte auf. »Nun mach doch keine Doktorarbeit draus.«

Florian genoss es geradezu, die Spannung zu erhöhen. Dabei klopfte sein Herz bereits, seit Laura ihre kleine Ansprache gehalten hatte. Endlich war der Knoten auf. Als er nun auch noch mit einem verschmitzten Lächeln anfing, vorsichtig am Tesafilm zu zupfen, warf Franzi ihre Serviette nach ihm.

»Entweder du machst das Ding jetzt auf oder ich nehme es dir weg.«

Gespielt erschrocken drückte Florian das Päckchen an seine Brust. »Wenn du das machst, dann gehe ich zur Lehrerin und verpetze dich.«

Laura beobachtete, wie die kleine Runde miteinander lachte und scherzte. Es tat so wohl, diese Menschen als Freunde zu haben. Manchmal muss das Leben eben etwas ins Rutschen geraten, damit sich neue Wege eröffnen, dachte sie glücklich.

Endlich war auch das Papier ab. Behutsam wickelte Florian ein Holzkästchen aus und öffnete es. Allein die Maserung war so ungewöhnlich, dass alle einen erstaunten Laut ausstießen.

»Was für ein schönes Holz«, sagte Gabi bewundernd. »Was ist das?«

»Jedenfalls nix Einheimisches«, stellte Mick fachmännisch fest. »Vermutlich Palisander, oder?«

»Stimmt«, bestätigte Laura.

Florian fand, dass er es spannend genug gemacht hatte, und drehte die Schatulle so, dass nun alle sehen konnten, was darin lag.

»Laura, du bist verrückt«, sagte er mit belegter Stimme. »Es ist wunderschön. Ich danke dir.«

Aufgeregt drängten sich die Köpfe zusammen.

»Was ist das?«, wollte Gabi wissen.

»Ich habe Laura erzählt, dass ich gerne zeichne und dass das auch zu meinem Beruf gehört. Das hier sind ein antikes Tintenfass und ein uralter Federkielhalter, so wie man sie vor einigen Jahrhunderten benutzt hat.« Bewundernd strich Florian über die fein geschnitzte Handarbeit des Griffs. »Das ist eine richtige Rarität«, sagte er mit leuchtenden Augen.

Als ihre Gäste sich von Laura verabschiedeten, war es schon spät. Keiner hatte den Anfang machen wollen, und sie hatten ihren Aufbruch so lange wie möglich hinausgezögert. Die kleine Runde passte einfach zu gut zusammen, und alle waren sich einig, dass sie sich lange nicht mehr so gut amüsiert hatten. Als Laura um halb zwei Uhr morgens verstohlen gähnte, sprang Marc sofort auf.

»Entschuldige, Laura! Da hältst du uns vor Augen, was wir alles für dich getan haben, und nun sind wir so rücksichtslos, nicht zu bemerken, dass du noch nicht wieder ganz bei Kräften bist.«

Bevor Laura auf Marcs Worte reagieren konnte, merkte sie, wie schuldbewusst auch die anderen dreinsahen. Sie lachte. »Wenn ihr jetzt anfangt, euch gegenseitig ein schlechtes Gewissen einzureden, dann bin ich euch ernsthaft böse.« Sie drohte scherzhaft mit dem Zeigefinger. »Ich habe den Abend so genossen, dass ich selbst nicht gemerkt habe, wie schnell die Zeit verflogen ist.« Sie streckte sich. »Aber Marc hat recht. Zumindest damit, dass es für mich Zeit ist, ins Bett zu gehen. Außerdem ist es in der letzten Stunde ziemlich stürmisch geworden, und wenn man dem Wetterbericht Glauben schenken kann, soll sich der Wind im Laufe der Nacht zu einem richtigen Orkan auswachsen. Wenn ihr also nicht bald das Weite sucht, dann müsst ihr womöglich auch noch hier übernachten.«

Besorgt musterte Florian Laura. »Ich finde, dass es keine gute Idee ist, wenn du mit Toni und Stefan alleine hierbleibst. Meinst du nicht auch, es wäre besser, ihr fahrt mit uns zurück ins Tal und schlaft in deiner Wohnung, wo ihr zumindest einen Nachbarn in der Nähe habt?«

Laura schmunzelte. Sie wusste, dass kaum jemand verstehen konnte, wie sie und Toni es mutterseelenallein in der Einsamkeit aushielten. »Lieb, dass du dir Gedanken machst«, sagte sie. »Aber, um deine Frage zu beantworten, nein. Ich bin gerne hier oben, und das Alleinsein hat mir noch nie etwas ausgemacht. Und da es die letzte Nacht ist, die ich vor dem Winter hier verbringen werde, möchte ich um nichts in der Welt darauf verzichten.«

Zehn Minuten später hatten sie gemeinsam noch die letzten Reste aufgeräumt, was Laura nur unter Protest zuließ. »Die paar Gläser kann ich auch morgen noch wegräumen.«

»Nix da«, stellte Franzi kategorisch fest. »Du hast morgen schon genug zu tun.«

Laura seufzte. Es stimmte natürlich, was Franzi sagte. Auch wenn Mick und seine Freunde den Großteil der Arbeit übernehmen würden, war es immer eine anstrengende Aufgabe, die Alm für den Winter herzurichten. Zudem fiel ihr der Gedanke von Jahr zu Jahr schwerer, dass es viele Monate dauern würde, bis sie wieder hierherkommen konnte. Auch wenn sie den Luxus der Wohnung in Schliersee liebte; es war die Behaglichkeit der kleinen Hütte, die sie den langen, dunklen Winter über vermissen würde.

Doch heute war es nicht nur der Abschied von der Alm, sondern auch die Trennung von ihrer ältesten Freundin, die Laura traurig machte.

»Ich werde dich so vermissen, das kann ich gar nicht in Worte fassen«, sagte sie zu Gabi, während sie sich minutenlang umarmten und festhielten. Es war eine glückliche Fügung gewesen, dass Marcs Dienstplan es zuließ, dass sie alle noch miteinander feiern konnten, bevor Gabi zurück nach Berlin flog. »Bist du dir sicher, dass du heute nicht doch hier oben bleiben willst? Ich stehe auch morgen früh zusammen mit dir auf und bringe dich zum Flughafen.«

Gabi löste sich aus der Umarmung und drückte Laura einen Kuss auf die Wange. »Ich würde am liebsten für immer hierbleiben«, gab sie zu. »Irgendwie wird es mit jedem Mal noch schwerer, dich und Toni zu verlassen. Aber mir ist es lieber, wenn ich heute in deiner Wohnung im Ort übernachte. Ein Abschied auf Raten, sozusagen. Vorhin von Toni, jetzt von dir und in ein paar Stunden vom See.«

Da sich das Unvermeidbare nicht länger aufschieben ließ, rissen sich die beiden Frauen schließlich voneinander los. Gabi stieg in ihren Leihwagen und winkte ihrer besten Freundin noch einmal zu. Dann war Laura mit Toni und Stefan, die friedlich in ihren Betten schliefen, wieder alleine.

Als das Motorengeräusch verklungen war, warf Laura einen letzten Blick in das gemütliche Wohnzimmer. Sie spürte, wie sich ein leichter Druck auf ihre Brust legte. Hier hatte sie sich das erste Mal in ihrem Leben wirklich zu Hause gefühlt. Ganz so, als ob sie endlich da angekommen war, wo sie hingehörte. Doch auch wenn sie jedes Jahr aufs Neue überlegte, ob sie es nicht doch wagen sollte, das Haus zumindest in den Tagen und Wochen, in denen der Schnee noch nicht meterhoch lag, weiter zu bewohnen, hatte bisher doch jedes Mal die Vernunft gesiegt. Alleine wäre es wahrscheinlich kein Problem gewesen, aber Toni war für ein solches Unterfangen einfach noch zu klein. Nicht auszudenken, was passieren würde, wenn Toni plötzlich krank wurde, während einer der unzähligen Schneestürme das Land in wenigen Stunden mit einem knappen Meter Neuschnee überzog. Allein beim Gedanken daran bekam Laura einen Schweißausbruch. Nein, im Moment war es keine gute Idee. Doch in ein paar Jahren würde sie mit Toni sicher auch im Winter herkommen und zumindest das ein oder andere Wochenende hier oben verbringen.

Als Laura die Kerzen ausblies, fiel ihr auf, wie still es im Inneren des Hauses war; nur das heruntergebrannte Holz im

Kamin gab noch hin und wieder ein leises Knacken von sich. Wehmütig blickte sie zum Esstisch, als könnte sie damit den schönen Abend mit ihren Freunden für einen Moment zurückrufen. Schließlich seufzte sie leise auf und ließ die Erinnerung ziehen.

Sie überzeugte sich, dass die glimmenden Scheite im Kamin durch das Sicherheitsglas geschützt waren. Sie verzichtete darauf, weiteres Holz nachzulegen, da sie es mochte, wenn es hier unten morgens kühl war. Bevor Toni und Stefan aufwachten, hätte sie das Feuer längst wieder entfacht, und in den Zimmern im ersten Stock war es auch über Nacht warm genug. Sie knipste das Licht aus und stieg die alte Holztreppe in den ersten Stock hinauf, vorsichtig darauf bedacht, nicht auf die Stufe zu treten, die immer so laut knarzte.

Kapitel 17

Dreißig Minuten später driftete Laura in einen glücklichen Schlaf hinüber. Sie hatte die Minuten genossen, die es immer dauerte, bis die große Daunendecke, die trotz ihrer Dicke so leicht war wie eine Feder, ihre Körperwärme aufnahm, speicherte und wieder an sie zurückgab. Währenddessen lauschte sie den Geräuschen, die das Haus machte, und lächelte, als sie sich erinnerte, wie erschrocken Gabi anfangs reagiert hatte, als die alten Balken ächzten und knackten.

»Puh, das ist ja richtig gruselig«, hatte Gabi nach ihrer ersten Nacht auf der Alm zu Laura gesagt. »Alleine würde ich hier kein Auge zutun.«

»Mir macht das nichts aus«, sagte Laura, als sie verstanden hatte, was Gabi meinte. »Die ersten Nächte fand ich es zwar seltsam, aber ich weiß ja, dass es nur das alte Holz ist, das noch immer arbeitet.«

Gabi sah sie zweifelnd an. »Hast du denn gar keine Angst vor ungebetenen Besuchern mitten in der Nacht? Immerhin bist du hier sprichwörtlich am hintersten Arsch der Welt.«

»Aber das ist doch das Gute«, widersprach Laura. »Hier draußen ist es so einsam, dass vermutlich in hundert Jahren kein Mensch auch nur auf den Gedanken käme, hier herumzuschleichen, weil er sowieso nicht vermuten würde, dass es hier etwas zu holen gibt.«

Ein Knall ließ Laura hochschrecken. Der Wind hatte ordentlich an Stärke gewonnen und rüttelte an den Fensterläden. Sie starrte in die Dunkelheit, in der die Pfosten ihres Himmelbetts allmählich Konturen annahmen. Und dann hörte sie noch etwas. Sie spitzte die Ohren. Toni war aufgewacht und fand es vermutlich unheimlich, dass ein wilder Geselle ums Haus schlich und einen Heidenlärm veranstaltete. Sie hörte, wie kleine Füße auf den Holzboden plumpsten und in Richtung ihres Schlafzimmers tapsten. Laura musste schmunzeln. Die ersten viereinhalb Jahre ihres Lebens hatte Toni immer bei ihr übernachtet, und Laura hatte es ihrer Tochter überlassen, ab wann sie in ihrem eigenen Bett schlafen wollte. Eines Abends vor etwa zwei Monaten, nachdem Laura sie in ihren pinkfarbenen Lieblingsschlafanzug gesteckt hatte, war Toni ohne ein Wort zu sagen in ihr Zimmer gehuscht, wie eine kleine Robbe auf das Bett gekrochen und unter die Decke geschlüpft. Laura war stolz darauf gewesen, dass ihre Tochter schon so früh ihren eigenen Willen zeigte, aber sie merkte auch, dass sie die Wärme des kleinen Körpers vermissen würde.

Kaum dass Laura den Gedanken zu Ende gedacht hatte, spürte sie mehr, als dass sie es sah, dass Toni an ihrer Bettdecke zog. Laura unterdrückte ein Kichern und stellte sich einen Moment lang schlafend. Das Bett war zwar ziemlich hoch, aber Toni hatte ganz schnell herausgefunden, wie sie diese Hürde auch ganz ohne die Hilfe ihrer Mutter überwinden konnte, wenn es ihr mitten in der Nacht doch unheimlich wurde, so ganz alleine in ihrem Kinderbettchen.

»Hallo Mäuschen«, sagte Laura und lupfte die Decke, sodass ihre Tochter drunterschlüpfen konnte. »Schläft Stefan?«, fragte sie. Sie wusste zwar von Maria, dass neben ihm die Welt untergehen konnte, wenn er erst mal schlief, aber dennoch wollte sie sichergehen, dass er sich nicht um seine kleine Cousine sorgen würde, falls er doch aufwachte.

»Ganz fest. Und er schnarcht.«

Toni kroch ganz nah an ihre Mutter heran, und Laura nahm sofort den ganz eigenen Duft des Kindes wahr, den sie so sehr liebte.

Laura schlang einen Arm um Toni, die sogleich auf sie heraufkrabbelte. Auch wenn die allmählich zu schwer wurde, genoss Laura es, wenn sie auf ihrem Bauch lag. Es würde schnell genug vorbeigehen, das wusste sie. Sie drückte den kleinen Körper an sich und gab ihm einen Kuss auf die Stirn. Eine Weile lagen sie ganz entspannt da, und Laura war kurz davor einzuschlafen, als Toni etwas flüsterte.

Es dauerte einen Moment, bis Laura realisierte, was Toni gesagt hatte. Doch dann war sie mit einem Schlag hellwach, und ihr Herz begann zu rasen. »Was hast du gesagt?«

»Ist Dschinn krank?«

Laura schluckte den Kloß hinunter, der sich in ihrem Hals zu einem dicken Ball formte. »Mäuschen, wie kommst du denn darauf?«

»Er sieht krank aus.«

Laura spürte, wie ihre Hände zu zittern begannen. »Hast du von ihm geträumt?«

»Nein«, sagte Toni mit Nachdruck. »Ich hab ihn gesehen.«

Nun konnte sich Laura nicht länger beherrschen. Sie hielt Toni so fest, dass sie nicht herunterfallen konnte, und setzte sich mit einem Ruck auf. Ihre rechte Hand wanderte zur Nachttischleuchte. Als sie den Schalter gefunden hatte, knipste sie das Licht an und sah ihrer Tochter fest in die Augen.

Müde rieb sich Toni mit ihren Händchen übers Gesicht. »Mami? Was ist?«

Vorsichtig hielt Laura Tonis Hände fest. »Mäuschen«, sagte sie eindringlich. »Wie meinst du das, du hast Dschinn gesehen? Wann war das?«

»Heute. Vorm Haus.«

Laura konnte es nicht fassen. Es verging kaum ein Tag, an dem sie nicht an Antons treuen Hütehund dachte. Aber er hatte sich so lange nirgendwo mehr blicken lassen, dass nicht nur sie dachte, dass er sich inzwischen irgendwohin zum Sterben zurückgezogen hatte.

Aufgeregt knetete sie Tonis Hände. »Toni, hör mir genau zu. Wo hast du Dschinn gesehen? Und wieso denkst du, dass er krank ist?«

Toni zog eine Hand weg, steckte einen Finger in die Nase und drehte den Kopf, bis sie sich orientiert hatte, in welchem Verhältnis der Raum zum Garten lag. Dann deutete sie mit dem Zeigefinger der anderen Hand in die Richtung, in der Antons Haus lag. »Da.«

»Du machst das sehr gut«, lobte Laura, obwohl sie vor Anspannung kaum ruhig bleiben konnte. Damit Toni nicht abgelenkt wurde, verzichtete sie ausnahmsweise sogar darauf, sie vom Nasebohren abzuhalten. »Wirklich ganz toll machst du das«, wiederholte sie. »Aber jetzt sag mir, weshalb du denkst, dass Dschinn krank ist?«

»Er ist ganz dünn.«

Laura wusste, dass sie nicht viel darauf geben konnte. Einerseits hatte Toni den rot-braun-weiß gefleckten Border Collie nie wirklich gesehen; sie hatte nur täglich sein Foto auf der angeschlagenen Tasse vor Augen. Andererseits war sie noch zu klein, um einschätzen zu können, ob ein Tier krank war oder nicht. Vermutlich war es der Hund eines Wanderers gewesen, den sie gesehen hatte.

»Und was hat der Hund, den du gesehen hast, bei uns gemacht?«, wollte Laura wissen.

»Nicht ein Hund! Dschinn!«, beharrte Toni. »Er hat den Ziegen zugeschaut.«

»Du meinst, als wir am Nachmittag unten bei der Herde im Gehege waren?«

»Ja!«

Laura überlegte fieberhaft. Was, wenn es wirklich Dschinn gewesen war? Sie spürte, wie ihr die Tränen kamen. Seit Dschinn beschlossen hatte, alleine in den Bergen zu leben, hatte sie unzählige Male versucht, ihn zum Haus zu locken und ihm zu zeigen, dass er mehr als nur ein willkommener Gast war. Anfangs hatte er sich noch ab und zu blicken lassen, doch dann wurden seine Besuche weniger und weniger. Erst kürzlich hatte sie mit Mick über den Hund gesprochen.

»Laura, wir sollten uns damit abfinden, dass Dschinn inzwischen im Hundehimmel ist. Ich habe mit den Leuten geredet, die Antons Hof im Sommer gemietet hatten. Sie haben erzählt, dass sie keinen Hund in der Nähe des Hauses bemerkt haben.« Mick legte Laura seine Hände auf die Schultern und zog sie zu sich heran. »Mir tut es genauso weh wie dir«, sagte er leise und strich über ihre Haare. »Es schmerzt unendlich zu wissen, dass der Hund Anton so treu ergeben war, dass er lieber sterben wollte, als sich einem neuen Menschen anzuschließen. Aber nachdem ihn so lange niemand gesehen hat, müssen wir davon ausgehen, dass er jetzt wieder an Antons Seite ist.«

Liebevoll streichelte Laura über das warme Gesicht des Mädchens. Toni schien zu spüren, wie aufgewühlt ihre Mutter war. »Mami? Ist alles gut?«

»Ja, Mäuschen, alles ist gut«, sagte Laura, obwohl sie das Gegenteil meinte. Sie musste sich vergewissern, ob Toni den Hund wirklich gesehen hatte, oder einem Trugschluss aufgesessen war.

»Mäuschen, hör mir jetzt gut zu«, sagte Laura so bestimmt, dass sie sofort Tonis volle Aufmerksamkeit hatte. »Ich muss kurz nach draußen und nachsehen, ob Dschinn noch immer da ist. Versprichst du mir, hier in meinem Bett zu bleiben, bis ich wieder zurück bin?« Laura holte die beiden alten Babyfone aus dem Schrank. Schnell kontrollierte sie, ob sie noch geladen waren. Gut. »Ich lasse dir ein Telefon da und nehme das andere mit. Wenn du möchtest, dass ich zu dir komme, dann sagst du es einfach, ja?«

Toni nickte ernsthaft. Sie hatten das Spiel mit dem Babyfon früher oft geübt. Sie wusste, dass sie darauf vertrauen konnte, dass Mami sofort zu ihr kam, wenn sie nach ihr rief.

»Ich bin so stolz auf dich«, sagte Laura mit bewegter Stimme, und Toni sah sie erstaunt an.

Sie streckte ihre Ärmchen nach Laura aus und rief: »Mami, ich hab dich so lieb!«

»Ich hab dich auch lieb, mein Schatz. Mehr als alles andere auf der Welt.«

Ein paar Minuten später hatte Laura ihrer Tochter erneut das Versprechen abgenommen, dass die sich sofort meldete, falls ihr mulmig wurde. Sie schlüpfte in die Jeans, die sie am Abend angehabt hatte, streifte sich eine dicke Fleecejacke über und lief leise ins Kinderzimmer, in dem Stefan tatsächlich ruhig vor sich hin schnarchte, um Tonis Lieblingspuppe zu holen.

»Guck mal, Mäuschen, hier ist deine Puppe. Ich gehe jetzt nach draußen, und du erzählst Tante Annie eine hübsche Geschichte, bis ich zurückkomme. Und falls du hörst, dass Stefan wach wird, dann rufst du ihn zu dir. In Ordnung?«

»Ja.« Das Mädchen nickte begeistert. Normalerweise durfte sie nachts nicht mit ihrer Puppe spielen. Sofort griff sie nach der Bürste, die Laura ebenfalls mitgebracht hatte, und fing an, Tante Annie die Haare zu kämmen.

Laura wartete, bis sie sicher war, dass Toni komplett in dem Spiel aufging. Sie wusste, dass sie sich darauf verlassen konnte, dass Toni die ganze Zeit über plappern würde. Und solange sie quasselte, musste sich Laura um nichts Schlimmeres Sorgen machen, als dass Toni in dieser Nacht zu wenig Schlaf abbekam. Sie schob ihr Babyfon in die Tasche ihrer Jacke und lief nach unten. Sorgfältig verschloss sie die Treppentür, schlüpfte in ihre Stiefel und holte einen Schirm und eine Taschenlampe aus der kleinen Vorratskammer. Und auch die dicken Handschuhe, die auf einem Regalbrett lagen, nahm sie mit. Man konnte ja nie wissen.

Laura öffnete die Tür und ging nach draußen. Sie schaltete die Taschenlampe ein und betrat den Stall, in dem die Ziegen für die Nacht untergebracht waren. Hier war alles ruhig. Die Tiere ließen sich durch den Sturm nicht stören; sie waren die Wetterkapriolen in den Bergen gewöhnt. Laura schirmte den starken Strahl der Lampe mit ihrer linken Hand ab und sah sich um. Nein, hier war definitiv nichts. Leise, um die schlafende kleine Herde nicht zu wecken, schloss sie die Tür wieder und ließ den Lichtstrahl über die große Wiese vor dem Haus wandern. Da es mittlerweile in Strömen goss, konnte sie kaum zehn Meter weit sehen. Bevor sie sich in den Regen stürzte, spannte sie den Schirm auf und hörte einen Moment lang amüsiert zu, wie Toni ihrer Puppe eine lustige Geschichte erzählte. Ihre Tochter hatte eine unglaubliche Fantasie. Das war etwas, was sie eines Tages nur zu gerne fördern würde, doch im Moment hatte Laura andere Sorgen. Kaum dass sie unter dem ausladenden Vordach hervortrat, erfasste eine Böe den Schirm und riss ihn ihr förmlich aus der Hand.

»Scheiße!« Nach wenigen Sekunden war Laura vollkommen durchnässt. Sie ertappte sich bei dem Gedanken, wie schön es wäre, wenn Florian jetzt bei ihr wäre und sie dieses nächtliche Abenteuer gemeinsam durchstehen könnten. Schnell entfernte sie sich einige Schritte vom Haus, bis sie an dem Gatter stand, an dem tagsüber die Ziegen gegrast hatten. Auch hier war nichts. Schweren Herzens lief sie auf die Stelle zu, an der Toni den Hund gesehen zu haben glaubte, stets darauf bedacht, dass sie Tonis Stimme noch gut hören konnte. Als die Geräusche aus dem Babyfon schließlich mehrfach von einem Knacken unterbrochen wurden, wusste Laura, dass sie an dem Punkt angelangt war, an dem sie umdrehen musste. Um nichts in der Welt würde sie sich so weit entfernen, dass sie ihr Kind nicht mehr hören konnte. Angestrengt schaute sie dem Lichtstrahl hinterher. Die Baumgruppe, die den kleinen Bach säumte, der durch ihr Grundstück lief, wäre ein perfektes Versteck für den Hund, aber sie war definitiv zu weit weg. Das konnte Laura erst überprüfen, wenn es wieder hell wurde und sie Toni mit nach draußen nehmen konnte. Zehn Minuten später hatte sie das ganze Grundstück so weit abgesucht, wie die Reichweite des Babyfons es erlaubte, doch sie fand keine Spur von dem Hund. Unschlüssig drehte Laura sich einmal um sich selbst. In dieser Nacht würde sie keine Ruhe mehr finden. Doch stundenlang hier draußen in der Kälte zu stehen und nach Dschinn zu rufen brachte auch nichts. Der Hund hatte schließlich selbst entschieden, sich nicht mehr auf einen Menschen einzulassen. Und vielleicht hatte sich Toni ja doch getäuscht. Laura sah zum Haus hinüber, das sie durch den Regen kaum noch sehen konnte. Ihr war mittlerweile eiskalt, und sie musste zusehen, dass sie aus den nassen Klamotten rauskam.

Als sie fast schon wieder an der Tür angelangt war, merkte sie, dass etwas nicht stimmte. Erschrocken drehte sie den Kopf und kniff die Augen zusammen. Wie immer stand die Bank verkehrt herum und war mit der Rückenlehne gegen die Hauswand gekippt, damit sie vor dem Regen geschützt war. Aber dann sah sie etwas aufblitzen. Dort lag etwas! Schnell schirmte sie den Strahl der Lampe ab und trat langsam näher. Sie konnte nur schwer erkennen, was für ein Tier es war. Ganz eindeutig sah es nicht aus wie der Hirtenhund, den Toni zu sehen geglaubt hatte. Lauras Kehle schnürte sich vor Angst zu. Was auch immer dort Schutz gesucht hatte, es konnte gefährlich sein.

Trotzdem näherte sie sich der Bank mit vorsichtigen Schritten, bis sie endlich mehr erkennen konnte. Es war eindeutig ein Hund, aber das Tier sah fürchterlich aus. Das Fell starrte vor Dreck und war an manchen Stellen blutverkrustet. Das Auge, das den Lichtstrahl reflektiert hatte, war halb verklebt, doch immerhin blinzelte es ab und zu.

»Dschinn?«, flüsterte Laura erschüttert. »Bist du das?«

Obwohl Laura keine Antwort erwartet hatte, gab das Tier ein leises Winseln von sich.

»O mein Gott!« Laura wagte kaum zu atmen. Nichts an dem Hund erinnerte mehr an Antons treuen Gefährten. Und doch wusste sie aus tiefstem Herzen, dass er es war. Wie sie auch spüren konnte, dass ihr von ihm keinerlei Gefahr drohte. Doch es war offensichtlich, dass das Tier todkrank war.

Vorsichtig streckte Laura ihre Hand aus. Als sie behutsam den abgemagerten Kopf berührte, schloss der Hund das Auge und stieß einen tiefen Seufzer aus.

»O Gott«, flüsterte Laura erneut. Plötzlich quietschte es aus ihrer Jackentasche, und sie zuckte zusammen. Der Hund hingegen zeigte keine Regung. Lediglich das kaum wahrzunehmende Heben und Senken seines Brustkorbs verriet, dass er noch lebte.

»Dschinn?«, rief Laura leise. »Du kannst nicht hier draußen bleiben. Du musst mit mir ins Haus kommen. Bitte!«, bettelte sie. »Ich helfe dir, also geh nicht weg. Ich komme sofort wieder.«

Schnell kam sie auf die Füße und rannte nach drinnen. Aus der Abstellkammer holte sie ein paar dicke Decken, rannte damit weiter ins Wohnzimmer und legte eine vor den Kamin. Da das Feuer fast erloschen war und es schon bald empfindlich kühl werden würde, legte sie vier große Holzscheite nach. Erneut lief sie nach draußen. Um den Hund nicht zu erschrecken, rief sie leise seinen Namen. Wie zur Bestätigung blinzelte er. Er wusste, dass sie da war.

Laura bückte sich, legte eine weitere Decke auf das Tier und versuchte so behutsam, wie es nur ging, sie unter ihn zu schieben. Es dauerte eine Ewigkeit, in der der Hund mehrfach winselnde Schmerzlaute von sich gab, doch dann hatte sie es geschafft. Als sie ihn hochhob und behutsam an sich drückte, erschrak sie erneut. Er war so abgemagert, dass er nicht mehr wog als eine große Katze.

Lauras heiße Tränen tropften auf sein Fell. »Ach, Dschinn«, weinte sie. »Was ist nur mit dir passiert?«

Vorsichtig trug sie ihn nach drinnen, legte ihn auf dem provisorischen Lager vor dem Kamin ab und schlug die Decke zurück. Als sie das ganze Dilemma bei Licht sah, heulte sie noch mehr. Es war unvorstellbar, wie der Hund zugerichtet war. Und noch unvorstellbarer war es, dass er trotz seiner fürchterlichen Verletzungen noch lebte.

Laura sah sich suchend im Zimmer um, bis sie ihr Telefon

entdeckte, das sie auf einem Sideboard abgelegt hatte. Sie zögerte keine Sekunde und schaltete es ein. Es war zwar mitten in der Nacht, aber das war ein Notfall, wie er schlimmer nicht sein konnte. Schnell suchte sie im Telefonbuch nach der Nummer von Antons ehemaligem Partner, der die Tierarztpraxis mittlerweile führte.

Bereits nach dem dritten Klingeln ging Berti Boehninger ans Telefon. Er schien es gewöhnt zu sein, aus dem Schlaf gerissen zu werden.

»Hallo. Hier ist Laura.« Laura gab ihm Zeit, zu erfassen, wer um diese unchristliche Uhrzeit störte.

»Laura«, kam es müde aus dem Hörer. Dann, etwas wacher: »Laura Wagner? Antons Freundin?«

»Ja, genau die«, sagte Laura schnell und entschuldigte sich für den späten Anruf.

Boehninger lachte herzhaft. »Das bin ich gewohnt. Aber du vermutlich nicht. Also, was hast du auf dem Herzen?«

»Dschinn ist wieder da.«

Mit einem Schlag war der Tierarzt hellwach. »Was sagst du da? Dschinn? Antons Hund?« Auch er wusste, dass der Hirtenhund seit einer Ewigkeit verschollen war. Da er mit jeder Sekunde klarer im Kopf wurde, ging ihm nun auch auf, dass Laura nicht nur angerufen hatte, um ihm mitzuteilen, dass Dschinn zurückgekommen war, er musste schwer krank sein. Sonst hätte sie sich garantiert Zeit gelassen bis morgen früh.

»Wo bist du jetzt?«, wollte er wissen. »Auf der Alm?«

»Ja. Dschinn ist …«

»Sag nichts«, sagte er schnell. »Gib mir eine halbe Stunde, dann bin ich bei dir.«

Nachdem Laura Dschinn noch eine Weile vorsichtig an einer kleinen Stelle am Kopf gestreichelt hatte, wo er unverletzt war, stand sie auf und lief in die Küche und zog die Kühlschranktür auf. Vom Fondue war noch ein ganzes Kilo Rinderfilet übrig geblieben. Ohne zu zögern, schnitt sie ein Stück ab und hackte es in winzige Stückchen, damit der Hund nicht kauen musste. Auch wenn Laura ihm am liebsten das gesamte Fleisch zum Fressen gegeben hätte, sagte ihr ihr Instinkt, dass sein Magen vorerst nur kleine Portionen vertragen würde. Mit zwei Schüsseln in der Hand ging sie zurück ins Wohnzimmer und stellte sie neben den Rüden. Es dauerte eine Weile, bis Dschinn verstand, doch dann kam seine Zunge hervor, die dick geschwollen und so trocken wie ein Stück Holz war.

Plötzlich verstummte das Plappern aus dem Babyfon. Laura lief schnell ins Gästebad, wusch sich gründlich die Hände und warf einen kurzen Blick in den Spiegel. Sie erschrak über den abgehetzten Eindruck, den sie machte. Es war schon schlimm genug, dass Toni am Nachmittag wahrgenommen hatte, wie krank der Hund war, da musste sie ihr nicht auch noch den Anblick einer Mutter zumuten, die aussah, als wäre sie von allen guten Geistern verlassen. Rasch band sie ihre Haare, die ihr nass und wirr ins Gesicht hingen, in einen lockeren Pferdeschwanz, dann lief sie nach oben.

Toni, die mit Tante Anni im Arm eingeschlafen war, lächelte im Schlaf. Und Laura spürte plötzlich die Kälte wieder, die von ihrer nassen Kleidung ausging. Sie deckte Toni zu, schlüpfte in trockene Sachen und ging wieder nach unten zu Dschinn.

Es dauerte etwa zehn Minuten, dann war der Fleischbrei bis auf den allerletzten Krümel im Maul des Hundes verschwunden. Obwohl Laura nicht hätte sagen können, ob der Hund auch nur ein einziges Gramm davon hinuntergeschluckt hatte, kam seine Zunge doch immer wieder leicht hervor, doch Laura traute sich nicht, ihm noch mehr zu geben. Seinem Gewicht zufolge hatte er seit Wochen nichts zu fressen gefunden, und sie musste vorsichtig sein, seinen Körper nicht mit zu viel Nahrung zu überfordern. Unschlüssig überlegte sie, was sie noch für ihn tun konnte. Ihr Blick fiel auf die kleine Uhr, die auf dem Kaminsims stand. Es war bereits kurz nach vier. Jetzt, wo sie ihre Aufgabe erledigt hatte, kam die Angst zurück. Der treue Kämpfer sah nicht so aus, als ob er die Nacht überleben würde.

»Halt durch, Dschinn, bitte!« Laura wurde nicht müde, den Kopf des Hundes zu streicheln und ihm so ein Gefühl von Wärme und Geborgenheit zu vermitteln. *Ich bin für dich da,* sollte die Berührung signalisieren. »Gleich kommt Hilfe.«

Kapitel 18

Es dauerte keine Minute, bis sich Berti Boehningers schlimmste Befürchtungen bestätigten, nachdem er Dschinn, der in einen komatösen Schlaf gefallen war, untersucht hatte. »Ich muss ihn mit in den Ort nehmen«, sagte er in einem Tonfall, der keinen Widerspruch zuließ. »Ich muss ihn röntgen, das Fleisch, das schon brandig ist, entfernen und ihn gründlich durchchecken, um herauszufinden, was ihm sonst noch fehlt.«

»Gut, dann sollten wir keine Zeit verlieren.« Laura verstand, dass es das einzig Vernünftige war, Dschinn in die Praxis zu bringen. Über die Probleme, die sich ergaben, sobald der Hund erwachen würde, mochte sie nicht nachdenken. *Falls er die Nacht überhaupt übersteht.* Doch weder der Tierarzt noch sie wagten, diesen Gedanken laut auszusprechen.

Laura stand noch in der geöffneten Haustür, als die Rücklichter von Bertis Wagen längst in der Dunkelheit verschwunden waren. Am liebsten wäre sie mitgefahren, um Dschinn beizustehen, doch nie im Leben hätte sie die beiden Kinder alleine zurückgelassen. Ihr Herz war schwer vor Sorge, und plötzlich wünschte sie sich, Florian wäre hier und würde sie in den Arm nehmen. Bevor sie die Haustür wieder schloss, schickte sie ein Stoßgebet zum Himmel, dass der treue Hund überleben würde.

Als Toni nach dem Zähneputzen und einer nur widerwillig zugelassenen Katzenwäsche an der Hand ihres Cousins langsam die Treppe hinunterlief, rümpfte sie die Nase. »Stinkt.«

Insgeheim musste Laura ihr recht geben. Der Geruch, den Dschinn hinterlassen hatte, war trotz ausgiebigen Lüftens noch nicht ganz verschwunden. »Findest du?«, fragte sie und machte ein harmloses Gesicht. »Ich rieche nichts.«

Toni zog ihre Nase erneut kraus. Und auch Stefan verzog das Gesicht. »Doch! Es stinkt.«

Um die Kinder davon abzubringen, dem Gestank auf den Grund zu gehen, schlug Laura vor, Rühreier zu machen, da die gebratenen Eier einen intensiven Geruch verbreiten und hoffentlich alles andere überlagern würden.

Begeistert patschte Toni in die Hände. »Ja! Üaeia.«

Laura grinste. Es war eines der Wörter, die Toni aus der Babysprache behalten hatte. Doch bevor sie sich ans Frühstück machen konnte, musste sie Mick anrufen.

Der wunderte sich über den frühen Anruf. »Himmel, Laura. Geht bei dir schon jetzt die senile Bettflucht los?«

»Blödmann.« Laura musste lachen. Nach der schrecklichen Nacht tat es gut, mit jemandem zu reden, der immer einen

Scherz parat hatte. Mit einem Blick vergewisserte sie sich, dass die Kinder sie nicht hören konnten, und sagte leise: »Dschinn ist aufgetaucht.«

Mick dachte zuerst, sich verhört zu haben. »Was sagst du da?«, fragte er ungläubig. »Willst du mich verarschen?«

»Fällt mir nicht im Traum ein«, antwortete Laura und erzählte ihm in raschen Worten, was in der Nacht geschehen war.

»Jedenfalls können wir die Hütte jetzt noch nicht winterfest machen. Weil …« Ihre Gedanken irrten hin und her. Schließlich beendete sie ihren Satz: »… weil, wenn Boehninger ihn wieder herbringt, dann werde ich so lange hierbleiben und ihn pflegen, bis er fit genug ist, um den Winter zu überstehen.«

Tonis Nachfrage, ob sie Dschinn in der Nacht noch gefunden hatte, wich Laura geschickt aus. Sie wollte um alles in der Welt vermeiden, dass die Kinder erfuhren, was passiert war, solange nicht sicher war, ob der Hund überhaupt überleben würde. Und die Chancen dazu standen im Moment denkbar schlecht. Das Tier hatte so viele Verletzungen, dass der Tierarzt überhaupt nicht gewusst hatte, wo er anfangen sollte.

»Ich weiß nicht, ob der Hund in eine Schlucht gestürzt ist oder ihn jemand mit einem dicken Stock halb totgeprügelt hat«, sagte Berti Boehninger resigniert. »Jedenfalls habe ich in meiner gesamten Laufbahn noch nie so viele Brüche und Quetschungen auf einmal gesehen. Dazu kommt, dass er einige offene Wunden hat, die sich zum Teil böse entzündet haben. Ich habe ihn drei Stunden lang operiert und weiß immer noch nicht, ob er das überstehen wird.«

Nachdem Laura Stefan in die Schule und Toni in die Kita gebracht hatte, hatte sie in ihrer Wohnung in Schliersee ungeduldig auf Bertis Anruf gewartet, und als der endlich kam, war sie sofort in die Praxis gefahren, um nach Dschinn zu sehen.

»Ich finde aber, dass er etwas besser aussieht«, sagte sie verzagt, als sie mit dem Tierarzt in dem Raum stand, in dem der frisch operierte Patient untergebracht war.

»Das hoffe ich.« Berti grinste erschöpft. »Wir pumpen ihn nicht nur mit Antibiotika, Schmerz- und Beruhigungsmitteln voll, sondern auch mit einer hoch konzentrierten Mischung aus Elektrolyten und Proteinen. Zumindest peppt ihn das etwas auf.«

Kapitel 19

Zwei Tage später rief Berti schon in aller Früh bei Laura an. Sie erschrak, als sie seinen Namen auf dem Display sah. »Ist etwas passiert?«, fragte sie beklommen.

»Nein, keine besonderen Vorkommnisse«, beruhigte Berti sie. »Denkst du, dass du ihn morgen zu dir nehmen kannst?«

Laura war inzwischen nicht untätig gewesen und hatte alles Nötige organisiert und sich auf die Hundepflege eingerichtet. Fehlte nur noch, dass Toni erfuhr, dass sie richtig gesehen hatte und sie für eine Weile einen neuen Mitbewohner haben würden. Das Mädchen war sowieso schon ganz aus dem Häuschen, seitdem Laura ihr mitgeteilt hatte, dass sie doch noch länger auf der Alm bleiben würden.

»Mäuschen?«, versuchte Laura, Toni aus einem Spiel mit Tante Anni zu holen.

Erst als Laura sich dreimal wiederholt hatte, sah Toni widerwillig auf. »Ja?«

Behutsam nahm Laura ihrer Tochter die Puppe aus der

Hand. »Komm mal her zu mir.« Als Toni sich in ihre Arme schmiegte, sagte Laura: »Weißt du noch, vor ein paar Tagen, als der große Sturm war? Und wir die vielen Gäste hier hatten?«

Toni nickte. »Klar.«

»Und dass du mir in dieser Nacht erzählt hast, dass du Dschinn gesehen hast?«

»Klar weiß ich das!«

»Ich muss dir etwas beichten«, sagte Laura sanft. »Ich war doch draußen, um nach ihm zu suchen, weißt du noch?«

Hinter der Stirn des kleinen Mädchens rumorte es. Sie spürte, dass ihre Mutter ihr etwas sagen wollte, wusste aber nicht, ob sie mit ihr schimpfen würde, weil sie sonst nie so ernst zu ihr war.

»Ich habe dich angeschwindelt«, gestand Laura. »Als ich gesagt habe, dass ich Dschinn nicht gefunden habe. Das ist nicht wahr. Er war hier und hat sich bei dem schlimmen Wetter unter unserer Bank verkrochen.« Erneut gab Laura Toni Zeit, damit die den Sinn ihrer Worte erfassen konnte.

Plötzlich erhellte sich das Gesicht des Mädchens. »Dschinn war bei uns?«, rief sie aufgeregt.

Laura seufzte. »Ja, aber weißt du, Dschinn ist sehr, sehr krank. Ich habe mir gewünscht, dass er ein bisschen kräftiger wird, bevor du ihn kennenlernst. Damit er schon bald mit dir spielen kann.« Laura holte tief Luft. Um nichts in der Welt hätte sie Toni den Anblick zugemutet, den Dschinn in jener Nacht geboten hatte. Deswegen hatte sie sich, in Absprache mit Berti Boehninger, zu einer Notlüge entschlossen. »Als ich ihn gefunden habe, musste ich gleich Papis früheren Partner anrufen, den Tierarzt, weißt du, wen ich meine?« Als Toni nickte, fuhr Laura fort: »Er kam dann sofort hierher und hat Dschinn abgeholt, um ihn wieder gesund zu machen.«

Toni überlegte angestrengt. Als ihr Finger in Richtung Nase wanderte, reichte ein leises *tsss*, damit sie die Hand wieder sinken ließ. »Und ist Dschinn jetzt immer noch krank?«, fragte sie schließlich.

Laura strich Toni sanft über die Wange. »Ja, Mäuschen. Der Doktor hat ihn einige Male aufgeschnitten und das wieder gerichtet, was kaputt war. Jetzt müssen wir warten, bis alles wieder heile wird. Das wird ein Weilchen dauern, und ich wollte dich fragen, ob es für dich in Ordnung ist, wenn Dschinn zu uns kommt und sich bei uns erholen darf.«

Als Toni begriffen hatte, was Mami ihr da vorschlug, fingen ihre Augen an zu funkeln. »Dschinn kommt zu uns? Ja!«, rief sie freudestrahlend und klatschte in die Hände.

Laura ließ sie eine Weile gewähren. Sie war so glücklich, als sie die überschäumende Freude ihrer Tochter sah. Doch dann wurde sie wieder ernst. Sie griff nach Tonis Händchen und zog sie erneut zu sich her. »Mäuschen, wir müssen uns bewusst machen, dass Dschinn ein sehr kranker Hund ist. Das heißt, er braucht ganz viel Ruhe. Ich weiß, dass du am liebsten mit ihm spielen willst, aber im Moment ist es ganz wichtig, dass wir vorsichtig mit ihm umgehen. Meinst du, du schaffst das?« Diesmal ließ Laura den Zeigefinger als Denkhilfe zu.

»Ja.«

»Prima«, sagte Laura glücklich. »Und jetzt raus mit dem Finger aus der Nase!«

»Dir muss klar sein, dass du das nicht allzu lange durchziehen kannst«, sagte Mick, der mit einer riesengroßen Ladung der nötigsten Dinge vorbeigekommen war. »Die Alm wird bald nur noch mit dem Schneepflug erreichbar sein. Auch wenn das durchaus machbar ist, wie Anton bewiesen hat, halte ich es für keine gute Idee, wenn du mit einem kleinen Kind im tiefsten Winter hier oben sitzt.«

Auch darüber hatte Laura sich schon Gedanken gemacht. »Das werde ich nicht«, versprach sie. »Ich werde nur so lange hierbleiben, wie es von der Schneelage her vertretbar ist. Ich hoffe bloß, dass Dschinn sich bis dahin so weit erholt hat, dass ich ihn mit gutem Gewissen zurücklassen kann. Und wer weiß, vielleicht kann ich ihn ja überzeugen, dass er doch zumindest bis zum Frühjahr mit uns ins Tal kommt.«

»Ich würde mir nichts mehr wünschen als das«, pflichtete Mick ihr bei. »Aber du weißt auch, dass du da besser nicht allzu viel Hoffnung hineinlegst.«

Laura nickte. »Ja, das weiß ich. Trotzdem werde ich den Gedanken erst begraben, wenn es so weit ist.«

»Und wie hast du dir das mit dem Durchschlupf gedacht?«, wollte Mick wissen. Sie hatte ihn gebeten, einen Durchlass in die wetterabgewandte Wand der ans Haus angrenzenden Scheune zu sägen; gerade groß genug, dass der Hund hindurchpasste. Ihre Idee war es, dass Dschinn auch im tiefsten Winter, wenn der Schnee wie so oft meterhoch lag, eine Möglichkeit hatte, ins Trockene zu gelangen.

»Wie eine Katzenklappe, nur eben für den Hund«, erklärte Laura. »Wenn wir die auf der Rückseite der Scheune anbringen, dann müsste es gehen, weil dort nur wenig Schnee fällt. Das muss nichts technisch Ausgereiftes sein, es reicht ein Durchschlupf, vor dem vielleicht eine schwere Plane hängt, damit der Wind keinen Schnee hineinweht.«

Nachdem Mick alles ausgemessen hatte, fragte er: »Es ist dir wirklich ernst damit, oder?«

»Hundertprozentig«, bestätigte Laura.

»Und wenn er es wieder nicht annimmt?«

»Dann ist es eben so, wie es ist. Dann kann ich es auch nicht ändern.« Laura zuckte mit den Schultern.

Mick sah ihr an, wie sehr sie mit sich kämpfte. Er hoffte

nur, dass sie später nicht auf die dumme Idee kam, im tiefsten Winter nach einem Hund zu suchen, der offensichtlich in Ruhe gelassen werden wollte.

Am nächsten Tag war es dann so weit. Da Mick und Franzi unabkömmlich waren und der Tierarzt ebenfalls keine Zeit hatte, den Hund auf die Alm zu bringen, hatte Florian, den Laura in den letzten Tagen telefonisch auf dem Laufenden gehalten hatte, sich bereit erklärt, ihr zu helfen. Laura musste lächeln, als sie daran dachte, wie vehement Florian darauf bestanden hatte, ihr zur Seite zu stehen.

Toni hatte sich am Morgen geweigert, in die Kita zu gehen, da sie unbedingt dabei sein wollte, wenn Dschinn nach Hause kam. Da sie ein Gehör hatte wie ein Luchs, war sie auf ihren kurzen Beinchen bereits losgerannt, als Laura den Motor des Fahrzeugs gerade einmal hören konnte.

»Toni! Bleib hier!« Doch das Kind war längst zur Tür hinaus und lief, so schnell die Kinderbeine sie trugen, dem fahrenden Wagen entgegen.

Florian hielt sofort an, als Toni wie ein aufgeregter Welpe auf den Weg hoppelte. Mit einem raschen Blick versicherte er sich, dass der Hund ruhig auf der Rückbank lag. Er ließ das Fenster herunter und rief Toni zu: »Hallo, Mäuschen!«

Sofort blieb das Mädchen stehen, legte den Kopf schief und winkte.

»Dreh dich um, und schau zum Haus«, forderte Florian sie auf. Als sie brav folgte, sagte er: »Und jetzt gehst du zu Mami und wartest dort, bis ich das Auto geparkt habe.«

Laura konnte es kaum glauben. Einerseits war sie froh, dass Toni aufs Wort folgte, andererseits bekam sie allein bei dem Gedanken Gänsehaut, wie bereitwillig Toni einem ihr fast fremden Mann gehorchte. Wobei Laura bei ihren Überlegungen überhaupt nicht Florian im Sinn hatte. Dem vertraute sie mittlerweile blind.

»Toni, ich brauche deine Hilfe«, sagte Florian, als er die Heckklappe seines Wagens öffnete. Darin lag ein riesengroßes Hundebett.

Als Laura die Farbe sah, wären ihr fast die Augen aus dem Kopf gefallen. Verzweifelt sah sie Florian an. »Musste es unbedingt Pink sein?«

Florian grinste wie ein Lausbub. »Na, ich dachte, dass du damit rechnen musst, dass deine Tochter ab sofort ebenfalls im Hundekörbchen schläft. Und welche Farbe würde sich für eine kleine Prinzessin besser eignen als Pink?«

Als Laura ein Gesicht zog, als hätte sie in hundert Zitronen gebissen, lachte er. Schließlich hatte er Erbarmen und drückte Laura eine große Tüte in die Hand. »Ich dachte mir schon, dass du damit nicht glücklich bist. Deswegen habe ich ein Bett mit Wechselbezug ausgesucht.«

Laura wurde vor Freude rot. Ohne auch nur eine Sekunde lang darüber nachzudenken, fiel sie ihm um den Hals. »Ich danke dir. Für alles!« Dann spürte sie, wie gut er sich anfühlte. Verlegen löste sie sich von ihm und murmelte etwas, das wie *Entschuldigung* klang.

Fünf Minuten später war das Hundelager im Wohnzimmer aufgebaut, und Florian holte den Rüden, der noch immer in einem Transportkorb auf dem Rücksitz schlummerte, ins Haus. Mit gemeinsamen Kräften hoben sie ihn aus dem Kennel heraus und legten ihn auf seinem neuen Bett ab. Erst als Toni darauf bestand, dass Florian sie nach oben begleitete, da sie Kissen und ihre Schlafdecke holen wollte, gebot Laura dem entschieden Einhalt.

»Nein, Toni, dein Bettzeug hat nichts im Hundekörbchen verloren.«

»Aber ich muss Dschinn zudecken.«

Laura schüttelte den Kopf. »Nein.« Bevor Toni zu quengeln anfangen konnte, setzte Laura nach: »Du setzt im Bett doch auch keine Mütze auf, oder?«

Verständnislos sah Toni ihre Mutter an und schüttelte den Kopf.

»Siehst du. Und Dschinn hat am ganzen Körper Haare. Die sind für ihn warm genug. Wenn du ihn jetzt zudeckst, dann schwitzt er bloß.«

Das konnte Toni nachvollziehen. Trotzdem ließ sie es sich nicht nehmen, Tante Anni zum Hund in den Korb zu setzen.

»Tante Anni passt auf.«

Das ließ Laura gelten. »In Ordnung. Aber nur unter der Bedingung, dass Tante Anni badet und einen frischen Schlafanzug anzieht, bevor sie wieder in dein Bett darf.«

Um sich mit irgendetwas abzulenken, hatte Laura drei verschiedene Kuchen gebacken, während sie und Toni darauf warteten, dass Florian mit Dschinn vom Tierarzt kam. Jetzt fragte sie ihn, ob er Lust auf einen Kaffee oder Tee habe.

»Ein winziges Stückchen Kuchen könnte ich dir auch dazu anbieten«, lächelte Laura belustigt und deutete auf die Auswahl, die auf der Arbeitsplatte abkühlte.

Florian konnte es kaum fassen. »Das alles hast du heute schon gebacken? Ganz alleine?«

Laura schnitt eine Grimasse. »Wenn man von Tonis Hilfe absieht, die eine Schachtel Eier auf den Boden hat fallen lassen, dann ja.«

»Erwartest du denn noch eine große Gesellschaft?«

»Nein.« Laura sah ihn hilflos an. »Ich musste irgendetwas tun, sonst wäre ich verrückt geworden vor lauter Warten.«

»Und wer soll das alles essen?«

Laura kicherte. »Du.«

Florian bekam allein beim Gedanken daran Bauchschmerzen. »Ich war zwar früher süchtig nach Kuchen«, gestand er, »aber drei ganze Torten habe ich nicht mal in meiner allerbesten Zeit geschafft.«

Lauras Lächeln wurde breiter. »Keine Sorge, ich will dich schon nicht umbringen. Franzi und Mick kommen später und werden eine große Hilfe beim Kuchenessen sein, und danach kann jeder auch noch einen Vorrat mitnehmen und einfrieren.«

Da Florian sich nicht entscheiden konnte, welche der verlockenden Köstlichkeiten er probieren wollte, schnitt Laura kurzerhand von jedem Kuchen ein kleines Stück ab. Florian schloss die Augen, als er die erste Gabel in den Mund schob. »Himmlisch«, brachte er hervor, kaum dass er hinuntergeschluckt hatte. Als er ein paar Minuten später den Teller leer gegessen hatte, rieb er sich den Bauch. »Du scheinst ein Multitalent zu sein«, stellte er fest. Er schob den Teller von sich und schüttelte den Kopf, als Laura fragte, ob er noch mehr wollte.

»Später vielleicht«, sagte er und staunte darüber, wie deutlich er spüren konnte, dass sie innerlich einen Satz nach hinten machte. Offensichtlich klangen seine Worte wie eine versteckte Drohung für sie, dass sie ihn nicht so schnell wieder loswerden würde. Er hätte nicht beschreiben können, wie er Lauras Verhalten empfand. Einerseits knisterte und funkte es zwischen ihnen, andererseits machte Laura manchmal einen absurd unnahbaren Eindruck auf ihn. Als würde sie, ohne es selbst zu merken, eine Mauer um sich herum aufstellen. Genau wie jetzt, als er mit seinen Worten signalisiert hatte, dass er noch länger bleiben wollte. Er hätte seine Empfindungen gerne in Worte gefasst, hatte aber das Gefühl, dass Laura selbst nicht verstand, warum sie sich so verhielt.

Abrupt schob er seinen Stuhl zurück und stand auf. Als Laura ihn erschrocken ansah, sagte er: »Ich habe noch Futter im Auto, das mir der Tierarzt mitgegeben hat. Es ist eine Art Astronautennahrung, mit der du den Hund die nächsten Tage füttern sollst.«

Als Florian zum Auto eilte, blieb Laura ratlos zurück. »Verdammter Mist!«, flüsterte sie mehr zu sich selbst. Ihre Kehle hatte sich zugeschnürt, als Florian von später gesprochen hatte. Aber dass er ihre Gefühle wohl so deutlich wahrgenommen hatte, verwirrte sie zutiefst. Bevor sie weiter darüber nachdenken konnte, kam er mit einer großen Box ins Haus zurück.

Florian stellte die Kiste auf dem Küchentisch ab. »Soll ich das irgendwohin räumen?«, wollte er wissen. Als Laura den Kopf schüttelte, setzte er hinterher: »Das Ding ist ziemlich schwer. Vielleicht nimmst du einfach nur das heraus, was du für heute brauchst, und lässt mich den Rest aufräumen.«

Gerührt über seine Besorgnis, musste Laura sich eingestehen, dass er recht hatte. »Muss das Zeug gekühlt werden?«

»Keine Ahnung«, sagte Florian ratlos. »Der Tierarzt hat nichts dazu gesagt.« Er nahm eine Tube in die Hand und las das Kleingedruckte. »Ungeöffnet ist es schier unbegrenzt und nach Anbruch drei Tage gekühlt haltbar.« Er sah auf. »In den Kühlschrank muss also nur das, was offen ist.«

»Wenn du es mir in die Vorratskammer bringst, wäre das toll«, sagte Laura und lief ihm voraus, als er die Kiste wieder hochhob. Sie öffnete die Tür, die vom Flur abging, und deutete auf einen freien Platz in dem Schwerlastregal, das Mick in das Kämmerchen eingebaut hatte. »Dahin, bitte.«

Plötzlich wurde es warm in dem winzigen Raum. Neben den Regalen war gerade mal so viel Platz, dass zwei Personen hineinpassten. Als Florian seine schwere Last auf das Regal wuchtete, streifte er sie versehentlich mit dem Arm.

Da er nur ein kurzärmeliges T-Shirt trug, sah sie seine definierten Muskeln, die sicher nicht davon kamen, dass er viel zeichnete. Laura schluckte. Mit einem Mal wallte ein Verlangen in ihr auf, das sie längst vergessen geglaubt hatte. Und eigentlich hatte sie sich auch nicht mehr vorstellen können, dass je wieder der Moment kam, in dem sie einen Mann begehrte.

Florian, der sofort merkte, dass etwas in Laura vorging, musterte sie besorgt. Ihr Gesicht hatte eine leichte Röte angenommen, und ihre Stirn war mit einem dünnen Schweißfilm überzogen. Erschrocken packte er sie bei den Schultern. »Laura?«, rief er. »Was ist los?«

Als Laura die Augen hob und ihn mit einem brennenden Blick ansah, bekam er weiche Knie. Es knisterte nicht mehr nur zwischen ihnen, jetzt loderte ein Feuer, so stark, dass ihm fast schwindlig wurde.

»Laura«, flüsterte er. Seine Hand zitterte, als er mit dem Daumen über ihre Wange fuhr. Er wickelte eine Haarsträhne, die sich aus ihrem locker gebundenen Pferdeschwanz gelöst hatte, um seinen Zeigefinger, strich sie ihr aus dem Gesicht und beugte sich zu ihr hinunter. Als seine Lippen endlich die ihren berührten, explodierte in seinem Kopf ein ganzes Feuerwerk.

Von der Heftigkeit seiner Gefühle überrascht, die sein Herz so fest gegen seine Brust schlagen ließen, dass er fast Angst hatte, es könnte zerspringen, hielt Florian die Luft an. Doch die befürchtete Ohrfeige blieb aus. Weich erwiderte sie seinen Kuss, kam ihm entgegen und küsste ihn wieder. Erleichtert wagte Florian es auszuatmen. Noch immer schlug sein Herz rasend schnell. Er vergrub seine Finger in Lauras Haaren, während sie ihre Arme um ihn schlang und ihn näher zu sich heranzog. Sie versanken in einem leidenschaftlichen Kuss, und die Zeit schien einen Augenblick lang stillzustehen. Doch dann spürte Florian, wie Laura sich unvermittelt versteifte und ihren Kopf wegdrehte, um einem weiteren Kuss zu entgehen.

Irritiert öffnete Florian die Augen und blickte sie fragend an. Statt einer Antwort schob Laura ihn ein kleines Stück von sich weg. »Pst«, machte sie und lauschte.

Bevor er nachhaken konnte, löste Laura sich von ihm. Ihr Herz klopfte wie wild, doch das kam nicht von dem Kuss. Und plötzlich wusste sie es: Um sie herum war es viel zu still! »Toni!« Laura drängte sich an Florian vorbei und stürzte ins Wohnzimmer. Suchend streifte ihr Blick durch die offene Küche, irrte über das Sofa und blieb schließlich an dem pinkfarbenen Hundebett hängen.

»Toni«, rief sie erneut und erntete prompt einen strafenden Blick. Das Mädchen hatte sich ein großes Kissen von der Couch geschnappt und sich hinter dem Korb bäuchlings darauf niedergelassen, weswegen Laura sie nicht sofort entdeckt hatte. Mit ihren kleinen Händchen streichelte ihre Tochter unendlich vorsichtig über den Hundekopf. Jetzt presste sie die Lippen energisch zusammen, um ihrer Mutter zu zeigen, dass sie leise sein musste.

»Dschinn«, flüsterte Laura ergriffen, als sie sah, dass der Hund die Augen geöffnet hatte. Sie setzte sich neben Toni auf den Boden, zog das Mädchen auf ihren Schoß und küsste es überglücklich auf die Stirn. »Sieh nur, Mäuschen, unser Dschinn ist wieder da!« Erleichtert nahm sie wahr, dass die Hundeschnauze, die sich kalt und feucht anfühlte und signalisierte, dass das Fieber gesunken war, ihre Hand suchte. Behutsam kraulte sie ihn an der Brust. Der Trichter, den er eine Weile um den Hals tragen musste, damit er sich die frisch vernähten Wunden nicht aufbeißen konnte, nervte ihn schon jetzt gewaltig, das war ihm deutlich anzusehen. Und das war ein gutes Zeichen! Lauras Augen strahlten, als sie sich, Toni noch immer fest an sich drückend, zu Florian umdrehte, der hinter ihr den Raum betreten hatte. »Er ist aufgewacht«, flüsterte sie ergriffen. »Und er hat mich gleich erkannt.«

Obwohl Florian ihre Freude verstehen konnte, hatte er ein Gefühl, als hätte sie ihm einen Eispfahl durch das Herz getrieben. Auch wenn sie seinen Kuss mit voller Leidenschaft erwidert hatte, schien sie jetzt froh zu sein, ihre übliche Contenance wiedergefunden zu haben. Fast hätte er gelacht. Von wegen Contenance! Sie schien zwischen einem Freudenausbruch und einem Heulkrampf hin und her gerissen zu sein. Somit konnte man also nicht davon sprechen, dass sie ihre Gefühle im Griff hatte. Auch wenn er sich mehr als alles andere auf der Welt gewünscht hätte, dass ihre Gefühle ihm galten, die Freude, die sie ausstrahlte, schien allein für den Hund bestimmt.

»Komm, Toni, lass uns schauen, ob er etwas fressen will«, sagte Laura. Sie setzte das Mädchen zurück auf das große Kissen, dann ging sie in die Küche, wo noch immer die Tube mit der Kraftnahrung lag, die Florian aus der Kiste genommen hatte.

Florian beobachtete Laura eine Weile, die so mit dem Hund beschäftigt war, dass sie ihn vergessen zu haben schien. Selbst wenn sie ihn angesehen hätte, wäre ihr sein versteinerter Gesichtsausdruck vermutlich noch nicht einmal aufgefallen, dachte er. Ohne ein weiteres Wort schnappte er sich seine Jacke und lief nach draußen. Als er die Tür leise hinter sich ins Schloss ziehen wollte, sah er gerade noch rechtzeitig, dass eine kleine Hand nach dem Türblatt griff und daran zog. Der Gedanke, er hätte Tonis Finger einquetschen können, jagte ihm einen heißen Schauer über den Rücken. Schnell ging er in die Hocke. »Hallo, Mäuschen. Was machst du denn hier?«

Das Mädchen sah ihn mit großen Augen an. »Wo gehst du hin?«

Florian versuchte zu lächeln. »Ich muss nach Hause, weil ich noch arbeiten muss.«

»Wann kommst du wieder?«

»Bestimmt ganz bald«, entschloss Florian sich zu einer Notlüge. Liebevoll strich er ihr über den Kopf. »Und jetzt geh hinein zu deiner Mami, damit sie sich keine Sorgen macht, wo du bist.«

Bevor er in seinen Wagen stieg, warf er einen Blick auf die Berge, die sich in unmittelbarer Nähe erhoben. Er nickte ihnen zum Abschied zu und murmelte wehmütig: »Schade.«

Kapitel 20

»Ich bin so froh, dass es ihm besser geht«, sagte Franzi, die Laura vor Begeisterung umarmt, hochgehoben und herumgewirbelt hatte. Als sie ihr zu schwer wurde, ließ sie sie wieder herunter und fragte: »Das tut es doch, oder?«

»Es sieht ganz danach aus«, sagte Laura voller Hoffnung. »Berti Boehninger meint, dass er über den Berg ist. Sonst hätte er es auch nicht erlaubt, dass Dschinn überhaupt herkommt, sondern hätte ihn in der Praxis behalten und weiter beobachtet. Aber es ist noch zu früh, um eine Prognose darüber abgeben zu können, inwieweit er sich jemals wieder von seinen Verletzungen erholen wird.« Über Lauras Gesicht fiel ein Schatten. »Berti meinte, das, was Dschinn durchgemacht hat, hätte für zehn Hunde gereicht. Und selbst dann wäre bei jedem Einzelnen fraglich, ob er im Anschluss wieder ein normales Leben führen könnte. Irgendwie ist es wie ein Wunder, dass der tapfere Kerl noch am Leben ist.« Erleichtert glitt Lauras Blick zu dem Hundebett, in dem der Rüde laut vor sich hin schnarchte. Neben ihm war Toni, das große Kissen fest umschlungen, auf dem dicken Teppich eingeschlafen und schnarchte, unbeeindruckt von den Gesprächen der Erwachsenen, ebenso gleichmäßig, aber deutlich leiser als der Hund. »Als er sich nach Antons Tod so hartnäckig geweigert hatte, zu mir ins Haus zu kommen, weil er lieber auf sich alleine gestellt in der Wildnis bleiben wollte, haben wir doch alle gedacht, dass er nur darauf wartet, dass Anton ihn zu sich holt.« Laura suchte Franzis Blick. Als die nickte, fuhr sie fort: »Wir werden niemals erfahren, wo er die ganzen sechs Jahre verbracht und wie er es geschafft hat, ganz alleine in den eiskalten Wintern zu überleben.«

Mick, der damit beschäftigt gewesen war, den kleinen Stall für Dschinn winterfest zu machen, kam durch die Verbindungstür ins Haus. Überrascht sah er Laura und Franzi an, die mit ernster Miene am Küchentisch saßen.

»Ist jemand gestorben?«, wollte er wissen. Allerdings hatte er sich vorher mit einem kurzen Blick ins Wohnzimmer überzeugt, dass das nicht der Fall war, zumindest was den Hund anbelangte. »Oder warum sitzt ihr hier und blast Trübsal?«

Franzi seufzte. »Du hast recht. Wir sollten feiern, nicht trauern.«

Mick schielte sehnsüchtig zur Arbeitsfläche, auf der drei angeschnittene Kuchen standen, setzte sich und fasste die beiden Frauen bei den Händen. »Lasst ihr mich daran teilhaben, worüber ihr grübelt?«

Laura erwiderte den Druck seiner Hand, dann stand sie auf. »Erklär du es ihm«, sagte sie zu Franzi. »Möchte jemand Kaffee und Kuchen?«

»Dieselbe Frage stelle ich mir seit Tagen«, sagte Mick mit vollem Mund. Bevor er weiterredete, schluckte er hinunter. »Irgendwie ist es wirklich ein Wunder mit dem alten Knaben. Aber vielleicht hat er ja noch eine Mission zu erfüllen, bevor er von der Bühne abtritt.«

»Schöne Mission.« Franzi deutete ihm einen Vogel. »Was soll das denn für eine Aufgabe sein, die die vielen Menschen, die ihn lieben, derart auf Trab hält?«

Laura war bei Micks Worten nachdenklich geworden. »Lacht mich nicht aus, aber an so etwas in der Art habe ich auch schon gedacht.«

Fassungslos sah Franzi von einem zum andern. »Meint ihr das etwa ernst?«

Laura biss sich auf die Unterlippe. »Ich weiß es nicht«, sagte sie. »Aber wenn du ihn gesehen hättest, wie er da vor der Hütte lag, mehr tot als lebendig ...« Hilflos hob sie die Schultern. »Es ist völlig unlogisch, dass er sechs Jahre lang jeglichen Kontakt zu den Menschen verweigert und jetzt, obwohl wir alle dachten, dass er längst gestorben ist, auftaucht und um sein Leben kämpft. Das ist doch ...« Laura wusste nicht, wie sie ihre Gedanken in Worte fassen sollte. Sie ließ den Satz offen stehen und fiel erneut in ein dumpfes Brüten.

»Sag mal, wollte Florian nicht auch vorbeikommen?«, lenkte Mick das Thema auf scheinbar unverfänglicheres Terrain. Als er den schuldbewussten Ausdruck sah, der sich auf Lauras Gesicht legte, fragte er verwirrt: »Habe ich etwas Falsches gesagt?«

»Nein«, wiegelte Laura ab. »Es hat nichts mit dir zu tun. Ich weiß nur nicht ...« Erneut unterbrach sie sich. Dann stand sie so abrupt auf, dass ihr Stuhl mit einem lauten Poltern umfiel.

Als sie aus dem Zimmer rannte und Mick ihr nachgehen wollte, hielt Franzi ihn zurück. »Lass mich das machen«, sagte sie leise. »Kümmer du dich um Toni und Dschinn.« Das Mädchen und der Hund waren gleichzeitig hochgeschreckt, als der Stuhl zu Boden gekracht war. Während Toni sich schlaftrunken die Augen rieb, winselte der Hund erbärmlich. »Es klingt so, als ob er Schmerzen hat. Vielleicht schaffst du es, ihm etwas von dem Zeug da zu verabreichen.« Franzi deutete auf die kleine Ansammlung von Medikamenten, die neben der Tube mit der Astronautennahrung lagen.

»Darf ich reinkommen?« Franzi stand im Türrahmen zu Lauras Schlafzimmer, die auf dem Rücken in ihrem Himmelbett lag und mit ausdruckslosem Blick zum Baldachin hochstarrte.

Laura nickte. »Ja, sicher.« Sie klopfte mit der Hand auf die freie Stelle neben sich. »Setz dich zu mir. Es tut mir leid, dass ich eben einfach so rausgestürmt bin.«

Mitfühlend betrachtete Franzi ihre Freundin. »Ich habe dir eine Umarmung mitgebracht. Möchtest du sie haben?«

»Das wäre toll«, gestand Laura. »Aber vermutlich würde ich dann anfangen zu heulen.«

»Wäre das denn so schlimm?«

»Normalerweise nicht«, stellte Laura fest. »Aber ich habe einfach keine Lust dazu.«

»Toller Ansatz.« Franzi verdrehte die Augen. »Helfen wird der aber kaum, oder?«

»Keine Ahnung«, sagte Laura mutlos. »Ich wünsche mir nur noch, dass das Jahr endlich vorüber ist. Ich habe allmählich keine Kraft mehr, das alles ganz alleine zu wuppen.«

»Das musst du doch auch nicht«, sagte Franzi verwundert. »Hast du nicht selbst erst vor ein paar Tagen festgestellt, wie sehr wir alle zusammenhalten und uns gegenseitig helfen?«

»Ja, das habe ich. Und ich meine auch heute noch jedes Wort genau so, wie ich es gesagt habe. Aber egal, wie sehr wir alle füreinander da sind, die letzten beiden Monate haben sich für mich anstrengender angefühlt als die letzten beiden Jahre.«

»Es war ja auch ganz schön viel auf einmal«, sagte Franzi. »Erst der blöde Infekt, der offensichtlich nicht richtig ausgeheilt war und wegen dem du fast ertrunken wärst. Dann das grässliche Aneurysma in deinem Kopf, wegen dem du tagelang im Koma gelegen bist, und jetzt auch noch Dschinn, der plötzlich schwer verletzt wieder hier aufgetaucht ist.« Franzi schnaufte. »Das ist wirklich viel. Aber vielleicht kannst du es so sehen: Aller schlimmen Dinge sind drei. Und damit wärst du jetzt durch.«

Laura lachte über den Optimismus, den Franzi versprühte. »Komm her!« Sie schlang die Arme um ihre Freundin und drückte ihr einen Kuss auf die Wange. »Danke, dass es dich gibt!«

Ein paar Minuten saßen die beiden Frauen eng umschlungen da und genossen die Nähe und Wärme der anderen. Dann löste sich Franzi aus der Umarmung und blickte Laura fragend an.

»Magst du mir jetzt die Antwort auf die Frage geben, die Mick dir vorhin gestellt hat?«

»Florian«, murmelte Laura bedrückt. »Franzi, er hat mich geküsst.«

Überrascht griff Franzi nach Lauras Hand. Sie wartete gespannt darauf, dass die ihr etwas mehr darüber erzählte. Doch als nichts weiter kam, fragte sie: »Küsst er denn so schlecht?«

Ein paar Sekunden lang sagte Laura gar nichts, dann fing sie an zu kichern. »Du bist so doof!«

»Ja, das bin ich«, gab Franzi zu. »Und weil ich so doof bin, schaffe ich es auch immer spielend leicht, dich zum Lachen zu bringen.«

Laura atmete tief durch. »Ich weiß nicht, was es ist«, sagte sie kläglich. »Ich bekomme Anton einfach nicht aus dem Kopf. Das heißt, seitdem ich Florian kenne, muss ich ständig an ihn denken. An Florian, meine ich.«

»Ich glaube, ich weiß, was du meinst«, sagte Franzi mitfühlend. »Da du noch immer nicht über Anton hinweg bist, hast du Schuldgefühle, wenn du an Florian denkst und spürst, wie gern du ihn hast.« Sie nahm Lauras Hand. »Ich glaube, dass es mir ähnlich gehen würde. Aber als deine Freundin bin ich froh, dass du Florian kennengelernt hast, weil ich glaube, dass er dir guttut. Und ich wünsche mir so sehr für dich, dass du eines Tages wieder glücklich wirst. Vielleicht lässt du dir einfach noch etwas Zeit, bevor du eine Entscheidung triffst? Wenn du ihm erklärst, was in dir vorgeht, würde er das sicher verstehen. Und dass er dich heute geküsst hat, bedeutet doch, dass er genauso in dich verknallt ist wie du in ihn!«

»Ja, vielleicht«, sagte Laura unschlüssig. »Aber jedes Mal, wenn ich an ihn denke, schiebt Anton sich in meine Gedanken. Und dann ist da ja auch noch Toni. Es fühlt sich wie ein Verrat an ihrem Vater an, wenn ich ihn vergessen würde.«

Franzi zog Laura erneut zu sich her und strich ihr liebevoll über die Haare. »Wenn du dich auf Florian einlässt, muss das doch nicht heißen, dass du Anton vergisst. Das würde alleine schon deswegen nicht funktionieren, weil Toni Antons Tochter ist. Und damit würdest du den Vater deiner Tochter auch nicht betrügen«, sagte Franzi mit Nachdruck. »Es sind jetzt sechs Jahre, Laura. Sechs lange Jahre, in denen du keinen anderen Mann angesehen hast und jeden Tag vor Sehnsucht fast gestorben wärst. Es ist Zeit, meine Süße«, flüsterte sie. »Zeit, loszulassen. Zeit, wieder zu leben. Lass Florian in dein Herz. Ich glaube, er ist ein Mann, der dir niemals wehtun würde.«

»Aber …« Laura stockte, da sie wusste, dass die pragmatische Franzi wenig für den Gedanken übrighaben würde, der seit ein paar Stunden nicht verstummen wollte.

»Aber was?«, hakte Franzi nach, die fast schon körperlich fühlte, dass da eine verquere Idee in Lauras Kopf herumspukte. »Komm schon, raus mit der Sprache.«

Laura, die ihren Kopf an Franzis Schulter gelegt hatte, musste insgeheim grinsen. Sie waren in den sechs Jahren, in denen sie sich kannten, so zusammengewachsen, dass sie einander in- und auswendig kannten. »Genau in dem Augenblick, als wir uns geküsst haben, ist Dschinn aufgewacht. Und das finde ich einfach unheimlich. Geradeso, als ob es ein Zeichen war.«

»Ein Zeichen?«, wiederholte Franzi fassungslos. »Was für ein Zeichen denn?«

Mutlos lehnte Laura sich fester an Franzi. »Dschinn war und bleibt Antons Hund. Es war, als ob Anton den Zeigefinger heben würde, um mir mitzuteilen, dass ich mich ihm gegenüber illoyal verhalte.«

❄

»Ist etwas passiert?« Besorgt musterte Diana ihren Bruder. Er trug einen dermaßen verbissenen Gesichtsausdruck zur Schau, dass sie ihn kaum wiedererkannte.

»Nein.« Wütend knallte er die Heckklappe seines Wagens zu. »Ich habe mich nur in etwas verrannt.«

Diana kam ihm kaum hinterher, so schnell lief er auf seinen langen Beinen ins Haus. Dass er die Tür offen stehen ließ, nahm sie als Einladung an.

»Willst du darüber reden?«, fragte sie vorsichtig. Sie war ihm in die Küche gefolgt und hatte eine sehr konkrete Ahnung, um was es ging. Oder, besser gesagt, um wen. Doch sie kannte ihn auch gut genug, um zu wissen, dass er es abgrundtief hasste, wenn man in seinen Kopf hineinschauen konnte.

»Es gibt nichts zu reden.« Lautstark räumte er einige Flaschen Bier in den Kühlschrank.

»Liegen da vielleicht zwei drin, die schon kalt sind?«

Florian musterte seine Schwester mit zusammengekniffenen Augen. »Du trinkst doch überhaupt kein Bier.«

»Normalerweise nicht«, gab sie zu. »Aber normalerweise bist du auch nicht so sauer.«

»Ich bin nicht sauer«, widersprach er ihr. »Nur etwas enttäuscht.«

»Verstehe«, sagte sie gedehnt. Als er keine Anstalten machte, ihre Frage zu beantworten, hakte sie nach: »Was ist nun mit dem Bier?«

»Ernsthaft?« Als sie nickte, holte er zwei eiskalte Flaschen Weißbier aus dem Kühlschrank und nahm zwei Gläser aus dem Oberschrank. Diana war sich ziemlich sicher, dass sie sowieso nicht mal ein Drittel von dem Zeug hinunterbringen würde, sagte aber nichts. Als er die Kronkorken zielsicher in den Abfalleimer geschnippt und das Bier gekonnt so eingeschenkt hatte, dass eine etwa fünf Zentimeter hohe Blume auf der goldgelben Flüssigkeit stand, stieß er mit ihr an. »Prost.«

Diana verzog den Mund, kaum dass sie den ersten Schluck getrunken hatte. »Sag jetzt nichts«, warnte sie.

»Wieso auch«, entgegnete er. »Schließlich bist du alt genug.«

Diana trank einen weiteren Schluck. Der zweite schmeckte schon gar nicht mehr so schlecht. Und nach dem dritten war sie sich sicher, dass sie es überleben würde. Sie stellte das Glas ab und sah ihrem Bruder fest in die Augen. »Und jetzt rück raus mit der Sprache.«

»Ich komme gerade von Laura.«

»Okay.« Diana hätte ihn am liebsten geschüttelt. Sie hasste es, wenn ihr Bruder sich jedes Wort aus der Nase ziehen ließ. »Und weiter?«

»Wir haben uns geküsst.«

Diana versuchte ihre Neugier in Schach zu halten und dem fast schmerzhaften Verlangen zu widerstehen, Florian gegen das Schienbein zu treten. »Aha.«

Seine Kiefer mahlten. »Was heißt ›aha‹?«

»Florian, mach es doch nicht so kompliziert, und erzähl endlich, was passiert ist! Wenn du dich Laura gegenüber genauso dämlich verhalten hast wie jetzt, würde es mich nicht wundern, wenn sie dich irgendwohin getreten hätte.«

Wütend stieß er sich von der Arbeitsplatte ab. »Du hast doch überhaupt keine Ahnung!«

Diana folgte ihm in sein Arbeitszimmer. »Entschuldige, Brüderchen.« Dicht hinter ihm laufend, schnitt sie eine Grimasse und wischte mit ihrer Hand vor ihrer Stirn hin und her. »Ich gebe zu, das war nicht besonders nett. Aber erzähl mir jetzt bitte, was los war.«

Florian blieb so unvermittelt stehen, dass sie auf ihn prallte.

»Aua!«

Er drehte sich um. »Selbst schuld«, grinste er süffisant. Dann ließ er sich erschöpft auf einen Stuhl fallen. »Ich habe keine Ahnung, ob sie irgendwelche blöden Spielchen spielt, ob sie selbst nicht weiß, was sie will, oder ob sie das sprunghafteste Weib ist, das ich jemals kennengelernt habe.« In wenigen Sätzen erklärte er seiner Schwester, was auf der Alm vorgefallen war.

»Blöd«, murmelte Diana. Mehr wollte ihr dazu im Moment nicht einfallen. Sie massierte mit Daumen und Zeigefinger ihren Nasenrücken. »Und was willst du jetzt machen?«

»Nichts.«

»Wie, nichts?« Diana sah ihn entgeistert an. »Du musst doch irgendwas machen!«

»Ich wüsste nicht, was.« Da war es wieder, dieses wütende Glitzern in seinen Augen. »Auf jeden Fall werde ich mich nicht zum Vollhorst machen und ihr hinterherrennen. Egal, welche der drei Möglichkeiten zutrifft, ich will keine davon in meinem Leben haben.«

»Kann ich gut verstehen«, bestätigte Diana. »Aber woher willst du wissen, dass es nicht noch einen anderen Grund für ihr merkwürdiges Verhalten gibt?«

»Ach ja? Und welcher könnte das sein?«

»Das weiß ich auch nicht«, gestand Diana. »Es könnte aber helfen, sie zu fragen. Und außerdem weiß ich nicht, ob ich es gut finde, wenn du jetzt gleich wieder aufgibst.«

»Egal, was man macht, es ist sowieso verkehrt.« Florian warf ihr einen unergründlichen Blick zu. »Wenn ich sie jetzt anrufe, ihr schreibe, Blumen schicke, eine Wagenladung Schokolade vor ihr Haus kippe oder vor ihr einen Handstand mache, hinterher heißt es ja doch nur: *Ach, er ist ja so süß! Und so was von langweilig!«*

Diana musste lachen. Was er da gesagt hatte, war nicht von der Hand zu weisen. »Himmel!«, japste sie. »Sind wir Frauen wirklich so schlimm?«

»Das fragst du mich?« Florian kniff die Augen zusammen. »Du bist es doch gewesen, die mir früher gefühlte tausend Mal erklärt hat, dass man nicht zu nett zu euch Frauen sein darf, weil ihr sonst in Lichtgeschwindigkeit das Interesse verliert.«

Diana erinnerte sich an ihre juvenilen Erziehungsversuche. »Stimmt. Was ich damals aber vergessen habe, dir zu sagen, ist, dass es andersherum genau der gleiche Fall ist.«

Nun musste auch Florian grinsen. »Ja, ja. Ich ergebe mich.« Er hob die Hände. »Es ändert aber nichts daran, dass ich der schönen Laura nicht hinterherlaufen werde.«

»Gute Strategie«, fand Diana. »Und jetzt soll ich dir helfen, einen Plan zu entwickeln, dass sie dich doch noch erhört?«

Florian setzte das Bierglas so abrupt ab, dass der Gerstensaft nach oben schoss und ihm über das T-Shirt lief. »Na toll«, murrte er. »Jetzt stinke ich auch noch wie eine Bierleiche.«

Diana seufzte. Wieso machten Männer es nur immer so kompliziert? »Es ist ja wohl nicht das einzige Shirt, das du im Haus hast.«

Florian ignorierte ihren Einwurf. »Wie kommst du auf die Idee, dass ich an einem Plan arbeite, damit Laura mich erhört?«

»Weil du nicht so wütend wärst, wenn sie dir egal wäre.«

»Ich kann so wütend sein, wie ich will. Die Wut wird irgendwann verrauchen, und dann wird mir Frau Wagner schnurzpiepegal sein.«

»Hast du mir nicht erst neulich erzählt, dass man einem Menschen, dem man das Leben gerettet hat, bis ans Ende seiner Tage verbunden bleiben wird?«

»Na und? Deswegen kann sie mir auf der emotionalen Ebene trotzdem gestohlen bleiben.«

Nachdem Florian sich geweigert hatte, auch nur ein einziges weiteres Wort über das Thema zu verlieren, sah Diana ihm eine Weile beim Zeichnen zu. Es war eine schiere Freude, wie unter seinen Händen eine imaginäre Welt entstand, und sie war der unumstößlichen Meinung, dass er zu Recht gut von seinem Talent leben konnte. Als sie merkte, dass Florian ganz in seiner Arbeit versunken war, machte sie sich auf den Weg zum Supermarkt. Sie musste unbedingt noch einkaufen, bevor sie nach Hause fuhr.

»Entschuldigung?«

Diana schaffte es mit den drei vollbepackten Einkaufstüten in der Hand kaum, ihre Autotür aufzuziehen, als jemand sie von hinten ansprach. Mit einem Ruck drehte sie sich um und erblickte eine Frau, die sie zuvor noch nie hier gesehen hatte. »Ja?«

»Ähm, ich suche jemanden. Ich weiß aber nur, dass er irgendwo hier in der Gegend, besser gesagt, am Schliersberg wohnt.« Die Fremde deutete mit der Hand in Richtung der Gondel, die ein kleines Stück entfernt auf den Berg führte. »Ich habe schon ein paar Leute gefragt, hatte aber bisher kein Glück. Vielleicht können Sie mir ja helfen.«

Was soll das denn?, dachte Diana. Misstrauisch fragte sie: »Und wie sieht derjenige aus, den Sie suchen? Hat er vielleicht sogar einen Namen?«

»Ja, natürlich.« Nun wurde sie tatsächlich auch noch rot. »Er ist etwa fünfunddreißig Jahre alt, knapp eins neunzig groß und heißt Florian.«

Das wurde ja immer schöner. Nun hatte Flos Fanclub auch schon herausgefunden, wo er wohnte. »Und weshalb suchen Sie nach ihm?«

»Das geht nur ihn und mich etwas an.«

Diana schüttelte den Kopf. »Dann sind Sie bei mir an der falschen Adresse. Entweder Sie sagen mir, wer Sie sind und was Sie von Florian wollen, oder Sie müssen nach jemand anderem Ausschau halten, der Ihnen weiterhelfen kann.«

Franzi kniff die Augen zusammen. Wenn sie die Worte richtig interpretierte, war sie an der richtigen Stelle. Die Frau kannte Florian, das war aus ihrer Reaktion eindeutig herauszulesen. Es half alles nichts, sie musste Farbe bekennen. »Ich heiße Franzi. Ich bin die Freundin einer Bekannten von Florian. Und ich glaube, dass es zwischen den beiden ein Missverständnis gab.«

»Du bist Franzi?« Diana hätte fast zu lachen angefangen. »Und was willst du jetzt von ihm?«

Franzi ging auf die Frage nicht ein. Allerdings fiel ihr auf, dass ihr Gegenüber eine unübersehbare Ähnlichkeit mit Florian hatte. »Bist du etwa seine Schwester?«

»Ja.« Diana nickte und stellte sich Franzi vor. Sie wusste, dass es ein sinnloses Unterfangen war, Florian anzurufen, wenn er arbeitete. Sie hatte zwar in all den Jahren nicht herausgefunden, ob er das Telefon nur nicht hörte oder schlichtweg ignorierte, aber es war sicher, dass sie noch mal zu seinem Haus fahren musste. »Du wirst vielleicht verstehen, dass ich niemandem einfach so erzählen werde, wo Flo wohnt. Aber wenn du kurz hier wartest, dann fahre ich zu ihm und sage ihm Bescheid, dass du ihn suchst.«

Fünfzehn Minuten später war Franzi drauf und dran zu glauben, dass Florians Schwester sie auf den Arm genommen hatte, als der kleine Smart mit einem Hupen wieder um die Ecke bog. Leichtfüßig sprang Diana heraus, lief die paar Schritte auf Franzi zu und drückte ihr einen Zettel mit einer Adresse in die Hand. Zu schade, dass sie bei dem kommenden Gespräch nicht Mäuschen spielen durfte.

Als Franzi vor der angegebenen Hausnummer parkte, dachte sie, Diana und Florian hätten sich lustig über sie gemacht. Das Haus schien aus dem späten neunzehnten Jahrhundert zu stammen, und hätte man nicht bereits von außen erahnen können, dass es vor nicht allzu langer Zeit grundlegend saniert worden war, hätte man nicht darauf wetten wollen, dass es überhaupt bewohnt war. Und einen jungen und sportlichen Mann wie Florian brachte man schon gar nicht mit einem solchen Anwesen in Verbindung. Dem hätte sie eher eine hochtechnisierte und moderne Bude zugetraut.

Franzi war alleine durch den Anblick des großen Hauses so

eingeschüchtert, dass sie nicht wagte zu klingeln und zögernd vor der Gartenpforte in der Kälte herumstand. Doch offensichtlich wurde sie beobachtet. Es dauerte keine zehn Sekunden, bis die Haustür sich öffnete und Florian heraustrat.

Ein Summer ertönte. Franzi drückte das Türchen auf und durchquerte den Garten mit schnellen Schritten.

Florian musterte sie mit einem unergründlichen Blick, als sie vor ihm stand. »Was willst du hier?«, fragte er barsch.

Franzi zuckte zusammen. »Reden.«

»Worüber?« Als Florian sich bewusst wurde, wie unfreundlich er sich anhörte, wurden seine Gesichtszüge weicher. Die Frau, die vor ihm stand, war nicht sein Feind. »Es tut mir leid, Franzi«, entschuldigte er sich. »Möchtest du hereinkommen?«

»Gern«, nahm Franzi die Einladung an. Auch wenn sie anfangs über seine ablehnende Haltung erschrocken war, hatte er diese Fassade offensichtlich nicht allzu lange aufrechterhalten können. Außerdem fror sie und war schrecklich neugierig, wie dieses grandiose Haus von innen aussah. Und als sie über die Türschwelle getreten war, klappte ihr tatsächlich die Kinnlade herunter.

»Das ist ja der Wahnsinn!«, rief sie überrascht. Sie hatte erwartet, dass das Haus in winzige Räume unterteilt war und man den Eindruck hatte, durch eine niedrig hängende Decke schier erdrückt zu werden. Doch zumindest das Erdgeschoss war das genaue Gegenteil von dem, was sie sich vorgestellt hatte. Kaum, dass man durch die Tür getreten war, stand man in einem hohen, offenen Raum. Die moderne Küche, die im linken Teil des Hauses lag, war mit den neuesten Geräten bestückt und hatte einen Herdblock, der in der Mitte stand. Es war die Küche eines Profis, und doch hatte Franzi das Gefühl, dass etwas damit nicht stimmte. Als sie begriff, was es war, sah sie Florian skeptisch an. »Du kochst wohl nicht gerne?«

Florians Mundwinkel zuckten. »Ich dachte eigentlich, dass

man in meiner Küche vermuten würde, dass das genaue Gegenteil der Fall ist.«

»Für mich sieht es eher so aus, als ob das Ganze nur Show wäre.«

»Interessanter Aspekt«, sagte Florian amüsiert. »Lässt du mich am Ursprung deines Gedankens teilhaben?«

Franzi deutete auf die Arbeitsplatte. »Es ist viel zu aufgeräumt. In einer Küche, die benutzt wird, steht immer irgendetwas herum.«

Um Florians Augen bildeten sich kleine Fältchen. »Hast du schon mal davon gehört, dass es Menschen geben soll, die ordentlich sind?«

Franzi dachte gar nicht daran, auf seine Bemerkung einzugehen. »Der absolute Beweis aber ist deine Kochinsel. Ich habe mir so etwas zwar schon mein ganzes Leben gewünscht, aber jeder, der so etwas besitzt und benutzen will, hätte auch noch die paar Kröten in eine Dunstabzugshaube investiert.« Triumphierend blinzelte sie ihn an. »Wenn du hier wirklich mal kochst, würde dein ganzes Haus hinterher nach Essen stinken.«

»Interessanter Ansatz«, wiederholte Florian seine Worte. »Vor allem, weil ich die Begriffe Essen und *Stinken* nur äußerst selten miteinander in Verbindung bringe.«

Franzi winkte ab. »Das ist Erbsenzählerei. Außerdem lenkst du vom Thema ab. Gib es doch zu, dass das Ding hier nur Alibi ist.«

»Ich wüsste zwar nicht, warum ich Grund dazu hätte, dich vom Gegenteil zu überzeugen«, sagte Florian, dem der kleine Schlagabtausch Spaß machte. »Aber ich lade dich gerne dazu ein, in meinen Kühlschrank zu schauen.«

»Wozu soll das gut sein?«

»Weil ich gern wissen würde, ob und wie das deinen Eindruck beeinflusst.«

Obwohl Franzi wirklich keinen Sinn darin sah, tat sie ihm den Gefallen. Sie lief die paar Schritte hin zu der riesigen Kühl-Gefrier-Kombination und starrte erstaunt auf den Inhalt. Dann schloss sie die Tür und drehte sich zu ihm um.

»Und?«

»Das beweist nichts«, sagte Franzi. »Vielleicht bist du ja ein Rohkostfetischist.«

Florian lachte nun übers ganze Gesicht. »Du bist ja lustig«, sagte er. »Wann hast du dich das letzte Mal mit Küchenplanung beschäftigt?«

»Puh, keine Ahnung. Ist wohl schon eine Weile her.«

»Das dachte ich mir. Bei mir ist es noch nicht ganz so lange her. Genauer gesagt, erst ein gutes Jahr. Und wenn man heutzutage bereit ist, die von dir angesprochenen Kröten zu investieren, dann nimmt man keine Dunstabzugshaube mehr.«

»Nicht?«, fragte Franzi und riss in gespielter Verzweiflung die Augen weit auf. Sie ahnte schon, was gleich kommen würde, wollte ihm aber das Vergnügen lassen, sie aufzuklären. »Ist es der neueste Trend, dass es im ganzen Haus nach Essen duftet?«

»Ganz im Gegenteil«, antwortete Florian. »Der Trend ist, dass man den Dampf und die Gerüche dort absaugt, wo sie entstehen, bevor sie erst einen Meter hoch durch den Raum wabern.« Endlich hatte er ein Erbarmen mit ihr und zeigte ihr den Abzug, der sich direkt am Kochfeld befand und alles nach unten statt nach oben absaugte.

»Aber du bist sicher nicht gekommen, um dich mit mir über meine Küche zu unterhalten«, stellte er schließlich fest.

»Nein, da hast du recht«, sagte Franzi langsam. »Es geht um Laura.«

»Das war mir schon klar«, stellte Florian mit einem Stirnrunzeln fest. »Möchtest du einen Kaffee? Oder einen Tee? Oder lieber etwas Kaltes?«

»Wäre ein Cappuccino möglich?«

»Klar.« Florian half Franzi aus ihrer Jacke und hängte sie im Flur an die Heizung, damit sie angenehm warm war, wenn sie sie wieder anzog. Dann kam er zurück in die Küche und hantierte geschickt an der italienischen Siebträgermaschine, die einen rustikalen Kontrast zum Rest der modernen Einbauten bildete. Die Kaffeebohnen, die er verwendete, mahlte er frisch, und bald zog ein herrlicher Duft durchs Haus. Er stellte die beiden Tassen auf ein Tablett, holte eine Packung Kekse aus dem Küchenschrank und zeigte mit dem Daumen quer durch den Raum. »Komm, wir setzen uns nach draußen.« Mit langen Schritten ging er ihr voraus und gab ihr so die Möglichkeit, sich im Rest des weitläufigen Erdgeschosses umzusehen.

Bevor Franzi damit herausrücken konnte, was ihr auf der Zunge brannte, musste sie erst den Anblick auf sich wirken lassen, der sich ihr vom Wintergarten aus bot, den Florian mit »draußen« gemeint hatte. Der vollverglaste Anbau, der nachträglich an das Haus angefügt worden war, hatte riesige Türen, die sich im Sommer so weit wegschieben ließen, dass nur noch ein Teil der Seitenwände stehen blieb. Ein moderner Esstisch mit vier in verschiedenen Farben bezogenen Stühlen stand auf der linken Seite, während ein herrlich bequem aussehendes, U-förmiges Sofa so vor die riesige Glasfläche geschoben war, dass man, egal wohin man sich setzte, einen Blick nach draußen hatte. Und da das Haus an einem Hang etwa fünfzig Meter hoch über dem Schliersee lag, war das Panorama, das sich vor ihnen auftat, schlichtweg atemberaubend. Im Süden erhoben sich stolz und majestätisch Jägerkamp, Spitzingsattel, Brecherspitz und Dürnbachwand, während das Ostufer vom Schlierberg und dem Auracher Köpfl und das Westufer vom Westerberg flankiert wurden. Vor den Wintergarten war eine etwa fünfzig Quadratmeter große Terrasse gebaut, auf der eine große Gruppe abgedeckter Möbel stand. Im Sommer musste es herrlich sein, dort ganze Tage und Abende mit Blick auf den See und die Berge zu verbringen.

Dass sein Haus sie neugierig gemacht hatte, war die Untertreibung des Jahrhunderts. Franzi konnte immer noch nicht ganz fassen, was sie sah. »Darf ich dich etwas fragen?«

»Wenn du nicht darauf bestehst, auf alles eine Antwort zu bekommen, dann klar. Frag ruhig«, sagte Florian gelassen.

»Gehört dir das Haus?«

Hinter Florians Stirn arbeitete es. Er wusste, wie das Gebäude auf andere wirkte, und da er sich nur zu gut daran erinnerte, mit wie viel Neid ihm einige seiner früheren sogenannten Freunde begegnet waren, als er es gekauft hatte, ging er nur ungern mit seinen Vermögensverhältnissen hausieren. Dazu kam, dass Franzi mehr oder weniger eine Fremde für ihn war. Wenigstens zum jetzigen Zeitpunkt noch. »Die Antwort darauf würde ich gern auf einen späteren Zeitpunkt verschieben«, sagte er deshalb vage.

Franzi verzog den Mund, als ob sie Zahnschmerzen hätte. Gut, das war unerwünschtes Terrain. »Wie alt ist das Haus?«

»Es wurde um achtzehnhundertneunzig gebaut.«

Franzi nickte. Sie hatte also gut geschätzt. »Dann steht es doch sicher unter Denkmalschutz?«

»Gott sei Dank nicht«, antwortete Florian offen. »Die Untere Denkmalschutzbehörde war der Meinung, dass das Haus im Original bereits zu verfallen war, als dass man es hätte erhalten können. Und das war mein Glück. Sonst hätte ich es nie so großzügig umbauen können.«

Franzi grinste in sich hinein. Damit hatte er unbewusst doch zugegeben, dass das Haus ihm gehörte.

Florian sah auf die Uhr. »Sei mir nicht böse, aber ich muss

noch etwas arbeiten. Können wir zum Grund deines Besuches kommen?«

»Natürlich«, sagte Franzi. »Ich komme gerade von Laura. Sie hat mir erzählt, was passiert ist.«

Nur halbwegs amüsiert verschränkte Florian die Arme. »Dass wir uns geküsst haben?«

»Na ja, eher, dass du sie geküsst hast.«

»Meiner Wahrnehmung nach war das etwas anders. Aber egal. Red weiter.«

»Laura hat mir auch erzählt, wie sie darauf reagiert hat.« Franzi holte tief Luft. »Ich möchte vorausschicken, dass Laura nichts von meinem Besuch hier weiß. Und ich wäre dir sehr verbunden, wenn sie es nie erfahren würde.«

Florian hob eine Augenbraue. »Soll mir recht sein.«

»Ich möchte nur, dass du weißt, was Laura durchgemacht hat. Vielleicht hilft es dir, sie etwas besser zu verstehen.« Um Zeit zu gewinnen, rührte Franzi noch etwas Zucker in ihren Cappuccino. Als sie sich gesammelt hatte, erzählte sie ihm, was Laura vor sechs Jahren durchgemacht hatte und wie es ihr heute damit ging.

»Das wusste ich nicht«, sagte Florian erschüttert. »Jetzt wird mir aber so einiges klar.«

»Das hatte ich gehofft«, gestand Franzi. »Ich bin mir – wir alle sind, außer Laura natürlich –«, verbesserte sie sich schnell, »der Meinung, dass Laura endlich wieder anfangen sollte zu leben. Sie hat sich in den letzten Jahren mehr und mehr vergraben. Dabei ist sie paradoxerweise der Typ, der daran glaubt, dass einem eine höhere Macht auf die Sprünge hilft, wenn man das Schicksal nur machen lässt.« In gespielter Verzweiflung verzog Franzi das Gesicht. »Allerdings scheint sie nicht kapiert zu haben, dass das Schicksal schon sehr, sehr laut gerufen hat, als es dafür gesorgt hat, dass du ihr das Leben rettest.«

»Auf den Gedanken könnte man sich einlassen«, stellte Florian fest. »Aber was willst du mir jetzt damit sagen?«

»Ich wollte dich bitten, mit Laura in Kontakt zu bleiben. Und ihr zumindest vorerst nichts mehr von deinen Gefühlen zu zeigen. Gib sie nicht auf, bitte.«

»Findest du nicht, dass das ziemlich viel verlangt ist?«

»Doch, das ist es sogar ganz sicher. Aber ich glaube, dass ihr beide wie füreinander geschaffen seid. Nur, Laura braucht noch Zeit, um das selbst zu merken.«

»Ich werde darüber nachdenken«, sagte Florian. »Mehr kann ich dir im Moment nicht versprechen.« Doch tief in seinem Innersten wusste er, dass sie recht hatte. Auch er hatte sich in den letzten Jahren auf keine Beziehung einlassen können. Genau wie Laura war er ein gebranntes Kind. Vielleicht hatte das von Franzi erwähnte Schicksal ja wirklich einen tiefer gehenden Plan.

Als er sie zur Tür brachte, erhaschte Franzi einen Blick in einen Raum, der ihm augenscheinlich als Arbeitszimmer diente. Überall an den Wänden hingen gerahmte bunte Zeichnungen, die Franzi irritierten und zugleich an etwas erinnerten. Als sie weiterlief, wurde ihr schlagartig bewusst, was es war. Sie blieb stehen und sah Florian verlegen an. »Die Bilder da in deinem Büro, darf ich mir die mal anschauen?«

Florians biss sich auf die Unterlippe. »Weshalb?«

»Entschuldigung. Ich wollte nicht aufdringlich sein«, sagte Franzi schnell, da sie merkte, dass es ihm unangenehm war. »Mir ist etwas aufgefallen, aber ich habe einen Moment gebraucht, um zu realisieren, was es ist.«

Florian machte keine Anstalten, den Weg nach hinten wieder freizumachen. »Und das wäre?«

»Es sind vergrößerte Buchcover, oder?«

Mist. Er hatte nicht daran gedacht, dass die Tür zu seinem Arbeitszimmer offen stand. Doch da Franzi eh bereits erfasst hatte, was da bei ihm an den Wänden hing, war es nur eine Frage der Zeit, bis sie dahinterkam, warum er die Zeichnungen dort aufgehängt hatte. Da war es besser, er bekannte gleich Farbe, als dass sie im Internet herausfand, was sie wissen wollte. Er machte eine einladende Geste. »Bitte. Sieh es dir an.«

Staunend stand Franzi vor dem ersten der gerahmten Plakate. Dann sah sie, dass es kein Druck war, es musste sich um ein Original handeln. Plötzlich glitt ihr Blick von dem Motiv auf den Namen des Autors. Sie starrte ein paar Sekunden darauf, bis die Information in ihr Bewusstsein durchdrang. Dann drehte sie sich mit einem Ruck um. »Das ist von dir? Ich dachte …« Ja, was dachte sie eigentlich? »Ich war der Meinung, dass du für einige Tageszeitungen und Zeitschriften Karikaturen malst.«

»Das stimmt ja auch«, bestätigte Florian. Es war genau das, was er erzählte, wenn er neue Bekanntschaften schloss, da Berufe meist ein beliebtes Small-Talk-Thema waren. Dass es darüber hinaus noch viel mehr zu erzählen gab, ließ er gerne unter den Tisch fallen, da diese Begegnungen meist zu flüchtig waren, als dass irgendwann eine Freundschaft daraus entstand. Dazu hatte er oft genug erlebt, dass sich manche Menschen geradezu anbiederten, wenn sie erfuhren, wer er war. Und von falschen Freunden hatte er die Nase voll. »Es ist nur nicht das Einzige, was ich mache.«

»Aber …« Franzi schloss die Augen und massierte sich die Schläfen. Als sie die Augen wieder öffnete, stand ein fassungsloser Ausdruck darin. »*Du* bist Deutschlands erfolgreichster Kinderbuchautor? Und du schreibst nicht nur diese wunderbaren Geschichten, sondern illustrierst auch noch alles selbst?«

Florian nickte. »Ich wäre dir allerdings sehr verbunden, wenn das unter uns bleibt.«

»Aber wieso denn? Bist du da nicht stolz darauf?«

»Was heißt schon stolz? Ich bin glücklich, dass ich so vielen Menschen mit meinen Büchern eine Freude machen kann. Und dass ich damit Geld verdiene, ist nun auch nicht gerade unangenehm. Aber ich bin kein Mensch, der in der Öffentlichkeit stehen möchte.«

Franzi überlegte fieberhaft. Laura hatte ihr gegenüber noch nie etwas darüber erwähnt. »Und Laura? Weiß sie davon?«

»Nein. Ich will es ihr zwar schon seit einiger Zeit erzählen, aber sie hatte in den letzten Wochen so viel um die Ohren, dass ich lieber warten wollte, bis wieder Ruhe in ihr Leben eingekehrt ist, als mich in den Vordergrund zu drängen.« Plötzlich wurde Florians Miene finster. »Denkst du etwa, dass das einen Unterschied machen würde?«

Franzi verstand nicht, worauf er hinauswollte. »Was für einen Unterschied denn?«

»Na, dass Lauras Interesse für mich dann größer wäre.«

Entsetzt starrte Franzi ihn an. Was für ein abstruser Gedanke! »Nie im Leben«, sagte sie schnell. »Laura ist es völlig egal, ob du Geld hast oder nicht.«

»Da bist du dir so sicher?«, fragte er misstrauisch.

»Todsicher. Laura hat selbst genügend Geld.«

Florian, der sich tatsächlich schon gefragt hatte, wovon Laura lebte, hakte nach: »Geld kann man doch nie genug haben, oder?«

Franzi sah ihn entrüstet an. »So ein Quatsch!« Sie hatte das Gefühl, Laura beschützen und verteidigen zu müssen. »Laura hat von ihrer Tante die Alm und die Wohnung in Schliersee geerbt. Trotzdem hat sie sich lange überlegt, ob sie das Erbe überhaupt annehmen will. Obwohl sie es zu viel Geld hätte machen können.« Ihre Augen funkelten wütend. Allein die Vorstellung, dass er ihrer Freundin unterstellt hatte, sie könnte scharf darauf sein, sich einen reichen Mann zu angeln, brachte sie auf die Palme.

»Davon kann sie aber nicht abbeißen, oder?«

»Nein, das kann sie nicht. Sie hat aber auch noch ein bisschen Geld geerbt. Davon lebt sie. Und überhaupt, Laura ist der großzügigste Mensch, den kenne.« Allmählich redete Franzi sich richtig in Rage. Wütend stemmte sie die Fäuste in die Hüften. »Ich sag dir mal was. Anton besaß die Hälfte einer gut gehenden Tierarztpraxis. Und das riesige Haus, das hinter Lauras Alm steht, gehörte ihm ebenfalls. Mitsamt dem dazugehörigen Gelände hinterließ er ein richtiges Vermögen. Als es darum ging, wer das alles erben soll, hat sich Laura mit Antons Schwester Maria wochenlang gestritten. Aber nicht so, wie du denkst! Jede bestand darauf, dass die andere das Erbe erhält.«

»Das ist ungewöhnlich«, stimmte Florian ihr zu. »Und wer hat das Ganze letztendlich bekommen?«

Obwohl es Franzi lieber gewesen wäre, wenn Laura es ihm selbst erzählt hätte, war sie so aufgebracht, dass sie nicht umhinkonnte, es ihm unter die Nase zu reiben. »Lauras Anwalt hat den Nachlass aus der Praxis so angelegt, dass Toni und Marias Sohn Stefan damit abgesichert sind. Es soll ihnen eine gute Ausbildung ermöglichen und später dabei helfen, dass sie sich ein eigenes Leben aufbauen können. Das Anwesen, das Anton gehört hat, wird seit zwei Jahren im Sommer vermietet. Die Einnahmen daraus bekommt ganz alleine Maria. Und zwar weil Laura es so wollte.«

Kapitel 21

Laura schreckte hoch, als draußen ein lautes Knattern erklang, das immer näher zu kommen schien. Sie saß seit Stunden mit ihrem Laptop auf dem Sofa, nachdem sie es endlich gewagt hatte, sich einem der Geister ihrer Vergangenheit zu stellen. Als sie vor sechs Jahren auf die Alm gezogen war, hatte sie damit begonnen, einen Schliersee-Krimi zu schreiben, um die vielen Eindrücke zu verarbeiten, die in ihrer neuen Heimat mit jedem Tag neu hinzukamen. Schon als Kind hatte sie viel gelesen und dadurch eine blühende Fantasie entwickelt, und so war es ihr leichtgefallen, auch ohne größere Vorkenntnisse eine spannende Handlung aufzubauen. Allerdings hatte sie sich in der Entwicklung ihres Bösewichts von einem gewissen Tierarzt inspirieren lassen, den sie im realen Leben erst hassen und später lieben gelernt hatte. Nachdem sie im zweiten Teil ihrer emotionalen Berg- und Talfahrt angelangt waren, hatte sie Anton von ihrem Krimi erzählt, und der hatte sich königlich darüber amüsiert, dass sie ihn als Vorlage für einen fiesen Mistkerl genommen hatte. Natürlich hätte sie die Figur geändert, bevor sie das Manuskript vielleicht irgendwann an einen Verlag geschickt hätte. Nur die Nebenfigur, die sie direkt nach ihm benannt hatte und die sie ein gutes Dutzend Seiten an gebrochenem Herzen hatte leiden lassen, hatte sie gleich wieder gestrichen. Und dann war Anton verunglückt, Toni kam auf die Welt, und der Krimi geriet in Vergessenheit. Und als Laura die Datei eineinhalb Jahre nach Antons Tod wieder öffnete und er ihr in ihrer fiktiven Geschichte wiederbegegnete, war sie so geschockt, dass sie drauf und dran war, das Dokument zu löschen. Nur Franzi, die zum Kaffee vorbeikam und eine völlig aufgelöste Laura vorfand, hatte in letzter Minute verhindern können, dass Laura den Papierkorb auch noch leerte, in den sie die Datei bereits verschoben hatte. Damit ihre Freundin nicht doch noch etwas Unüberlegtes anstellen konnte, hatte Franzi Laura zur Seite geschoben, das Manuskript auf einen USB-Stick kopiert und diesen kurzerhand mitgenommen. Und schließlich war es wieder Franzi gewesen, die Laura vor ein paar Tagen daran erinnert hatte, dass sie noch immer darauf wartete, dass Laura die Geschichte, der nur noch ein Epilog fehlte, eines Tages zu Ende schrieb.

Als das Knattern erstarb, speicherte Laura den letzten Stand ab, warf einen Blick auf das Hundebett, in dem Dschinn ruhig schlief, und stellte zufrieden fest, dass sie ihn unbesorgt eine Weile alleine lassen konnte.

Sie schlüpfte in Stiefel und Winterjacke, öffnete die Tür und starrte das Ungetüm mit großen Augen an, das auf dem Hof stand. Als sie erkannte, wer darin saß, konnte sie sich ein Lächeln nicht verkneifen.

»Mamiii!«, schrie Toni.

»Hallo, Mäuschen.« Laura strahlte übers ganze Gesicht. Sie hob Toni von dem Koloss herunter und wartete, bis Mick heraussprang. »Was hast du denn mit dem Ding vor?« Es war ein uralter Traktor, der Anton gehört hatte. Das Fahrzeug war mit seinen riesigen Stollenreifen absolut geländetauglich und von ihm früher dazu genutzt worden, den Forstweg im Winter vom Schnee zu räumen.

»Hast du noch nicht gehört, dass es ab dem späten Nachmittag wieder schneien soll?«

»Nein«, sagte Laura mit einem mulmigen Gefühl. »Du willst mir jetzt aber nicht sagen, dass ich mit dem Ding herumfahren soll.«

»Nein, das würde ich mir nicht mal im Traum wünschen.« Micks blaue Augen strahlten. »Aber solange du hier oben bleiben willst, werde ich zweimal am Tag den Weg räumen müssen, sonst hast du keine Chance mehr, auch nur ansatzweise ins Tal zu kommen.«

Gerührt umarmte Laura ihn. »Ach, Mick. Was täte ich nur ohne dich.«

Ernst sah er sie an. »Ich glaube nicht, dass wir diese Diskussion noch einmal führen müssen, oder?«

»Nein, das müssen wir nicht. Aber trotzdem …«

»Trotzdem soll ich nicht länger ein schlechtes Gewissen haben, für das, was ich dir vor Jahren angetan habe«, brummte Mick. »Das weiß ich, Laura. Aber es ist nicht nur das. Was damals geschehen ist, hat mich letztlich zu dem Menschen gemacht, der ich heute bin. Und dafür werde ich dir mein Leben lang dankbar sein.«

Laura stellte sich auf die Zehenspitzen und drückte ihm einen Kuss auf die Wange. Aus dem leichtlebigen Gigolo, der nie etwas hatte anbrennen lassen, war ein durch und durch verlässlicher Mann geworden, den zum Freund zu haben sie stolz machte. »Aber ich habe doch gar nichts dazu beigetragen«, sagte sie. »Das hast du ganz alleine geschafft.«

»Das musstest du auch nicht. Trotzdem ist es so, und ich werde immer für dich da sein, egal, was passiert.« Mick bückte sich, setzte Toni auf seine Schultern, die energisch an seiner Hand gezogen hatte, da sie unbedingt ins Haus und nach Dschinn sehen wollte. »Und jetzt will ich endlich ein Stück Kuchen. Ich hoffe, du hast ihn noch nicht komplett alleine aufgegessen?«

»Wie geht es ihm?«, wollte Mick mit einem Blick auf Dschinn wissen, während er in seiner Kaffeetasse rührte.

Laura grinste. »Bis auf die Tatsache, dass er der geschahmigste Hund aller Zeiten ist, geht es ihm mit jedem Tag besser«, sagte sie. Bevor sie jedoch weiterreden konnte, wurde sie von Mick unterbrochen.

»Hatten wir nicht vereinbart, dass du dein restliches Leben lang darauf verzichtest, bayerisch zu reden?« Mick hätte fast seinen Kaffee verschüttet. »Und außerdem heißt es nicht geschahmig, sondern gschamig.«

»Ist mir wurst«, sagte Laura verschmitzt, genau wissend, dass er sich beim Wort *Wurst* die Ohren zuhalten würde.

»Wurscht, nicht wurst«, stöhnte er dann auch. »Und es sollte dir alles sein, aber nicht das.«

Laura kicherte. »Ich weiß.« Unvermittelt wurde sie ernst. »Dschinn schafft es noch nicht aufzustehen, und dafür schämt er sich jedenfalls fast zu Tode. Zumindest wenn er mal muss.«

»Deswegen hast du das Ding einen halben Meter hoch mit Windeleinlagen ausgepolstert?«

»Genau. Immerhin bekommt er so viel von sich und seiner Umwelt mit, dass er nicht mehr im Schlaf ins Bett macht. Und wenn er wach ist, dann hält er alles so lange zurück, bis es ihn fast zerreißt.«

»Oje.« Mitfühlend musterte Mick den Hund. »Das mag ja eine schöne Sauerei ergeben.«

»Für mich ist es weniger schlimm als für ihn«, sagte Laura, die sich inzwischen daran gewöhnt hatte, dass der Hund zum Gotterbarmen jaulte, wenn er den Druck auf seiner Blase oder seinem Darm nicht mehr aushalten konnte.

»Und was will er dir damit sagen?«

»Dass ich mich bereithalten soll, die vollgemachten Windeln unter ihm wegzuziehen, sobald er fertig ist.« Laura musste nicht betonen, wie sehr sie das Verhalten des Hundes berührte. Es stand ihr so deutlich ins Gesicht geschrieben, dass jeder, der sie auch nur ein wenig kannte, es ihr ansehen konnte. »Jedenfalls winselt er, bis ich zu ihm komme, ihm ein Signal gebe, dass alles in Ordnung ist, dann wartet er, bis ich wieder aus dem Raum gegangen bin, damit er keine Zuschauer hat, und erledigt dann sein Geschäft. Sobald er fertig ist, bellt er, um mir zu sagen, dass ich wieder hereinkommen und die Schweinerei entfernen darf.«

Laura hatte ihre Schilderung mit so lustigen Grimassen unterstrichen, dass Mick laut lachen musste. »Klingt ja sehr gnädig«, stellte er fest.

»Ja, er ist schon ein kleiner Prinz, unser Dschinn.« Plötzlich erregte etwas Lauras Aufmerksamkeit. Sie sah zum Fenster hinaus. »Du hattest recht«, sagte sie. »Es fängt gerade an zu schneien.«

Die Wettervorhersage hatte Mick schon seit zwei Tagen keine Ruhe gelassen. Die Vorstellung, dass Laura mit Toni und dem Hund auf der Alm bleiben würde, bis sie im schlimmsten Fall eingeschneit waren, hatte er nicht zulassen können. Deswegen hatte er sich auf die Suche nach dem alten Traktor begeben, ihn wieder flottgemacht und die Schneeketten hinter dem Sitz verstaut. Er würde es genauso halten wie Anton all die Jahre. Der hatte, wenn er aus dem Tal kam, seinen BMW in einer kleinen Haltebucht an der Valepperstraße stehen lassen, war auf den Traktor geklettert und mit abgesenkter Schaufel zu seinem Haus hochgebrettert. Am nächsten Morgen ging das Spiel in die umgekehrte Richtung, und das den ganzen Winter lang.

Den Luxus, gleich auf der Alm zu bleiben, hatte Mick zwar nicht; er musste jeweils morgens und abends rauf- und gleich wieder runterfahren, aber immerhin ging es nur um wenige Wochen, bis der Hund wieder alleine überlebensfähig war. »Ich lasse mich auf keine Diskussion ein«, sagte er zu Laura, der das schlechte Gewissen über den ganzen Aufwand ins Gesicht geschrieben stand. »Dass du so viel für einen Hund auf dich nimmst, zeigt auch mir, was für eine gute Freundin du bist«, sagte Mick mit belegter Stimme. »Ich glaube, ich habe es mir auch verdient, stolz darauf sein zu dürfen, dass ich zu deinem Freundeskreis gehöre.«

Kapitel 22

Im gleichen Tempo, in dem es Dschinn besser ging, wuchs in Laura eine Traurigkeit heran, die erst zu diffus war, als dass sie hätte erkennen können, woran es lag. Vielleicht wollte sie es aber auch nur nicht wahrhaben, dass sie körperlich noch immer nicht ganz die Alte war. Sie musste sich eingestehen, dass sie deutlich schneller ans Ende ihrer Kraft gelangte als früher, vor allem wenn sie mit Toni herumtollte und sich schon nach kurzer Zeit so erschöpft fühlte, dass sie sich am liebsten zu einem Nickerchen hingelegt hätte. In einem Telefonat mit Marc Hansemann hatte der ihre Befürchtungen mit einem wohlwollenden Lachen vom Tisch gewischt.

»Laura, du musst ein bisschen Geduld mit dir haben«, sagte er. »Du darfst nicht vergessen, dass die ganzen Medikamente, die wir dir verabreichen mussten, um dich im Koma zu halten, deinen Körper enorm belastet haben. Also üb dich in Nachsicht mit dir selbst, und genieße es, dass du so gute Freunde hast, die dir beistehen. Alles andere kommt von alleine wieder.«

Laura biss die Zähne aufeinander. Geduld, ja, das war so eine Sache. Sich bewusst zu entspannen war schließlich etwas ganz anderes, als sich ständig bremsen und Freunde um Hilfe bitten zu müssen. Wobei sich allmählich wieder ein Rhythmus einpendelte, der ihren Tagen eine feste Struktur gab. Seitdem es zu schneien begonnen hatte, kam Mick jeden Tag gegen sechs Uhr dreißig zur Alm hochgefahren, brachte ein paar Lebensmittel und ließ sich von Laura ein opulentes Frühstück zubereiten. Anschließend nahm er Toni mit nach Schliersee und lieferte sie in der Kita ab. Mittags holte Laura sie dann wieder dort ab. Inzwischen hatte Laura den ganzen Vormittag für sich, konnte sich um Dschinn kümmern, ihr Manuskript überarbeiten und die Buchhaltung erledigen, die Mick ihr mit den Lebensmitteln gebracht hatte und die ihn schier wahnsinnig machte.

Als er Laura davon erzählt hatte, war sie heilfroh gewesen. Nicht nur darüber, dass sie ihm helfen konnte, ihr fiel im Moment auch die Decke auf den Kopf, da sie sich immer noch schonen musste. »Gib mir den ganzen Kram einfach. Wenn ich etwas aus dem Effeff beherrsche, dann ist es, Belege einzuordnen, Briefe zu schreiben und Verträge zu lesen.«

Mick sah sie mit einer Mischung aus Erleichterung und Zweifeln an. »Aber das kann dir doch keinen Spaß machen!«

Laura schmunzelte. »Ach, weißt du, ich habe doch in Berlin so lange für eine Versicherung gearbeitet, dass es mir fast schon fehlt, mich durch irgendwelche Aktenberge wälzen zu dürfen. Wenn du möchtest, kannst du mir auch gleich deine Steuerunterlagen geben. Vermutlich wirst du um einen Steuerberater zwar nicht herumkommen, aber zumindest die Vorbereitung kann ich für dich erledigen.« Sie warf ihm einen verlegenen Blick zu. »Natürlich nur, wenn es für dich okay ist, dass ich deine Umsatzzahlen sehe.«

Mick war etwas fassungslos ob Lauras Hilfsangebot. Seitdem er seinem ehemaligen Chef das Sportgeschäft in Schliersee abgekauft hatte, war der anfallende Papierkram das Einzige, das ihm nach wie vor Magenschmerzen bereitete. »Wirklich? Das würdest du für mich tun?«

»Natürlich mache ich das. Also, nix wie her mit dem ganzen Zeug.«

Nachdem sie alles sortiert, abgeheftet und in das Computerprogramm eingetragen hatte, das sie auf ihren Rechner geladen hatte, fiel ihr ein, dass sie irgendwo noch eine DVD mit einem Fitnessprogramm haben musste. Da Marc ihr geraten hatte, mit einem gemäßigten Pensum zu beginnen, legte sie die Scheibe in den DVD-Player und folgte den Anweisungen der Trainerin, die durch das Programm führte.

Dschinn, der sie eine Weile von seinem Platz im Hundekorb aus beobachtet hatte, legte schließlich eine Pfote so über seinen Kopf, dass sie seine Augen bedeckte.

»Du bist unmöglich!«, attestierte Laura ihm. Natürlich wusste sie, dass der Hund sich nicht die Augen zuhielt, trotzdem musste sie kichern. »Mache ich etwa eine so schlechte Figur?«

Wie zur Bestätigung fing Dschinn an zu winseln.

»Och nöö. Muss das ausgerechnet jetzt sein?« Außer Atem stoppte Laura die DVD und wollte aus dem Zimmer gehen, als sie sah, wie der Rüde versuchte, sich aufzurichten.

Sofort war Laura an seiner Seite. »Meinst du, dass das eine gute Idee ist?«, murmelte sie. Behutsam stützte sie ihn, als er wackelig auf drei Beinen stand. Das vierte war noch immer geschient und mit einem dicken Verband umwickelt.

»Mach langsam«, mahnte Laura mit besorgter Stimme, als der Hund loshumpelte. Ganz offensichtlich musste er dringend sein Geschäft erledigen, hielt es aber für nicht mehr tragbar, das im Zimmer und im Liegen zu erledigen. Als die schwachen Beine wieder und wieder unter der Last seines Körpers einknickten, das Winseln aber immer schlimmer wurde, fasste Laura einen Entschluss. Sie lief zur Haustür, riss sie sperrangelweit auf, blockierte sie mit einem Schuh, sodass sie nicht mehr zufallen konnte, und scherte sich nicht darum, dass der Wind eine ordentliche Ladung Schnee hereinwehte. Dann lief sie dem Hund entgegen, hob ihn kurz entschlossen hoch und stellte fest, dass er in den letzten Tagen deutlich zugenommen hatte.

»Du wirst langsam ganz schön dick«, neckte sie ihn erleichtert. Zum Glück waren es nur ein paar Meter bis zur Tür. Sie biss die Zähne zusammen, als ihre nackten Füße den eiskalten Schnee berührten.

Bevor ihr das Gewicht des Hundes zu viel wurde, setzte sie ihn vorsichtig ab. »Du machst das prima«, lobte sie ihn. »Lauf aber ja nicht zu weit weg.«

Mit einem Besen kehrte sie den Schnee nach draußen, bevor der zu schmelzen anfing, und lehnte die Tür nur leicht an. Und dann betete sie. Hoffentlich war der Hund nicht jetzt schon der Meinung, dass er es in seinem desolaten Zustand und bei dem scheußlichen Wetter schaffen würde, alleine zu überleben. Mit geschlossenen Augen lehnte sie an der Verbindungstür, die zum Stall führte, und wartete. Bange Minuten vergingen, bis sich endlich eine weiße Hundeschnauze durch den Türspalt schob und ein kurzes Bellen Laura aus ihrer Lethargie riss.

»Du bist so ein braver Hund«, lobte Laura ihn. Sie holte ein altes Handtuch aus der Kammer und rieb ihm vorsichtig den Schnee von der Schnauze und aus dem dichten Fell. Dschinn ließ sich das Verwöhnprogramm geduldig gefallen, und es war nicht zu übersehen, wie stolz er auf sich selbst war.

»Ja, ja. Ich sag ja, du bist ein toller Hund.« Zärtlich streichelte Laura den Hundekopf. Als er genug hatte, machte Dschinn einige vorsichtige Schritte in Richtung Hundebett, kletterte jedoch nicht hinein, sondern ließ sich danebenfallen und genoss die Wärme, die vom Kamin ausging.

Laura wollte ihm eine Tube von dem Kraftfutter holen, doch dann hatte sie eine bessere Idee. Sie nahm ein Stück Fleisch aus dem Kühlschrank, schnitt es in kleine Stücke und mischte die Astronautennahrung darunter. Anschließend gab sie den grob gehackten Brei in eine Schüssel und stellte sie auf den Küchenboden. Sofort hob Dschinn den Kopf und warf ihr einen strafenden Blick zu.

»Ja, mein Lieber, das schaffst du. Wer bei dem Sauwetter nach draußen aufs Klo gehen kann, der schafft es auch, sich sein Fressen ab sofort aus der Küche zu holen.«

Tatsächlich dauerte es keine halbe Minute, und der Rüde schleppte sich das kleine Stück bis zur Schüssel, senkte seinen Kopf und fraß in Lichtgeschwindigkeit die gesamte Portion auf.

Wenn du schon wieder so viel Appetit hast, dann wird es wohl auch nicht mehr lange dauern, bis du wieder hinauswillst in die Einsamkeit, dachte Laura traurig. Sie hoffte nur, dass Dschinn lange genug bleiben würde, bis seine Wunden gut genug verheilt waren, sodass er für den Winter gewappnet war.

Plötzlich drifteten Lauras Gedanken ab. Immer wieder hatte sich Florian in den letzten Tagen in ihren Kopf geschlichen. Nachdem er neulich ohne ein Wort weggefahren war, hatte sie insgeheim gehofft, dass er sich bei ihr melden würde. Doch es war kein Lebenszeichen von ihm gekommen. Während sie erst noch davon überzeugt gewesen war, dass er schon bald anrufen und fragen würde, ob er auf einen Kaffee vorbeikommen könnte, schwand ihre Hoffnung nun immer mehr. Erst waren die Stunden verstrichen, aus den Stunden waren Tage geworden, und mit jedem Morgen, an dem sie aufwachte, nach ihrem Telefon griff und mit einem Blick auf das Display feststellen musste, dass keine Nachricht auf sie wartete, wuchs ihre Traurigkeit.

»Was willst du eigentlich?«, schimpfte sie sich selbst und musste sogleich zugeben, dass sie es nicht wusste. Einerseits war sie erleichtert, dass er sie nicht mit Nachrichten und

Anrufen bombardierte, andererseits spürte sie, dass sie ihn vermisste. Sehr sogar. Und jetzt, wo alle anfallenden Aufgaben erledigt waren und es noch mindestens zwei Stunden dauern würde, bis sie Toni aus der Kita abholen konnte, hatte sie endlich Zeit, um nichts zu tun. Doch aus der Entspannung wurde nichts, denn Florian geisterte hartnäckig in ihren Gedanken herum. Schließlich sagte sie sich, dass sie nichts zu verlieren hatte. Bevor sie lange darüber nachdenken und es sich wieder anders überlegen konnte, griff sie nach dem Telefon und wählte seine Nummer. Mit klopfendem Herzen wartete sie darauf, dass er abhob. Würde er überhaupt noch mit ihr reden? Oder war er so sauer auf sie, dass er jeden Kontakt mit ihr vermied?

Als nur seine Mailbox ranging, legte sie wieder auf. Dummerweise hatte sie sich keinen Plan zurechtgelegt, was sie auf seinen Anrufbeantworter sprechen sollte, falls er selbst nicht erreichbar war. »Das war jetzt ziemlich dämlich«, stellte sie fest. Ihre Finger trommelten auf die Tischplatte. Fieberhaft überlegte sie, ob sie ihn erneut anrufen und um einen Rückruf bitten sollte, als das Klingeln des Telefons sie aus ihren Gedanken riss. Sie blickte auf das Display, und ein Gefühl der Enttäuschung überkam sie, als sie sah, dass es Gabi war, die aus Berlin anrief.

»Hallo Gabi! Wie schön, dass du dich meldest!«

»Laura, Schätzchen, das nehme ich dir nicht ab.«

Laura stutzte. »Wieso denn nicht?«

»Weil du so übereuphorisch klingst, dass etwas daran nicht stimmen kann.«

Laura seufzte. Genau das war es, was die Feuerwehr zu etwas so Besonderem machte. Jeder konnte die Gefühle der anderen so deutlich wahrnehmen, als wären es die eigenen. »Ja, du hast recht«, gestand sie. »Ich habe gerade versucht, Florian zu erreichen, aber er geht nicht ran.«

»Wie lange ist es denn her, dass du ihn angerufen hast?«

»Drei Minuten.«

Gabi kicherte. »Na, dann kann man ja noch nicht gerade davon sprechen, dass er nicht zurückruft.«

Bevor Laura darauf antworten konnte, vernahm sie, dass es im Telefon anklopfte. Mit einem raschen Blick auf das Display sah sie, dass es Florian war. »Gabi«, sagte sie atemlos, »kann ich …«

Gabi, die Lauras Nöte sofort verstand, sagte: »Natürlich. Ruf. Mich. An.«

Laura atmete tief durch, bevor sie das Gespräch annahm. »Hallo, Florian. Schön, dass du zurückrufst.«

»Dein Anruf hat mich überrascht, aber ich freue mich sehr darüber«, gab Florian zu, dem nicht entgangen war, wie angespannt Laura sich anhörte. »Ist bei dir alles in Ordnung?«

Unschlüssig biss Laura sich auf die Unterlippe. Um ehrlich zu sein, hatte sie nicht darüber nachgedacht, was sie überhaupt sagen wollte. Doch um sich jetzt noch eine Strategie auszudenken, war es zu spät. »Ja, alles okay«, sagte sie verlegen. »Ich dachte, also, vielleicht könnten wir uns sehen?«

»Das würde ich gern. Sehr gern sogar«, sagte Florian, dem die Überraschung über ihre Frage deutlich anzuhören war. »Hast du schon einen Vorschlag?« Dann fiel ihm ein, dass sie wegen des Hundes vermutlich noch immer nicht aus dem Haus kam. Allerdings fand er es keine besonders gute Idee, sie erneut in ihren vier Wänden zu besuchen. »Falls du Dschinn für einen halben Tag alleine lassen oder einen Babysitter für ihn besorgen kannst, dann hätte ich eine Idee, was wir morgen Nachmittag machen könnten. Vorausgesetzt natürlich, du hast überhaupt Zeit und bringst Toni mit.«

Der Gedanke, für ein paar Stunden aus dem Haus zu kommen, war äußerst verlockend. Und, um ehrlich zu sein, Florian wiederzusehen war es noch sehr viel mehr. »Ich frage

Maria. Sie hat morgen frei. Kann ich dir später noch Bescheid geben, ob das klappt?«

Eine Stunde später hatte Maria sich freudestrahlend bereit erklärt, den morgigen Nachmittag bei Dschinn zu verbringen. »Ich bringe Stefan mit. Ich werde ihn darauf vorbereiten, dass er vorsichtig mit ihm umgehen muss, denke aber, dass er das gut hinbekommt.« Zumindest hoffte Maria es. Stefan war in den letzten beiden Jahren zu einem wahren Energiebündel aufgeblüht, das manchmal nur schwer zu bändigen war. Maria mochte sich noch gar nicht ausmalen, welch einen Tatendrang er erst entwickeln würde, wenn er in die Pubertät kam.

Laura wusste, wie sehr sich auch Antons Neffe darüber freute, dass Dschinn zurückgekommen war. Er war derjenige gewesen, dem Anton das Fotografieren beigebracht hatte und der dafür verantwortlich war, dass Dschinns Kopf auf Tonis Lieblingstasse prangte. Maria hatte ihn nur schwer bremsen können, den Patienten sofort zu besuchen. Anfangs hatte der Junge geschmollt, doch dann hatte er es verstanden, dass Dschinn erst wieder gesund werden musste, bevor er herumtollen konnte.

»Da Dschinn es mittlerweile schafft, alleine aufs Klo zu humpeln, bin ich mir sicher, dass es kein Problem ist, wenn Stefan nicht allzu stürmisch mit ihm umgeht«, sagte Laura.

Es war also abgemacht, sie würden den Nachmittag zu dritt verbringen. Florian hatte vorgeschlagen, Laura und Toni nach dem Kindergarten in Schliersee zu treffen. Was er vorhatte, wollte er jedoch nicht verraten. »Es ist eine Überraschung. Hauptsache, du packst warme Klamotten ein.«

Als Laura mit Toni auf den See zulief, sah sie Florian, der bereits am Ufer auf sie wartete, und ihr Herz machte einen kleinen Satz. Und doch war sie auf eine seltsame Weise verunsichert. Sie verlangsamte ihren Schritt, während Toni, kaum dass sie Florian erblickt hatte, giggelte wie ein kleines Hühnchen und mit schnellen Schrittchen auf ihn zulief. Laura blieb stehen und beobachtete, wie Florian in die Knie ging, seine Arme ausbreitete und über das ganze Gesicht strahlte, als das kleine Mädchen auf ihn zurannte. Er hob sie hoch und wirbelte mit ihr herum, bis der Schnee unter seinen Füßen knirschte. Als er endlich wieder stehen blieb, hatten beide rote Wangen.

»Forian«, quietschte Toni.

»Honi«, scherzte Florian, indem er ihren Namen ebenso falsch aussprach wie sie den seinen.

»Wohin fahren wir?«, fragte Laura, nachdem sie Toni sicher im Kindersitz verstaut hatte.

Florian hatte ihr zwar vorgeschlagen, seinen Wagen zu nehmen, doch da die Fahrt seinen Worten zufolge weniger als zwanzig Minuten dauern würde, hatte Laura auf sein Angebot verzichtet, da sie dafür den Kindersitz aus ihrem Auto aus- und in seines hätten einbauen müssen.

»Nach Bayrischzell«, antwortete Florian nur. Als sie nachhaken wollte, was er vorhatte, hob er die Hände. »Ich verrate nichts«, sagte er vergnügt. »Ich würde dir gern vorschlagen, dass du dich einfach entspannen sollst, aber ich denke, da du das Auto fahren wirst, ist das keine so gute Idee.«

Eine Viertelstunde später parkte Laura ihren Wagen im Ortszentrum von Bayrischzell. Noch immer hatte sie keine Ahnung, was sie erwartete. Aber da der Schneesturm der letzten Tage die Landschaft in ein Wintermärchen verwandelt hatte, auf das heute aus einem wolkenlosen Himmel die Sonne schien, hatte sie es gar nicht so eilig zu erfahren, was geplant war. Hauptsache, sie waren in der Natur und konnten den

Tag in vollen Zügen genießen. Wie schön die Schneekristalle im Sonnenlicht glitzerten und funkelten! Sie bückte sich zu Toni, kontrollierte, dass Hals und Ohren gut durch Mütze und Schal geschützt waren, und bestand darauf, dass sie ihre knallroten Fäustlinge anzog.

»Nein, Mäuschen, du kannst nicht ohne Handschuhe rumlaufen«, beharrte sie. »Es sind minus drei Grad draußen, und das ist zu kalt«, sagte sie ruhig, aber bestimmt, als Toni sich weigerte hineinzuschlüpfen.

Auch als das Mädchen eine Schnute zog und die Arme mit einem trotzigen Blick verschränkte, blieb Laura konsequent. »Gut, wenn du das nicht möchtest, dann fahren wir eben wieder nach Hause.« Der leidende Blick, den Toni ihr zuwarf, hätte sicher das ein oder andere Herz zum Schmelzen gebracht. Auch Laura musste sich zusammennehmen. Sie wusste genau, dass ihre kleine Tochter einen beeindruckenden Dickkopf und einen eisernen Willen hatte.

Ohne dass Laura es bemerkte, beobachtete Florian, ans Auto gelehnt, neugierig die Szene. Sie ist eine tolle Mutter, dachte er bei sich. Egal, wie schwierig es ganz sicher war, ein Kind alleine aufzuziehen, Laura machte das großartig. Soweit er das überhaupt beurteilen konnte. Aber er musste sich eingestehen, dass ihm die Mischung aus langer Leine und Standhaftigkeit, die sie dem Mädchen entgegenbrachte, ausnehmend gut gefiel. Sie hatte offensichtlich eine sehr klare Vorstellung davon, dass sie dem Kind nicht nur beide Elternteile sein musste, sondern auch, welche Regeln einzuhalten waren.

»Was?« Überrumpelt fuhr er zusammen, als Laura ihn ansprach.

»Ich sagte, dass wir jetzt so weit wären. Also, wohin laufen wir?« Laura war sich sicher, dass er mit ihnen auf den auch für kleine Kinder einfach zu begehenden Seeberg laufen wollte. Als er jedoch an der verkehrten Stelle nach links abbog, hielt sie ihn zurück. »Bist du dir sicher, dass das der richtige Weg ist?«

»Ganz sicher.« Er hatte einen Heidenspaß daran, sie an der Nase herumzuführen. Drei Minuten später, als sie im Gänsemarsch um eine Ecke bogen, war plötzlich das Klingeln von unzähligen Glöckchen zu hören.

Toni war es, die zuerst darauf aufmerksam wurde. Ihr Blick folgte dem Geräusch, dann jauchzte sie laut auf und begann an der Hand ihrer Mutter zu ziehen. »Mamiii! Pferde!«

Belustigt verdrehte Laura die Augen. Nicht schon wieder, dachte sie. Was auch immer Florian vorhatte, nun würde es eine Weile dauern, bis Toni sich von den Pferden losreißen würde. Und tatsächlich, kaum dass Toni vor den beiden Tieren stand, die vor einen hübschen kleinen Schlitten gespannt waren, suchte ihr Blick Florian. »Wieder füttern!«

»Wir müssen erst fragen, ob wir das dürfen«, antwortete Florian und sah sich um. »Was meinst du, sollen wir den Kutscher suchen?«

Toni, die keine Ahnung hatte, was ein Kutscher war, nickte eifrig. Sie spürte, dass sie Florian vertrauen konnte. Als er ihr seine Hand anbot, nestelte sie an ihrem Handschuh, was ihr ein warnendes Kopfschütteln ihrer Mutter einbrachte.

Kaum dass die beiden um die Ecke verschwunden waren, fragte eine tiefe Stimme hinter Laura: »Sind Sie die Familie, die den Schlitten gemietet hat? Ich bin Alois, der Kutscher.«

Laura drehte sich um und sah in ein vom Wetter gegerbtes, bärtiges Gesicht. Bedauernd hob sie die Schultern. »Ich befürchte, das sind wir leider nicht.« Was eigentlich schade war. Bei dem Bilderbuchwetter und den Unmengen an Schnee musste es ein Traum sein, mit dem Landauer durch die Landschaft zu fahren.

Kurz darauf kam Florian zurück. Er hatte Toni auf dem Arm, die ein enttäuschtes Gesicht machte. »Keine Sorge, wir finden ihn sicher noch«, tröstete er sie. »Er würde seine Pferde doch niemals alleine lassen.« Dann sah er den Mann, der noch immer neben Laura stand. »Ach, sieh mal, das ist er bestimmt.«

Florian trat, das Mädchen noch immer auf dem Arm, auf ihn zu und stellte sich vor, worauf der Kutscher ihn verwundert ansah. »Ich verstehe nicht ganz«, sagte er. »Sind Sie Florian?« Als Florian nickte, wurde das Gesicht des Kutschers noch verwirrter. »Ihre Frau sagt, dass Sie jetzt doch nicht mit dem Schlitten fahren wollen?«

Nun war es an Laura, entgeistert zu schauen.

Florian schmunzelte. »Jetzt ist das Durcheinander vermutlich komplett«, sagte er vergnügt. »Die Dame ist zwar nicht meine Frau, aber die Schlittenfahrt machen wir trotzdem.«

Laura wäre fast in Ohnmacht gefallen. »Was sagst du da?«, fragte sie atemlos. »Du hast die Kutsche bestellt?«

Plötzlich kamen ihm Zweifel. »Ich hoffe, es ist dir recht?«

Schnell nahm sie ihm die Sorge. »Es ist großartig«, sagte sie freudestrahlend. »In dem Augenblick, als ich das Gespann gesehen habe, dachte ich mir, wie toll es wäre, wenn wir so was mal machen könnten.«

Da ihre Mutter einen Augenblick lang abgelenkt gewesen war, hatte Toni es inzwischen geschafft, ihre Handschuhe auszuziehen. Jetzt kreischte sie auf. »Ja, Schlitten fahren mit den Pferden!«

Die drei Erwachsenen lachten über die unverstellte Begeisterung des kleinen Mädchens. Dann wandte sich der Kutscher an Florian: »Ich hole schnell noch den Korb, dann kann es losgehen.«

»Denkst du, dass wir die einzigen Gäste sind?«, wollte

Laura wissen, da der Landauer für sechs Personen ausgelegt war.

Florians Augen funkelten. »Das hoffe ich doch, wenn ich schon eine Kutsche nur für uns gemietet habe.« Er nahm einen Stapel angewärmter Decken vom Kutscher entgegen und breitete sie so aus, dass sie sich alle darunterkuscheln konnten. Kaum dass sie saßen, stieß Alois einen scharfen Pfiff aus, die Kutsche fuhr mit einem leichten Ruck an und glitt auf ihren langen Kufen durch die Winterlandschaft.

»Ist euch kalt?«, fragte Florian fürsorglich. Als Laura den Kopf schüttelte und Toni ein bestätigendes »warm« quiekte, bückte er sich und öffnete den Korb, der zu ihren Füßen stand. »Mal sehen, was die Bar zu bieten hat«, sagte er. »Da hätten wir zum einen Kakao, zum anderen Kaffee mit Milch und Zucker, und so, wie es aussieht, hat uns eine gute Fee auch noch einen Weihnachtsstollen eingepackt.« Er schenkte ein hübsches, blau-weiß-bayerisch bemaltes Haferl voll und hielt es Toni hin. »Die junge Dame möchte bestimmt einen Kaffee, habe ich recht?«

Laura schmunzelte. Sie konnte kaum glauben, dass ihm das begeisterte Quietschen, das Toni jedem seiner Scherze folgen ließ, nicht auf die Nerven ging.

»Kein Kaffee!« Toni konnte sich kaum halten vor Kichern. »Ich will Kakao!«

»O ja! Wie konnte ich nur so dumm sein.« Florian schlug sich gegen die Stirn. »Natürlich bekommt das junge Fräulein einen Kakao. Kommt sofort«, sagte er und reichte den Kaffeebecher an Laura weiter.

»Ich danke dir sehr«, sagte Laura verträumt zu Florian, als er ihr zwei Stunden später aus dem Schlitten half. Die Fahrt war nach all den Aufregungen und Sorgen der letzten Wochen so erholsam und entspannend gewesen wie ein ganzes Wellnesswochenende. Dass sie an Romantik kaum zu überbieten gewesen war, ließ Laura unerwähnt. Hätte Florian sie heute geküsst, wäre sie wohl nicht mehr davongelaufen. Doch er hatte sich die ganze Zeit rührend um Toni gekümmert, hatte ihr alle möglichen Dinge gezeigt, die er entdeckt hatte, den kleinen Falken, der am Himmel kreiste und nach Beute suchte, und das Rotwild, das am Waldrand stand und sich sonnte. Aber er hatte noch nicht mal dazu angesetzt, auch nur ihre Hand zu nehmen.

»Sehr gern geschehen«, sagte Florian freundlich und hob Toni vom Schlitten. Als er vergaß, dem Kutscher seinen Korb zurückzugeben, wies Laura ihn darauf hin, dass er sich keine Freunde machen würde, wenn er ihn mit nach Hause nehmen würde.

»Ich glaube kaum, dass man hier etwas dagegen hat, wenn man sein Eigentum wieder mitnimmt.« Florian amüsierte sich königlich über Lauras Gesicht. »Da ich schon vermutet hatte, dass wir mit deinem Auto fahren, habe ich den Korb hergebracht, bevor wir uns getroffen haben«, erbarmte er sich, ihr zu erklären.

»Ach, du!« Laura bückte sich blitzschnell, formte aus dem fluffig leichten Neuschnee einen Ball, holte aus und traf auf der Nase.

Toni, die den schnellen Wortwechsel mit Blicken verfolgt hatte, ohne zu verstehen, worum es ging, quietschte vor Vergnügen los, da Florian keine Anstalten machte, sich den Schnee vom Gesicht zu wischen. Ganz im Gegenteil, er beugte sich zu ihr hinunter, machte ein grimmiges Gesicht und brummte: »Ich bin ein Yeti. Und ich habe kleine Mädchen zum Fressen gern.«

Laura spürte, wie eine unbestimmte Traurigkeit von ihr Besitz ergriff. Solche Tage sollten nie enden, dachte sie. Obwohl sie fast ein wenig enttäuscht darüber war, dass Florian keinerlei Anstalten gemacht hatte, sie wenigstens in den Arm zu nehmen, war sie doch auch froh, dass er sich zurückhielt, insbesondere, da sie in Tonis Gegenwart sowieso nicht gewusst hätte, wie sie damit hätte umgehen sollen.

Bevor Florian sich auf den Beifahrerseitz setzte, warf er ihr über das Wagendach einen nachdenklichen Blick zu. »Musst du wirklich heute noch auf die Alm zurück?«, fragte er. »Wenn Maria oben übernachten würde, müsstest du jetzt nicht mehr hinauffahren.« Er warf einen Blick zum Himmel. Die Sonne war gerade hinter den verschneiten Bergen verschwunden. Es würde nicht mehr lange dauern, bis es endgültig dunkel war.

Laura hatte auch bereits darüber nachgedacht, die Idee jedoch wieder verworfen. »An sich ist der Gedanke super, aber angesichts der Schneemassen und der Tatsache, dass morgen Samstag ist, müsste ich entweder schon um sieben Uhr in der Früh in Schliersee losfahren oder bis zum späten Nachmittag oder Abend warten.«

»Wieso denn das?«

»Weil für morgen Traumwetter angesagt ist und dementsprechend eine Million Ausflügler aus München und dem Umland hierherkommen werden. Wenn ich erst gegen acht oder neun losfahre, staut sich der Verkehr von Schliersee den Berg hinauf und um den Spitzingsee herum. Bis zur Alm braucht man an solchen Tagen deshalb ungefähr zweieinhalb Stunden.«

Florian zwinkerte ihr zu. »Schade. Es ist schon ein echter Nachteil, wenn man in einer so schönen Gegend lebt.«

»Ja, das ist ein echtes Manko«, stimmte Laura ihm schmunzelnd zu. »Andererseits sind solche Tage zum Glück die Ausnahme. Immerhin beschränken sich die Massenwanderungen auf die Wochenenden und auf Feiertage bei schönem Wetter.« Sie sah ihn neugierig an. »Wieso fragst du? Hast du noch etwas Bestimmtes im Sinn?«

»Weil heute die Seeweihnacht im Kurpark stattfindet. Ich wollte vorschlagen, dass wir noch zum See fahren und einen Glühwein trinken. Natürlich nur, wenn du Lust hast und das auch für Toni okay ist.«

»Einen Glühwein zu trinken, meinst du?« Lauras Augen glitzerten.

Florian grinste zurück. »Eher nicht. Zum Glück gibt es dort auch Kinderpunsch.«

Laura hatte sogar sehr große Lust. »Gib mir fünf Minuten«, bat sie. »Ich muss mit Maria klären, ob wir eine Lösung finden.«

Laura holte ihr Handy aus der Tasche und wählte Marias Nummer. Kurz darauf legte sie mit einem Strahlen im Gesicht wieder auf. »Maria ist einfach ein Engel. Sie hat sofort zugesagt, dass sie und Stefan bei Dschinn bleiben, bis ich zurückkomme. Ob das nun in einer halben Stunde ist oder später am Abend.«

Da bereits Dutzende Besucher die Straßen um den Weihnachtsmarkt zugeparkt hatten, war es ein großer Vorteil, dass Laura die Wohnung in Schliersee besaß. Sie mussten nicht lange suchen, sondern konnten direkt in ihre Garage fahren. Nachdem sie geparkt hatten, schlenderten sie, Toni zwischen sich an den Händen haltend, langsam zum See. Mittlerweile war es dunkel, und die kleinen, weihnachtlich geschmückten Holzhütten, die dick eingeschneit an der Seepromenade standen, hoben sich malerisch vom Ufer ab. Dazu roch es himmlisch nach Zimt, gebrannten Mandeln und selbst gemachtem Glühwein. Einige Händler boten hübsches Kunsthandwerk an, und Toni kam aus dem Staunen gar nicht mehr heraus. Es dauerte nicht lange, bis sie sich in ein handgeschnitztes Holzschaf verliebt hatte.

»Mami, da! Ziege!«

Laura warf Florian einen Blick zu, der sagte: »Tja, so ist das, wenn man mit einem kleinen Kind irgendwohin geht, wo es viel zu entdecken gibt.«

»Hoch!« Instinktiv hatte Toni längst begriffen, dass Männer entweder die besseren Hochheber waren oder sie ihr ihren Wunsch einfach nur schlechter abschlagen konnten als ihre Mutter. Deswegen ließ sie Lauras Hand los und richtete sich gleich an Florian, der ihrer Bitte nur allzu gerne nachkam. Obwohl er sich bislang noch nie darüber Gedanken gemacht hatte, eigene Kinder zu haben, fühlte es sich wunderbar an, als das kleine Mädchen ihre Arme um seinen Hals legte, sich an ihn schmiegte und ihm aufgeregt die Welt zeigte, die sie gerade für sich entdeckte.

Laura besah sich die Schnitzerei. Obwohl es ein Schaf war, hatte es lange Schlappohren, wodurch sich eine gewisse Ähnlichkeit zu den Zwergziegen nicht leugnen ließ. Da Toni ihre kleinen Lieblinge im Winter nur selten zu Gesicht bekam, freute sich Laura über Tonis Wunsch, das Schäfchen haben zu dürfen.

»Lenk sie bitte für einen Augenblick lang ab«, flüsterte sie Florian zu. Sie wartete, bis Florian Toni an den Ohren zog und lustige Grimassen schnitt, sodass Toni ihre Aufmerksamkeit ihm zuwandte. »Was kostet die Figur?«, fragte sie den Verkäufer. Als er ihr den Preis nannte, blinzelte sie ihm verschwörerisch zu. »Können Sie es mir reservieren? Ich würde es sofort bezahlen, aber erst morgen abholen lassen. Das soll nämlich ein Geschenk vom Christkind für meine Tochter werden.«

Laura hatte gerade rechtzeitig den Deal mit dem Händler

geschlossen, als Toni wieder einfiel, dass sie etwas entdeckt hatte, was sie unbedingt haben wollte.

Laura schüttelte den Kopf, als Toni danach greifen wollte. »Mäuschen, der nette Herr hier ist ein Mitarbeiter vom Christkind. Er sagt, wenn du das Schäfchen gerne haben möchtest, richtet er es dem Christkind aus. Aber du weißt, dass du dir gut überlegen musst, was du wirklich willst. Das liebe Christkind kann nämlich immer nur ein paar Wünsche erfüllen.« Laura gab Toni Zeit, über ihre Worte nachzudenken. Sie hatte es von Anfang an unterbunden, dass ihre Freunde das Mädchen mit Geschenken überhäuften. Toni sollte lernen, die Sachen wertzuschätzen, die sie bekam. Zu gut konnte sie sich an eine frühere Freundin erinnern, deren Sohn im Alter von erst fünf Jahren bereits Berge von Geschenken erhalten hatte. Das hatte bewirkt, dass er an den unzähligen Dingen, die er bekam, bereits nach wenigen Minuten das Interesse verlor. Dazu war Laura der Meinung, dass man es auch einem Kind in Tonis Alter durchaus zumuten konnte, dass es eigene, wenn auch sehr kleine Entscheidungen traf. Und eine gute Übung war es, sich zu überlegen, welche fünf Geschenke sie sich jeweils zum Geburtstag und zu Weihnachten wünschen wollte.

Toni war inzwischen zu dem Schluss gekommen, dass sie das Schäfchen unbedingt haben wollte. »Die Christkind soll die Ziege bringen«, sagte sie mit wichtiger Stimme.

Laura sah den Verkäufer an und fragte: »Können Sie es dem Christkind bitte ausrichten?« Dann wandte sie sich an Toni, die sich nach wie vor an Florians Hals klammerte. »Und jetzt komm da wieder herunter«,

»Nee«, protestierte Toni umgehend. »Oben bleiben.«

Es war klar, warum das Mädchen nicht herunterwollte. Von da oben hatte sie einen wesentlich besseren Überblick, als wenn sie am Boden stand und um sich herum nur Beine sah.

Laura warf Florian einen entschuldigenden Blick zu. »Lass mich sie tragen.«

Florian schüttelte den Kopf. »Es wäre ja noch schöner, wenn ich es nicht schaffen würde, so ein kleines Päckchen herumzutragen. Ist das mit dem Christkind geklärt? Vielleicht kann ich mir dann ja einen Glühwein von ihm wünschen. Mit vorzeitiger Auslieferung.«

Auf dem Weg zu der Hütte, an der es den wunderbaren selbst gemachten Punsch gab, kamen sie an einem kleinen Stand vorbei, an dem es verlockend nach gerösteten Esskastanien roch.

»Wollt ihr gebrannte Maroni?«, fragte Florian.

Laura zog die Nase kraus. »Nein, danke. Das ist etwas, das ich überhaupt nicht mag.«

»Und Toni?«

Laura sah ihre Tochter unschlüssig an. »Kann ich mir nicht vorstellen. Du darfst es aber gerne herausfinden.«

Florian, der es liebte, Maroni selbst im Kamin zu rösten, setzte Toni ab und kaufte eine kleine Packung. Prompt streckte Toni ihre Hand aus.

»Warte, die muss man zuerst schälen«, erklärte Florian ihr. Er nahm eine Maroni aus der Tüte, drückte Laura den Rest in die Hand, kniete sich neben das Mädchen und fing an, die Schale abzubrechen.

»Puh, die sind sehr heiß.« Als er die Schale entfernt hatte, brach er das helle Fleisch auseinander und hielt Toni die kleinere Hälfte hin. »Du musst aber erst pusten. Sonst verbrennst du dir die Zunge.«

Toni tat, wie ihr geheißen, und blies kräftig auf das kleine Maronistück in Florians Hand. Als ihr der intensive Geruch in die Nase stieg, guckte sie ihn misstrauisch an.

Florian hatte Mühe, ernst zu bleiben, als er Tonis Gesicht sah. »Komm, probier mal.«

Toni schüttelte den Kopf. »Ä-äh.«

»Wirklich nicht?« Florian steckte sich das Stück in den Mund und verdrehte genüsslich die Augen. »Mmmmh.«

Der Kleinen war anzusehen, dass sie ihre Entscheidung schon wieder bereute. Als sie mit großen Augen die zweite Hälfte anstarrte, die Florian in seiner anderen Hand hielt, hatte er ein Erbarmen. »Traust du dich doch?«

»Ja!«, giggelte Toni.

»Aber erst pusten!« Florian hielt ihr das bereits erkaltete Stück vor den Mund. Erneut blies Toni darauf, als gelte es, ein brennendes Haus zu löschen, dann biss sie vorsichtig hinein. Kaum dass sie den eigenartigen Geschmack auf der Zunge spürte, verzog sie das Gesicht. »Bäh!«

»Die Wagnermädels wissen einfach nicht, was gut ist.« Florian grinste übers ganze Gesicht. »Umso besser. Dann bleibt mehr für mich.«

Plötzlich entdeckte Toni, die wieder glücklich und zufrieden auf Florians Schultern thronte, einen Weihnachtsmann, der bereits von einer ganzen Horde Kinder umringt war, und dann gab es kein Halten mehr. Sie wollte runter, sie wollte zum Weihnachtsmann, und alles am besten gleichzeitig.

Laura sah Florian mit einem Anflug schlechten Gewissens an. »Ich befürchte, dein Wunsch wegen der vorzeitigen Glühweinauslieferung muss noch ein Weilchen warten.«

»Oder du bäckst einen deiner fantastischen Kuchen und lädst mich zum Kaffee ein«, hörte Laura plötzlich jemanden hinter sich sagen. »Dann lege ich beim Christkind auch ein gutes Wort für euch beide ein.«

Überrascht drehte sich Laura um und sah in das Gesicht von Karlas Mutter, die nur einen halben Meter hinter ihr stand und bis über beide Ohren strahlte. Auch Toni ließ sich einen Augenblick lang vom Weihnachtsmann ablenken, als sie ihre beste Freundin entdeckte, die zu ihr hinaufsah. »Karla!« Prompt zog Toni an Florians Haaren. »Runter!«

»Wenn du möchtest, dann passe ich auf Toni auf«, bot Gitti an. »Ich habe Karla versprochen, dass sie dem Weihnachtsmann so viele Fragen stellen darf, wie sie nur möchte. Karla freut sich bestimmt, wenn Toni ihr dabei hilft.«

»Mami, sag ja! Bitte!«, schrie Toni vor Begeisterung so laut, dass die Erwachsenen auflachten.

Gitti blinzelte Laura verschwörerisch zu. »Wenn der Weihnachtsmann dem Christkind verrät, dass ich die beiden Frechdachse hier auf ihn angesetzt habe, bekomme ich dieses Jahr vermutlich keine Geschenke zu Weihnachten. Falls ihr also ein Weilchen für euch alleine haben wollt, dann …« Karla ließ den Satz offen stehen. Sie hätte zu gerne gewusst, wer der attraktive Mann war, der so vertraut mit Laura und ihrem Töchterchen zu sein schien.

»Woran denkst du?«, fragte Laura, als ihr bewusst wurde, dass Florian schon seit einer ganzen Weile still geworden war. Er schien in Gedanken ganz woanders zu sein.

Florian ließ seinen Blick über die verschneiten Buden streifen. Es fiel ihm unendlich schwer, darüber zu reden, was ihn beschäftigte. Vor allem aber wollte er Laura den schönen Tag nicht verderben.

»Florian.« Schüchtern legte Laura ihre Hand auf seinen Arm. »Ich weiß nicht, was dich gerade so bewegt, aber wenn ich dir irgendwie helfen kann, dann würde mich das glücklich machen. Und wenn es nur ist, dass du jemanden zum Zuhören oder Reden brauchst.«

Wortlos nippte Florian an seinem Punsch, während seine Augen rastlos weiterwanderten, bis sie schließlich an Laura hängen blieben. »Ich musste an meine Schwester denken«, sagte er mit rauer Stimme.

»Diana?«, fragte Laura erschrocken. »Was ist mit ihr?«

»Nein, nicht Diana. Ich habe an meine kleine Schwester Charly gedacht.«

Geduldig wartete Laura, bis er weitersprach. Sie hatte nicht gewusst, dass er außer Diana noch eine weitere Schwester hatte. Aber sie spürte den Kampf, den er mit sich ausfocht.

»Charly ist vor ein paar Jahren beim Tauchen ums Leben gekommen.«

»O mein Gott, Florian, das tut mir so leid!« Unwillkürlich drückte Laura, deren Hand noch immer auf seinem Arm lag, sanft zu. Jetzt verstand sie den Schmerz, den sie schon öfter in seinen Augen gesehen hatte.

Er schenkte ihr ein gequältes Lächeln und legte seine Hand über ihre. »Du bist ja ganz kalt.«

Laura schüttelte den Kopf. Es machte nichts. »Möchtest du mir von ihr erzählen?«

Florian nickte. Es gab so vieles, was er ihr sagen wollte. »Charly ist immer ein richtiger Wildfang gewesen. Nichts war ihr gefährlich genug, sie fuhr Ski und Fahrrad wie ein kleiner Teufel, kein Berg war ihr zu hoch, kein Motorrad zu schnell und kein Gewässer zu tief. Es konnte nie geklärt werden, wie es zu dem Unfall kam, aber es sah ganz so aus, als hätte sie selbst einen Fehler gemacht.«

Laura spürte, dass da noch viel mehr war. »Du gibst dir die Schuld an ihrem Unfall«, stellte sie erschüttert fest.

»Sie hatte mich gefragt, ob ich mit ihr nach Hurghada fliege«, sagte Florian anstelle einer Antwort. »Hätte ich Ja gesagt, wäre sie vielleicht noch am Leben.«

Laura schloss die Augen. Sie verstand nur zu gut, was er durchgemacht haben musste. Und sie wusste auch, dass er jedes Argument, was gegen seine Gedanken sprach, von seinen Freunden gehört hatte. Sie selbst hatte sich hundert-, ach was, sicher tausendfach gefragt, was passiert wäre, hätte sie

Anton an jenem unglückseligen Tag davon abgehalten, in die Berge aufzubrechen.

»Ich hatte ihr vorgeschlagen, ein paar Wochen später zu fahren, weil ich wegen meiner Arbeit nicht wegkonnte«, fuhr Florian fort, »aber davon wollte sie nichts hören. Immer wenn sie sich etwas in den Kopf gesetzt hatte, musste es sofort sein. *In ein paar Wochen*, hat sie gesagt, *liegt schon meterhoch Schnee, da will ich Skifahren gehen.*« Er schluckte schwer. »Wir waren auf einem Weihnachtsmarkt, als wir uns das letzte Mal gesehen haben. Wäre ich doch nur mit ihr gefahren!«

Laura tat der Schmerz, der in seinen Worten mitschwang, fast körperlich weh. Und noch ein anderer Gedanke nahm ihr fast die Luft zum Atmen. »Vielleicht wärst du dann aber auch nicht mehr hier.«

Florian ließ Lauras Hand los. Zärtlich wischte er ihr eine Träne von der Wange. »Vielleicht hast du recht.« Dann sah er sie mit brennenden Augen an. »Und dann hätte ich dich nicht retten können.«

Als Gitti sich kurz darauf mit den beiden Mädchen wieder zu ihnen gesellte, gähnte Toni so herzhaft, dass Laura entschied, es sei nun genug. »Wir machen uns jetzt besser auf den Heimweg.«

Florian sah sie zweifelnd an. »Bist du dir sicher, dass es nicht doch besser wäre, bis morgen zu warten?«

Laura verneinte. Obwohl es wirklich so einfach gewesen wäre, die paar Meter bis zu ihrer Wohnung zu laufen, es sich dort gemütlich zu machen und den Tag ausklingen zu lassen. Aber sie musste Maria ablösen, die ebenfalls nach Hause wollte. Und Dschinn in seinem Zustand einfach alleine zu lassen kam überhaupt nicht infrage.

»Und was ist, wenn du im Schnee stecken bleibst? Oder von der Straße abkommst?«

Laura lächelte. Seine Besorgnis rührte sie. Da sie nur alkoholfreien Punsch getrunken hatten, musste sie keinen Gedanken daran verschwenden, ob sie überhaupt noch fahrtüchtig war. »Die Straßen sind ganz sicher geräumt. Mit dem Allradantrieb und den neuen Winterreifen ist es überhaupt kein Problem, dort hochzukommen.«

»Aber doch nur bis dorthin, wo der Forstweg zur Alm abgeht.«

Laura wurde warm ums Herz. Seine Störrigkeit hatte etwas, was eine Saite in ihr zum Klingen brachte, die sie lange vermisst hatte. »Den hat Mick jeden Tag zweimal geräumt, solange die Schneefälle angehalten haben. Und es ist kein Neuschnee hinzugekommen. Maria hatte heute Mittag auch keine Probleme.«

Florians Zweifel waren damit aber noch nicht ausgeräumt. Egal, wer wann den Weg rauf- oder runtergefahren war, er hatte einfach kein gutes Gefühl bei der Sache.

»Du musst dir wirklich keine Sorgen machen.« Beruhigend legte Laura ihre Hand auf seinen Arm. »Sobald ich die Valepperstraße verlasse, lege ich Schneeketten an. Damit geht es kinderleicht.«

Florian sah sie entsetzt an. »Du willst mir jetzt aber nicht erzählen, dass du bei der Dunkelheit anfängst, Ketten aufzuziehen?«

Laura zuckte die Schultern. »Das geht wirklich ganz fix. Ich habe ja die, die man nur mit einem Ring über die Reifen streifen muss.«

Florian sah ein, dass er gegen ihre Argumente keine Chance hatte. »Versprich mir einfach, dass du vorsichtig bist.«

»Darauf kannst du dich verlassen«, sagte Laura. »Allein schon wegen dem Mäuschen auf dem Rücksitz.«

»Ich lasse dich wirklich nur ungern jetzt dort hochfahren«, gab Florian zu. Er hatte schon überlegt, ihr hinterherzufahren, bis er sicher war, dass sie die Alm erreicht hatte. Doch tief in seinem Inneren wusste er, dass sie dieses Angebot zumindest als aufdringlich, wenn nicht gerade so empfunden hätte, als wäre sie alleine lebensunfähig. Und der Tag war viel zu schön gewesen, um jetzt einen Streit vom Zaun zu brechen.

»Darf ich dich trotzdem um etwas bitten?«

»Ja klar. Was denn?«

»Es ist nur, damit ich ruhig schlafen kann.« Florian lächelte verlegen. »Ruf mich bitte an, wenn du zu Hause angekommen bist.«

Das versprach Laura ihm gerne. Beklommen dachte sie an den Tag vor ein paar Jahren zurück, an dem ein Schneesturm sie im Spätsommer überrascht hatte und Anton zu einem Einsatz musste. Sie hatte stundenlang auf ein Lebenszeichen von ihm gewartet, das nie kam. Ja, sie wusste, wie es war, wenn man sich Sorgen um einen Menschen machte, der einem am Herzen lag.

Als Laura von der B307 auf die Spitzingstraße einbog, ertappte sie sich bei dem Gedanken, wie schön es wäre, jetzt auf ihrer Alm nicht alleine zu sein. Auch wenn Maria und Stefan sicherlich noch ein Weilchen bleiben würden, war es mehr der überraschende Wunsch nach einer verliebten Zweisamkeit als nach einer freundschaftlichen Gesellschaft, der in ihr heranwuchs. Obwohl sie die Alm vom ersten Tag an geliebt hatte, war ihr bisher nicht bewusst gewesen, wie gemütlich es dort war, wenn das Häuschen förmlich im Schnee versank. Einen Moment lang ließ sie den Gedanken zu, Florian wäre jetzt bei ihr. Verträumt beugte sie sich ein wenig nach vorne und warf einen Blick auf die Bäume, die wie in ein weißes

Gewand gekleidet den Straßenrand der steil ansteigenden, gut ausgebauten Bergstraße säumten. Ein wahres Winterwunderland, dachte sie. Wie in einem Traum.

Plötzlich merkte sie, dass die Straße ziemlich glatt war. Die Temperatur hatte ganz schön angezogen, seit die Sonne weg war. Vorsichtig lenkte sie den Audi um die Kurven; froh, dass sie sich im letzten Jahr von ihrem alten Golf getrennt hatte. In den Bergen war das, was sie in Berlin immer als Angeberei belächelt hatte, wirklich Gold wert. Der Allrad schnurrte die verschneite Straße nach oben, als wäre er einzig dafür gebaut worden. Als sie den Spitzingsattel hinter sich gelassen hatten, lenkte Laura den Wagen im Schritttempo nach unten. Obwohl sie die Strecke schon viele Hundert Male gefahren war, war es immer noch ein Fest für die Augen, wenn die Landschaft zur Rechten abfiel und den Blick auf den Spitzingsee freigab. Einen Moment lang war sie in Versuchung, die Warnblinkanlage anzuschalten und mitten auf der Straße anzuhalten. Der kleine Bergsee war schon teilweise zugefroren, und es würde nicht mehr lange dauern, bis die ersten Schlittschuhläufer darauf ihre Bahnen zogen. Die Stellen, die noch ohne Eis waren, glitzerten im Licht des Monds, der hoch am Himmel stand. Vom Wasser stiegen kleine Nebelwölkchen auf, und die Landschaft wirkte wie verzaubert. Nur ab und zu wurden die Schneemassen vom behaglichen Licht der wenigen kleinen Hütten am Westufer unterbrochen. Es war einfach unwahrscheinlich schön.

Tonis Stimme holte Laura in die Wirklichkeit zurück. »Mami?«

»Ja, Mäuschen?«

»Schön!«

Laura warf einen Blick in den Rückspiegel und musterte das Gesicht ihrer Tochter, die mit leuchtenden Augen nach draußen sah. Auch sie war ganz fasziniert von der Landschaft, die vor ihnen lag. »Sollen wir kurz anhalten und ein paar Meter laufen?«

Laura sah, dass Toni begeistert nickte. Vorsichtig ließ sie den Wagen anrollen und fuhr die paar Meter bis zu dem großen Parkplatz, der direkt am See gegenüber der Taubensteinbahn lag. Sie parkte, zog die Handbremse an und stieg aus. Die Luft war eisig und so trocken, dass es ihr im Hals kratzte. Hier oben hatte es sicher sieben, acht Grad weniger als am Schliersee. Sie fand es immer wieder erstaunlich, wie groß der Temperaturunterschied war, den die dreihundert Höhenmeter ausmachten. Sie lief ums Auto herum, öffnete die hintere Tür, setzte Toni ihre Mütze auf und hob sie aus dem Kindersitz.

»Wir bleiben nur ein paar Minuten«, beschloss sie. »Es ist zu kalt, als dass wir länger rumlaufen könnten.« Und außerdem würde Florian in spätestens fünfzehn Minuten nervös werden. Und das wollte sie ihm auf keinen Fall antun.

Es war so still, dass Laura das Atmen ihrer Tochter hören konnte. Der Schnee am Uferrand war von den Spaziergängern zu einer griffigen Decke zusammengetreten worden. Da es seit den letzten Schneefällen nicht mehr getaut hatte, musste sie sich keine Sorgen machen, dass sie oder Toni ausrutschen konnten. Trotzdem hielt sie sie fest an der Hand. Als sie an einem kleinen Bänkchen vorbeikamen, hob Laura das Mädchen hoch und stellte sie auf der dick verschneiten Sitzfläche ab. Gebannt sahen sie auf den See hinaus. Es brauchte keine Worte. Und doch fand Toni welche.

»Mami?«

»Ja, Schatz?«

»Wohnt da das Christkind?«

Laura war es mittlerweile gewöhnt, die vielen Gedanken, die Toni durch den Kopf schossen, so zu beantworten, dass sich das Mädchen zufriedengab. Nur ganz selten fiel ihr auf eine Frage nichts ein. Und das war so eine. »Ja, hmm, so ganz genau weiß ich das auch nicht«, sagte sie. »Wie kommst du darauf, dass es so sein könnte?«

»Es ist so schön. Und es glitzert.« Mit ihrem Händchen deutete Toni auf eine offene Stelle im See, in der sich das Mondlicht spiegelte.

»Ich glaube, du hast recht«, flüsterte Laura. »Das sieht wirklich so aus, als ob das Christkind dort wohnt.«

Als Laura Toni von der Bank heben wollte, protestierte die sofort. »Ich will das Christkind sehen.«

»Ich glaube, das dürfen wir nicht. Weißt du, Mäuschen, das Christkind muss jetzt ganz viele Geschenke besorgen. Für dich und die anderen Kinder. Und weil die Geschenke noch nicht verpackt sind, will es nicht, dass man es sieht. Sonst wüsstest du doch schon jetzt, was es für dich besorgt hat. Verstehst du das?«

Toni dachte angestrengt über Lauras Worte nach. Diesmal kam ihr ihr Zeigefinger nicht zu Hilfe, da ihre Hände in ihren dicken, roten Fäustlingen steckten.

»Ich mache dir einen Vorschlag: Wir fahren jetzt nach Hause, kochen uns noch eine heiße Milch, und dann erzähle ich es dir noch mal. Einverstanden?«

Als Laura ihren Wagen an der Absperrung zur Valepp anhielt, wie die Straße im gleichnamigen Gebirgstal genannt wurde, konnte sie den Chip nicht finden, der die Schranke öffnete. »Mist«, murmelte sie, als ihr einfiel, dass sie ihn mit dem Hausschlüssel in ihre Handtasche geworfen hatte, und die lag im Kofferraum. Die zwei Minuten, die es dauerte, um die Tasche zu holen und den Schlüssel zu suchen, reichten, um ihre Finger fast erfrieren zu lassen. »Brrr«, machte sie, als sie wieder ins Auto stieg, und brachte Toni damit zum Lachen, bevor sie durch die Schranke hindurch in die menschenleere Valepp fuhr.

Ein paar Minuten später hielt sie mitten auf der Straße erneut, zog diesmal aber ein Paar Arbeitshandschuhe an, bevor sie ausstieg und die Schneeketten aus dem Kofferraum holte. Wie sie Florian erzählt hatte, war das Anlegen wirklich fast ein Kinderspiel. Sie musste nur den Bügel über das Rad stülpen und darauf achten, die Bügelenden bis hinter die Reifen zu drücken. Das Ganze dreimal wiederholen, ein kleines Stück vorwärtsfahren, die Spannketten anziehen und durch die dafür vorgesehenen Ösen fädeln, einhaken, fertig.

Kurz bevor sie weiterfuhr, schickte sie Florian noch eine Nachricht. Während sich der Audi den Weg durch die Schneemassen kämpfte, stellte sie zum wiederholten Male fest, welchen Spaß es ihr machte, mit einem geeigneten Auto und der richtigen Ausrüstung im Winter herumzufahren. Der Allrad kletterte behände wie eine Ziege durch die Kurven und meisterte souverän die kleinen Schneehügel, die der Wind auf den Weg geblasen hatte. Da sie zurzeit die Einzige war, die dort oben wohnte, musste sie nicht befürchten, dass ihr jemand entgegenkam, und so dauerte es keine zehn Minuten, bis sie ihr Fahrzeug neben Marias Auto unter den Carport stellen konnte.

Als Laura Toni aus ihrem Sitz hob, hatte sie bereits das Telefon am Ohr. Sie wusste, wenn sie erst das Haus betrat und Maria die Ereignisse des vergangenen Tages erzählte, würde sie Florian zumindest für diesen Augenblick vergessen. Dann würde er sich Sorgen machen und allein die Vorstellung, dass er auch nur unruhig werden konnte, fand Laura schrecklich. Außerdem konnte sie es nicht erwarten, seine Stimme noch einmal zu hören. Es war seltsam und wunderbar zugleich, wie das Ziehen in ihrem Bauch mit jeder Minute schlimmer geworden war, seit sie sich aus seiner Umarmung gelöst hatte.

Laura klopfte ihre Schuhe auf dem Schneegitter ab, bevor sie das Haus betrat. Maria und Stefan, die sie hatten herfahren hören, empfingen sie an der Tür. »Da seid ihr ja«, begrüßte Maria die Neuankömmlinge freudig. »Ich hoffe, ihr habt Hunger mitgebracht?«

»Wir haben gekocht und mit dem Essen auf euch gewartet«, bestätigte Stefan eifrig, während er seiner kleinen Cousine die Mütze vom Kopf zog und ihr aus dem dicken Schneeanzug heraushalf.

Tatsächlich lag der verführerische Duft nach Gebratenem in der Luft. »Maria, es riecht himmlisch! Aber das wäre wirklich nicht nötig gewesen!«, rief Laura aus. Nun wusste sie auch, was Maria in dem großen Korb versteckt hatte, den sie mittags ins Haus geschleppt hatte.

»Na ja, du kennst mich doch.« Maria lief Laura voraus in die Küche. »Ich kann schlecht den ganzen Tag herumsitzen und nichts tun.«

Nachdem Laura und Toni Dschinn begrüßt und ihn ausgiebig dafür gelobt hatten, dass er, Marias Worten zufolge, der bravste Hund der Welt war, machten sie sich daran, den riesigen Berg Schnitzel mit Kartoffelsalat zu vertilgen.

Laura rieb sich den Bauch. »Kannst du die Dinger nicht mal so zubereiten, dass sie nur halb so gut schmecken? Ich esse jedes Mal viel zu viel davon, und dann habe ich Bauchweh.«

Als sie später gemeinsam die Spülmaschine einräumten und die Küche wieder auf Vordermann brachten, bestand Maria auf einem ausführlichen Bericht.

»Es war schön«, sagte Laura vage. »Wir haben eine Pferdeschlittenfahrt gemacht und waren anschließend in Schliersee auf der Seeweihnacht.«

Nachdenklich musterte Maria ihre Schwägerin. »Für mich hört sich das wunderbar an. Es klingt wie Romantik pur. Die Seeweihnacht ist bei dem vielen Schnee doch sicher wie ein wahr gewordenes Märchen. Und eine Pferdeschlittenfahrt habe ich mir schon immer gewünscht, nur leider kam noch keiner meiner Verehrer auf die Idee, mich dazu einzuladen.«

Laura schluckte den Kloß in ihrem Hals hinunter. »Es war auch romantisch. Es ist nur … wenn ich an Florian denke, fühle ich mich so glücklich. Ich glaube aber, dass ich mich nicht auf ihn einlassen kann. Wegen Toni und … und wegen Anton«, sagte sie so leise, dass Maria sie kaum verstand.

Maria brach es fast das Herz, als sie spürte, wie sehr sich Laura quälte. »Laura«, sagte sie mit einem mitfühlenden Unterton in der Stimme. »Laura, ich hoffe, du denkst nicht, dass ich der Meinung bin, dass es unrecht wäre, wenn du wieder einen Partner hättest. Glaub mir, ich würde mich von ganzem Herzen freuen, wenn du dich wieder verlieben und mit einem neuen Mann an deiner Seite glücklich werden würdest.« Maria tat es in der Seele weh, wenn sie Laura ansah. Es war schlimm, wie sehr Laura noch immer unter dem Verlust litt, den das Schicksal ihr zugefügt hatte. »Und ich hoffe, dass du nicht denkst, dass ich etwas dagegen hätte, nur weil Anton mein Bruder war.« Maria zog Laura in ihre Arme. »Und wenn dich allein schon der Gedanke an Florian glücklich macht, dann ist das ein Geschenk des Himmels, das du auch annehmen solltest. Du hast schon so lange um Anton getrauert. Es wird Zeit, dass du wenigstens den Gedanken zulässt, dass es in Ordnung ist, wenn du dich wieder auf eine Beziehung einlässt.«

Als Laura sich von Maria löste, war deren T-Shirt an der Schulter von Lauras Tränen durchnässt. Sie schniefte. »Irgendwie sagt mir das in letzter Zeit so ziemlich jeder.«

»Und mit was? Mit Recht!«

Laura lachte unter Tränen. »Ja ja, ist ja gut.« Als sie merkte, dass Maria noch immer darauf wartete zu erfahren, wie der Tag gelaufen war, fing sie an zu erzählen.

»Das klingt wie ein Märchen.« Maria entging das Funkeln in Lauras Augen nicht, als die zugab, wie schön der Tag wirklich gewesen war. Sie wusste aber auch, dass Laura Florian ein paar Tage zuvor vor den Kopf gestoßen hatte. Allein, dass er sich weiter so sehr um sie bemühte, rechnete sie ihm hoch an. Maria stieß einen leisen Seufzer aus. Wie schön wäre es doch, wenn er und Laura ein Paar werden würden!

»Und wann seht ihr euch wieder?« Mit dieser Frage hatte Maria ihren Finger in eine offene Wunde gelegt. Genau das war es nämlich, worüber Laura sich seit einer Stunde ebenfalls Gedanken machte.

»Ihr habt nichts ausgemacht?« Ungläubig sah Maria ihre Freundin an. »Warum denn nicht? Wenn der Tag doch so schön gewesen ist!«

»Vielleicht …« Laura kaute auf ihrer Unterlippe herum. »Vielleicht wollte er erst mal in sich hineinfühlen, wie der Tag im Rückblick für ihn war.«

»Vielleicht wartet er aber auch nur darauf, dass du ihn fragst, ob er dich wiedersehen will?«

Unschlüssig spielte Laura mit dem Korken der Weinflasche. »Ja, vielleicht.«

»Und worauf wartest du dann noch?« Maria sah sich um, schnappte sich Lauras Handy von der Ablage und drückte es ihr in die Hand. »Ruf ihn an! Jetzt gleich!«

Laura wusste, dass jeder Widerspruch sinnlos war. Wenn Maria sich etwas in den Kopf gesetzt hatte, tat man besser daran, ihren Worten Folge zu leisten und dem Sturm aus dem Weg zu gehen, der sonst über einen hereinbrechen würde.

Während Maria Toni und Stefan mit einer Geschichte über die kleine Ziegenherde ablenkte, wählte Laura erneut Florians Nummer.

»Laura.« Seiner Stimme war die Überraschung über ihren

Anruf deutlich anzuhören, und auch, wie sehr er sich darüber freute.

Gut, dass er nicht sehen konnte, dass sie rot wurde. »Ja, ähm«, stammelte sie verlegen. »Ich wollte mich nur noch mal bedanken, weil es ein wirklich wunderschöner Tag war.«

Florian schmunzelte. Sie hatte ihm das bereits auf dem Weihnachtsmarkt drei Mal gesagt. »Es freut mich, dass es dir gefallen hat«, sagte er. »Ich fand es auch richtig schön, und ich danke dir und natürlich auch Toni, dass ihr den Tag mit mir verbracht habt. Es war auch für mich etwas ganz Besonderes.«

Eine Weile sagte keiner der beiden etwas. Dann fing Laura den mahnenden Blick auf, den Maria ihr vom Sofa aus zuwarf. »Ja«, sagte sie schnell. »Ich wollte dich fragen, ob du vielleicht in den nächsten Tagen noch einmal Zeit hast. Wenn du magst, könnten wir auf der Natureisbahn in Schliersee Schlittschuhlaufen gehen.«

»Das würde ich gern«, sagte Florian gedehnt. Dass er den ganzen Nachmittag keinen geeigneten Zeitpunkt gefunden hatte, ihr von seinen Plänen zu erzählen, nagte noch immer an ihm. »Nur kann ich in den nächsten Tagen leider nicht.«

»Oh«, war alles, was Laura herausbrachte. »Ja gut, dann vielleicht am Wochenende?«

»Es tut mir leid, Laura. Ich fahre morgen für zwei Wochen weg.«

Kapitel 23

Am nächsten Morgen fühlte Laura sich wie gerädert. Nachdem Maria und Stefan gestern gegangen waren, hatte sie Toni ins Bett gebracht, sich mit dem Rest der Flasche Wein vor das Sofa auf den Boden gesetzt und nachgedacht. Dschinn, dessen Genesung endlich deutlich voranschritt, spürte, dass etwas nicht stimmte. Er robbte an Laura heran, legte seinen Kopf auf ihren Oberschenkel und schleckte an ihrer Hand.

»Dir geht es schon wieder viel besser, was?« Das war immerhin etwas. Laura spielte mit Dschinns Ohr, was der sich gutmütig gefallen ließ. Nach der langen Zeit in der Wildnis war es ein Wunder, dass der Hund noch so sozialisiert war, dass er einen Menschen an seiner Seite ertrug.

In Gedanken ging sie das Telefonat mit Florian noch einmal durch und spürte einen dicken Kloß im Hals.

»Wie, du bist zwei Wochen weg?«, fragte Laura und konnte dabei das Zittern in ihrer Stimme nicht verbergen.

»Ich habe einige Termine in Hamburg, die ich mit einem Besuch bei Freunden verbinden werde. Ich hätte es dir schon früher gesagt«, Florian wirkte etwas hilflos, »aber, ganz ehrlich, ich war mir nicht sicher, ob dich das überhaupt interessiert.« Bevor er Laura in Verlegenheit bringen konnte, redete er schnell weiter. »Vielleicht hätten wir darüber reden sollen, was passiert ist. Ich meine …«, setzte Florian zögerlich an. »Was ich dir sagen will, ist, dass du immer auf mich zählen kannst. Ich habe verstanden, dass du nicht bereit für eine Beziehung bist, und ich möchte, dass du weißt, dass das für mich in Ordnung ist. Ich verspreche, dass ich nicht noch mal versuchen werde, dir nahezukommen. Außer, als Freund natürlich«, lachte er. »Du musst also keine Angst haben, dass ich noch mal versuchen werde, dich zu küssen.«

Obwohl sich Laura in den letzten Stunden bemüht hatte, nicht mehr an Florians Worte zu denken, klangen sie ihr noch immer in den Ohren.

Maria war zusammengezuckt, als Laura das Telefonat beendet hatte. Die zuvor noch so strahlenden Augen sahen stumpf ins Leere, und ihre Wangen, die nach dem Tag im Freien eine gesunde Farbe angenommen hatten, wiesen plötzlich eine unnatürliche Blässe auf. »Was ist passiert?«, fragte sie beklommen.

»Passiert? Nichts.« Laura lachte rau. »Außer dass Florian mir durch die Blume zu verstehen gegeben hat, dass sich das Thema Beziehung für ihn erledigt hat.«

Pragmatisch wie immer holte Maria eine Flasche Himbeergeist und zwei Gläser aus dem Schrank. »Trink erst mal was.«

Laura, die den Schnaps nur für Gäste gekauft hatte, verzog den Mund. Doch Maria blieb hart. »Es ist nur ein Schluck. Aber der wird dich auf andere Gedanken bringen.«

Letztlich blieb Laura nichts anderes übrig, als ihrer Freundin zu gehorchen. Sie setzte das Glas an und kippte den Inhalt mit einem Zug hinunter. »Hölle!«, keuchte sie, als ihr der scharfe Alkohol durch die Kehle rann. »Ist das scheußlich.« Aber es stimmte; zumindest für einen Moment verbrannte das Gebräu jede Trauer.

»Nur leider hält die Wirkung viel zu kurz an«, hatte Laura danach dem Hund erzählt, hatte den Rest Rotwein getrunken, doch der hatte bei Weitem nicht die gleiche Wirkung gehabt wie der Himbeergeist.

»Was für eine beschissene Nacht«, murmelte Laura, nachdem sie sich die Zähne geputzt hatte. »Wie man nur so einen Käse träumen kann«, setzte sie nach. Im Traum hatte sie Florian getroffen und sich ihm an den Hals geworfen. Doch der hatte ihr nur ins Gesicht gelacht und ihr eine Horde gerade volljährig gewordener junger Frauen vorgestellt, die sich in einem großen Whirlpool tummelten und darauf warteten, dass er sich zu ihnen gesellte. Als er dann auch noch sagte: »Beziehung? Nein danke, nicht für mich. Wer will schon eine Beziehung, wenn er fünf Frauen haben kann?«, war sie schweißgebadet aufgewacht.

Plötzlich spürte Laura etwas Feuchtes an ihrer nackten Wade. Erstaunt drehte sie sich um und sah Dschinn, der sich von hinten angeschlichen hatte. Sie ging in die Knie und strich ihm über den Rücken. »Guten Morgen, mein Großer. Dir scheint es wirklich mit jedem Tag besser zu gehen. Möchtest du Frühstück?«

Irgendwie wurde ihr das Verhalten des Rüden zunehmend unheimlich. Als hätte er jedes Wort verstanden, schien er bei ihren Worten begeistert zu lächeln, und als sie von Frühstück redete, nickte er dreimal mit dem Kopf.

Schnell machte sich Laura von dem absurden Gedanken frei. Der Hund war ein Hund und kein Mensch. Als sie ihn fragen wollte, ob er zuvor auf die Toilette wollte, drehte er sich um und humpelte zur Haustür.

»Dschinn? Ich hoffe, du willst mir damit nicht andeuten, dass du wirklich meine Gedanken lesen kannst.«

Laura öffnete ihm die Tür und sah ihm eine Weile nach, wie er sich immer weiter vom Haus entfernte, sich immer wieder umdrehte und kontrollierte, ob sie ihn noch sehen konnte. Als er schließlich um eine Schneewehe herum aus ihrem Blickfeld verschwand, spürte sie, wie eine kalte Hand nach ihrem Herzen griff. Sie wartete noch ein paar Minuten, dann kam der Hund endlich zurück.

Kapitel 24

»Bist du so weit?« Mick sah Laura mit besorgtem Blick an. Bereits in der Nacht hatte es wieder zu schneien begonnen, und der Wetterbericht hatte für die nächsten Tage ein Unwetter angesagt, das Unmengen an Schnee und Eis mit sich bringen sollte. Gemeinsam waren sie am Vorabend alle Optionen wieder und wieder durchgegangen. Doch schließlich sahen sie ein, dass es keine andere Möglichkeit mehr gab: Laura und Toni mussten die Alm verlassen. Wenn auch nur die Hälfte von dem eintrat, was die Vorhersage angekündigt hatte, wäre die Hütte, die bereits jetzt bis zu den Fenstern im Schnee versank, spätestens in drei Tagen komplett eingeschneit. Letztlich hatten sie feststellen müssen, dass ihr ursprünglicher Plan, dem Hund eine Luke anzubieten, damit er eine Möglichkeit hatte, warm und sicher in der Scheune unterzukriechen zu können, der einzig mögliche Kompromiss war.

Im Stadel hatten sie mehrere Säcke Trockenfutter gebunkert, sie oben aufgeschnitten und nur notdürftig wieder verschlossen, damit Dschinn sie nur umzuwerfen brauchte, um an den Inhalt zu kommen.

Laura hatte die Hoffnung insgeheim nie aufgegeben, dass Dschinn sich überreden lassen und mit ihnen kommen würde. Doch nachdem sie eine gute Stunde lang erfolglos versucht hatte, ihn ins Auto zu bugsieren, trug sie das gepolsterte Hundebett in die Scheune und stellte es auf eine schwere Holzpalette, die auf einem dicken Strohbett lag. Der Hund sollte so gut es ging vor der Kälte geschützt sein, die vom Boden aufstieg.

Dschinn hatte die ganze Prozedur mit trüben Augen beobachtet. Obwohl er in den letzten Tagen zunehmend Anzeichen seiner früheren Vitalität gezeigt hatte, humpelte er heute zum Gotterbarmen.

»Ich kann das nicht mit ansehen«, sagte Laura kläglich. »Es geht einfach nicht. Ich kann ihn doch nicht im Stich lassen!«

»Das tust du doch nicht. Wenn hier jemand jemanden im Stich lässt, dann ist es doch er«, sagte Mick. »Zumindest tut er sich das selbst an, wenn er darauf beharrt hierzubleiben.« Was sie beide nicht aussprechen wollten, war, dass es diesmal mit allergrößter Wahrscheinlichkeit wirklich das letzte Mal war, dass sie den Hund zu Gesicht bekamen.

Drei Stunden dauerte es, dann hatten die Männer, die Mick zur Hand gingen, die Hütte verrammelt und vor Einbrechern wie auch vor den Schneemassen geschützt. Laura trug die letzten Dinge ins Auto, die sie den Winter über nicht in der Hütte lassen wollte. Als alles sicher verstaut war, ging sie noch einmal nach drinnen, um sich mit einem letzten Blick zu versichern, dass sie nichts vergessen hatte.

Als sie Tonis Zimmer betrat, spürte sie, wie sich ihr Magen zusammenballte. Seit drei Tagen hatte sie sich bemüht, dem Mädchen klarzumachen, dass sie sich von Dschinn verabschieden musste. Wobei sie ihr verschwiegen hatte, dass es wohl für immer sein würde. Und das war das Schlimmste an der ganzen Sache überhaupt. Laura hasste es zu lügen. Doch diesmal war ihr nichts Besseres eingefallen, da ihr die Argumente fehlten, die es dem Mädchen erträglich machten.

Schließlich hatten sie und Mick zu einer List gegriffen. Auch wenn Laura ein grottenschlechtes Gewissen deswegen hatte, war es doch die einzige Möglichkeit, um zu verhindern, dass Toni schrecklich weinen würde. Deswegen hatten sie ihr auch noch nichts davon gesagt, dass sie die Alm heute bis zum Frühjahr verschließen würden, sondern den Termin offengehalten.

Mick war bei dem Bauern, bei dem die Ziegen überwinterten, vorbeigefahren, hatte Fotos gemacht, sie später Toni gezeigt und ihr mit todernster Miene erzählt, dass ihre kleinen Lieblinge sie so vermissten, dass sie kaum noch fraßen.

Toni, die mit offenem Mund zugehört hatte, hakte nach einigem Zögern nach: »Sie fressen nix?«

Mick schüttelte den Kopf. »Nein. Sie fressen fast überhaupt nichts. Der Bauer hat mich angerufen und gefragt, ob du nicht kommen und ihn unterstützen könntest.«

Das ließ sich Toni nicht zweimal sagen. Natürlich würde sie helfen!

»Tante Maria und Stefan holen dich in einer halben Stunde hier ab und packen auch mit an«, sagte Mick. »Und Stefan hat gesagt, dass er dann gerne Fotos von dir und den Ziegen machen würde.«

Laura musste an sich halten, als sie sah, wie ein Strahlen über Tonis Gesicht glitt. Wenn es darum ging, fotografiert zu werden, war ihre Tochter kaum zu bremsen.

»Möchtest du dann auch gleich bei Maria und Stefan übernachten?«, fragte Laura. Natürlich war die ganze Aktion mit Maria abgesprochen. Der einzige Unsicherheitsfaktor war Stefan, der mit seinen elf Jahren zwar wusste, was ein Geheimnis war, doch sie konnten nur darauf hoffen, dass er sich nicht verplappern würde.

Begeistert klatschte Toni in die Hände. Ziegen füttern, fotografiert werden und dann noch bei ihrem Cousin übernachten? Das war ungefähr so wie Weihnachten, Ostern und Geburtstag zusammen.

»Ich fürchte, du musst mich niederschlagen«, sagte Laura deprimiert zu Mick, nachdem Maria mit den beiden Kindern zum Ziegenbauern gefahren war, und zog die Schultern hoch. »Ich kann ihn nicht hier zurücklassen.«

Mick wusste auch keinen Rat mehr. Das Einzige, was ihm einfiel, war, den Tierarzt anzurufen und ihn zu bitten, Dschinn eine Betäubungsspritze zu verpassen, damit sie ihn mit ins Tal nehmen konnten.

»Und dann?« Laura starrte den Hund mit wässrigen Augen an. »Dann haut er doch bei der nächsten Gelegenheit ab.«

Sie ging in die Knie und lockte den Hund zu sich her. »Ach, Dschinn.« Sie drückte ihr Gesicht in sein Fell. »Sobald es möglich ist, kommen wir wieder her, um nach dir zu sehen.«

Laura bat Mick, ihren Wagen zu fahren. Ihre Hände zitterten wie Espenlaub, und vermutlich hätte sie den Audi schon nach wenigen Metern gegen einen Baum gelenkt. Bevor sie einstieg, unternahm sie einen letzten Versuch, Dschinn ins Auto zu locken, doch er reagierte nicht.

Jetzt kniete sie verkehrt herum auf dem Beifahrersitz und starrte durch das Heckfenster auf den Hund, der wie ein alter Mann vor der Scheune stand und ihnen hinterhersah. Als Mick anfuhr, fing Laura an zu weinen. Sie ließ das Fenster herunter, streckte ihren Kopf hinaus und schrie aus Leibeskräften: »Dschinn, du dummer Hund! Verdammt noch mal! Nun sei doch nicht so stur!«

Einen Moment schien es, als ob etwas Leben in den Hund zurückkehren würde. Doch dann holperte der Wagen, Laura stieß sich den Kopf an der Decke, und als Mick um eine kleine Kurve bog, geriet der Hund außer Sicht.

Zwei Minuten später musste Mick anhalten, da zwei Rehe auf dem Weg standen, die ihnen erschrocken entgegensahen. In dem Augenblick machte es in Lauras Kopf *klick!*. Sie schnappte sich ihre Daunenjacke vom Rücksitz, stieß die Tür auf und sprang hinaus.

Mick konnte ihr nur noch entgeistert hinterhersehen. »Hast du den Verstand verloren?«, schrie er ihr noch nach, doch Laura hörte ihn schon nicht mehr.

Im Laufen schlüpfte Laura in die Ärmel ihrer Jacke. Ihre Hände zitterten so sehr, dass sie es nicht schaffte, den Reißverschluss zuzuziehen. Mühsam kämpfte sie sich durch den Schnee zurück nach oben und sank bei jedem ihrer Schritte ein. Und als sie die steile Anhöhe endlich geschafft hatte, traute sie ihren Augen nicht.

Nur wenig später kam Mick angekeucht. Sie konnte ihn schon von Weitem hören, da er unablässig ihren Namen rief. Als er um die Ecke bog, bot sich ihm ein unglaubliches Bild. Laura kniete im eiskalten Schnee und hatte den großen Hund in den Armen.

»Hol mich doch der Teufel«, fluchte Mick. »Sag bloß, der alte Knabe ist uns nachgelaufen?«

Lauras Gesicht war tränenüberströmt. Doch diesmal waren es Freudentränen. »Er kam mir entgegen«, flüsterte sie heiser. »Er hat es sich wohl doch anders überlegt.«

»Als Erstes würde ich vorschlagen, du stehst auf, bevor dir die Beine festfrieren«, sagte Mick pragmatisch. Er war genauso ergriffen wie Laura, doch einer von ihnen musste einen klaren Kopf behalten. Auf Lauras Bitte, den Hund zum Auto zu tragen, schüttelte er den Kopf. »Keine gute Idee. Solange er es selbst versuchen will, soll er das auch tun. Ich habe keine Lust, mir auf dem steilen Stück sämtliche Knochen zu brechen.« Außerdem vermutete Mick, dass der stolze Hund sich mit allen Kräften weigern würde, sich wie ein Baby herumtragen zu lassen.

»Okay, versuchen wir es einfach.« Laura stand auf und

klopfte sich den Schnee von der Jeans. Erst jetzt spürte sie, wie kalt der Boden war, auf dem sie gekniet hatte. Den Hund lockend, lief sie los. »Komm, Dschinn. Du schaffst das, ich weiß es!«

Als sie das kurze, steile Stück mehr geschlittert als gelaufen waren, hielt Mick inne. »Geh du mit ihm schon voraus. Ich komme gleich.«

Erstaunt sah Laura ihn an. »Was hast du vor?«

»Ich gehe noch mal zur Alm, nagle ein paar Bretter vor die Hundeklappe und hole das Bett.«

Etwa zwanzig Minuten später standen sie zu dritt nur noch wenige Meter von Lauras Audi entfernt. Da Dschinn immer wieder eine Pause einlegen musste, holte Mick sie ein, bevor sie den Wagen erreicht hatten.

»Wie dämlich«, murmelte Laura. Da niemand mehr damit gerechnet hatte, dass Dschinn sich in letzter Sekunde doch noch anders entscheiden würde, hatten sie alle Sachen kreuz und quer in den Kofferraum gelegt, und somit war für den Hund kein Platz mehr.

Mick verzichtete darauf, ihr zu widersprechen. Er war felsenfest davon überzeugt, dass Lauras Verhalten letztlich den Ausschlag gegeben hatte, dass der Hund es sich anders überlegt hatte. Er stapfte zur Beifahrerseite und zog die Tür auf. »Komm schon, alter Freund! «

Dschinns kluge Augen wanderten von ihm zu Laura. Die nickte. »Ja, mein Großer, steig ein!«

Zögernd machte Dschinn einen Schritt auf das Auto zu. Auf halber Strecke blieb er stehen und setzte sich.

»Nicht hinsetzen«, rief Laura verzweifelt. »Einsteigen. Ins Auto!«

Es brauchte weitere bange Minuten und viel gutes Zureden, dann stand Dschinn endlich vor dem Wagen. Es war ihm förmlich anzusehen, wie hin und her gerissen er war.

»Du verrätst dein Herrchen nicht, wenn du jetzt mit uns kommst«, sagte Laura. Auch wenn sie sich einredete, dass der Hund ihre Worte nicht verstehen konnte, hatte sie in den letzten Tagen immer wieder das Gefühl gehabt, dass er genau wusste, wovon sie sprach. Schnell redete sie weiter. »Anton würde wollen, dass du mit mir kommst. Er will nicht, dass du auf ihn im Himmel aufpasst, weil Toni und ich dich jetzt brauchen. Dein Platz ist hier. Bei uns.«

Kapitel 25

Seit Florians unerwarteter Abreise waren bereits fast zwei Wochen vergangen, und Laura fieberte dem Tag entgegen, an dem er zurückkam. Ab und an schickte er eine Nachricht, die stets positiv und freundlich klang, aber wenig enthielt, was Laura darauf hätte hoffen lassen, dass seine Gefühle für sie noch immer die gleichen waren, die er ihr in einem unbedachten Augenblick gezeigt hatte.

»Ich bin nur froh, dass Toni und Dschinn mich so auf Trab halten«, antwortete Laura auf Franzis Frage, wie es ihr ging und wie beziehungsweise ob sich ihre Gefühle für Florian in welche Richtung auch immer entwickelt hatten. »Vermutlich würde ich durchdrehen, wenn ich im Moment nicht nahezu einen Fulltime-Job hätte«, fuhr Laura fort. »Aber wenn ich nachts im Bett liege und grüble, dann tauchen immer mehr Gedanken auf, und ich frage mich, ob ich nicht einen riesengroßen Fehler gemacht habe.«

Franzi hatte sich so etwas in der Art bereits gedacht. Laura, die schon immer beneidenswert schlank gewesen war, hatte in letzter Zeit offensichtlich noch einige Kilos abgenommen.

Ihr Gesicht war schmal geworden, was nicht nur ihrer Krankheit geschuldet war, die sie mittlerweile völlig überwunden zu haben schien. Auch die Sorge um Dschinn und die Tatsache, dass sie sich über ihre Gefühle für Florian nicht im Klaren war, schienen heftig an ihr zu nagen.

»Jedenfalls bin ich im Moment ganz froh, dass der Hund eine solche Nervensäge ist«, murmelte Laura. »Das lenkt mich wenigstens davon ab, über Florian nachzudenken.«

Franzi sah ihre Freundin mitfühlend an. »Kannst du dir denn inzwischen vorstellen, wieder einen Mann in dein Leben zu lassen?«, fragte sie vorsichtig. »Auch wenn Anton für immer einen ganz besonderen Platz in deinem Herzen behalten wird?« Hilflos rieb sie sich den Nasenrücken. »Was ich meine, ist, dass du dir darüber im Klaren sein solltest, dass du weder einen Treuebruch begehst noch sonst eine Art von Verrat, wenn du dich wieder auf eine neue Beziehung einlässt.« Franzi schnitt eine Grimasse. Sie hatte keine Ahnung, wie sie das, was ihr durch den Kopf ging, besser formulieren konnte.

Laura kam ihr zu Hilfe. »Du meinst, weil es unfair wäre, mich auf jemanden einzulassen und ihm nach ein paar Wochen zu sagen: Sorry, es geht nicht, weil ich den früheren Mann aus meinem Leben nicht vergessen kann.«

Franzi nickte bedrückt. »Ja, genau. Ich weiß, dass es unmöglich ist, im Vorhinein einzuschätzen, wie man in ein paar Wochen fühlt und denkt. Nur …« Sie machte eine Pause. »Wie fühlst du dich, wenn du an Florian denkst?«

Laura drehte ihren Kopf zum Fenster und sah den dicken Flocken zu, die aus dem bleigrauen Himmel fielen. »Wenn es so weitergeht, wird das ein Jahrhundertwinter«, sagte sie, für einen Augenblick abgelenkt. Schließlich sah sie zurück zu Franzi. »Ganz ehrlich? Sobald ich abends zur Ruhe komme, heule ich mich in den Schlaf. Ich vermisse ihn fürchterlich.«

Zum gefühlt hundertsten Mal stand Laura in der Küche und sah auf den Kalender, den sie an die Kühlschranktür geklebt hatte. Die zwei Wochen, die Florian wegbleiben wollte, waren seit zwei Tagen vorbei. Und zum gefühlt tausendsten Mal fragte sie sich, ob sie ihn anrufen und nachfragen sollte, ob er schon zurück war. Als ein unerwartetes Geräusch sie aus ihren Gedanken riss, dauerte es ein paar Sekunden, bis sie den Klingelton ihres Handys erkannte. Im gleichen Augenblick, in dem ihr Herzschlag sich beschleunigte, spürte sie auch, wie ihr die Hitze ins Gesicht schoss.

»Florian! Es ist schön, ich habe gerade … Bist du zurück?«, stammelte sie verlegen.

Florian lachte leise. »Ich bin vorgestern wieder in München gelandet.«

Vorgestern schon. Genau, wie sie es in Erinnerung hatte. Das konnte nur bedeuten, dass er es nicht besonders eilig gehabt hatte, sich bei ihr zu melden. Schnell wischte Laura den Gedanken beiseite. Schließlich konnte es ja sein, dass dringendere Aufgaben auf ihn gewartet hatten. »Wie war deine Reise?«

»Es ist besser gelaufen, als ich es mir erhofft hatte«, sagte Florian freudig. »Wenn du morgen früh Zeit und Lust hast, dann erzähle ich es dir persönlich.«

Kapitel 26

»Ich dachte, wir lassen den Schlitten hier und leihen uns oben einen aus. Dann müssen wir ihn nicht den ganzen Weg hochschleppen«, sagte Florian, als Laura ihn fragte, ob er seinen eigenen im Auto lassen wollte. Außerdem war er der

Auffassung, dass den Betreibern der Oberen Firstalm, die dafür sorgten, dass die Rodelstrecke geräumt und nachts beleuchtet wurde, die kleine Nebeneinnahme durch den Verleih der Schlitten durchaus zu gönnen sei.

Seine Augen blitzten vergnügt, als er sie von der Seite ansah. »Nicht dass du dir falsche Hoffnungen machst. Nachdem du mir gestern erzählt hast, dass du wieder zu joggen angefangen hast, war ich mir sicher, dass ich dich nicht den Berg hinaufziehen muss.«

Laura stimmte in sein Lachen ein. »Das ist aber schade«, scherzte sie. »Ich hatte mir schon ausgemalt, dass das von jetzt an immer so sein würde.«

»Das glaube ich dir aufs Wort.« Florian konnte nicht widerstehen. Er zog einen Handschuh aus und strich Laura eine blonde Locke, die sich aus ihrem Zopf gelöst hatte, hinters Ohr.

Fast unmerklich kam Laura seiner Hand entgegen. Seine Berührung fühlte sich so gut an, dass sie für einen kurzen Moment die Augen schloss.

Eine Weile stapften sie in einträchtigem Schweigen nebeneinander den stetig ansteigenden Weg hinauf, der zu der schönen alten Alm führte, die knapp zweihundertfünfzig Höhenmeter über dem Spitzingsee lag. Es war eine nicht allzu schwere Tour, die auf einem gut ausgebauten Forstweg durch den winterlich verschneiten Wald führte. Die ganzjährig geöffnete Hütte war ein beliebtes Ausflugsziel für Jung und Alt und bot nicht nur eine schmackhafte Auswahl regionaler Gerichte an; der Betreiber hatte vor einigen Jahren in eine Vielzahl an stabilen Schlitten investiert, auf denen man nach der Einkehr, je nach eigenem Zutrauen, gemächlich oder aber mit rasantem Schwung hinunter bis zum Spitzingsattel flitzen konnte.

Als der Weg steiler wurde, spürte Laura, dass sie ihre alte Kondition noch nicht ganz wiedererlangt hatte. Sie blieb kurz stehen, verschnaufte und genoss den Anblick auf den kleinen Bergsee, der zwischen zwei verschneiten Tannen hindurchblitzte.

Florian blickte Laura fragend an. Er wollte auf keinen Fall, dass sie sich überforderte, und einen Moment lang hatte er ein schlechtes Gewissen. Vielleicht hätte er den Schlitten doch mitnehmen sollen, statt ihr den anstrengenden Aufstieg zuzumuten. Doch dann merkte er, wie glücklich sie aussah. Offensichtlich genoss sie es so sehr, draußen in der Natur zu sein, dass sie eins mit ihr zu werden schien.

Laura spürte, dass er sie beobachtete. Sie drehte den Kopf, und ihr Herz machte einen Hüpfer, als sie ihm in die Augen sah.

»Aaaachtung!«

Mit einem Satz fuhren Laura und Florian auseinander und konnten gerade noch aus dem Weg springen, als zwei Rodler den Weg herunterstoben. Als sie sich Sekunden später von ihrem Schreck erholt hatten, war der Zauber verflogen, doch das Gefühl, dass etwas ganz Besonderes sie verband, blieb.

»Wünschen Madame einen eigenen Schlitten, oder darf ich Ihr Chauffeur sein?«, fragte Florian und machte eine formvollendete tiefe Verbeugung vor Laura. Sie hatten auf der Oberen Firstalm eine Kleinigkeit gegessen und Kaffee getrunken, als Laura mit einem bedauernden Blick auf die Uhr feststellte, dass sie sich allmählich auf den Weg machen mussten, wenn sie Toni, die am Vormittag mit Dschinn bei Maria und Stefan war, wie versprochen um die Mittagszeit wieder abholen wollte.

Lauras Augen strahlten vor Freude. Florian überraschte sie mit seiner ungezwungenen Art stets aufs Neue, und dass es ihm in keiner Weise unangenehm war, mit seinen witzigen kleinen Gesten die Aufmerksamkeit der anderen Gäste auf sich zu ziehen, fand sie so liebenswert, dass eine Welle der Zuneigung sie überflutete. Sie musste zugeben, dass sie sich in ihn verliebt hatte, und jetzt fühlte es sich einfach richtig an. Dazu hatte sie in der letzten Nacht wieder von Anton geträumt. Doch diesmal war es ihr vorgekommen, als wären die lebhaften Farben, in denen sie ihn sonst im Traum sah, blasser geworden. Die Sonne schien aus einem wolkenlosen Himmel, als er über die große Wiese vor ihrer Alm auf sie zukam und sich zu ihr auf die karierte Picknickdecke setzte. Eine Weile schaute er sie nur an, dann zupfte er ihr eine weiße Blume aus dem Haar. »Laura«, sagte er leise, »ich weiß, dass du mich nie vergessen wirst, und ich bin stolz darauf, dass wir ein Stück unseres Weges gemeinsam gegangen sind. Aber jetzt beginnt der Teil deiner Reise, auf die ich dich nicht mehr begleiten kann. Du musst ohne mich weitergehen.« Zärtlich strich er ihr mit dem Gänseblümchen über die Wange, als sie ihn bestürzt ansah. »Du bist nicht alleine, Laura. Da gibt es diesen Mann, der erkannt hat, was für ein wunderbarer Mensch du bist. Lass ihn nicht länger warten. Spür in dich hinein, dann wirst du wissen, dass du seine Gefühle längst erwiderst.«

Als Laura erwachte, war ihr Kopfkissen nass von den Tränen, die sie um Anton geweint hatte. Schnell schloss sie die Augen und versuchte, den Traum noch eine Weile festzuhalten, doch er war bereits zu weit entfernt, als dass sie ihn noch erreichen konnte. Ganz tief in ihrem Inneren wusste sie, dass es Antons letzter Besuch gewesen war.

»Laura? Kann ich dir etwas Gutes tun?«, holte Florian sie aus ihren Gedanken. Er spürte schon den ganzen Vormittag, dass ihre Fröhlichkeit von einer unterschwelligen Melancholie begleitet wurde. Dennoch war es nicht die Traurigkeit, die ihn beunruhigte. Es war mehr so, als ob sie von etwas ganz Besonderem Abschied nahm. Dabei waren ihre Blicke, die ihn immer wieder streiften, so voller Gefühl, dass er drauf und dran war zu glauben, dass Franzi tatsächlich recht hatte. Laura brauchte einfach nur Zeit, um zu sich selbst zu finden, und nun heilten die Tage und Wochen tatsächlich die alten Wunden.

»Nicht mehr, als du eh schon tust«, antwortete Laura verlegen und meinte es auch so. Mit ihm zusammen zu sein war Balsam für ihr Gemüt und ihre Seele. Sie schluckte den Kloß in ihrem Hals hinunter. Bevor sie weiterreden konnte, wurde sie von einem Mann im tiefsten Oberbayrisch unterbrochen.

»Habt's es eich jezz übalegd, wiavui Schlittn s' nema woids?«

»Ähm, einen.« Laura wurde rot. »Ich bin bisher nur mit Toni ein paar sehr flache, kurze Hänge mit dem Schlitten hinuntergefahren. Aber noch nie eine so steile und lange Strecke, deswegen ist mir das nicht ganz geheuer.«

»Du bist noch nie …?« Florian lachte aus vollem Hals. »Du lebst mitten in den Bergen und bist noch nie richtig gerodelt? Das kann nicht dein Ernst sein.«

»Ist es aber.« Laura zuckte mit den Schultern. »Ich hatte dazu einfach noch keine Gelegenheit. In meinem ersten Winter hier war ich schwanger und dann war Toni noch zu klein.«

»Dann wird es wirklich Zeit, dass du es lernst«, sagte Florian vergnügt. »Die junge Dame wird sich nämlich schon bald nicht länger nur damit begnügen, sich gemächlich am Ufer entlangziehen zu lassen.« Er gab dem Mann, der noch immer auf eine Antwort wartete, einen Fünfeuroschein. »Einer genügt.«

Fünf Minuten später standen sie an der Stelle, an der das ebene Gelände, das zur Oberen Firstalm gehörte, in den mäßig steilen Forstweg überging, und Laura musterte das Gefährt mit einem mulmigen Gefühl.

»Ich weiß nicht so recht, ob das wirklich was für mich ist«, gab sie zu. »Wie soll man das Ding denn überhaupt steuern?«

»Das übernehmen deine Füße«, sagte Florian vergnügt. »Komm schon, setz dich drauf.«

Da der Schlitten gerade genug Platz für zwei Personen bot, musste Florian sich dicht hinter Laura setzen, um nicht herunterzufallen. »Nimm die beiden Leinen«, forderte er sie auf. »Die sind aber nicht zum Lenken, sondern zum Festhalten da. Als Erstes musst du lernen, wie man bremst. Das machst du, indem du beide Füße flach auf den Boden drückst. Je mehr Gewicht du darauf bringst, desto stärker ist die Wirkung. Lass uns das gleich mal versuchen.« Er rückte noch ein Stück näher an Laura heran, griff unter ihren Armen hindurch und packte mit den Händen nach den losen Enden der Schnur.

Laura stellte fest, dass seine Nähe etwas sehr Beruhigendes hatte. Wenn es nach ihr gegangen wäre, hätten sie gerne auf die Abfahrt verzichten und stattdessen einfach nur dasitzen und die verschneite Landschaft bewundern können. Doch dann machte ein leichter Ruck ihr einen Strich durch die Rechnung. Florian schob das Gefährt voran, und sie näherten sich unaufhaltsam dem Punkt, an dem das Gefälle eindeutig nicht mehr zu Lauras Gunsten sprach. Sie wollte sich gerade umdrehen und ihm vorschlagen, dass sie doch besser zu Fuß gehen sollten, als ein letzter Schubs sie auf den Forstweg beförderte und der Schlitten schnell Fahrt aufnahm. Laura stieß einen leisen Schrei aus, dann spürte sie, wie Florian sie von hinten festhielt.

»Drück die Füße flach auf den Boden«, rief er ihr ins Ohr. »Langsam und gleichmäßig.«

Laura tat, wie ihr geheißen. Und tatsächlich, es funktionierte! Zum Glück lag ein gerades Stück Weg vor ihnen, und so konnte sie gleich mehrmals üben. Anfahren, bremsen, anfahren, bremsen. Es war gar nicht so schwierig, wie sie gedacht hatte. Doch dann tauchte vor ihnen eine Kurve auf. Vor Schreck stemmte Laura die Fersen in den Boden, und der Ruck, mit dem der Schlitten zum Stehen kam, hätte sie fast nach vorne abgeworfen.

Florian, der damit schon gerechnet hatte, lehnte sich zurück und hielt sie fest. »Nicht mit den Fersen bremsen«, warnte er sie. »Aber bisher lief es schon super. Wenn du noch ein paarmal übst, dann hast du den Kniff bald heraus.« Er deutete auf die Biegung, die vor ihnen lag. »Wenn du den Schlitten lenken willst, darfst du nur auf einer Seite bremsen, und zwar auf der, in deren Richtung du fahren willst. Wenn du also nach links möchtest, dann bremst du auch links. Dabei wird der Schlitten auf dieser Seite langsamer und auf der anderen schneller. Die schnellere Seite überholt die langsamere, und so fährst du eine Kurve. Da es hier ein bisschen steiler wird, machen wir das jetzt einfach zusammen, okay?«

Keine zwei Minuten später hatten sie mit vereinten Kräften die Stelle gemeistert, und Laura begann die Fahrt immer mehr zu genießen. Mit jeder Kurve wurde sie sicherer und traute sich auch eine höhere Geschwindigkeit zu. Sie jauchzte vor Freude, als die schneebedeckten Bäume an ihnen vorbeisausten, und genoss das unbeschreibliche Gefühl, gemeinsam mit Florian durch die Landschaft zu flitzen und dabei seine beruhigende Nähe in ihrem Rücken zu spüren.

»Werd bloß nicht übermütig«, flüsterte er ihr ins Ohr, als sie vor einer steilen Kehre kaum noch Tempo herausnahm. Und dann ertönte von hinten ein Schrei.

»Achtung!«

Laura schrak zusammen, als ein anderer Schlitten mit hoher Geschwindigkeit an ihnen vorbeischoss. Prompt stemmte sie den falschen Fuß auf den Boden, das Gefährt machte einen Ruck nach links, fuhr gegen eine Schneeverwehung und kippte zur Seite.

»Laura!« Sofort war Florian an ihrer Seite. »Hast du dich verletzt?«

»Nein.« Laura schüttelte den Kopf. »Ich bin weich gefallen. Und du?«

»Alles bestens«, grinste er, stand auf, streckte ihr eine Hand hin und zog sie aus dem Schneehaufen. »Nur bei der Pilotin sollte ich in Zukunft besser eine Ritterrüstung tragen.«

Prompt wurde Laura rot. »Es tut mir …«, setzte sie an, doch Florian legte ihr einen Finger auf die Lippen.

»Es muss dir nicht leidtun, Laura«, sagte er mit einem Lächeln. »Du machst das heute zum ersten Mal, und dafür machst du es richtig gut. Nur an deiner Schreckhaftigkeit musst du noch ein bisserl arbeiten.«

»Mein Gott, ja«, sagte Laura, als ihr wieder einfiel, warum sie sich verbremst hatte. »Ich dachte schon, die fahren uns über den Haufen.«

»Und da dachtest du, in einem Schneehaufen hätten wir ein sicheres Versteck vor den Bösewichten der Welt gefunden«, neckte Florian sie und klopfte ihr den Schnee vom Rücken. Als er sie aufforderte, sich wieder nach vorne zu setzen, war sie verblüfft.

»Hast du noch nicht genug von meinen Fahrkünsten?«

»Nein. Und ich glaube auch nicht, dass ich jemals genug davon bekommen werde«, murmelte er so leise, dass sie ihn kaum verstand. Bevor sie nachhaken konnte, zog er den Schlitten unter der weißen Pracht hervor und stellte ihn vor sie hin. »Und nun, Frau Pilotin, bitte ich Sie, erneut zu starten und uns nach Hause zu fliegen. Wir werden bereits am Zielflughafen erwartet.«

Es dauerte nicht lange, und Laura hatte den kleinen Schock überwunden. Es stimmt schon, dachte sie, man muss nur sofort wieder aufsteigen, wenn man einmal runtergefallen ist. Als ihnen dann nach einer kleinen Kuppe zwei Fußgänger entgegenkamen, tat sie instinktiv das Richtige, bremste mit beiden Füßen ab und umkurvte das Händchen haltende Pärchen souverän. Und als sie sich dann wünschte, dass die Fahrt nie enden sollte, wurde der Schlitten ohne ihr Zutun plötzlich langsamer.

»Was ist denn jetzt los?«, fragte sie verwirrt. »Ich mache doch gar nichts.«

»Du nicht.« Laura spürte Florians warmen Atem an ihrem Hals, als er seinen Arm ausstreckte und nach vorne deutete. »Aber schau mal, was da ist.«

Laura stieß einen überraschten Laut aus, als sie den Schlagbaum sah, der das Ende der Forststraße markierte. »Wir sind schon da?«

Langsam brachte sie den Schlitten vor der Schranke zum Stehen. »Ich hätte noch stundenlang weiterfahren können«, gab sie zu. »Ich hatte keine Ahnung, was für ein Spaß das ist.«

»Du wirst noch genügend Gelegenheit bekommen, deine Fahrkünste zu perfektionieren«, versprach Florian ihr. »Der Winter beginnt ja erst, und wann immer du einen Co-Piloten brauchst, stehe ich dir zur Verfügung.«

Als er mit seinem Wagen vor Marias Haus parkte, zögerte Florian. Die Stunden, die sie ohne Toni miteinander verbracht hatten, waren für ihn so etwas wie eine Feuertaufe gewesen. Es war das zweite Mal, seit er Laura kennengelernt hatte, dass sie etwas ohne ihre bezaubernde Tochter unternommen hatten, und obwohl Florian mittlerweile richtig vernarrt in das kleine Mädchen war, war ihm doch auch bewusst, dass ihre Gegenwart verhinderte, dass Laura und er sich als Erwachsene begegneten. Deswegen hatte er sich riesig gefreut, als Laura ihm am Telefon vorgeschlagen hatte, dass sie den Vormittag zu zweit verbringen könnten. Und seiner Meinung nach hatten sie diese Prüfung mit Bravour bestanden. Nun musste nur noch Laura entscheiden, ob sie noch mehr Zeit brauchte oder ob sie bereit war, die Tür zu ihrem Leben ein Stück weiter zu öffnen.

Laura machte keine Anstalten auszusteigen. Sie schenkte ihm ein Lächeln und sah ihn mit zur Seite geneigtem Kopf an. »Ich kann dir heute zwar keine turbulenten Abenteuer mehr bieten«, sagte sie verlegen, »aber ich fände es schön, wenn du Toni und mich noch auf einem Spaziergang begleiten würdest. Es dauert auch ganz sicher nicht lange«, sagte sie schnell, als Florian sie abwartend ansah. »Ich meine, falls du noch was anderes vorhast. Dschinn ist zwar eine Nervensäge, weil er sich gerne austoben würde, aber mit seinem geschienten Bein kommt er noch nicht weit.«

Florians Augen verrieten, dass ihn ihr Erklärungsversuch belustigte. Als er ihr gestand, dass er ihre Einladung gerne annehmen würde und erneut von einem Schlitten sprach, verstand sie wiederum nur die Hälfte von dem, was er sagte.

»Einen Patienten?«, fragte sie erstaunt, als die Information endlich zu ihr durchgedrungen war. »Welchen Patienten denn?«

»Na deinen«, sagte Florian amüsiert. »Du sagtest doch gerade, dass der Hund Hummeln im Hintern hat. So langsam gewöhne ich mich ja daran, dass ich sämtliche Mitglieder der Familie Wagner abwechselnd durch den Schnee ziehen muss.«

Misstrauisch beäugte Dschinn das flache Kissen, das Florian auf den Schlitten geschnallt hatte. Was soll das denn?, schien sein Blick zu sagen. Ich kann noch immer alleine laufen. Schließlich habe ich drei gesunde Beine.

»Du bist mir schon einer«, sagte Florian gutmütig. Er ging in die Hocke und kraulte den Hund am Kopf, was der sich nur zu gern gefallen ließ. »Natürlich weiß ich, dass du ein starker und tapferer Kerl bist. Ist ja auch nur für den Fall gedacht, dass einer von euch unterwegs müde wird.«

Schon fünfzehn Minuten später wurde klar, dass Dschinn keine hundert Meter mehr würde laufen können. Da auch Toni anfangs zu Fuß gehen wollte, hatten sie es langsam angehen lassen, doch selbst in dem gemächlichen Tempo, in dem sie losmarschiert waren, hielt der Hund nicht lange durch. Doch obwohl er immer schlimmer hinkte, ließ sein Stolz es nicht zu, sich auf dem Schlitten niederzulassen. Kurzerhand schnappte Laura sich Toni, setzte sie darauf und beugte sich zu ihr hinunter, damit nur das Mädchen hören konnte, was sie sagte.

»Dschinn, komm her!« Toni hatte ihre Mutter verstanden. Nun patschte sie eifrig mit den Händen auf das Kissen vor sich.

Dass er nicht der Einzige war, der sich eine Blöße gab, schien den Hund zu besänftigen. Mühsam humpelte er zum Schlitten und hievte sich mehr hinauf, als dass er sprang.

»Bist du dir sicher?«, fragte Laura, nachdem sie Florian angeboten hatte, ihn beim Ziehen zu helfen, was er aber rundherum ablehnte.

»Na hör mal«, sagte er mit gespielter Empörung. »Der Hund und Toni sind zusammen nicht halb so schwer wie du. Und dich habe ich schließlich auch um den ganzen See geschleppt.«

»Na warte!« Laura bückte sich und versuchte, den frischen, fluffigen Schnee zu einem Ball zu formen, was ihr aber gründlich misslang. Die Kristalle waren zu trocken und ließen sich nicht in Form pressen. Schließlich gab sie auf und warf den Schnee mit beiden Händen in Florians Richtung.

»Hast du dir so gedacht.« Florian strahlte übers ganze Gesicht. Da Laura nicht bemerkt hatte, dass sie den Büschen gefährlich nah gekommen war, die über und über mit Schnee behangen waren, griff Florian lediglich nach oben, packte einen Ast und schüttelte daran.

Begeistert quietschte Toni los, als sie sah, wie aus ihrer Mutter in Sekundenschnelle ein Schneemann wurde.

Laura hob die Hände. »Ich ergebe mich«, sagte sie mit grabestiefer Stimme. »Aber ich vergesse nie.«

»Uh.« Florian verdrehte die Augen. »Jetzt bekomme ich es aber mit der Angst!«

Zehn Minuten später waren sie am tief verschneiten Südufer des Schliersees angelangt, und Florian zog den Schlitten an den Bootshäusern vorbei. Nun fing Toni an zu quengeln. »Mami, runter.«

Seufzend gab Laura nach. Sie warf Florian einen Seitenblick zu. »Es scheint ganz so, als ob das hier eine unendliche Geschichte wird.«

Florian zuckte mit den Schultern. »Mir soll es recht sein. Ich habe den ganzen Tag Zeit für euch.«

Laura wandte sich mit rotem Kopf ab und half Toni, vom Schlitten zu klettern. »Bleib sitzen, mein Großer«, sagte Laura zu Dschinn, der sofort die Ohren spitzte. Sie wusste, dass es sowieso nicht lange dauern würde, bis Toni zurück auf den Schlitten zu Dschinn wollte.

Laura dachte sich nichts dabei, Toni herumtollen zu lassen. Der Schnee lag hoch genug, dass sie sich keine Sorgen machen musste, dass das Kind dem Ufer zu nahe kam. Als sie an einem bereits halb zugefrorenen Rinnsal vorbeikamen, das unter einer Brücke hindurch in den See lief, blieben sie stehen, und Laura zückte ihr Handy. »Vermutlich habe ich bereits eine

Million Fotos vom See zu jeder Jahreszeit, bei jedem Wetter, mit vielen Menschen oder gar keinen«, nahm sie sich selbst auf den Arm. »Ich kann aber einfach nicht widerstehen, wenn ich ein Stück Natur sehe, das mir gefällt.«

Florian setzte zu einer Antwort an, als Laura einen erschrockenen Schrei ausstieß. An der Stelle, an der der kleine Bach in den See mündete, war der Schnee heruntergetrampelt, und Toni war ohne zu zögern in Richtung Ufer gelaufen. Laura machte auf der Stelle kehrt, als Florian sie zurückhielt. Ihre Augen waren starr vor Schreck, und sie wollte seine Hand abschütteln, doch er hielt sie weiter am Arm fest. »Warte eine Sekunde«, flüsterte er aufgeregt und deutete mit der anderen Hand zum Schlitten.

Verzweifelt wollte Laura sich losreißen, doch dann sah sie, was Florian ihr zeigen wollte. Der Hund hatte das Mädchen offensichtlich keine Sekunde aus den Augen gelassen und war sofort, als Toni auf das Ufer zulief, vom Schlitten gesprungen und humpelte nun auf drei Beinen so schnell zum See, dass er das Kind nach wenigen Sekunden erreicht hatte.

Gespannt beobachteten die Erwachsenen das Schauspiel. Laura hatte ihren Widerstand aufgegeben und hielt unbewusst den Atem an. Einige Meter bevor Toni das Ufer erreichte, war Dschinn an ihrer Seite und drängte sich zwischen das Mädchen und den See. Toni wurde in dem Schwung, den sie mitbrachte, fast von den Beinen gerissen, doch der Hund stemmte sich gegen sie und verhinderte, dass sie umfiel.

»Dschinn«, kicherte Toni. Sie hielt sich am Halsband des Hundes fest und wollte ihn mit sich zum Wasser ziehen. Doch egal, welche Tricks sie auch versuchte, immer war der Hund zwischen ihr und dem Eis.

Florian sah Laura in die Augen. »Du weißt, was das bedeutet, oder?«

»Ja«, flüsterte Laura ergriffen. »Er wird sie beschützen. Sie ist die Aufgabe, auf die er gewartet hat.«

Zwei Stunden später hatten sie den See umrundet. Dschinn gab sich damit zufrieden, nur ab und zu vom Schlitten zu steigen, wann immer er ein Geschäft zu erledigen hatte oder wenn ihn das Gefühl beschlich, Toni könne in eine brenzlige Situation geraten. Die restliche Zeit thronte er mit hoch erhobenem Haupt auf dem Gefährt und ließ sich umherziehen.

Laura staunte, welch eine Veränderung in dem Hirtenhund vorgegangen war. »Es ist so, als ob er endlich wieder eine Bestimmung hat, die ihn voll und ganz erfüllt.«

Florian, dem Laura während ihrer Wanderung auf die Obere Firstalm haarklein erzählt hatte, was sich während seiner Abwesenheit abgespielt hatte, stimmte ihr zu. »Weißt du, was ich glaube?«

Laura schüttelte den Kopf. »Nein. Was denn?«

»Ich glaube, dass nicht nur Toni den Hund an dem Tag gesehen hat, an dem wir zum Fondue bei dir auf der Alm waren. Ich denke, dass er sie als Antons Tochter erkannt hat. Obwohl er so schwer verletzt war, traue ich es dem schlauen Kerl durchaus zu, dass er in Toni eine Verbindung zu seinem früheren Herrchen sieht.«

»Das leuchtet mir ein«, sagte Laura und versank für einen Moment in Gedanken. Ja, so musste es gewesen sein. Schließlich war Toni Antons Fleisch und Blut. Es war das Einzige, das Sinn ergab.

Laura sah in den Himmel und sagte mit einem kaum wahrnehmbaren Zögern: »Es wird bald dunkel. Bevor du gestern angerufen hast, habe ich Toni versprochen, mit ihr heute Plätzchen zu backen.« Verlegen sah sie zu Boden. »Toni vergisst so etwas nie. Wenn ich keinen Ärger bekommen möchte, dann sollten wir besser nach Hause fahren.«

»Klar, macht das«, sagte Florian leichthin. In Wirklichkeit aber war er enttäuscht. Er hätte gern noch viel mehr Zeit mit Laura, Toni und dem Hund verbracht.

Für einen Augenblick dachte Laura, dass in seinem Gesicht so etwas wie Bedauern aufblitzte. »Ja, also ...« Bevor sie ihm einen Vorschlag machen konnte, sah sie überrumpelt an sich herunter. Toni hatte sich an ihr Bein geklammert und wollte hochgehoben werden. »Da ist ja mein Mäuschen«, neckte Laura sie und tat ihr den Gefallen.

»Plätzchen backen«, giggelte Toni. »Und Florian soll mitkommen!«

Laura konnte sich nur mit Mühe ein Lächeln verkneifen. Genau das hatte sie ihn gerade fragen wollen. Doch die Aufforderung durch ihr Töchterchen war so herrlich unverfänglich, dass sie ihr am liebsten einen Kuss dafür gegeben hätte.

»Ja, also«, Laura hob die Schultern und sah Florian schüchtern an, »wenn du gerne mal eine völlig chaotische Küche sehen möchtest, bist du herzlich eingeladen.«

Über Florians Gesicht glitt ein Strahlen. »Sehr gerne!«, sagte er und fügte schnell hinzu: »Natürlich nur, wenn ich euch nicht störe.«

Laura lachte. »Du störst uns nicht. Aber du solltest damit rechnen, dass du hinterher aussiehst wie ein Mehlmann.«

»Ist mir egal.« Florian grinste wie ein kleiner Junge. »Ich wollte dir sowieso noch etwas zeigen.«

Neugierig sah Florian sich in Lauras Wohnung um, da er das Haus bislang nur von außen kannte. Er wusste, dass sie sie, genau wie die Alm, von ihrer Tante geerbt hatte, doch über die Wohnung hatte Laura bisher nicht viel erzählt. Schon auf ersten Blick dachte er, dass Laura sich hier absolut wohlfühlen musste.

»Hast du das so von deiner Tante übernommen?«

»Nicht ganz«, sagte Laura. »Tante Agnes war für ihr Alter zwar recht modern und aufgeschlossen, aber sie hat nur die Alm komplett umbauen lassen, bevor ich überhaupt davon erfahren habe, dass sie vor einem halben Jahrhundert die beste Freundin meiner Oma war. Ich vermute, dass sie mich damit ködern wollte, dass die Hütte von einem Innenarchitekten komplett neu gestaltet wurde.« Wehmütig dachte Laura an die alte Frau zurück, die sie nicht lange genug gekannt hatte, um sie alles fragen zu können, was ihr auf der Seele brannte.

»Ich weiß nicht, ob sie die Wohnung auch noch renovieren lassen wollte«, seufzte sie. »Als Agnes starb, waren zwar neue Fenster und eine neue Heizung eingebaut, aber die Einrichtung war nicht mein Geschmack. Da ich im Winter aber nicht auf einer Baustelle leben wollte, habe ich im ersten Jahr alles so gelassen, wie es war. Erst als ich im Frühling wieder auf die Alm ziehen konnte, wurde alles von Grund auf renoviert.«

Insgeheim musste Florian feststellen, dass Laura auf die gleichen Dinge Wert legte wie er. Die Küche war neu und eine Mischung aus funktional und sehr modern. Es gab viel Stauraum, hochwertige Geräte, und sie hatte zum Glück keine der hier so häufig zu sehenden Landhausküchen ausgewählt. Die Türen waren weiß und hochglanzlackiert und wiesen eine sehr klare Linienführung auf. Ein hoher Tresen grenzte den Küchenbereich zum Wohnzimmer ab und konnte als Essbar genutzt werden. Florian nickte anerkennend. Es war eine Küche, in der er ganze Abende hätte verbringen können.

Langsam ging er weiter ins Wohnzimmer. Im Gegensatz

zur Alm, bei der größter Wert auf ländliche Behaglichkeit gelegt worden war, war hier alles sehr hell und modern. Die bodentiefen Fenster an der Stirnseite des Hauses fluteten den großen Raum mit Licht, und eine gemütliche Sitzecke lud dazu ein, einen kompletten Tag auf dem Sofa zu verbringen und den dicken Schneeflocken zuzusehen, die jetzt wieder vom Himmel fielen. Ein offener Kamin, der in eine mit dunklen Steinverblendern besetzte Wand eingelassen war, würde an kalten Tagen die Wohnung sowohl heizen als auch urgemütlich machen.

»Du hast einen tollen Geschmack«, sagte Florian begeistert. »Kein Wunder, dass du dich hier so wohlfühlst, dass du nicht mehr zurück nach Berlin wolltest.«

Er machte ein paar Schritte nach vorn, da er wissen wollte, welchen Ausblick man von dem ausladenden Balkon hatte. Plötzlich stach ihm etwas ins Auge. Sicher, einem Trugschluss unterlaufen zu sein, drehte er seinen Kopf nach rechts, und tatsächlich, neben dem Sofa stand ein riesiges, pinkfarbenes Hundebett.

»Hatte ich dir nicht einen andersfarbigen Bezug dazu geschenkt?«

Laura freute sich über seine Verwunderung. »Doch. Aber irgendwie erinnert mich diese Farbe mehr an dich.«

Florian sah sie verdutzt an. »Wie darf ich das verstehen, dass du die Farbe Pink mit mir in Verbindung bringst?«

»Du wolltest mich damit überraschen, und das ist dir auch gelungen«, sagte sie, und ihre Augen leuchteten wie zwei unergründliche Sterne. »In jeder anderen Farbe wäre das Hundebett einfach ein Hundebett. Aber in Pink hat es einen gewissen Erinnerungswert.«

Florian wusste nicht, was er darauf antworten sollte. Er spürte lediglich, wie sich ein Glücksgefühl in seinem Körper ausbreitete, als ihm bewusst wurde, dass es Laura wichtig war, sich an etwas zu erinnern, womit er sie zum Lachen gebracht hatte. Da er nicht die richtigen Worte fand, lenkte er vom Thema ab: »Es gibt da übrigens etwas, das ich euch beiden zeigen wollte.«

»Vor oder nach dem Plätzchenbacken?«, wollte Laura wissen. Insgeheim hoffte sie, dass er gleich mit der Sprache herausrückte. Sie beäugte die große Tasche, die er aus dem Auto mit nach oben gebracht hatte, schon die ganze Zeit mit kaum verhohlener Neugier.

»Wenn die beiden Damen es ertragen, mit der Küchenarbeit noch etwas zu warten, dann gleich.«

Vorsichtig zog Florian eine schöne Ledermappe aus der Tasche. Als er sie vor Laura ablegte, erkannte sie, dass es die Hülle für einen Zeichenblock war. Mit zur Seite geneigtem Kopf sah sie ihn fragend an.

Florian war seine Verlegenheit anzumerken. Er räusperte sich. »Du kannst es dir ruhig ansehen.«

Laura hatte nicht den leisesten Hauch einer Ahnung, was sie erwartete. Allerdings irritierte sie sein aufgeregter Gesichtsausdruck, der zugleich auch so etwas wie ein schlechtes Gewissen ausdrückte.

Doch dann sagte sie sich, dass sie sich sicher täuschte, und schlug die erste Seite auf. Ihre Augen wanderten kreuz und quer über das große Blatt, dann stieß sie vor Überraschung einen kleinen Schrei aus. Schnell hielt sie Tonis Hände fest, die ebenfalls genau sehen wollte, was da vor ihnen auf dem Tisch lag. Sie zog das Mädchen auf ihren Schoß. »Nicht anfassen, Mäuschen«, sagte sie mit Nachdruck. »Nur gucken.« Ihr Blick glitt über die unglaublich detaillierten Zeichnungen. Da war ein kleines Mädchen zu sehen, das inmitten einer Zwergziegenherde stand und verblüffende Ähnlichkeit mit Toni hatte.

Als Toni sich erkannte, quiekte sie laut auf. »Mami, das bin ich!«

Eine Stunde lang kamen Laura und Toni aus dem Staunen nicht mehr heraus. Es war eine wunderschön gezeichnete Bildergeschichte, die von einem kleinen Mädchen erzählte, das auf einer Alm in den bayerischen Bergen lebte und dessen liebste Freundin ein Zwergziegenmädchen namens Fräulein war. Auch der Hirtenhund Dschinn kam darin vor, der es sich zur Aufgabe gemacht hatte, das Mädchen wie auch die Ziegen zu hüten. Es schien ganz so, als hätte der Verfasser beim Zeichnen eine Vorahnung gehabt. Zusammen erlebten das Mädchen und seine Gefährten allerlei Abenteuer, die Laura immer wieder zum Lachen brachten.

Als sie die letzte Seite umgeblättert hatte, strich Laura vorsichtig über den Rücken der Mappe. Sie wusste nicht, was sie sagen sollte. Er hatte ihr bereits einige Karikaturen gezeigt, die er für eine große Tageszeitung und mehrere Zeitschriften gezeichnet hatte, und sie auch um ihre Meinung gefragt. Schon da war sie hellauf begeistert gewesen, und das hatte sie ihm auch ohne zu zögern gesagt. Aber nie im Leben wäre sie auf den Gedanken gekommen, dass sein Talent noch so viel weiter reichte. Schließlich sah sie auf. »Das hast du gezeichnet?«

Gespannt und auch unsicher hatte Florian sie beobachtet. Die Idee, von den Geschehnissen auf ihrer Alm zu erzählen, war ihm bereits bei seinem ersten Besuch dort oben gekommen. Er wusste nur nicht, ob es Laura recht war. »Wenn es dir nicht gefällt, kann ich die Gesichter und Namen so verändern, dass nur noch du weißt, dass es in der Geschichte eigentlich um euch beide geht. Wobei ich denke, dass auch so niemand wissen würde, dass ihr die realen Vorbilder seid. Na ja«, sagte er schnell, »außer deinen Freunden natürlich. Die wissen schließlich, dass ihr im Sommer mit ein paar Ziegen und ab jetzt auch wieder mit einem Hund in den Bergen lebt.«

Laura hatte noch immer nicht verstanden. »Es ist wunderschön«, sagte sie zutiefst berührt. »Ich habe nicht gewusst, dass du so etwas Wunderbares kannst. Als du erzählt hast, dass Zeichnen dein Beruf ist, dachte ich, dass es abgesehen von den Karikaturen mehr um technische Sachen geht. Oder um Häuser. Aber das hier«, sie zeigte auf den Zeichenblock, »das ist einfach großartig. Hast du denn schon mal darüber nachgedacht, das einem Verlag anzubieten?«

Florians Kinnlade klappte herunter. Darauf wusste er nun wirklich nichts zu sagen.

»Das musst du unbedingt!«, sagte Laura aufgeregt. »Du hast ein unglaubliches Talent! Damit kannst du sicher richtig Geld verdienen. Und nicht nur das«, sagte sie eifrig, »damit würdest du nicht nur mich, sondern auch alle anderen Mütter und vor allem die Kinder dieser Welt verzaubern.«

Es dauerte ein wenig, bis Florian sich von seiner Überraschung erholt hatte. Plötzlich stand er auf, hob Toni hoch, reichte Laura die Hand und sagte: »Komm mit.« Er zog sie vom Stuhl und trat mit ihr zu der kleinen Ecke, die Laura für Toni eingerichtet hatte. Es gab dort einige wenige, ausgesuchte Spielsachen; ein kleiner Sitzsack lud zum bequemen Herumlümmeln ein, ein mit Tüchern verhülltes Hexenhaus diente als Räuberhöhle, und natürlich gab es auch ein kleines Regal mit hübschen Büchern, das ihm zuvor schon aufgefallen war. »Da hast du deine Antwort.«

Laura starrte die Gegenstände unschlüssig an. Sie hatte keine Ahnung, worauf er hinauswollte. »Was meinst du?«

»Du weißt es wirklich nicht?«

Laura schüttelte verwirrt den Kopf.

Florian ließ ihre Hand los, setzte Toni ab und bückte sich. Er hob ein Kinderbuch auf, das so aussah, als sei es viele Male gelesen worden. »Kann es sein, dass das eines von Tonis Lieblingsbüchern ist?«

Laura zog die Stirn in Falten. Er hatte recht. »Ja, aber wie kommst du darauf?«

»Weil es seit Sommer auf dem Markt ist, aber bereits so aussieht, als sei es schon durch hundert Hände gegangen.«

Das leuchtete Laura ein. Und doch … »Woher weißt du so genau, wann es herausgekommen ist? Du hast doch keine Kinder in deinem Umfeld.«

Schließlich blieb Florian nichts anderes übrig, als sie mit der Nase darauf zu stoßen. Er hielt ihr das Buch hin und deutete mit dem Finger auf den Namen des Autors.

Laura schlug sich die Hände vor den Mund. Mit großen Augen sah sie Florian fassungslos an. Natürlich! Obwohl sie die bezaubernden Bücher jeden Tag in den Händen hielt, war sie mit keinem einzigen Gedanken darauf gekommen, dass Florian der Autor sein könnte.

»Du bist das?«, fragte sie erschüttert. Sie setzte sich mit weichen Knien aufs Sofa. »Und du hast *uns* gezeichnet?«

Laura konnte es noch immer nicht fassen, dass der erfolgreichste Kinderbuchautor der Gegenwart in ihrer Küche stand, sich eine ihrer witzigen Kochschürzen umgebunden hatte und darauf bestand, mit Toni Plätzchen auszustechen, während sie dazu abkommandiert worden war, den Ofen zu beobachten, damit die Teiglinge nicht zu dunkel wurden oder gar verbrannten. Nachdem sie die drei verschiedenen Teige, die sie bereits am Morgen zubereitet hatte, aus dem Kühlschrank geholt und Florian erklärt hatte, wie dünn er den Teig ausrollen musste, hatte sie Zeit und Muße, darüber nachzudenken, was er ihr noch erzählt hatte.

»Ich war letzte Woche in Hamburg bei meinem Verleger«, hatte er ihr verraten. »Das war der Hauptgrund für meine Reise. Zum einen waren einige ausländische Interessenten da, die die Rechte an meinen bereits erschienenen Büchern kaufen wollten, um sie in ihre Sprachen übersetzen zu lassen, zum anderen wollte ich ihm die Story über ein kleines Mädchen und seine Ziegen zeigen.«

»Und?«, fragte Laura wie elektrisiert. »Was meint er dazu?«

»Er hat gesagt, dass sie nicht mit meinen bisherigen Büchern zu vergleichen wären.« Florians Mundwinkel zuckten verräterisch.

»Nicht?«, fragte Laura enttäuscht. Kaum zu glauben, dass der Mann nicht ebenso begeistert gewesen war wie sie und Toni. Aber gut, der hatte natürlich keine so enge Beziehung zu der Geschichte wie sie. »Ich finde es trotzdem großartig«, setzte sie hinterher. »Lass dich bloß nicht davon entmutigen! Du findest bestimmt einen anderen Verleger, der zu schätzen weiß, was du da zustande gebracht hast.«

»Es freut mich, dass du so hinter mir stehst.« Florian hätte sie am liebsten an Ort und Stelle geküsst, dass ihr Hören und Sehen verging. »Er hat aber nicht gesagt, dass es ihm nicht gefällt«, klärte er Laura auf. »Nur, dass sie nicht vergleichbar wären. Er meinte, die neue Geschichte sei besser als alles, was ich vorher geschrieben und gezeichnet habe.«

Nachdem sie, zur Strafe dafür, dass er sie auf den Arm genommen hatte, ein Handtuch nach ihm geworfen hatte, lehnte sie sich mit dem Rücken an die Arbeitsplatte und beobachtete den großen Mann und das kleine Mädchen, die so vertraut miteinander umgingen, als würden sie sich seit Ewigkeiten kennen. Da er sich dabei absichtlich so ungeschickt anstellte, dass Toni ihm ein ums andere Mal zeigen musste, wie er die Plätzchen ausstechen sollte, war die Wohnung von hellem Kinderlachen erfüllt.

»Kein Hasi«, erklärte Toni ihm gerade ernsthaft. »Der Hasi kommt nur an Ostern. Nicht an Weihnachten.«

»Wie, kein Hase an Weihnachten?« Florian machte ein

bestürztes Gesicht. »Aber der Hase bringt doch die ganzen Geschenke.«

»Nein! Der Hasi kommt an Ostern.«

Florian schüttelte den Kopf. »Ich glaube, da irrst du dich, Toni. Ich bin mir ganz sicher, dass der Osterhase die Weihnachtsgeschenke bringt.«

Als Toni sich partout nicht von Florians Idee überzeugen ließ, sagte er: »Ich glaube, deine Mama weiß das besser als wir beide zusammen. Sollen wir sie fragen?«

Lauras Beine fingen an zu zittern, als Florian ihr sein umwerfendes, jungenhaftes Lächeln schenkte.

»Mami! Sag Florian, dass der Hasi nicht die Weihnachtsgeschenke bringt.«

Laura schaffte es kaum, sich von seinem Blick loszureißen. Schließlich holte Tonis hartnäckiges Nachfragen sie zurück aus ihrem Tagtraum. »Mami!«

»Nein, Florian, da hat Toni recht«, strahlte sie ihn an. »Nicht der Osterhase bringt die Weihnachtsgeschenke. Das macht das Christkind.«

Toni quietschte und klatschte vergnügt in die Hände. »Genau!«

Florian hob die Kleine hoch und setzte sie vorsichtig auf der über und über mit Mehl bestäubten Arbeitsfläche ab. Als er sie loslassen wollte, schlang sie ihm einen Arm um den Hals. Mit der anderen, mit Mehl und Teigklümpchen verschmierten Hand strich sie ihm übers Gesicht, was er sich, ohne mit der Wimper zu zucken, gefallen ließ.

»Florian, hast du Mami lieb?«, flüsterte Toni. »Mami hat dich auch lieb.«

Laura und Florian liefen gleichzeitig rot an. Laura schnappte nach Luft, und Florian war deutlich anzusehen, dass er nicht wusste, was er darauf antworten sollte.

»Du musst Mami sagen, dass du sie lieb hast«, plapperte

Toni weiter, ohne zu merken, wie verlegen die Erwachsenen geworden waren. Ernsthaft sah sie von ihm zu ihrer Mutter und streckte ihr Händchen nach ihr aus. »Mami, du musst auch sagen, dass du Florian lieb hast. So wie mich!«

O Gott! Laura wusste nicht, ob sie lachen oder weinen sollte. Am liebsten aber wäre sie im Boden versunken. Doch dann fing sie Florians Blick auf, und ihre Knie wurden weich, als sie die unverhohlene Zuneigung darin sah.

Diesmal hatte Florian das Gefühl, dass das Mädchen nur aussprach, was die Erwachsenen seit Langem fühlten, sich aber nicht einzugestehen trauten. Er näherte sich mit seinem Mund Tonis Ohr und flüsterte so laut, dass Laura es hören konnte: »Du hast absolut recht, Toni. Ich habe deine Mami sehr, sehr lieb. Und ich hoffe, dass sie mich auch mag. Aber vielleicht weiß sie das selbst noch nicht.«

»Doch! Mami weiß das! Mami hat es Tante Franzi erzählt, und Mami hat geweint, weil du nicht da warst.«

»Bist du dir sicher?« Florians Blick ruhte auf Lauras Gesicht. Da Toni noch immer wie ein kleines Äffchen an seinem Hals hing, nahm er sie mit, als er zu Laura hinüberging.

Mit der freien Hand streichelte er Laura zärtlich über die Wange und hinterließ dort eine feine Mehlspur. »Ich habe gerade erfahren, dass die junge Dame hier mehr über uns weiß als wir beide zusammen«, sagte er leise. »Meinst du, wir können ihr das glauben?«

Laura schmiegte ihre Wange in seine Hand. Bevor sie jedoch zu einer Antwort ansetzen konnte, zupfte Toni Florian am Ohr. »Du musst es zeigen!«

Für einen Moment ließ Florians Blick Laura los. »Ja?«, fragte er verschwörerisch. »Was muss ich denn machen?«

»Du musst sie jetzt küssen!«

Ende